Y Cysgod yn y Cof

Er cof am Mair ac i'n plant a'u partneriaid,
ein hwyrion a'n hwyresau, mewn
cariad a diolchgarwch.

BOB MORRIS
Y Cysgod yn y Cof

y**olfa

Hoffwn ddiolch yn gynnes i bawb a'i gwnaeth yn bosibl i'r nofel hon weld golau dydd, yn enwedig Alun Jones, Lefi Gruffudd, Teleri Haf a holl dîm dawnus Y Lolfa Cyf., a hefyd i Eifion a Lisabeth Williams o Ddosbarth Hanes Trefnant.

Argraffiad cyntaf: 2024
© Hawlfraint Bob Morris a'r Lolfa Cyf., 2024

Cynllun y clawr: Tanwen Haf

Rhif Llyfr Rhyngwladol: 978-1-80099-569-7

Dymuna'r cyhoeddwyr gydnabod cymorth ariannol
Cyngor Llyfrau Cymru

Cyhoeddwyd ac argraffwyd yng Nghymru
ar bapur o goedwigoedd cynaliadwy gan
Y Lolfa Cyf., Talybont, Ceredigion SY24 5HE
e-bost ylolfa@ylolfa.com
gwefan www.ylolfa.com
ffôn 01970 832 304

13 Gorffennaf 2020

'Er nad yw'm cnawd ond gwellt…'
Ehedydd Iâl

Ogla, dyna'r peth sy'n aros o hyd – ogla antiseptig, ogla glân. Ia siŵr, ogla glân, ond rhyw ogla sy'n codi croen gŵydd ar rywun hefyd. O leiaf, dwi'n cofio cymaint â hynny, meddai Caerwyn wrtho'i hun, tra llithrai'r gadair olwyn yn llyfn o'r ward tuag at y lifft, a dwylo cryfion y porthor yn ei llywio'n ddeheuig.

"Drws yn agor – drws yn cau," meddai'r llais robotaidd yn y lifft. Rhoes Caerwyn ochenaid fechan o ryddhad. Roedd o ar ei ffordd adref o'r diwedd.

Dyna rywbeth arall dwi'n 'i gofio, meddyliodd Caerwyn. Dwi wedi bod yn yr ysbyty o'r blaen, ond welais i erioed y lle mor wag, y coridorau a'r cyntedd mor ddistaw. Mae o fel rhyw freuddwyd, yn hollol annaturiol.

"Ydach chi'n iawn yn fanna, Dad?"

Yno, yn y cyntedd, safai Heulwen, ei ferch, yn aros amdano. Gafaelodd yn gynnes yn ei law, cyn cymryd y cês a'r bag cynfas oddi wrth y porthor.

"Ydw, jest synnu gweld y lle mor wag."

"Ia, dwi'n gwybod, effaith y Pandemig ydi hynna. Dowch, mi awn ni am adra."

Wrth yrru'n ofalus o'r ysbyty, cofiai Heulwen y sgwrs a gawsai efo'r llawfeddyg yn y cyntedd ddeuddydd ynghynt.

"Mae o 'di bod yn wael iawn, Mrs Watkins, ac mae triniaeth mor fawr yn siŵr o adael ei hôl. Mi fydd o'n wan yn gorfforol am beth amser, ond mi wnaiff gryfhau. Wrth gwrs, mae'ch tad yn saith deg pump oed, ond mae o'n ddyn eitha ffit ac abl yn gorfforol. Un effaith mae'r tîm gofal wedi sylwi ydi bod 'na ddiffygion pendant o ran ei gof..."

"Ydi o'n ffwndro, dyna ydach chi'n feddwl?"

"Na, na, dim hynny o gwbl. Does 'na ddim arwydd o Dementia neu'r symptoma rydan ni'n eu cysylltu â chlefyd *Alzheimer*."

"Mae o'n swnio o gwmpas 'i betha bob tro y bydd o ar y ffôn efo fi, ac aeloda eraill y teulu."

"Dyna'r peth sy'n anghyffredin, Mrs Watkins. Yr enw arferol ar y peth ydi *Retrograde Amnesia*: cyflwr sy'n galluogi'r meddwl i wrthod cofio sioc a thrawma difrifol. Er, dydi'ch tad ddim wedi 'cau allan' y trawma mae o newydd 'i ddioddef, dim hyd yn oed y noson y trawyd o'n wael. Mae o'n cofio'r petha diweddar yn berffaith iawn, enwa'r wyresa, wrth gwrs, hyd yn oed eu pen-blwyddi a phetha llai amlwg hefyd, fel rhif ei gar a rhifa ffôn y teulu. Ac o ran trafod newyddion y dydd, mae o'n codi cywilydd arna i 'mod i'n gwybod cyn lleied."

"Beth ydi'r broblem, felly?"

"Petha ddigwyddodd ers talwm sy'n broblem – yn hollol groes i'r symptoma arferol. Roedd yn rhaid i ni ei holi am gyflyra iechyd allai fod yn cario yn y teulu, ond cafodd eich tad drafferth mawr cofio manylion am ei rieni ac am ei nain a'i daid..."

Daliai'r sgwrs efo'r meddyg droi a throsi yn ei meddwl wrth iddi yrru tuag adref. O dan yr amgylchiadau, roedd yn beth da ei bod hi'n ôl yn yr hen gartra gyda'i thad. Roedd Caerwyn yn ŵr gweddw ers pum mlynedd bellach, wedi colli ei wraig Manon i'r hen elyn, canser. Wedi i Heulwen gael ysgariad yn derfynol y llynedd, mi werthwyd ei thŷ yn Wrecsam a daeth hithau yn ôl i Arfon i rannu tŷ efo'i thad – dychwelyd i'r hen gartref a hyd yn oed i'w hen lofft, yn y tŷ Fictoraidd helaeth. Roedd hyn yn ffodus, gan y byddai wedi bod yn annifyr i'w thad petai ar ei ben ei hun yng nghanol argyfwng Coronafeirws, ac yntau'n gymeriad mor gymdeithasol, yn aelod o glwb cwis tafarn ac yn mwynhau gêm o golff. Does wybod beth fyddai wedi digwydd pan gafodd ei daro'n wael gefn nos, petai wedi bod ar ei ben ei hun. Doedd dim ffôn yn y llofft, ac roedd ei ffôn symudol ym mhoced ei siaced arddio ers y prynhawn hwnnw.

Cofiai Heulwen y siwrnai frawychus i'r ysbyty yn oriau mân y bore, hithau'n gyrru â'i thad yn griddfan mewn poen ar sedd gefn y car. Cafwyd sgan C.T. o fewn deg munud wedi iddynt gyrraedd yr ysbyty; ac o fewn dwy awr roedd Caerwyn yn y theatr yn cael llawdriniaeth frys.

"Cael a chael oedd hi," meddai un meddyg ifanc yn dawel wrth Heulwen, wedi'r llawdriniaeth lwyddiannus. Teimlai Heulwen ei choesau'n gwegian wrth i'r oriau o densiwn lacio, a hithau'n derbyn paned o goffi cryf gan un o'r nyrsys.

Wedi cyrraedd adref i Foelhedydd, ar gyrion pentref Rhosgadfan, aeth Caerwyn i eistedd, yn ddigon swrth yn y lolfa. Wrth ferwi'r tecell yn y gegin ac estyn y llestri ar gyfer paned, cribiniodd Heulwen drwy sylwadau eraill y meddyg am anghofrwydd ei thad.

"Prin ei fod o'n cofio enwa ei daid a'i nain, ac roedd o'n ansicr o hanes ei blentyndod ei hun. Roedd o'n cofio'i fod wedi cael ei fagu yn Nhreheli, ac iddo fynd i'r ysgol yno…"

"Ond?" Synhwyrai Heulwen fod rhyw 'ond' mawr ar y ffordd.

"Doedd o ddim yn cofio enwa ei ffrindia yn yr ysgol a phan

ddechreuais i holi beth wnaeth o wedi gadael yr ysgol, roedd fel petai ryw len wedi disgyn o'i flaen o, wrth iddo sbio'n syn arna i a deud dim."

"Mi aeth i'r brifysgol ym Mangor," meddai Heulwen, "sut medra fo anghofio hynny?"

"Peth ofnadwy ydi llesgedd llwyr – mae o'n gadael rhywun mor llipa a diegni fel bod meddwl, hyd yn oed, yn ormod o ymdrech."

"Dyna'r ydi'r achos? Mi ddaw allan ohono fo wrth gryfhau?"

"Dwi'n siŵr y daw o. Ond mi fydd angen help arno fo."

"Pa fath o help? Oes rwbath y galla i wneud?"

"Mae cerdded ac ymarfer corff ysgafn yn mynd i helpu'r corff i gryfhau. Ond i adfer y cof bydd angen rhywbeth arall."

"Fel beth?"

"Bydd isio deffro'r cof, procio'r hen atgofion a chael llygedyn o dân o'r lludw."

"Mi wna i 'ngora. Mae gan Dad gof eithriadol o dda fel arfer. Fo ydi arweinydd tîm cwis y dafarn yn y pentra, ac mae o'n gallu ateb lot o'r cwestiyna ar *University Challenge* a *Mastermind*."

"I'r dim. Dyna un peth y medrwch chi'i wneud. Trïwch 'i gael o i wylio rhaglenni cwis ar y teledu amball noson."

Clywodd Heulwen glic y tecell a'r ager yn hisian o'i big. Llenwodd y tebot a rhoi bisgedi ar blât, cyn mynd â'r hambwrdd i'r lolfa i'w thad. Dyna lle'r oedd yntau'n hepian yn anesmwyth, wysg ei ochr ar y soffa.

"Dad, ydach chi isio panad?"

Agorodd y llygaid a sythodd Caerwyn yn drafferthus ar ei eistedd.

"Oes, plis, Heuls. Rown i 'di mynd iddi'n iawn. Deffro rhywun yn fuan ma'n nhw yn yr ysbyty acw."

Dros eu paned, bu'r ddau'n trafod profiadau Caerwyn yn yr ysbyty dros gyfnod o naw wythnos – naw wythnos heb ymwelwyr o gwbl. Wrth iddo wella'n raddol, yn boenus o raddol, bu'n ddiolchgar iawn am y dechnoleg fodern. Aeth Heulwen â'i ffôn symudol, ei *i-pad* a'i thabled *Kindle* i gyntedd yr ysbyty, a threuliodd Caerwyn lawer o amser yn darllen nofelau ar *Kindle* ac yn dilyn newyddion y dydd ar ei *i-pad*.

Y fendith fwyaf, wrth gwrs, fu gallu cysylltu â'i deulu. Defnyddiai'r ffôn symudol droeon bob dydd, a medrai wneud galwadau *Facetime* efo Heulwen a'i dwy ferch, Meinir a Llinos.

Roedd y llawfeddyg wedi sylwi ar y diddordeb hwn mewn technoleg wrth iddo alw i weld Caerwyn ar y ward bob dydd. Awgrymodd wrth Heulwen y gallai fanteisio ar y diddordeb hwnnw i helpu ei thad godi'r llen a oedd wedi disgyn rhyngddo a'i ieuenctid.

"Dwi'n siŵr bod 'na wefanna hanes lleol am ardal Treheli y gallai Mr Rowlands bori drwyddyn nhw."

"Gymrwch chi ddiferyn ar 'i ben o?" holodd Heulwen gan estyn y tebot. Nodiodd Caerwyn ei gytundeb, a chymerodd fisgedan arall.

Bob yn ail â chysylltu'n rhithiol â Caerwyn neu'r genethod, bu Heulwen yn dilyn dau drywydd o ddiddordeb personol. Bu'n tynnu lluniau o'r moelydd o'i chwmpas wrth fynd am dro bob dydd i ymarfer corff. Y llall oedd hel achau'r teulu, gan ddefnyddio gwefannau masnachol fel *Ancestry* a *Findmypast*, yn ogystal ag *Archifau Cymru*, *Archives Hub* a gwefannau hanes lleol. Ond roedd llawer o fanylion elfennol am y teulu ar ochr ei thad, tylwyth Treheli, na wyddai hi fawr ddim amdanyn nhw. Roedd Caerwyn â'i ben yn ei blu wrth iddi ddweud hyn. Ysgydwodd ei ben cyn siarad.

"Mae 'na rwbath wedi digwydd pan o'n i'n wael, hogan.

Dwi'n cofio fawr ddim am yr hen ddyddia yn Nhreheli. Mae o'n beth rhyfadd, fel tasa rhyw ddrws wedi cau'n glep."

"Mi ddaw yn ôl, dwi'n siŵr. Mi fedran ni chwilio am betha efo'n gilydd: mae 'na lond bocsys o hen lunia yma. Mi awn ni drwyddyn nhw wrth ein pwysa – trio rhoi enwa i'r hen wyneba."

"Dwn i ddim faint o help fydda i. Fasa'n well i ti ganolbwyntio ar deulu dy fam. Mi fedri di holi dy fodryb yn Llandudno."

"Dwi 'di cael tipyn o stwff gan Anti Megan am deulu Dyffryn Conwy, ond yn stýc ar hanes y teulu yn Nhreheli."

Gwyddai Heulwen nad oedd ei thad erioed wedi sôn gymaint am ei gefndir yn Nhreheli ag a wnaethai ei mam am ei hieuenctid hi yn Nyffryn Conwy. Wrth gwrs, gan fod ei thad wyth mlynedd yn hŷn na'i mam, ac mai fo oedd yr ieuengaf o ddau frawd, roedd ei nain a'i thaid yn Nhreheli gryn dipyn yn hŷn na nain a thaid Llanrwst. Mi gofiai fynd i Dreheli i aros efo nhw ambell haf, pan oedd hi'n fach, ond roedd y ddau wedi marw cyn i Heulwen gyrraedd ei hugain oed.

"Mi fasa'n dda cael eich help chi, Dad," meddai Heulwen wrth gasglu'r llestri ar yr hambwrdd, "dwi yn y niwl, braidd."

"Wel, mi drïa i 'ngora, Heuls, ond dwi'n 'i chael hi'n anodd, bron fel tasa 'na rwbath yno nad ydw i ddim isio'i gofio."

18 Awst 2020

'Yn Llŷn y collais fy llais'
Morgan Llwyd

"Y lôn i Lŷn..."

Rhyw fwmian y geiriau a wnaeth Caerwyn, wrth i'r Eifl a Mynydd Carnguwch lithro heibio ar y dde iddo, y rheini'n hepian yn swrth yn y nawnddydd cynnes.

"Cynghanedd ydi honna?" holodd Heulwen, yn gyrru car ei thad yn hamddenol ar hyd rhuban syth o ffordd. Roedd am i'w thad fedru drachtio'r golygfeydd i'w gwaelodion. Doedd hithau ddim wedi arfer gyrru car ei thad a doedd y car ddim wedi gadael dreif y tŷ ers mis Ebrill, felly roedd yn bryd iddo yntau, fel ei berchennog, gael mynd am dro.

"'Dwn i ddim, hogan. Cân glywis i ar Radio Cymru'n ddiweddar ydi hi."

"Dim hon ydi'r lôn i ganol Llŷn, chwaith," meddai Heulwen.

"Naci, dilyn y lôn i Dreheli yn hytrach na hen ffordd y pererinion ar draws y penrhyn, ydan ni, ynte."

Ers tro, bellach, teimlai Heulwen fod ei thad wedi ymysgwyd o'i lesgedd yn rhyfeddol. Yn y pum wythnos ers iddo ddod adref o'r ysbyty, bu allan yn cerdded yn nhawelwch hen lwybrau'r moelydd. Treuliai amser yn pori ymysg hen luniau'r teulu gyda Heulwen – roedd rhai o'r rheini mewn albwms taclus, ond ceid cannoedd o rai eraill mewn hen focsys esgidiau.

Cloff iawn oedd ei ymateb iddyn nhw, er deuai ambell fflach o adnabyddiaeth weithiau.

"Yncl Ron ac Anti Bertha ydyn nhw. Roedd o'n blymar. Y fo ffitiodd y toiled tu mewn cynta i ni. Rhyw hen gwt yn iard gefn y tŷ oedd gynnon ni cyn hynny."

Gallai sôn bellach am ei rieni ac am ei neiniau a'i deidiau. Ni allai Heulwen gofio am unrhyw hen nain na hen daid.

"Ar y môr roedd 'y nhaid yn ddyn ifanc – tad 'y nhad," meddai Caerwyn. "Saer coed ar longau oedd o, ond ar ôl y Rhyfel Mawr roedd oes y llongau hwyliau'n dod i ben. Mi aeth i weithio i gwmni o ymgymerwyr angladdau yn Nhreheli, yn gneud eirch."

O dipyn i beth mi ddaeth darnau o'r jig-so i'w lle. Cofiai Caerwyn ei blentyndod yn Nhreheli: glan y môr a chri cyson y gwylanod. Daeth yr aelwyd yn Ael Wen yn glir i'w gof, fel petai caenen o niwl yn codi – ei fam a'i dad, ei frawd hŷn, Iestyn, a'r rhwydwaith o berthnasau yn y dref ac yng nghefn gwlad Llŷn. Pobl y dref fuasai teulu Ael Wen ers dros ganrif, a gyrrwr trên oedd ei dad, Edwin Rowlands. Cawsai ei fam, Gwyneth, ei magu ar fferm fechan yn Llŷn – Rhos Helyg.

Cofiai Caerwyn fynd, yn llaw ei fam a gyda'i frawd mawr, Iestyn, yn y 'moto piws' i weld Nain a Taid Rhos Helyg bron bob wythnos pan oedd yn fach. Y 'moto piws' oedd yr enw lleol ar y bws bychan, swnllyd a fyddai'n mygu ei ffordd heibio giât lôn Rhos Helyg ar ei ffordd i bentrefi chwarelyddol ucheldir Llŷn. Câi'r bechgyn ganlyn eu taid a'r ast fach, Meg, o gwmpas y fferm, a mwynhau llaeth ffres a brechdan jam gwsberins gan eu nain yng nghegin Rhos Helyg. Cofiai Caerwyn y gegin fel ddoe, gyda'i grât fawr o heyrns duon a'r tân yn cochi cerrig geirwon y waliau. Pan oedd yn ormod o ddrycin i gerdded y caeau efo'i daid ac Iestyn, byddai'n gyrru'r car bach Dinky a ddygai efo fo bob wythnos, ar hyd y rhimyn troellog o fortar rhwng cerrig wal y gegin. I Caerwyn, roedd gwyngalch y meini yn fynydd-dir eira, a'r car bach yn gwau'n drafferthus drwyddo.

Heddiw, a hithau'n ddiwedd Awst, roedd Caerwyn yn mynd am dro yn y car mawr am y tro cyntaf ers iddo ddod adref. Yn nwylo Heulwen, cyrhaeddodd y car y mymryn o allt sy'n disgyn i dref Treheli. Roedd strydoedd culion hen ardal forwrol y dref, gyda'u rhesi o dai Fictoraidd, wedi eu moderneiddio'n gysurus ac yn ddigon amrywiol eu gwedd, er cyfyngiadau rheolau cynllunio.

"Dacw lle roedd Bertie 'nghefndar yn byw," meddai Caerwyn yn sydyn, gan daro golwg ar un o'r tai teras.

"Fo ddysgodd fi i chwara ffwtbol. Mi fuo Bertie'n chwara dros ysgolion Cymru yn ei ddydd."

"Ydi o'n dal i fyw yn y dre?"

"Nac ydi. Mi aeth i Lerpwl ar ôl 'i *National Service*. Siŵr braidd 'i fod o'n un o'r criwia dwytha i orfod mynd i'r fyddin."

"Roedd hynny wedi gorffen cyn i chi ddod i'r oed, felly?"

"Oedd, ers tua tair blynadd."

"Beth am Yncl Iestyn, Awstralia? Mynd i'r môr wnaeth o, ynte?"

"Ia, mi ddewisodd ymuno â'r Llynges pan oedd o'n ddwy ar bymtheg oed, felly doedd dim rhaid iddo neud *National Service*. Mae Iestyn bum mlynadd yn hŷn na fi."

"Doedd 'na ddim rhyfel 'radag hynny?" holodd Heulwen.

"Dim rhyfel mawr, ar ôl Korea. Ond mi fuo peth wmbredd o hogia yn cwffio ym Malaya ac yn Cyprus – rhyfeloedd gerila oedd y rheini a mi ges i hanesion gan rai ohonyn nhw, digon i godi gwallt pen rhywun."

Cyrhaeddodd y car gylchfan brysur yng nghanol y dref,

sef Y Maes. Saf le hen farchnad da byw y dref fuasai'r Maes am ganrifoedd; ac roedd marchnad wythnosol yn dal i gael 'i chynnal yno.

"Dydi'r pandemig ddim wedi cadw pobol draw," meddai Caerwyn, wrth weld y prysurdeb o gwmpas y Maes.

"Mae pobol wedi manteisio ar y llacio sy wedi bod ar ôl y Cload Mawr," meddai Heulwen. "Ma'n siŵr bod hynny'n rhyddhad i'r siopau a'r diwydiant twristiaeth."

"Twristiaeth oedd anadl einioes Treheli pan oeddwn i'n byw yma. Wedi bod felly ers Oes Fictoria, am wn i. Mi fydda 'Nhad yn sôn am y sioeau *pierrots* ar y promenâd pan oedd o'n hogyn, a bandiau *jazz* yn y pafiliwn yn y tridegau."

"Beth oedd *pierrots*?"

"Cwmnïau bach o berfformwyr oedd yn gneud sgetsys comedi, canu a dawnsio yn yr awyr agored ar y promenâd. Os dwi'n cofio'n iawn, roedd rhai ohonyn nhw'n cael eu cyflogi gan y gwestai mawr, tra oedd y lleill yn dibynnu ar fynd rownd efo het yn hel pres yn ystod y sioe. Bywyd digon ansicr."

"Dydi hynny ddim wedi newid, felly," meddai Heulwen yn bur finiog. Wedi gweithio ym myd y theatr ers dyddia coleg, mi wyddai'n dda am yr ansicrwydd hwnnw a'i gyfnodau o 'orffwys'.

Wedi parcio, cerddodd y ddau draw at Ael Wen, ar ymyl y ffordd a redai o Dreheli i ben draw Llŷn. Ar y palmant dros y ffordd i'r tŷ, mi safodd y ddau yn llonydd, â thraffig mis Awst yn gwibio heibio ar y briffordd. Roedd gwedd allanol pur fodern i'r tŷ, er ei fod wedi'i adeiladu tua chanrif a hanner yn ôl. Rhoddwyd ffenestri dwbl uPVC iddo a drws ffrynt o'r un deunydd, yn lle'r hen ddrws pren roedd Caerwyn yn ei gofio. Bu'n peintio'r drws sawl gwaith yn ystod gwyliau'r haf pan oedd yn yr ysgol. Pan oedd yn hogyn bach, byddai Caerwyn yn chwarae yn yr ardd fechan o flaen y tŷ, a byddai'n demtasiwn fawr pigo tyllau yn swigod paent y drws.

"Mi fu'r teulu'n byw yma am dros drigain mlynedd," meddai Caerwyn yn synfyfyriol. "Tŷ rhent oedd o, cofia. Felly, doedd gynnon ni mo'r rhyddid, na'r cymhelliant, ma'n debyg i neud newidiadau mawr iddo fo.

Doedd 'na ddim trydan, dim ond nwy, nes rown i tua phump neu chwe blwydd oed."

Cerddodd y ddau ar hyd palmant y lôn i Lŷn. Yn y pellter deuai'r Foel Gron uwchlaw Mynytho i'r golwg, a thu draw wedyn, amlinell urddasol Carn Fadryn, â rhyw wawr las arni yng nghanol yr hindda.

"Blue remembered hills."

Llamodd y llinell Saesneg yn ddirybudd i gof Caerwyn. O ble ar y ddaear y daeth? Wedi ei dysgu yn yr ysgol, efallai. Mi fedra i ei ffeindio ar y we wedi mynd adref, meddai wrtho'i hun. Rhywbeth i neud â byd atgofion ydi o, ma'n siŵr. Rhaid i mi roi cynnig ar bob cliw.

Cerddodd Caerwyn a Heulwen ymlaen at y bont dros Afon Talcymerau, ardal o dir isel, corsiog, lle ceid llifogydd yn bur aml. Yn dilyn cylchfan a fforch yn y ffordd, roedd un llwybr yn mynd tuag at ogledd Llŷn a'r llall ar hyd arfordir deheuol y penrhyn, gyda Bae Aberteifi yn llyfu croen melyn ei draethau.

"Roedd 'na hen fwthyn tyrpeg yn y fforch rhwng y ddwy lôn pan oeddwn i'n blentyn," meddai Caerwyn.

Aeth y ddau ling-di-long yn ôl i gyfeiriad y dref. Cofiai Caerwyn y caeau agored gynt o boptu'r ffordd, lle roedd maestref fodern erbyn hyn. Oedd, roedd y darlun yn glir yn ei feddwl, hyd yn oed y ffynnon o ddŵr grisialaidd yng nghornel un o'r caeau, dŵr y byddai ei fam ac yntau yn ei gario fesul bwcedaid i Ael Wen, gryn chwarter milltir i ffwrdd, er bod tap dŵr glân yn y gegin ac un arall yn yr iard gefn erbyn hynny.

"Y dŵr gora gei di, Caerwyn bach, fel yr hen ffynnon yn Rhos Helyg," fyddai neges ei fam bob tro.

Torrodd Heulwen ar draws synfyfyrion ei thad.

"Ble roedd yr ysgol ers talwm, Dad?"

Gwyddai Heulwen yn iawn fod campws eang modern, yn cynnwys ysgol gynradd ac ysgol uwchradd, wedi meddiannu rhan helaeth o'r morfa gwastad ger y traeth. Ond eto, go brin eu bod nhw yno ar droad y pumdegau a'r chwedegau, pan oedd ei thad yn blentyn ysgol.

Yn sydyn, daeth rhyw ias dros war Caerwyn a theimlai stwmp ar ei stumog. Roedd fel petai'n ceisio rhoi cam ymlaen i ganol afagddu ddofn. Bron na theimlai ei hun yn mygu.

"Yr ysgol? Ew! Fedra i yn fy myw gofio, hogan! Be sy'n mater arna i, dwed?"

Craffai Heulwen arno. Roedd wedi mynd yn bur welw, ac yn sefyll yn stond, bron ar ganol cam.

"Dowch, mi awn ni yn ôl at y car, a gyrru o gwmpas y dre. Falla y daw rwbath yn ôl i chi."

Yn y car, edrychodd Caerwyn o'i gwmpas yn ddwys wrth i Heulwen yrru heibio'r ysgolion modern ger glan y môr, ac wedyn ar hyd promenâd Treheli. Dawnsiai gwreichion yr haul ar wyneb Bae Aberteifi, lle'r oedd nifer o bobl yn gorweddian ar y traeth neu'n ymdrochi.

Dechreuodd Caerwyn ymysgwyd eto.

"Mi fyddan ni'n chwara am oria ar y traeth yma'n blant. Fan'ma roedd y lle gora i ddysgu reidio beic – mae'r lôn yn llydan, ac roedd digon o le ar y prom 'i hun yn ystod y gaea. Mi fydda pob prawf gyrru car yn dod y ffordd hyn, hefyd."

Ym mhen draw'r promenâd, troes Heulwen y car yn ôl tuag at y dref. Wrth fynd heibio i'r harbwr â'i farina modern, gwelai

Caerwyn y bryn uwchlaw'r dref, yn union o'i flaen. Roedd yn cloi'r olygfa'n llwyr, gan fod Treheli ar lain o iseldir yng nghanol gwasgod o fryniau bychain.

"Duwch, dacw hi, siŵr iawn!" meddai'n sydyn, a theimlai don o ryddhad yn chwalu drosto.

"Dacw hi pwy?" holodd Heulwen.

"Ar ben y bryn acw – yn y fan'na roedd yr Ysgol Ramadeg."

Sleifiodd Heulwen yn ddirybudd i un o'r lleoedd parcio ar ymyl y ffordd, gan anwybyddu udo blin corn y car o'i hôl. Ar gopa'r bryn gwelai adeilad tri llawr, henaidd yr olwg, ei waliau'n llwydaidd a rhes o ffenestri dormer pigfain yn wynebu tua'r dref. Ymlaciodd Caerwyn yn ei sedd a dechrau siarad yn hamddenol.

"Hen ysgol ramadeg oedd hi ac aeth yn ysgol gyfun pan godwyd yr adeilad newydd ar y morfa. Rhan o goleg addysg bellach ydi'r adeilad acw bellach."

"Doedd hi ddim yn ysgol fawr?"

"Nac oedd, rhyw bedwar cant o blant yn fy amsar i. Roedd 'na Ysgol Ganol – *secondary modern* – yn y dref hefyd i'r plant nad oedd wedi pasio'r sgolarship. Tynged rhywun mewn bywyd yn cael 'i benderfynu dros ddeuddydd o arholiada ym mis Mai yn un ar ddeg oed!"

"Ydach chi'n cofio'ch cyfnod yn yr ysgol, Dad?"

"Ydw, mae'r cyfan yn dod yn ôl rŵan, yn araf."

"Oedd o'n amsar hapus?" holodd Heulwen yn bwyllog.

Tybed ai problemau yn ystod ei ddyddiau ysgol a fu'n gyfrifol am y 'niwl', chwedl ei thad.

"Oedd, hapus iawn, a deud y gwir. Mi fues i'n chwara ffwtbol i'r ysgol ac i'r sir. Mi oedd gen i ffrindia da yno." Daeth cysgod dros ei wyneb.

"Ond fedra i ddim cofio'u henwa nhw…"

"Mi ddaw hynny, Dad. Dwi'n siŵr bod 'na luniau o'ch dyddia ysgol yn y tŷ."

"Fedran ni fynd i fyny'r allt at yr ysgol?"

Roedd rhyw awydd sydyn wedi cydio yn Caerwyn.

"Mi ddangosa i'r ffordd i ti. Ma'n rhaid mynd drwy ganol y dre."

Wedi gyrru'n araf i fyny'r allt serth i'r hen ysgol cawsant fwynhau'r olygfa banoramig dros Dreheli a'r môr, o fynedfa'r coleg addysg. Yn y campws, safodd Caerwyn ar ganol cowt llydan, a syllu ar y bloc o adeiladau pur fodern ar y dde, a'r hen adeilad Fictoraidd yn union o'i flaen.

"Roedd y darn modern yma'n newydd sbon pan ddois i i'r ysgol. Rown i yn yr ail flwyddyn pan ddechreuon nhw ddefnyddio'r neuadd newydd, a throi'r hen neuadd yn llyfrgell."

Edrychai Heulwen o'i chwmpas.

"Mae 'na adeiladau mwy newydd fyth yn fan'cw, yn ôl eu golwg, beth bynnag."

Troes Caerwyn i fwrw golwg arnyn nhw.

"Doeddan nhw ddim yno yn fy adag i. Hen weithdy gwaith coed a chwt newid ar gyfer chwaraeon oedd yno."

"Helô, Heulwen!" galwodd llais o gyfeiriad yr hen adeilad.

Troes y ddau i edrych, a daeth gŵr yn ei ddeugeiniau cynnar tuag atyn nhw'n gwenu'n rhadlon. Estynnodd Heulwen tuag ato, ond cofiodd am y canllawiau diogelwch Cofid.

"Dei! Sut wyt ti ers talwm?"

"Dal i fynd, Heuls. Beth sy'n dod â chdi yma?"

Troes Heulwen at ei thad.

"'Nhad ydi hwn, Dei. Mi oedd o'n ddisgybl yma pan oedd y lle'n ysgol ramadeg."

"Dei Gibson ydw i. Roedd Heulwen a finna yng Nghaerdydd yr un pryd. Mi oeddan ni'n dau yn canu efo Côr Godre'r Garth. Dwi ar staff y coleg yma rŵan yn dysgu Gwyddoniaeth ac yn aelod o'r tîm rheoli hefyd. Wyt ti'n dal ym myd y theatr, Heuls?"

"Hynny o fyd y theatr sydd ar ôl. Mae pob man ar gau ar hyn o bryd."

"Ydyn, siŵr. Hen gyfnod anodd ydi o. Ydi'r lle yma wedi newid lot ers ych dyddia chi, Mr Rowlands?"

"Dim ond y bloc newydd acw a'r maes parcio, lle roedden ni'n chwara pêl-droed. Ond mae'r adeilad gwreiddiol bron fel ddoe, heblaw am y ffenestri dwbl. Hen ffenestri sash pren oedd yno ers talwm yn clecian mewn gwynt cryf."

"Mae'r safle yma reit yn llygad y ddrycin," ychwanegodd Dei.

"Croeso i chi'ch dau fwrw golwg dros yr adeiladau. Ma'n nhw ar agor, er nad oes myfyrwyr yma ar hyn o bryd. Cofiwch am y dispensars jel dwylo wrth y drysa. Neis dy weld di eto, Heuls."

"A chditha, Dei."

Llifai'r atgofion yn ôl wrth i Caerwyn sefyll yn y neuadd – y gwasanaethau boreol, yr athrawon yn eu gynau duon ar y llwyfan, dwndwr beunyddiol dau eisteddiad cinio ysgol a *prefects* y chweched dosbarth yn ceisio cadw rhyw fath o drefn wrth y byrddau fformica.

Cofiai'r perfformiadau a fu yn y neuadd – y dramâu, y cyngherddau Nadolig ac eisteddfod yr ysgol. Fel aelod o gôr, neu barti canu yn unig y bu Caerwyn ar y llwyfan, heblaw am ddarllen mewn gwasanaeth boreol, pan oedd yn y chweched dosbarth. Gwelai ambell i wyneb yn llygad y cof, yn canu neu'n actio. Cofiai un ddrama mewn gwisgoedd Rhufeinig ac un arall yn steil y ddeunawfed ganrif – anterliwt, tybed? Câi ei gorddi wrth gofio labeli moel fel 'Rhufeiniaid' neu 'anterliwt', ond heb fedru cofio'r unigolion na'r achlysuron neilltuol. Gweld y goedwig ond methu adnabod y coed…

Wrth i fflachiadau'r wynebau ar lwyfan fynd a dod yn ei gof, safodd un ddelwedd yn stond yn llygad ei feddwl. Un wyneb – wyneb geneth yn canu – yn canu hen alaw werin hiraethus, er na ddeuai'r geiriau i'w gof. Aeth rhyw ias drosto wrth ei gwylio, cyn i'r rhith ddiflannu. Teimlai'r stwmp yn ei stumog. Pwy oedd hi?

Torrodd llais Heulwen trwy'r dryswch.

"Ydach chi isio mynd i'r hen adeilad am dro?"

Dilynodd yntau Heulwen, bron yn beiriannol, ar hyd coridorau uchel yr hen ysgol. Sylwodd fod y dosbarthiadau wedi eu moderneiddio, y bwrdd gwyn electronig, a'r fyseddell gymhleth yr olwg ar y podiwm darlithio. Cadeiriau darlithfa oedd yno, bellach, yn hytrach na'r hen ddesgiau pren, lle roedd cenedlaethau o ddisgyblion wedi naddu eu henwau. Roedd yr hen neuadd, a ddaethai'n llyfrgell yng nghyfnod Caerwyn, bellach yn ystafell gyfrifiaduron helaeth.

"Beth am 'i throi hi am adra, Heuls?" meddai Caerwyn yn sydyn.

"Ydach chi wedi cael digon? Ffwrdd â ni, 'ta."

Troes Heulwen yn ddi-lol ar ei sawdl tuag at y grisiau carreg, gan adael yr adeilad heb brin dorri gair.

Ar y daith adref o Dreheli, roedd Caerwyn yn bur dawedog. Barnai Heulwen mai gwell oedd gadael iddo hel meddyliau a rhoes *Radio Three* y BBC ymlaen i wrando ar gerddoriaeth glasurol, heb yr hysbysebion a godai wrychyn ei thad ar *Classic FM*. Pumed Symffoni Beethoven oedd ar y radio. Cofiai Caerwyn y gwaith yn dda. Roedd casgliad o recordiau clasurol finyl ganddo gartref ac yn ddiweddar gwelodd fod dyddiadau o'i gyfnod ysgol wedi eu sgwennu ar rai ohonyn nhw. Roedd nodau cyntaf y symffoni hon yn fyd-enwog – "ffawd yn curo ar y drws". Dewiswyd y motif dramatig yn arwyddnod radio ar gyfer goresgyniad mawr *D-Day* yn 1944. Ond ail symudiad y gwaith oedd i'w glywed ar y funud – darn ac iddo oslef hiraethus bob yn ail ag ymchwydd dramatig. Wrth wrando, mi ddeuai'r wyneb a welsai yn ei feddwl yn neuadd yr ysgol yn ôl i'w gof.

Pwy oedd hi? Pam y lledodd yr ias honno drosto pan ddaeth ei llun i'w gof? Rhywun pwysig yn ei fywyd, neu hen gariad, tybed? Efallai. Ond, wrth weld yr wyneb tlws fel rhith yn neuadd yr ysgol, teimlai hefyd fysedd rhynllyd arswyd yn gafael ynddo.

Dyfnhaodd y teimlad hwnnw pan gyrhaeddodd y ddau adref. Aeth Caerwyn i bori ymysg llyfrau barddoniaeth Manon. Cofiai hi'n ei annog i ddarllen cerddi *A Shropshire Lad* gan A. E. Housman, am ei fod yn cyfleu naws cefn gwlad y gororau, lle bu'r ddau ohonyn nhw'n cerdded lawer tro. Daeth o hyd i'r gyfrol fechan yn ddidrafferth, a'r ddau bennill a fuasai'n hofran yn ei feddwl ers y bore:

Into my heart an air that kills
  From yon far country blows:
What are those blue remembered hills,
  What spires, what farms are those?

That is the land of lost content,
  I see it shining plain,
The happy highways where I went
  And cannot come again.

Atseiniai'r cwpled olaf yn ei feddwl. Colled – roedd yn ddigon cyfarwydd â'r cythraul hwnnw a'r nychdod a ddeuai yn ei sgil. Ond ai profiad a gawsai ers talwm oedd yn chwarae'r diawl â'i gof rŵan? Oedd o wedi profi rhyw Dír na nÓg flynyddoedd maith yn ôl, a'i golli am byth, fel yn yr hen chwedl?

Awst 2020

'Dau lygad disglair fel dwy em...'
John Morris-Jones

"Ydach chi'n cofio dipyn mwy wedi bod yn Nhreheli?"

Dros banad yn y gegin, roedd Heulwen yn dechrau torri'r ias ar ôl y siwrnai fud tuag adref yn y car.

"Ydw, yn enwedig am yr hen gartra yn Ael Wen, er mor wahanol ydi golwg y lle erbyn hyn."

"Ddim gymaint am eich dyddia ysgol?"

"Yndw a nac ydw. Dwi'n cofio'r lle'n berffaith glir, amryw o'r athrawon, a rhai o'r hen griw oedd yno efo fi. Ond mae 'na fwlch – na, dim bwlch ydi'r gair, mae fel tasa 'na 'baricêd' ar draws, na fedra i mo'i basio fo."

"Ei basio fo i gyrraedd lle?"

"Dyna'r diawl o beth, Heuls. Does gen i ddim syniad be allai fod yno, ond 'i fod o'n bwysig, rywsut."

Troai ei lwy yn anniddig yn y gwpan de, ac yna dywedodd yn sydyn, â'i wyneb yn goleuo:

"Y llunia mawr! Dyna fasa'n helpu! Llunia hir, panoramig, o bawb yn yr ysgol yn sefyll yn y cae chwara."

"O, ia. Mae gen inna un o'r rheini, hefyd, o Ysgol Syr Hugh."

"Mae gen i ddau," meddai Caerwyn yn frwd. "Mi gafodd un 'i dynnu yn *Form Three* a'r llall yn y chweched dosbarth."

Gwenodd Heulwen.

"Ac ma'n siŵr bod rhywun wedi rhedeg o un pen i'r rhes i'r llall, er mwyn bod yn y llun ddwywaith."

"Do, debyg, ond roedd cael 'y ngwep ynddyn nhw unwaith yn fwy na digon gen i, diolch yn fawr!"

"Doeddan nhw ddim yn y bocsys llunia yn yr atig, Dad."

"Na, fasan nhw ddim. Mae'r ddau yn un rhowlan mewn drôr yn rhwla – un o'r llofftydd, ma'n siŵr."

Gwelai Heulwen fod gwerth i'r syniad newydd hwn.

"Mi fydd pob copa walltog yn y ddau lun – yr athrawon a'r plant. Mi gewch chitha roi enwa i'r wyneba i mi. Prin 'mod i wedi cyfarfod â neb o'ch hen ffrindia ysgol chi."

"Naddo, ychydig iawn o gysylltiad fu gen i efo nhw wedyn... am wn i."

"Er pan adawsoch chi'r ysgol?"

"Ia, ma'n debyg... Ond dydw i ddim yn siŵr o hynny chwaith."

Gwelai Heulwen y rhwystredigaeth yn cochi yn ei wyneb.

"Does gen i ddim syniad, Heuls, a deud y gwir, dim blydi clem."

Cododd Caerwyn oddi wrth y bwrdd, agor drws y gegin a mynd allan i'r ardd, gan anadlu'n drwm. Yn raddol, yn yr awel fwyn, ymdawelodd, a theimlai'r don o banig yn edwino. Safodd Heulwen wrth ei ochr, a rhoes ei llaw ar ei fraich.

"Cropian cyn cerdded, Dad. Dyddia cynnar ydi'r rhain. Mae'ch cyfansoddiad chi mewn sioc o hyd. Mi awn ni am dro ar hyd y llwybra fory a rhoi Treheli yn y drôr am ychydig."

Torrodd gwên dros wyneb Caerwyn.

"Dyna fyddai Nain yn 'i neud ers talwm. Roedd ganddi hi ddresel dderw efo llunia aeloda'r teulu o dan y silffoedd llestri, amryw ohonyn nhw'n byw ac yn gweithio i ffwrdd. Pan na fydda hi wedi cael llythyr neu gerdyn post ers tro, mi fydda llun y pechadur yn mynd i mewn i'r drôr yn y dresel."

"Nes bydda'r llythyr nesa'n cyrraedd?"

"Siŵr iawn."

Arhosodd Caerwyn yn yr ardd am orig wedyn. Bu'n tocio ambell wrych go uchel a thynnu pennau rhai blodau oedd wedi darfod.

Ar ôl swper, bu'r ddau yn gwylio'r teledu, heb sôn gair am Dreheli na hel atgofion am y gorffennol. Felly y bu am ryw wythnos wedyn – mynd am dro ym mwynder diwedd haf, a mwynhau panorama Eryri yn ymledu o'u blaenau. O Fynydd y Cilgwyn, roedd yr olygfa mor glir weithiau, taerai Caerwyn ei fod yn gweld ffenestri mawr Canolfan Ymwelwyr Hafod Eryri yn sgleinio yn yr haul ar gopa'r Wyddfa.

Gwnaeth nifer o alwadau ffôn a sgyrsiau ar *Zoom* a *Facetime* gydag aelodau o'r teulu. Bu Caerwyn yn sgwrsio ddwywaith efo'i frawd, Iestyn, yn Awstralia, lle bu'n byw ers iddo adael y Llynges. Cawsai Iestyn swydd gydag un o'r cwmnïau llongau masnachol yn Awstralia, ac yntau'n gyn-gapten llong rhyfel, uchel ei barch.

Un bore glawog, penderfynodd Caerwyn fynd i chwilota yn y llofftydd. Roedd nifer o gistiau a drôrs yno, yn llawn o fân geriach a thrysorau cadw Manon ac yntau. Doedd Caerwyn ddim wedi ystyried clirio na didoli'r rhain ar ôl colli ei wraig, er y bu'n rhaid symud nifer o bethau fel bod lle gwag yn llofft Heulwen pan ddaeth i fyw ato, ddeunaw mis yn ôl.

Wrth chwilota, daeth Caerwyn o hyd i'r llythyrau a sgwennodd y ddau at ei gilydd, ar yr adegau prin hynny y buont ar wahân. Roedd Manon wedi rhwymo'r bwndel llythyrau â rhuban, a'u rhoi mewn amlen. Bwriodd Caerwyn olwg ar rai o'r llythyrau cynharaf – a'r mwyaf niferus, cyn iddyn nhw briodi. Tynnodd lythyr o'i amlen gyda'r dyddiad Hydref 1972 wedi'i sgwennu arno.

Merch o Lanrwst oedd Manon, yng Ngholeg y Brifysgol yn Aberystwyth bryd hynny, a Caerwyn yn athro hanes ifanc yn yr Wyddgrug. Cofiai'r tro cyntaf iddyn nhw gyfarfod, mewn gig gan Gymdeithas yr Iaith ym mhrifwyl Hwlffordd, haf '72. Newydd orffen ei hail flwyddyn yn Aber oedd Manon, yn gwneud gradd mewn Daearyddiaeth. Yn dilyn yr Eisteddfod, bu'r ddau yn cerdded y mynyddoedd gyda'i gilydd trwy weddill yr haf, ond gyda'r nos byddai Manon yn gweini prydau bwyd yn un o westai Llanrwst. Yn ystod yr haf wedyn a Manon newydd raddio, dyweddïodd y ddau. Cafwyd y briodas y flwyddyn ddilynol, 1974, a Manon yn cael swydd dysgu yn Nyffryn Clwyd. Mewn tŷ ar ystad newydd yn Llanelwy y bu eu cartref cyntaf ac wedi hynny, wrth reswm, roedd y llythyrau rhyngddynt yn brin. Yn Adran Famolaeth Ysbyty H. M. Stanley, yn Llanelwy, y ganed Heulwen, eu hunig blentyn, yn 1976.

Blynyddoedd hapus, a'r cyfan yn gwbl glir yng nghof Caerwyn, heb unrhyw gymorth gan y llythyrau. Doedd dim bwlch na 'baricêd' o fath yn y byd yn rhediad eu hanes gyda'i gilydd. Roedd hyd yn oed misoedd tywyll salwch a marwolaeth Manon, bum mlynedd yn ôl, wedi eu serio'n ddidostur ar ei gof. Beth, felly, oedd y rhwystr rhyngddo a chyfnod y chwedegau?

Er ei fod yn cofio peth o'i gyfnod fel athro cyn cyfarfod â Manon, roedd diwedd ei amser yn yr ysgol a'i holl yrfa yn fyfyriwr ym Mangor wedi diflannu o'i gof. Dyma gyfnod y 'baricêd', fel y galwai Caerwyn y blynyddoedd coll. Bob tro y ceisiai dorri drwy'r gwrthglawdd, teimlai'r rhwystredigaeth yn ei lethu, a'r stwmp yn dod yn ôl i'w stumog.

Yng nghefn un o'r drôrs, y bore glawog hwnnw, mi drawodd Caerwyn ar y rhowlyn gwyn y bu'n chwilio amdano: dau ffotograff panoramig wedi eu rhowlio gyda'i gilydd fel darn o beipen. Tynnodd y rhwymyn elastig ac agor y lluniau. Craffodd ar yr hynaf o'r ddau lun: llun o 1959, pan oedd Caerwyn yn y trydydd dosbarth, fel y câi blynyddoedd ysgol eu cyfrif bryd hynny. Yn un o resi canol y llun roedd Caerwyn. Eisteddai plant y flwyddyn gyntaf ar y glaswellt ym mlaen y llun, ac roedd yr athrawon a'r chweched dosbarth yn eistedd ar y fainc isaf â'u traed yn ddiogel ar y ddaear. Yn y fan a'r lle, edrychai'r cilgant o feinciau fel rhan o amffitheatr bur simsan, ond yn y llun printiedig roedd y cyfan yn llinell unionsyth.

Mor ifanc a diniwed yr edrychai, â thwmpath afreolus o wallt, er gwaethaf slabyn go lew o Brylcreem, mae'n debyg. Tipyn gwahanol i heddiw. Er nad oedd wedi colli ei wallt i'r un graddau â llawer o'u cyfoedion, bu'n arferiad gan Caerwyn dorri ei wallt yn fyr ers yr wythdegau. Er hynny, cofiai mai gwallt hir oedd ganddo pan gyfarfu â Manon.

Edrychodd yn fanwl ar y darlun cyntaf. Mi gofiai'r wynebau o boptu iddo yn y rhes: John Gwyn Lloyd a Threfor Parry. Dau o hogiau'r dref ac roedd y tri ohonyn nhw wedi bod yn yr ysgol gynradd gyda'i gilydd hefyd. Cofiai sawl un arall o'i flwyddyn, yn rhythu arno o'r darlun. Rasiodd ei lygaid ar hyd y rhesi, gyda sawl fflach o adnabyddiaeth, ond heb danio unrhyw gyffro yn ei feddwl.

Troes Caerwyn wedyn at yr ail lun. Ar ei waelod roedd yntau, rywdro, wedi sgriblan y dyddiad 'Ebrill 1963'. Ddau fis cyn iddo adael yr ysgol y tynnwyd y llun, felly. Gwelai ei hun, yn edrych cryn dipyn yn aeddfetach, yn llanc deunaw oed. Erbyn hyn roedd yn eistedd ar y fainc flaen, gyda'r chweched dosbarth a'r athrawon, ac roedd bathodyn swyddog ar ei siaced. Petai'r llun yn ddigon eglur, mae'n siŵr mai'r gair *prefect* fyddai arno. Sylwodd Caerwyn ar y wedd herfeiddiol a hyderus yn yr wyneb ifanc, a daeth parodi ar hen ddihareb i'w feddwl:

"Yr hen a ŵyr, a'r ifanc a ŵyr y blydi lot."

Eto i gyd, agorodd mo'r llifddorau i adael i Ebrill 1963 ruthro'n ôl i'w gof fel tswnami. Edrychodd ar y ffrindiau o boptu iddo: roedd John Gwyn a Threfor yn dal yno, a deuai enwau amryw o rai eraill yn ôl iddo. Oedd, roedd yn eu cofio, ond eu cofio fel roedden nhw yn y darlun blaenorol a'r holl gyfeillach a fu rhyngddyn nhw pan oedden nhw'n iau – y gemau pêl-droed yn arbennig. Roedd yr olygfa unigryw hon, felly, wedi ei lleoli y tu ôl i'r 'baricêd', yn nhir neb ei gof, ond heb adwy o gwbl yn arwain ymlaen nac yn ôl.

Teimlai ias oer yn cerdded drosto unwaith eto, wrth iddo wthio yn erbyn y gwrthglawdd anweledig. Eisteddodd ar ymyl y gwely yn pendroni, ac yn ceisio edrych i fyw ei lygaid ei hun yn ddeunaw oed.

"Beth ddiawl oedd ar 'y meddwl i'r diwrnod hwnnw?"

Bron na phrofai bendro wrth geisio olrhain hynt y cyfnod pwysig hwn yn ei hanes. Beth oedd o'n ei wybod? Gwyddai iddo lwyddo yn ei arholiadau Lefel A yr haf hwnnw, ac iddo fynd i Fangor i'r brifysgol. Craffodd Caerwyn ar y llun unwaith eto. Wynebau hapus yn gwenu yn llygad yr haul bron i drigain mlynedd yn ôl. Tremiodd ar hyd y rhes flaen yn bwyllog ond yn ddigyffro, hyd nes –

AROS!

Safodd ei drem yn syfrdan. Teimlai fod un wyneb yn llamu tuag ato o lyfnder sgleiniog y llun, fel petai effaith tri dimensiwn pwerus ar waith. Wyneb un o enethod y chweched dosbarth a welai – wyneb tlws â'i gwên yn pontio'r degawdau. Roedd ei llygaid llon fel petai'n edrych i fyw ei lygaid. Dyma'r eneth a welsai fel rhith yn neuadd ysgol Treheli!

Ar amrantiad, daeth enw i'w feddwl – Luned. Doedd ganddo'r un gronyn o amheuaeth pwy oedd hi – Luned Ifans o dreflan fechan Brynserth, saith milltir o Dreheli. Wrth iddo edrych ar ei hwyneb, a'r chwerthin yn ei llygaid, symudodd cornel y 'baricêd', a rhoes Caerwyn ei droed ar dir a oedd wedi bod ar gau iddo ers misoedd.

Yn gwbl ddirybudd, fel daeargi wedi gwingo a gwthio trwy dwnnel cul a thywyll, roedd Caerwyn allan yng ngolau dydd, yn heulwen llachar Ebrill 1963.

Ebrill – Gorffennaf 1963

'Pwy ni chwardd pan fo hardd haf?'

Dafydd ap Gwilym

Wrth i resi taclus y meinciau wasgaru, bu chwalfa swnllyd o neidio a baglu bwriadol ar y cae chwarae. Er gwaethaf rhybuddion y prifathro, cafwyd ton o chwerthin a gwthio wrth i bedwar cant o blant adael oriel eu hanfarwoldeb ar y cilgant o feinciau. Roedd y ffotograffydd yn cadw'i offer yn gwbl ddiffwdan trwy ganol y stŵr.

"Dyna chdi siop siafins go iawn," meddai Trefor.

Cerddai John Gwyn a Caerwyn, efo Trefor, heibio i gwt sinc rhydlyd yr ystafell newid gan adael y llanast ar y cae chwarae y tu ôl iddyn nhw.

"Hogia, dowch yma!" galwodd llais awdurdodol o ymyl y cae.

Llais y dirprwy brifathro.

"Ylwch, rydach chi'ch tri yn *prefects* o ryw fath. Dowch i roi help llaw yn fan'ma."

Troes y tri yn ôl a hebrwng y plant iau oddi ar y cae chwarae a'u cyfeirio'n ôl at eu dosbarthiadau. Yn y cyfamser, roedd yr athrawon wedi trefnu criwiau o'r bechgyn hŷn i gario'r meinciau i'r neuadd. Bu'r tri wrthi wedyn yn goruchwylio'r gwaith o stacio'r meinciau plyg cyn mynd i'w gwersi.

Ar goridor hir y prif adeilad, trawodd y tri ar Luned, a hithau'n mynd i'w gwers Ffrangeg.

"Welis i chi'n cael eich dal yn dengyd. Gawsoch chi drefn ar betha wedyn?"

"Ew, do. *'I'm in charge'* 'run fath â Bruce Forsyth," atebodd John Gwyn.

"Gesiwch pwy sy'n gwatsiad gormod o teli…" ychwanegodd Trefor.

"Wela i chi yn y munud, hogia," meddai Caerwyn, a phrysurodd y ddau arall yn eu blaenau, gan adael Caerwyn efo Luned.

"Fyddi di'n dod i'r dre ddydd Sadwrn?" holodd Caerwyn.

"Bydda, mae Anti Dilys yn cwarfod Mam a finna amser cinio. Mi fedra i aros wedyn tan gyda'r nos. Mi a' i adref efo'r býs."

"Mi awn ni i'r caffi yn y Maes cyn mynd i'r pictiwrs," cynigiodd Caerwyn.

Gwenodd Luned.

"Ma'n rhaid i mi fynd. Dim ond pump ohonan ni sy'n gneud Ffrangeg. Mae Miss Davies yn siŵr o sylwi os na fydda i yno."

Cyffyrddiad llaw sydyn, ac aeth y ddau i'w gwersi. Dydd Sadwrn ddaw…

*

Tywynnu wnaeth yr haul eto ar y prynhawn Sadwrn. Wedi cael cinio efo'i mam a'i modryb ym mwyty'r Dorlan, cyfarfu Luned â Caerwyn yn y Maes, a chychwyn am dro tuag at lan y môr. Rhiffiai awel fwyn walltiau'r ddau wrth iddyn nhw gerdded heibio i ddolydd gleision y morfa agored ar un llaw, a rhesi o dai sylweddol o droad y ganrif ar y llaw arall. Wedi esgyn y clip bychan yn y ffordd, gerllaw i brif westy glan y môr, agorai ehangder o fôr o'u blaenau, gyda melynwy'r traeth yn ymestyn am filltiroedd, rhwng dau bentir creigiog.

Rhedai esgair isel o dwyni tywod rhwng y promenâd llydan a'r traeth. Coronid hwnnw gan foresg, yn dwmpathau pigog fel byddin o ddraenogod gwyrddion. Mewn pant yng nghesail y dwynen yr eisteddodd Luned a Caerwyn, yn fodlon eu byd. Ym mreichiau ei gilydd safai amser yn llonydd, ond yng nghanol y bodlonrwydd, brigai ambell i gwestiwn pur ddwys.

Buasai'r ddau gyda'i gilydd ers trothwy'r Nadolig. Yn hwyl a miri dawns pentymor yn neuadd yr ysgol y gwnaeth Caerwyn y dêt cyntaf efo Luned. Nosweithiau Sadwrn yn y sinema fu patrwm y pum mis nesaf, yn ogystal â sawl prynhawn Sadwrn yn cerdded y fro gyda'i gilydd. Yr unig eithriadau oedd pan fyddai gêm bêl-droed gan Caerwyn, ond ar foreau Sadwrn y byddai'r rheini gan amlaf. Ar ambell i brynhawn Sul, câi Luned fenthyg car ei mam, a deuai am dro i Dreheli.

Doedd Luned ddim am fynd yn "rhy bell" yn eu perthynas, ond roedd tynfa ac anwyldeb cynnes yn eu clymu'n emosiynol fwyfwy. Serch hynny, â'r ddau yn ddeunaw oed a dyddiau ysgol yn dirwyn i ben, daeth cyfnod o brysur bwyso yn eu hanes. Cawsai Luned ei derbyn i'r brifysgol yn Aberystwyth a Caerwyn i Fangor. Wrth reswm, doedd pellter o lai na naw deg milltir ddim yn ddiwedd y byd, ond sylweddolai'r ddau y byddai'n rhaid gwneud penderfyniad. Oedden nhw am aros gyda'i gilydd, a bodloni ar garu o bell, ynteu gadael i'r haf a oedd o'u blaenau fod yn benllanw ac yn drai ar eu carwriaeth? Ai tymor y dail yn disgyn ac edwino fyddai eu perthynas yr hydref hwnnw?

Yng nghysgod y twyni, cofleidiai Luned hithau Caerwyn, a theimlo cryfder y cyhyrau ifanc drwy'r crys tenau. Teimlai anwes ei law yntau ar ei chlun noeth, uwchben ei hosan neilon, a gwyddai ei fod yntau eisiau mwy nag anwes. Eto i gyd, roedd yna sadrwydd pwyllog yn perthyn i'r hogyn; a doedd ganddi ddim pryderon y byddai Caerwyn yn gwthio gormod ar y ffiniau. Gallai drystio Caerwyn a theimlai sylfaen o ddiogelwch islaw'r wefr a gâi o'i gyffyrddiad.

"Peidiwch â cholli'ch penna, y ddau ohonach chi," oedd siars ei mam wrthi. Roedd hithau wedi cwrdd â Caerwyn droeon, ac yn barnu ei fod yn "hogyn call".

"Mae gynnoch chi'ch oes i gyd o'ch blaena."

Eich oes i gyd. Bu'r ddau yn sôn llawer am y byd oedd yn agor ei ddôr o'u blaenau. Roedd cyfnod ysgol yn darfod, a'r ddau yn edrych ymlaen o ddifrif at fynd i'r brifysgol. Bu Luned yn meddwl yn aml am y profiadau newydd a gâi yn Aberystwyth: lle newydd, ffrindiau newydd – a phwy a ŵyr?

Ydw i'n caru Caerwyn? Beth ydi 'cariad' go iawn? Doedd Luned erioed wedi mynd allan efo hogyn am gyfnod mor hir o'r blaen, fel y pum mis y bu efo Caerwyn. Oedd hi wedi profi digon i allu dweud ei bod hi 'mewn cariad'?

Teimlai Caerwyn ei gorff yn ymateb yn daer i gyffyrddiad croen cynnes Luned dan ei law. Gwyddai ei fod yn dyheu amdani, a chusanodd hi yn llawn angerdd.

"Rwyt ti ar ganol dysgu dreifio," daeth llais cryf ei dad i'w gof yn sydyn.

"Mae gen gar frêcs i chdi fedru stopio. Mae gen titha frêcs pan fyddi di efo hogan. Gwna'n siŵr dy fod ti'n hiwsio nhw. Meddwl am yr hogan bob amsar."

Meddwl am yr hogan – daethai hynny'n reddf ganddo erbyn hyn. Roedd yn adnabod Luned mor dda, a'r ddau yn gallu darllen ei gilydd cystal, dim mecanwaith peiriannol oedd y brêcs bellach. Â'u cyrff wedi clymu'n gynnes, gallai'r ddau synhwyro pa bryd i lacio'r cwlwm.

Y prynhawn hwnnw, ar draeth Treheli, edrychai cynfas y byd yn eang a llawn posibiliadau i'r ddau. Ond dim delweddau rhamantaidd oedd ganddyn nhw o'r byd, er bod fflach o ramant neu antur bosib yn dod, weithiau, wrth iddyn nhw feddwl am eu lle yn y degawd ifanc hwn – y chwedegau.

Doedd Caerwyn a Luned ddim yn gweld popeth o'u cwmpas trwy'r un sbectol. Cefndir teuluol oedd rhan o'r achos. Cefnogwyr y Blaid Lafur fuasai teulu Caerwyn ers degawdau, a'i dad, Edwin Rowlands, yn yrrwr trên ac yn ysgrifennydd y gangen leol o Undeb y Gweithwyr Rheilffordd. Ei bryder mawr o ar y pryd oedd y bygythiad, gan lywodraeth Dorïaidd y dydd, i gau rhannau helaeth o'r rhwydwaith rheilffyrdd, a nifer o'r rheini yng Nghymru. Aelodau o Blaid Cymru oedd rhieni Luned, ac wedi ymuno â'r Blaid yn sgil llosgi'r Ysgol Fomio yn Llŷn yn 1936. Boddi pentref Capel Celyn gan ddinas Lerpwl ar gyfer cronfa ddŵr Llyn Tryweryn fuasai'r testun llosg mwyaf ganddyn nhw ers rhai blynyddoedd.

Eisteddodd y ddau am ychydig yn edrych allan i'r môr, a Caerwyn yn plethu un o foresg y twyni rhwng ei fysedd.

"Roedd pobol yn gneud matiau efo'r rheina ers talwm," meddai Luned gyda gwên.

"Mi fydd petha'n newid i ni ar ôl yr haf yma…" oedd sylw Caerwyn yn synfyfyriol, ond efo cwestiwn diofyn yn ei lais.

"Mae lot o betha'n newid, Cer – pob dim, ma'n debyg. Siŵr braidd y cei di dy lywodraeth Lafur ar ôl y lecsiwn nesa. Ond go brin y bydda hynny'n stopio Tryweryn arall."

"Mi fydd gynnon ni Ysgrifennydd Gwladol. Mi geith Cymru fwy o lais yn Llundain."

"Ond pam dyla dyfodol Cymru gael ei benderfynu yn Llundain? Mi wn i bod 'na Gymry da yn y Blaid Lafur, ond 'Prydain Fawr' sy'n dod gynta bob tro."

Wedi saib, aeth Luned yn ei blaen.

"Falla na dim yn y Senedd y bydd petha'n digwydd yn y dyfodol…"

Edrychodd Caerwyn yn syn arni.

"Be, chwythu petha i fyny, 'run fath â Tryweryn? Dim diolch yn fawr! Oes, mae gen yr hogia 'na ddigon o gyts, ond beth tasa pobol yn cael eu lladd, Lun? Dyna ydi'n dyfodol ni?"

"Na, dim am y ffrwydro dwi'n sôn. Mae 'na ffordd well. Chlywist ti mo ddarlith radio Saunders Lewis, naddo?"

"Am ddyfodol yr iaith? Naddo – dim ond cael 'i hanes hi gen ti a chriw y Blaid."

"Mi fuo 'na brotest yn Aberystwyth, yn fuan ar ôl i mi fod yno am gyfweliad. Dwsina o bobol yn ista ar y ffordd a chau Pont Trefechan i brotestio yn erbyn agwedd y Swyddfa Bost at y Gymraeg."

Bu Caerwyn yn dawel am eiliad neu ddau.

"Faint o fania Post gafodd eu stopio? Ynta ceir a fania pobol gyffredin oeddan nhw?"

"Dim dyna'r pwynt. Protest gwbwl heddychlon oedd hi – dim difrod, dim trais. Mi allet ti alw fo'n 'daro'r post i'r pared glywad'!".

"Olréit, taro'r post! Gwranda, Lun, mae protestwyr dros hawlia pobol dduon yn America wedi bod yn gneud yr un math o beth. Ond ma'n nhw'n cael eu waldio at waed – gan y plismyn yn aml."

Edrychodd Luned yn daer arno.

"Ond mae hynny'n cryfhau eu hachos nhw, Cer. Mae o'n tynnu sylw'r byd at yr anghyfiawnder."

Ysgydwodd Caerwyn ei ben.

"Fedri di ddim cymharu Cymru efo be sy'n digwydd yn Alabama a Mississippi. Mae pobol dduon yn cael eu stopio rhag fotio yno, ac mae 'na gangia gwyn yn mynd o gwmpas yn eu curo nhw. Yn y wlad yma mi geith pawb fotio i'r blaid ma'n nhw isio, diolch byth."

"Ond fedran ni ddim gadael dyfodol yr iaith jest i'r pleidia gwleidyddol. Mae hi'n rhy bwysig i hynny!"

Roedd wyneb Caerwyn yn dechrau tynhau.

"Wel, pam ddiawl bod gynnon ni bleidia gwleidyddol os nad ydan ni am eu cefnogi nhw? A'r ffordd i neud hynny ydi fotio iddyn nhw. Ennill lecsiwn a chael y pŵer i newid petha."

"Ond beth os nad ydi'r un o'r pleidia am neud be sy angen 'i neud? Be sy'n digwydd wedyn?"

"Uffarn dân, Lun! Os ydi hi'n blaid ddemocrataidd mi fedri di godi dy lais i dreio newid y polisi. Os cei di ddigon o gefnogwyr mi gei di dy ffordd. Dyna sut mae petha'n gweithio!"

"Ond mi gymerith tan Sul Pys i bobol Cymru weld pa mor ddrwg ydi sefyllfa'r iaith. Mi fydd hi'n rhy hwyr erbyn hynny, siŵr. Mae isio gneud rwbath RŴAN!"

Ffrwydrodd Caerwyn.

"Felly, rwyt ti isio i ddyrnaid o bobol, heb gael eu dewis gan neb ond nhw'u hunain, gael penderfynu petha dros bawb arall?"

Roedd Luned yn cochi erbyn hyn.

"Dydi mudiada protest ddim yn penderfynu dim, Cer. Gneud i bobol feddwl ma'n nhw – meddwl a ydan nhw'n fodlon ar betha fel y ma'n nhw, ynta ydan nhw isio newid."

"Ac os nad ydi pobol isio newid? Ydi'r protestio'n stopio? Ynta mynd yn fwy ymosodol fydd o? Pryd fydd yr ista i lawr yn troi'n gwffio – neu yn fomio?"

Cododd Luned a hel y tywod oddi ar ei dillad fel petai'n waldio pla o forgrug.

"Sdim gobaith mul i Gymru os bydd rhaid i ni ddisgwyl i

chdi a dy Blaid Lafur neud rwbath. Dwi'n mynd adref. Wela i di yn yr ysgol ddydd Llun."

Heb air pellach stryffaglodd dros y twyni moresg ac ar hyd y promenâd tua'r dref.

Petrusodd Caerwyn.

Na, uffar o berig. Doedd o ddim yn mynd i redeg ar ei hôl. Mi geith hi ddod at ei choed dros y Sul. Dros beint efo'r hogia y byddai Caerwyn yn treulio'r nos Sadwrn honno.

Fore Llun yn yr ysgol, roedd yr oerni rhwng Luned a Caerwyn yn destun siarad, er nad oedd yr un o'r ddau wedi sôn am y ffrae wrth neb. Gofynnodd un o ffrindiau Luned yn blaen iddi:

"Wyt ti wedi rhoi *chuck* iddo fo? Be ddigwyddodd? Ddaru o drio rwbath?"

John Gwyn a leisiodd chwilfrydedd ffrindiau Caerwyn.

"Wedi cael baw wyt ti? Digon o blydi pysgod, mêt."

*

Fel pawb arall, bron, cawsai Luned a Caerwyn eu brawychu gan helynt Taflegrau Cuba yn yr Hydref blaenorol, a'r perygl gwirioneddol o ryfel niwcliar a oedd wedi codi, yn arbennig wedi i'r Arlywydd Kennedy benderfynu creu blocâd ar longau'n mynd i Cuba. Bu tyndra dwys dros y chwe diwrnod nesaf, hyd nes i Nikita Krushchev, arweinydd yr Undeb Sofietaidd, gytuno i symud y taflegrau o ynys Cuba.

Yn Ysgol Treheli, cafodd y chweched dosbarth sgwrs gan gynrychiolydd o'r Gwasanaeth Amddiffyn Sifil, a rhoddwyd llyfryn uniaith Saesneg i bawb yn cynghori pobl beth i'w wneud pe deuai rhyfel niwcliar.

Gofynnodd y siaradwr gwestiwn yn ystod ei sgwrs:

"Be fedran ni'i neud os daw yna Rybudd Pedwar Munud?" gan mai pedwar munud o amser fyddai rhwng tanio taflegryn niwcliar yn Rwsia a'r ffrwydrad ym Mhrydain.

Mewn islais, ond un a glywyd yn eithaf clir gan amryw o'r chweched a'r Dirprwy Brifathro, sibrydodd Trefor Parry:

"Dim ond cachu'n drowsus, mêt!"

Cafodd Trefor lond ceg gan y Dirprwy, ond gyda hanner gwên, dywedodd, "Dwi'n cytuno efo'r neges, Trefor, ond dim efo'r iaith."

"Be, am 'i fod o yn Gymraeg, syr?"

Bu'n rhaid i Trefor sgrialu o'r neuadd rhag teimlo blaen troed y Dirprwy!

★

Wythnos yn ddiweddarach, roedd Caerwyn a Luned wedi cymodi. Cerddai'r ddau yn hamddenol unwaith eto ar hyd traeth Treheli, lle roedd ychydig o ymwelwyr hwyr y Pasg yn dal i fwynhau awelon y môr.

"Mi fydda i'n siŵr o glywad dy hanes di'n reit aml pan fydda i ym Mangor," meddai Caerwyn.

"Sut? Fydd gen ti sbei yn dy ffonio di bob nos?"

"Duwch, na, fydd dim angen. Mi fydd yr holl brotestio byddwch chi'n 'i neud yn y *Cambrian News* ac ar y teledu, ma'n siŵr."

"Siawns y bydd 'na godi stêm ym Mangor hefyd."

"Ma'n nhw'n fwy sydét ym Mangor, de'cini."

"Neu'n fwy Seisnig," prociodd Luned. "Faint o Gymry sydd yn yr Adran Hanes?"

"Dwn i ddim, ond mae 'na Adran Hanes Cymru yno. Gofynnodd un o'r darlithwyr yn y cyfweliad ges i a ydw i am neud y cwrs Hanes Cymru yn Gymraeg."

"A mi wyt ti?"

"Ydw siŵr, mi fasa'n g'wilydd i mi beidio."

Bu munud neu ddau o dawelwch wrth iddyn nhw gerdded i fyny'r traeth i gyfeiriad y promenâd.

"Pa mor aml y doi di adref?" holodd Caerwyn yn betrusgar.

"Rhyw unwaith neu ddwy bob tymor, debyg," atebodd Luned. "Hen stryffîg ydi mynd a dŵad efo trên, a gorfod newid yn Dyfi Junction, ond mae Mam a Dad am ddod i 'ngweld i efo'r car o bryd i'w gilydd."

"Hwyrach y do i inna i Aber am benwythnos. Mi fydd yn rhaid i mi newid ddwywaith – yn Dolafon a Dyfi Junction – dyna i chdi hwyl. A dwn i ddim sut bydd petha pan fydd y lein o Fangor i Dolafon yn cau."

Edrychodd Luned arno'n feddylgar am eiliad, ac yna rhoes wên.

"A lle rwyt ti'n mynd i roi dy ben i lawr ar dy benwythnos?"

"Mi osoda i 'nhent o flaen Neuadd Davies Bryan, a fferru yn fan honno yn y gwynt a'r glaw."

"Bechod, hwyrach y gwneith rhywun gymryd trugaredd arnat ti."

"Mi gei di ddod i rannu'r dent efo fi, os lici di."

"Gefn gaea? Dim diolch."

Treuliwyd gweddill y diwrnod hwnnw'n ddigon diddan. Trawyd ar gyfeillion yng nghaffi'r siop jips yn y Maes a rhannu sgwrs ar ddiwedd y prynhawn. Yna, mwynhaodd y ddau un o'r comedïau *Carry On* yn sinema'r dref gyda'r hwyr. Yn seddau'r balconi, cusanu ac ymbalfalu oedd hynt amryw o'r cyplau ifanc o'u cwmpas, a bach iawn o sylw a gafodd y sgrin fawr.

Pur debyg fu patrwm yr wythnosau canlynol, ac eithrio'r oriau maith o adolygu ar gyfer arholiadau'r Lefel A. Oherwydd pwysau'r arholiadau, siom i Luned fu peidio â mynd i Eisteddfod yr Urdd ym Mrynaman ar ddechrau Mehefin, gan ei bod wedi hen arfer cystadlu ar ganu alaw werin, a bod yn aelod o barti neu gôr.

Daeth yr arholiadau i ben erbyn diwedd Mehefin; a bu nosweithiau hwyliog wedyn, o farbeciws ar y traeth a dawnsfeydd roc yng nghlwb y Lleng Brydeinig yn Nhreheli. Atgof llawer un o'r dyddiau hynny, ymhen blynyddoedd wedyn, fyddai cân sionc Nat King Cole, 'Those Lazy, Hazy, Crazy Days of Summer', er bod bri mawr, a hwnnw'n cynyddu'n gyflym, ar y grŵp roc o Lerpwl, y Beatles, a oedd wedi cyrraedd brig y siartiau Prydeinig gyda'u cân 'From Me to You'.

Erbyn yr haf hwnnw hefyd, roedd un pair cythryblus yng nghalon y Cymry Cymraeg yn berwi am yr eildro. Wedi arestio Emyr Llywelyn am ffrwydro trosglwyddydd trydan ar safle adeiladu'r argae yn Nhryweryn, a'i ddedfrydu i garchar ym Mrawdlys Caerfyrddin, buasai ffrwydrad arall, y tro hwn ar beilon trydan yng Ngellilydan ger Trawsfynydd, a oedd yn rhan o rwydwaith cyflenwi trydan i safle'r argae. Arestiwyd Owain Williams, perchennog tafarn goffi a mab fferm o Ben Llŷn, a John Albert Jones, yn fuan wedyn, a'u traddodi i'r Frawdlys, yn llys ynadon y Bala ar Ebrill y nawfed. Cyhuddwyd hwy, nid yn unig o beri ffrwydrad Gellilydan ond hefyd o gydweithio gydag Emyr Llywelyn i achosi ffrwydrad Tryweryn. Ym Mrawdlys Dolgellau ar Orffennaf y cyntaf, cafodd Owain Williams ei garcharu am flwyddyn a rhoddwyd John Albert Jones ar brofiannaeth am dair blynedd. Hefyd yn llys ynadon Blaenau Ffestiniog ar Fai'r trydydd, rhoddwyd dirwyon i ddau ŵr ifanc am ddwyn ffrwydron o chwarel Llithfaen, ar y cyd gydag Owain William ym mis Hydref 1962.

Yn ystod digwyddiadau cyffrous yr haf hwnnw, dyfnhau a wnaeth carwriaeth Luned a Caerwyn, er yr anghytuno gwleidyddol. Cawsant fwy o amser gyda'i gilydd ac roedd angerdd eu perthynas yn dwysáu. Un diwrnod aeth y ddau ar y trên o Dreheli i Fangor, gan mai hwn, efallai, fyddai un o'r cyfleon olaf i wneud y daith.

Aethant i weld adeiladau'r Coleg, yn cynnwys Neuadd Reichel, lle byddai Caerwyn yn aros. Cawsant gerdded ar hyd y pier Fictoraidd helaeth, a bwrw golwg ar y llyfrau academaidd yn siop Galloway and Hodgson. Yna, tra oedd Luned yn archebu cinio yn un o gaffis y dref, aeth Caerwyn, gan ddilyn cyfarwyddyd manwl a gawsai gan Trefor Parry, i guro ar ddrws cefn siop barbwr neilltuol ac adrodd y fformiwla a ddysgodd Trefor iddo, "Ga i rwbath at nos Sadwrn, plis."

Daeth oddi yno yn dlotach o dri swllt, yn fflamgoch ei wyneb, ond gyda phaced o Durex yn ei boced. Pan gyrhaeddodd yn ôl i'r caffi, edrychodd Luned yn chwilfrydig arno. Cochodd Caerwyn drachefn, a bu'n galed arni hithau beidio â chwerthin.

Un noson loergan yn fuan wedyn, pan oedd pawb arall wedi troi am adref a Luned wedi cael benthyg car ei mam, aeth y ddau i lawr lôn fechan, gul at un o draethau tawel Llŷn. Y noson honno, roedd 'y lloer yn ariannu'r lli' yn ei berffeithrwydd, ac eisteddodd y ddau am sbel yn drachtio'r distawrwydd. Yna, ychydig yn betrusgar, diosgodd y ddau eu dillad, ac ymhen munudau roedden nhw'n ymdrochi'n noeth, yn llawn chwerthin afieithus. Wedi sychu ei gilydd, gorweddodd y ddau ar y llieiniau ymdrochi a charu'n gwbl rydd, Yng nghanol ton o angerdd nad oedd Caerwyn na Luned wedi ei brofi cyn hynny, unodd cyrff y ddau wrth i ewyn y llanw dasgu yn ei nerth ar y traeth.

Rai dyddiau yn ddiweddarach, cychwynnodd Luned a'i

rhieni ar daith i Ffrainc, am bythefnos o wyliau. Tua'r un pryd dechreuodd Caerwyn ar ei swydd haf mewn gwersyll gwyliau cyfagos, i chwyddo'r coffrau ar gyfer ei dymor cyntaf yn y coleg.

Clywsai Caerwyn hen flaenor o'r Capel, un tro, yn sôn mewn cwrdd Diolchgarwch am 'y dyfodol disathr'. Glynodd yr ymadrodd yn ei feddwl wrth iddo sylweddoli bod tir dieithr o'i flaen yntau a Luned; a chredai Caerwyn ei fod yn gwbl barod am y siwrnai.

Medi 2020

'… i weled pell yn agos a phetheu bychain yn fawr.'
Ellis Wynne

"Be gythral sy'n mater ar y ddyfais yma, Heuls?"
Yn y gegin roedd Heulwen, yn ceisio rhoi trefn ar yr ailgylchu, pan glywodd lais ei thad.

Byddai Caerwyn yn defnyddio llawer ar ei liniadur yn ddiweddar, nid yn unig ar gyfer cysylltiadau *Zoom* a *Facetime*, ond wrth ymchwilio i storïau'r chwedegau, cyfnod allweddol yn ei ieuenctid, a chraidd y 'cyfnod coll' yn ei atgofion personol.

Yn yr wythnos a mwy ers iddo ddod o hyd i'r lluniau panoramig o Ysgol Treheli, bu Caerwyn fel helgi yn dilyn y trywydd. Ar y we roedd peth wmbredd o safleoedd yn frith o hen luniau a hen atgofion ac roedd sawl un yn canolbwyntio ar hanes Treheli a rhai o bentrefi Llŷn. Bu'n holi Heulwen ynglŷn â safleoedd fel *Friends Reunited*, y byddai Manon yn ei ddefnyddio i gysylltu â'i ffrindiau Coleg. Siom iddo fu deall bod y wefan honno wedi cau ers pedair blynedd.

Doedd hi ddim yn syndod i Heulwen pan soniodd ei thad am y tro cyntaf am "Luned" o'i ddyddiau ysgol. Ac yntau'n saith ar hugain oed pan gyfarfu â'i mam, roedd yn gwbl naturiol y buasai ganddo gariadon eraill cyn hynny. O leiaf roedd y 'baricêd' y bu'n cwyno amdano wedi symud rhywfaint, a'r daith i adennill ei orffennol ychydig yn haws.

Yn yr ystafell fyw, lle roedd Caerwyn wedi troi cornel

o'r bwrdd cinio yn ddesg dros dro, rhythai'n syn ar sgrin ei liniadur. O'i flaen gwelai dudalen am wyliau glan y môr yn y pumdegau, gyda seiniau 'Oh, I do love to be beside the seaside' yn gyfeiliant diofyn amdano i'r graffeg lliwgar.

"O ble daeth rhyw hen sgrwtsh fel'na?" meddai wrth Heulwen, â thinc blin yn ei lais.

Edrychodd Heulwen ar y penawdau a'r eiconau ar y dudalen – piers glan y môr, promenadau ac adloniant ar y traeth.

"Ydach chi'n siŵr nad oes 'na ddim byd am Dreheli yma? Mi fuoch chi'n sôn am y *pierrots* ar y prom ers talwm."

"Go brin. Roedd y rheini wedi hen ddarfod cyn y pumdega a fu yna 'rioed y ffasiwn beth â phier yn Nhreheli."

Wedi 'darganfod' Luned, daeth o hyd i ddarn pwysig o jig-so y blynyddoedd coll ac roedd haf 1963 a'i flwyddyn gyntaf yn y brifysgol ym Mangor yn raddol ddod yn gliriach, fel petai rhywun wedi troi'r lens ar gamera neu sbienddrych i fireinio'r llun a "gweled pell yn agos". Un o'r dywediadau a glywsai gan Luned oedd hwnnw, un o linellau cyntaf *Y Bardd Cwsc*, campwaith roedd Caerwyn ei hunan wedi ei ddarllen droeon dros y degawdau wedyn.

Cofai am y coleg ym Mangor a'r ffrindiau a wnaeth yno, y nosweithiau diddan yn nhafarn Y Glôb a'r Menai Vaults ym Mangor Uchaf. Roedd 'na biano yn y Vaults, a byddai myfywyr Cymraeg y Brifysgol a'r Coleg Normal yn cyfarfod yno i ganu, ynghyd â rhai o ferched Coleg y Santes Fair a nyrsys o Ysbyty Môn ac Arfon. Yn aml iawn clywid emynau, caneuon gwersylloedd yr Urdd a chaneuon fel 'Defaid William Morgan' a chytgan herfeiddiol 'Hogia Ni'.

Cafwyd gwibdaith bws i Aberystwyth un tro, ar gyfer noson lawen ar y cyd rhwng cymdeithas y Cymric o Fangor a'r Geltaidd yn Aber. Llwyddodd Caerwyn i dreulio rhan helaeth o'r noson yng nghwmni Luned a bu'r ddau ar y llwyfan yn Neuadd y Brenin yn canu, Caerwyn efo côr y Cymric a Luned efo côr a pharti cerdd dant y Geltaidd, yn ogystal â chanu'r unawd hudolus o leddf 'Beth yw'r haf i mi?'

Ni wireddodd Caerwyn ei addewid i godi pabell o flaen Neuadd Davies Bryan, ond mi drafaeliodd i Aber ar y trên yn ystod y flwyddyn. Er bod bwyell Beeching yn hofran uwchben stesion Dolafon, bu'r ddolen honno rhwng Bangor, Caernarfon a Rheilffordd y Cambrian yn agored drwy gydol ei flwyddyn gyntaf. Câi Caerwyn daenu ei sach gysgu ar lawr fflat hogiau o Lŷn yn Stryd y Faenor. Bu Luned ac yntau'n hwsmona'r oriau prin gyda'i gilydd, ar y prom, mewn caffi, tafarn, a hefyd ar hen soffa ledr, bantiog y fflat yn Stryd y Faenor.

Yn Neuadd Reichel y buasai Caerwyn yn byw y flwyddyn honno ym Mangor, a daeth ambell olygfa drawiadol i lygad ei gof. Cofiai'r braw a'r syfrdan, un nos Wener o Dachwedd, pan ddaeth y newyddion bod yr Arlywydd Kennedy wedi cael ei saethu yn ninas Dallas. Ymhen munudau roedd yr ystafell gyffredin yn llawn, a phawb yn gwylio'r bwletinau newyddion ar y set deledu du a gwyn. Roedd un myfyriwr Americanaidd, Rich Thorensen, yn ei ddagrau pan ddaeth y gair bod Kennedy wedi marw, a phawb yn fud wrth i'r trasiedi ddatblygu.

Dywedid yn aml fod rhywbeth mwy nag arweinydd carismataidd wedi marw'r diwrnod hwnnw yn Dallas. Ond a oedd hynny'n wir? Gyda phersbectif bron i drigain mlynedd, ceisiai Caerwyn ystyried y peth yn gytbwys.

Un o'r pethau y cofiai Caerwyn yn dda amdano oedd y cytundeb rhyngwladol a negodwyd gan Kennedy i atal profion gydag arfau niwcliar yn yr awyr agored, a buasai cryn nifer o gamau dros y degawdau wedyn i gyfyngu ar yr arfau hyn. Rhoes Caerwyn ochenaid sydyn.

"Cael hwyl arni, Dad?" holodd Heulwen.

"*Brain fatigue*, hogan" atebodd yntau, gan droi'r tecell ymlaen.

"Wel ia, mi ddeudodd y doctor wrthach chi am beidio gneud gormod. Steddwch fan hyn. Mi wna i banad i ni'n dau. Gymrwch chi sgonsan?"

Ymlaciodd Caerwyn dipyn dros ei banad.

"Ydi stori Luned heb ddod yn glir eto?"

"Na, fy meddwl i sy'n crwydro ar hyd y lle i bob man. Yn Dallas rown i jest rŵan."

Gwenodd Heulwen.

"Yn Aber roedd Luned, ynte? Does 'na neb o'i ffrindia Coleg fasa'n medru'ch helpu chi? A beth am ffrindia'r ddau ohonoch chi yn Nhreheli? "

Er pan ddaeth ei thad i lawr y grisiau o'r llofft bythefnos yn ôl, yn dal un o'r lluniau panoramig rhwng ei ddwy law fel sgrôl i'w ddarllen, synhwyrodd Heulwen y gallai stori Luned fod yn allwedd i'r cyfnod coll. Roedd y rhan fwyaf o hanes ei deulu, ei blentyndod a'i ddyddiau ysgol, hyd at y chweched dosbarth, wedi ymddangos o'r niwl ar ôl y trip i Dreheli. Bellach, wedi agor y lluniau panoramig, daeth ei ddyddiau ysgol a'i flwyddyn gyntaf yn y Coleg i olau dydd.

Beth a ddigwyddodd wedyn? A fu rhyw ffrae fawr a chwalodd ei berthynas â Luned? Ai blynyddoedd o wasgu'r profiad i gefn ei gof a roes y cyfan tu hwnt i'w gyrraedd pan oedd mewn gwendid? Bu ysbaid o dawelwch trymaidd, fel petai Caerwyn heb glywed y cwestiwn.

"Dowch, Dad. Mi awn i'r Cilgwyn i gerdded am ryw awran."

Ac felly y bu.

Roedd yn fwy gwyntog na'r dyddiau cynt, ond roedd

ffresni'r gwynt yn dadebru Caerwyn, wedi oriau yn ei gwman o flaen y gliniadur. Dim ond ambell i gerddwr a welsant ar "erwau crintach yr ychydig gerch" fel y cofiai Caerwyn linell R. Williams Parry. Roedd llanw mileinig Covid-19 ar symud eto, a mwy o bobl hŷn yn cadw i'w tai, er nad oedd llawer o gyfyngiadau mewn grym. Darfu dylif yr ymwelwyr haf erbyn hyn, ac roedd yr ysgolion i gyd ar agor.

Yn sgil yr holl gerdded a wnaent, byddai Heulwen yn tynnu cyfres o ffotograffau o'r un golygfeydd cyfarwydd ar wahanol adegau o'r dydd a than wahanol amodau tywydd. Rhyfeddai at y modd y gallai amrywiadau'r goleuni drawsnewid y tirlun, a chofiai siars un o'i hathrawon celf i graffu ar y gwahaniaethau cynnil yn y lliwiau a geid mewn tirwedd llechfaen. Erbyn i'r ddau nesáu at y tŷ, a hithau wedi chwech o'r gloch, roedd golau'r prynhawn yn dechrau pylu.

"Mae'r dydd yn byrhau, hogan," meddai Caerwyn wrth wylio llewyrch y dydd yn dechrau crynhoi yn sbloets loyw i gyfeiriad y gorwel, heibio i Ynys Môn a Môr Iwerddon.

Daethai'n arferiad ganddynt, ers i Heulwen ddod yn ôl i Foelhedydd, i goginio swper bob yn ail, pan fyddai'r ddau gartref. Ond ers i Caerwyn fod yn wael, Heulwen fu'n gofalu am bopeth. Erbyn hyn, bron ddeufis ers iddo adael yr ysbyty, roedd Caerwyn yn awyddus i ailafael yn y gorchwylion dyddiol. Y noson honno, bu'r ddau yn cydweithio'n ddiwyd i baratoi pryd o lasagne cartref a salad.

Wedi gorffen eu swper, ymlaciodd y ddau o flaen y teledu. Cafodd Caerwyn gryn hwyl ar ateb y cwestiynau ar raglen *University Challenge*, a theimlai Heulwen ei fod wedi troi cornel arall ar ei ffordd i wellhad.

Drannoeth, aeth Caerwyn yn ôl at ei liniadur a sylwi ar un pennawd yn neilltuol, 'Happy Summerland Memories', a rhoes glic arno. Daeth cyfres o luniau du a gwyn o'r pumdegau a chardiau post lliwgar i'r golwg, yn dangos gwahanol wersylloedd gwyliau'r cwmni hwnnw.

O leiaf, ystyriai Caerwyn, roedd y wefan hon yn berthnasol. Yn un o wersylloedd cwmni Summerland y cawsai waith am dri mis yn ystod haf 1963, ar ôl iddo adael yr ysgol. Gwyddai'n eithaf sicr iddo fod yno'r haf wedyn hefyd, yn 1964, ond ni chofiai lawer am hynny, a dim oll am yr hafau diweddarach.

Chwiliodd am wersyll y cwmni ym Mhenyrheol. Yn y gwersyll hwnnw, bedair milltir o Dreheli, y buasai Caerwyn yn gweithio. Roedd y gwersyll wedi ei lapio o gwmpas un o gilfachau Bae Aberteifi, ac ymledai strydoedd o gytiau bychain lliwgar o blastr a phren, y *chalets*, dros y dolydd gwastad rhwng y bae a'r ffordd fawr.

Tref fechan oedd Summerland, mewn gwirionedd, gyda dwy theatr, sinema, neuaddau dawns, caeau chwarae helaeth, dwsin neu fwy o dafarnau a bariau'n gysylltiedig â'r neuaddau dawns. Gallai ymffrostio mewn dau bwll nofio, un yn agored i haul a drycin a'r llall o dan do, ac wedi ei gynhesu'n artiffisial. Yn ystod wythnosau brig tymor gwyliau'r haf, byddai deuddeng mil o bobl yn aros yno. Dyna deirgwaith maint poblogaeth Treheli, a phymtheng gwaith maint treflan fechan Penyrheol.

Wrth i fwy a mwy o ddelweddau cyfarwydd o'r gwersyll ym Mhenyrheol lithro ar draws ei sgrin, teimlai Caerwyn ddylifiad cyson o atgofion, fel petaent yn diferu o dan y 'baricêd' ac yn rhedeg tuag ato. Fel y pennawd ar rai o'r lluniau o'i flaen, roedd 'Summerland 1963' yn dod yn fyw drachefn.

Clerc yn un o swyddfeydd y gwersyll oedd Caerwyn ar y cychwyn, yn craffu ar gyfrifon beunyddiol, a rhai nosweithiol y bariau a'r tafarnau. Gwariai'r gwersyllwyr filoedd o bunnau bob noson ar ddiod a bwydydd, ac roedd hynny'n dwyn elw mawr i'r cwmni. Roedd yn rhaid i Caerwyn gysoni'r rhowliau printiedig hir o'r *tills* gyda derbynebau o'r swyddfa gyllid am yr arian sychion a ddeuai mewn bagiau lliain trymion o bob bar. Gorchwyl ddiflas oedd hon, ond cyn hir cafodd y cyfrifoldeb ychwanegol o ymweld â'r bariau a chadw llygad ar y staff rhan amser a weithiai yno.

Un o arferion Summerland oedd cynnig shifftiau gwaith yn y bariau a'r bwytai i weithwyr o adrannau eraill, y tu allan i'w horiau gwaith arferol. Rhoddai hyn ychwanegiad derbyniol i'r cyflogau digon crintach a dalai'r cwmni, a gallai'r cwmni wneud y tro ar lai o staff amser llawn mewn cyfnodau prysur.

Hoffai Caerwyn y miri hwyliog gyda'r nos, a hiwmor amrwd rhai o'r gwersyllwyr. Gweithwyr o ffatrïoedd yng ngogledd a chanolbarth Lloegr oedd y rhan fwyaf ohonyn nhw, a'r mwyafrif yn dod yn deuluoedd cyfan. Er mwyn rhyddhau'r rhieni i droi allan gyda'r nos, byddai gan y cwmni bobl ar batrôl ar hyd y strydoedd o *chalets*, rhag ofn bod plant bach neu fabanod yn crio. Pe clywid hynny, rhoddai aelod o'r patrôl alwad, ar ei set radio symudol, i'r swyddfa ganolog, gan nodi rhif y *chalet* lle bu'r crio. Yna, ceid cyhoeddiad ar uchelseinyddion ledled y gwersyll, er mwyn i'r rhieni fedru brysio'n ôl at eu plant.

Deuai grwpiau o ffrindiau ifanc yno hefyd i wersylla am wythnos. Cydweithwyr mewn ffatri oedd llawer ohonyn nhw, neu gymdogion ac aelodau o glybiau lleol, yn llanciau a merched. Rhag tarfu ar y teuluoedd, gosodai'r cwmni'r criwiau ifanc mewn un rhan neilltuol o'r gwersyll o'r enw Snowdon Camp. Yno y ceid y rhan fwyaf o'r twrw yn hwyr y nos, gyda dawnsio a chanu yn y stryd i sŵn y setiau radio transistor oedd mewn bri mawr erbyn hynny. Byddai cerddoriaeth bop parhaus i'w chlywed o wasanaeth Radio Luxembourg, a hwnnw ar gael ar y donfedd ganol.

Deuai rhai o'r caneuon yn ôl ato dros ysgwydd y degawdau – 'Twist and Shout' gan y Beatles, a glywsai ganwaith yr haf hwnnw, cyn i 'She Loves You' ddod i deyrnasu ar *juke-box* y tafarnau coffi. Cenid hi'n aml, hefyd, gan griwiau meddw yn y bariau liw nos, cyn parhau'r parti ar strydoedd Snowdon Camp. Adlais o ysbryd hafaidd y lle fu poblogrwydd cân Cliff Richard, 'Summer Holiday' a glywid gan gorau byrfyfyr eithaf croch yn y bariau, er mai lleisiau tipyn yn hŷn oedd y rheini.

Gyda chlust fain i chwaeth eu cwsmeriaid, roedd Summerland wedi cyflogi grŵp roc i ganu 'yn fyw' mewn neuadd ddawns bwrpasol, gyda'i bar coffi a chwrw ei hun, dafliad carreg o resi *chalets* Snowdon Camp. Gan na fyddai neb yn noswylio'n gynnar yn y llecyn bywiog hwnnw, byddai popeth yn dirwyn i ben yn hwyrach yn y neuadd ddawns honno nag yng ngweddill y gwersyll.

Byddai awyrgylch o garnifal ar y nosweithiau hwyr yn Snowdon Camp, er byddai cryn dipyn o gwffio yn tarfu ar yr hwyl weithiau. Efallai, o ran hynny, mai dyna fyddai uchafbwynt yr hwyl i rai o'r llanciau caled yn eu diod. Ambell waith byddai'n rhaid i Caerwyn, â'i fathodyn *Charge hand/ Supervisor*, alw 'plismyn' y gwersyll yn eu lifrau glas golau a'u botymau pres i atal ambell sgarmes a aethai dros ben llestri.

Nid ar fympwy ac o ran hwyl yn unig y byddai Caerwyn yn mynychu Snowdon Camp. Polisi Summerland oedd darparu *chalets* yno i'w staff preswyl ifanc a sengl. Felly, gyda'i gyfrifoldeb cynyddol dros drefnu gwaith rhan amser, byddai Caerwyn yn galw yno'n bur aml, curo ar ddrws ambell un oedd yn hwyr i'w waith, neu berswadio un o'r ffyddloniaid i wneud sesiwn ychwanegol yn y bar ar noson o brysurdeb annisgwyl.

Ceid llawer o bobl leol yn gweithio yn y gwersyll, ond roedd mwy na hanner y staff, yn enwedig y rhai iau, yn dod y tu hwnt i'r fro. Saeson oedd y mwyafrif, yn ddi-os, ond ceid cryn nifer o weithwyr o Iwerddon a'r Alban yno hefyd, a charfan ifanc o gymoedd de Cymru. Myfyrwyr oedd llawer o'r to iau, yn eu plith carfan fechan o fyfyrwyr o wledydd Llychlyn. Byddai harddwch rhai o'r merched o Sweden yn tynnu llygaid Caerwyn, ond, yn yr haf cyntaf hwnnw, roedd ei deyrngarwch i Luned yn lladd unrhyw ysfa i dwteimio.

Fyddai Caerwyn ddim yn lletya yn y gwersyll fel arfer, ond wrth i'w gyfrifoldebau gynyddu, darparwyd *chalet* wag ar ei gyfer yn Snowdon Camp, pan fyddai'n rhaid iddo weithio'n hwyr. Roedd y bws olaf i'r gweithwyr o'r gwersyll i Dreheli yn gadael am un ar ddeg y nos, a byddai Caerwyn ar waith yn bur aml wedi hynny.

Ar ôl ei gwyliau yn Ffrainc, bu Luned gartref ym Mrynserth trwy weddill yr haf, ac eithrio dwy daith i Aberystwyth, i fraenaru'r tir ar gyfer ei thymor cyntaf yn y Coleg. Yng nghwmni Luned y treuliai Caerwyn y cyfan o'i ddyddiau rhydd a sawl noson hyfryd yn ystod yr ysbaid crasboeth a gafwyd yn niwedd Gorffennaf. Bu mam Luned yn hael iawn efo allwedd ei char, a chrwydrodd y ddau i sawl cwr o Lŷn. Un noson, aeth Caerwyn a Luned i Summerland i weld un o sioeau'r theatr. Bu'n noson ddifyr, ac aethant am dro o gwmpas y gwersyll wedyn. Chwerthin fu ymateb Luned pan welodd 'dŷ bach twt' Caerwyn yn Snowdon Camp.

"Mae o fel bocs sgidia," meddai, a rhoes ateb "dim diolch" eithaf pendant i wahoddiad Caerwyn i dreulio'r nos yno. "Beth ddyweda Mam bod 'i Triumph Herald bach hi wedi bod allan drwy'r nos?"

A hwythau'n eistedd un cyfnos ar draeth Morfa Nefyn,

cofiodd Luned englyn enwog J. Glyn Davies, a'i adrodd yn dawel yng nghanol y distawrwydd:

"Heulwen ar hyd y glennydd – a haul hwyr,
   A'i liw ar y mynydd;
  Felly Llŷn ar derfyn dydd –
  Lle i enaid gael llonydd."

Wedi'r holl flynyddoedd, cofiai Caerwyn yr englyn hwnnw. Doedd o ddim wedi diflannu, fel cymaint o bethau eraill, yng nghanol niwl ei waeledd. Ond heddiw ddiwethaf, wrth i atgofion am Summerland a haf 1963 ddychwelyd fel ewyn ar draeth, y cofiodd pryd y clywsai'r englyn am y tro cyntaf, o enau Luned ar draeth yn Llŷn.

Caeodd Caerwyn wefan *Summerland Memories* ac aeth i'r gegin, unwaith eto, i ferwi'r tecell. Roedd Heulwen wedi mynd i Gaernarfon i'r archfarchnad. Oedd, roedd darlun 1963 yn gwbl glir yn ei feddwl erbyn hyn, o'r dyddiau ysgol yng nghanol yr hèth fawr o eira a rhew ar ddechrau'r flwyddyn, hyd at ei misoedd olaf ac yntau'n fyfyriwr ym Mangor. Cofiai am y ddawns yn Neuadd Reichel ar drothwy'r Nadolig, y tro cyntaf i Luned ddod i Fangor ato fo – neu efallai'r unig dro?

Cafodd ysgytwad wrth sylweddoli nad oedd y 'baricêd' wedi ei ddymchel, o bell ffordd. Wedi gwyliau'r Nadolig adref yn Nhreheli, a ffarwelio unwaith eto â Luned ym mis Ionawr, niwlog iawn oedd ei afael ar ddigwyddiadau 1964. Dysgasai Caerwyn ddadansoddi a mireinio ei anhawster yn fwy pwyllog a chraff erbyn hyn.

Medrai wahaniaethu rhwng ffeithiau cyffredinol am y gorffennol a'r digwyddiadau personol hynny a oedd yn cuddio o dan yr wyneb. Gwyddai, er enghraifft, i 1964 fod yn flwyddyn etholiad cyffredinol. Ai am iddo ddarllen am hynny droeon dros y blynyddoedd ynteu am ei fod ar y pryd yn llanc ifanc â diddordeb byw mewn gwleidyddiaeth y cofiai amdano? Gwyddai'n dda mai'r etholiad hwn a wnaeth Harold Wilson yn Brif Weinidog. Roedd llyfrau swmpus Wilson a Richard Crossman, un o'i weinidogion, yn y tŷ yn rhywle. Atgofion llyfr, nid atgofion personol, felly. Piti na faswn innau wedi cadw dyddiaduron, fel Crossman, meddai Caerwyn wrtho'i hun. Mi fasa'r wythnosa dwytha wedi bod yn dipyn haws.

Cof llyfr a chof personol. Dyna'r ddeuoliaeth a fu'n cymhlethu ei ymdrech i adennill ei orffennol ers wythnosau. Ond teimlai'n hyderus bellach y deuai popeth yn ôl yn ei bryd. Dim ond un cysgod disymud oedd yn stelcian yn y cefndir – hynt ei berthynas efo Luned. Roedd yn amlwg i'r garwriaeth ddod i ben, ond pa bryd y bu hynny, a beth oedd yr amgylchiadau? Y rhan honno o'r stori, a'r rhan honno'n unig, oedd yn dal i beri tyndra iddo.

Aeth â'i banad i'r ardd gefn, ac eistedd ar fainc y patio. Cofiai Manon yn cynllunio'r patio'n gelfydd, ac yntau'n treulio dau benwythnos cyfan yn paratoi'r sylfaen a gosod y slabiau cerrig. Roedd y patio'n dal i edrych yn dda, wedi ugain mlynedd o farbeciws a phartis teuluol. Rhoes Caerwyn ei law ar y fainc – roedd isio ailbeintio hon, tra parai'r tywydd sych. Dyna un joban y gallai ei gwneud yn hawdd. Bu'n rhaid iddo osgoi gwyro'n ormodol, ac ni châi godi unrhyw bwysau trwm, rhag ofn rhoi straen ar graith hir y llawdriniaeth. Ond bellach, roedd y graith wedi mendio'n llwyr Byddai'n cael gyrru car rŵan, er nad oedd wedi gwneud hynny eto. Saith wythnos heb ddreifio – dyna'r rhybudd a gawsai.

"Petaech chi'n gorfod gwneud *emergency stop*," meddai'r llawfeddyg wrtho, "mi allai'ch craith chi agor fel pennog."

Gair i gall, a doedd Caerwyn ddim wedi mentro gyrru hyd yma. Ers iddo ddod adref, yr unig daith a wnaethai yn y car oedd honno i Dreheli efo Heulwen dair wythnos yn ôl.

Treheli – doedd Heulwen ac yntau ddim wedi mynd ymhellach na'r dref y tro dwytha. Ac yntau'n cofio am Luned a'i chartref ym Mrynserth erbyn hyn, tybed ai tu draw i'r dref, yng Ngwlad Llŷn, roedd yr atebion i'r cwestiynau a ddaliai i bwyso arno?

Medi 2020

'Clywais lawer sôn a siarad…'
Hen bennill

Tynnodd Heulwen ei mwgwd, yn barod i fynd i mewn i'r car ym maes parcio archfarchnad fawr yng Nghaernarfon. Chwipiai gwynt y môr oddi ar y Fenai ar draws y safle digysgod. Roedd Heulwen wedi cadw'r nwyddau i gyd mewn bagiau yng nghist y car, ac wedi danfon y troli yn ôl i'w gorlan. Ar fin agor drws y gyrrwr oedd hi pan glywodd lais yn galw.

"Heulwen! Heulwen Medi, myn coblyn i!"

Doedd hi ddim wedi clywed yr enw hwnnw ers misoedd. 'Heulwen Medi' oedd ei henw proffesiynol, enw a ddewisodd pan oedd yn fyfyriwr yng Ngholeg Cerdd a Drama Caerdydd, chwarter canrif yn ôl.

Edrychodd Heulwen i gyfeiriad y llais, a daeth gweledigaeth liwgar i'w golwg. Ar draws y maes parcio gwelodd ferch mewn mwgwd blodeuog, â hugan amryliw yn rhaeadru o gwmpas ei hysgwyddau. Adnabu Heulwen hi ar unwaith, mwgwd neu beidio. Catrin Ceidio oedd hon, actores brofiadol ac yn adnabyddus trwy Gymru gyfan. Buasai'n fentor caredig i Heulwen pan gafodd ei swydd gyntaf gydag un o'r cwmnïau theatr mewn addysg teithiol, a noddid bryd hynny gan Gyngor y Celfyddydau. Bu Catrin yn cyfarwyddo rhai o gynyrchiadau'r cwmni bychan a oedd yn ennill ei fara'n perfformio i blant ysgol mewn ysgolion, mewn amgueddfeydd neu mewn safleoedd hanesyddol. Bu gair cadarnhaol gan Catrin yn help iddi gael ei rhan fechan gyntaf mewn drama deledu hefyd.

Erbyn hyn roedd Catrin wedi cyrraedd oed yr addewid ac yn byw ar gyrion Caernarfon, er mai yn Llŷn roedd ei gwreiddiau. Bu hithau'n ddisgybl yn Ysgol Ramadeg Treheli yn y chwedegau. Pan gyfarfu gyntaf â Heulwen, bu'n holi ei hachau, yn ôl ei harfer. Ym marn Catrin, roedd yn ffordd dda a hollol Gymreig o ddod i adnabod pobl. Buan y deallodd mai Caerwyn Rowlands oedd tad Heulwen.

"Ew, dwi'n cofio dy dad yn yr ysgol, hogan," meddai. "Pishyn oedd o hefyd – chwara pêl-droed i'r ysgol ac yn canu yn y côr."

Cawsai Heulwen ar ddeall bod ei thad yn hŷn o bedair blynedd na Catrin ac roedd yn "swyddog" yn y chweched dosbarth pan oedd hithau yn Fform Tŵ.

"Fo fydda'n cadw trefn ar ein bwrdd cinio ni yn y neuadd. Roedd gynno fo rhyw awdurdod naturiol – byth yn arthio, cofia, ond fydda neb yn gneud lol pan oedd Caerwyn ar ben y bwrdd."

Yn arferol, byddai Catrin wedi lapio Heulwen mewn coflaid gynnes, ond mi gadwodd yn ddeddfol at y rheol dwy fetr y tro hwn. Wedi rhannu gofidiau am gyflwr truenus y byd perfformio yng nghanol y Pandemig, crychodd Catrin ei thalcen a gofyn,

"Gwranda, mi glywis i sôn fod dy dad wedi bod yn wael. Ydi hynny'n wir?"

"Ydi, mi gafodd o lawdriniaeth fawr ym mis Ebrill, ond mae o'n llawer gwell rŵan."

"Falch o glywad hynny. Cofia fi ato fo, Heulwen. Deud bod un o'i ffans o Ysgol Treheli yn holi amdano fo."

Daeth ysbrydoliaeth sydyn i Heulwen.

"Diolch yn fawr, Catrin. Mae o wedi bod wrthi'n ddiweddar yn hel atgofion am yr hen ddyddia yn Nhreheli."

"Am sgwennu rwbath mae o? Ew, hei lwc iddo fo. Dwi inna wedi bod yn meddwl gneud rhyw fath o hunangofiant, ond mae o'n gur pen treio cael trefn ar amsar a lle wedi hanner can mlynedd o grwydro'r wlad 'ma."

"Dyna'r trafferth mae Dad yn 'i gael. Mae o 'di colli cysylltiad efo pawb o'i ffrindia ysgol."

Petrusodd am eiliad, ac yna llamodd i'r dwfn.

"Oeddach chi'n 'nabod hogan o'r enw Luned Ifans? Roedd hi'n byw ym Mrynserth."

"Brynserth? Ew, dyna le anghysbell. Luned...? Oes, mae gen i frith gof. Roedd hi'n canu dipyn – caneuon gwerin."

Gloywodd ei llygaid yn sydyn.

"Duwcs, mi fuo dy dad a hitha'n mynd allan efo'i gilydd, yn do? Roeddan nhw'n eitem! Mi adawodd y ddau'r ysgol yr un pryd."

"Do," atebodd Heulwen yn bwyllog. "Mae Dad wedi colli cysylltiad efo hitha hefyd. Ydach chi'n gwybod rhywfaint o'i hanes hi?"

Safodd Catrin yn feddylgar fud am ennyd.

"Dim clem, mae arna i ofn, 'rhen hogan. Mi aeth i'r Coleg, dwi'n siŵr, ond y cof sy gen i ydi bod y teulu wedi gadael Brynserth yn fuan wedyn. Dwn i ddim i le."

"Adawson nhw tra oedd Luned yn y Coleg?"

"Am wn i, Heulwen, mi welis i'r ddau, dy dad a Luned, yn Stryd Fawr Treheli y Dolig ar ôl iddyn nhw adael yr ysgol. Roedd y ddau yn siopa fraich ym mraich, yn hapus braf. Ond dwi'n eitha siŵr mai dyna'r tro dwytha 'rioed i mi weld Luned."

Edrychodd yn graff i fyw llygaid Heulwen.

"Ydi o'n bwysig, 'rhen hogan? Mae gen i deulu draw ym Mhen Llŷn o hyd. Mi fedra i holi, os lici di."

Estynnodd law i'r bag cynfas mawr a grogai dros ei hysgwydd. Estynnodd lyfr nodiadau bychan a beiro fawr.

"Deud dy rif ffôn wrtha i, ac os clywa i rwbath, mi ro i ganiad i ti."

Rhoes Heulwen rif ei ffôn symudol i Catrin. Doedd hi ddim am i'w thad ateb y ffôn pe byddai Catrin yn ffonio a newyddion drwg ganddi. Daliodd ysbryd ei thad yn gadarn trwy un brofedigaeth fawr ac ysgytwol, pan fu ei mam farw. Er bod chwe degawd ers ei garwriaeth efo Luned, roedd yntau mewn gwendid ar hyn o bryd, a byddai clywed bod rhyw anffawd wedi taro ei gariad gyntaf yn ergyd gwbl ddiangen iddo.

Wedi cyfnewid ambell i hanesyn arall, aeth Catrin i'w char a chychwynnodd Heulwen am adref. Y cyfan a ddywedodd wrth ei thad oedd bod Catrin Ceidio yn cofio ato a gwyddai Caerwyn yn dda mor ffeind a fuasai Catrin wrth Heulwen ar ddechrau'i gyrfa.

"Cymeriad ydi Catrin Ceidio, ynte?" meddai wrth ei ferch. Fe'i clywai yn aml yn westai ar raglenni Radio Cymru, a byddai ei straeon digrif am droeon trwstan bywyd y theatr yn tynnu gwên bob tro.

"Paid ag ista ar y fainc!" galwodd Caerwyn wrth i Heulwen fynd allan i'r ardd gefn. "Dwi wedi sandio'r hen baent i gyd i ffwrdd. Os dalith y tywydd, mi ro i gôt o baent iddi hi y pnawn 'ma."

"Ble gewch chi baent?"

"Mae 'na botyn cyfan o'r un paent yn y garej. Digon i roi dwy gôt iddi. Fel arfer, mi faswn i'n symud y sioe i gyd i'r garej…"

"Dim ffiars o beryg," meddai Heulwen. "Does fiw i chi godi pwysa felly, hyd yn oed a finna'n helpu."

"Dyna pam dwi am 'i phaentio hi yn y fan a'r lle. Mi ro i fagia bin o'i chwmpas hi, i arbed y patio. Ma'n rhaid i mi neud rwbath, hogan, neu mi fydda i 'di drysu."

Yn amlwg felly, roedd ysbryd diwyd ac egnïol ei thad yn dod yn ôl, a'i fod yntau'n ysu am wneud pethau ymarferol. Wedi glanhau a chadw nwyddau'r archfarchnad, cafodd y ddau ginio bach o frechdan ham. Aeth Caerwyn ati wedyn i baratoi ar gyfer y peintio, tra bu Heulwen yn pori yn nhudalennau *Facebook* am hynt teulu a ffrindiau. Cysylltai Heulwen â'i dwy ferch, Meinir a Llinos, bob dydd.

Roedd aflwydd Covid-19 ar gynnydd eto yn ardal Wrecsam, ond dywedai neges Llinos fod popeth yn iawn ar ei ward hi yn Ysbyty Maelor. Bu'r ysbyty yn brysur, yn cadw cleifion Covid a'u timau gofal ar wahân i'r adrannau eraill. Cawsai Llinos brawf Covid sawl gwaith, ac roedd pob un yn negyddol. Yng Ngheredigion, meddai Meinir, roedd yr haint yn dal o dan reolaeth, er bod pryder beth a ddigwyddai pan ddechreuai tymor y brifysgol yn Aberystwyth, yn ogystal â thymor Coleg Ceredigion yno ac ar y campws yn Aberteifi. Yn ei hysgol hi roedd pob dosbarth wedi ffurfio 'swigen', a'r swigod sionc yn cael eu hamseroedd chwarae ar wahân.

Porodd Heulwen ymhellach ymysg y negeseuon. Daeth ambell neges gan gylch o gyn-ddisgyblion Ysgol Syr Hugh Owen. Yn aml iawn ar yr adeg yma o'r flwyddyn, byddai straeon am wyliau ym mhellafoedd byd, neu briodasau teuluol, ond llwm iawn oedd yr arlwy y dyddiau hyn.

Cyn-ddisgyblion – canodd y syniad fel cloch ym mhen Heulwen. Oedd yna gylch o gyn-ddisgyblion Ysgol Treheli yn rhannu straeon ar *Facebook*? Efallai na fyddai cyfoedion ei thad mor barod i ddefnyddio'r cyfrwng â'i chenhedlaeth hi, ond roedd yn werth rhoi cynnig arni. Chwiliodd ar *Facebook* a daeth o hyd i dudalen o hen luniau dyddiau ysgol cyn-ddisgyblion Treheli. Roedd yn rhaid rhoi enw llawn a blynyddoedd ysgol i gael mynediad. Gwyddai Heulwen fod ei thad wedi gadael yr ysgol yn 1963, ac felly mae'n siŵr mai yn 1956 y cychwynnodd ei yrfa yno. Byseddodd Heulwen yr wybodaeth angenrheidiol, a chafodd fynediad ar unwaith. Siom fu canfod mai dim ond oriel o hen luniau a geid yno, gyda chapsiynau moel iawn a doedd dim modd holi hynt hen ddisgyblion eraill. Wedi bwrw golwg fras dros nifer o'r lluniau, ac adnabod ei thad yn rhai o luniau'r tîm pêl-droed, gadawodd y safle.

Rhyfedd o fyd, meddai wrthi ei hun, yn cau'r *i-pad* ar ei glin. Dyma hi'n treio dod o hyd i hanes Luned, rhywun hollol ddiarth, nad oedd yn perthyn dim iddi, ac na welsai mo'i hwyneb, dim ond maint ewin bys mewn llun mawr o bedwar cant o blant. Ia, rhyfedd o fyd...

Aeth Heulwen allan i'r ardd i weld sut hwyl roedd ei thad yn ei gael ar y peintio. Roedd bron â gorffen y gôt gyntaf, a thaflodd gipolwg ar y cymylau a oedd yn prysur gasglu.

"Cael a chael fydd hi i orffen," meddai Caerwyn.

"Beth os daw hi'n law, wneith hi ddifetha?"

"Na wneith, mae'r paent yma'n sychu'n gyflym, ond mae gen i hen darpolin yn y garej. Os wnei di roi help llaw i mi, mi fedran ni hongian hwnnw o'r ddwy beipen acw i gysgodi'r fainc."

Cwblhawyd y peintio a gosod y gorchudd cyn i'r glaw gyrraedd, ond smwclaw digon tila fu'r cyfan.

"Rydach chi'n hen law ar beintio," meddai Heulwen dros banad yn y gegin. Cofiai ei thad ar ben ysgol lawer gwaith, yn peintio bargodau a landeri, a'r ysgol alwminiwm yn gwegian oddi tano.

"Mi fyddwn i'n peintio lot efo 'Nhad yn Ael Wen. Pan brynodd dy fam a finna ein tŷ cynta yn Llanelwy, mi drawon ni fargen. Mi fyddwn i'n gneud y peintio i gyd, ond dy fam yn gosod y papur wal a minna'n pastio. Roedd dy fam yn giamstar ar gael y darnau i fatsio."

"Mi fuoch chi wrthi yn y tŷ acw yn Wrecsam hefyd," cofiai Heulwen, "pan oeddwn i'n disgwyl Meinir."

"Fu'r gŵr 'na oedd gen ti fawr o help," meddai Caerwyn yn reit sarrug.

"Doedd Robin ddim yn fistar ar DIY."

Ni ddywedodd Caerwyn fwy. Gwyddai i berthynas y ddau droi yn bur chwerw erbyn y diwedd ac iddyn nhw wahanu ers pum mlynedd, cyn ysgaru. Roedd Robin yn byw efo rhywun arall erbyn hynny. O leiaf, cadwodd y genethod gyswllt â'u tad ac ni fu ffraeo na mynd i gyfraith rhyngddyn nhw. Troes Caerwyn y sgwrs yn ôl at y peintio.

"Y joban peintio ddiflasa wnes i 'rioed oedd yn Summerland, pan oeddwn i'n stiwdant."

"Summerland? Y gwersyll gwylia?"

"Ia. Rown i wedi gweithio yn y bariau trwy'r haf, ond ym mis Medi roedd 'na lai o ymwelwyr a byddai rhannau o'r camp yn cau am y gaea. Gan fod llai o waith yn y bariau, mi ges fy anfon i beintio rhai o'r *chalets* gwag."

"Ar eich pen eich hun?"

"Duwch na, roedd 'na griw ohonan ni. Roedd y rhan fwyaf isio aros ar gyflog yn y camp tan y diwadd, cyn mynd adref ar y dôl, y craduriaid. Roedd 'na rai eraill, fel finna, yn stiwdants isio cael y geiniog ola gan Summerland cyn dechrau tymor yn y coleg. Gweithio bob yn ddau fydden ni – yn sandio ac yn peintio."

"Oeddach chi'n 'nabod nhw i gyd?"

"Nac oeddwn, heblaw amball un oedd wedi gweithio yn y baria a hogia o Dreheli, wrth gwrs. Gwyddel oedd 'y mhartner i. Yn y ffair roedd o wedi gweithio drwy'r haf, ond mi fyddai'n gneud gwaith rhan amsar yn un o'r tafarna gyda'r nos, felly roeddan ni'n nabod ein gilydd."

Cododd Caerwyn yn sydyn ac aeth i agor drôr yn y dresel. Estynnodd amlen go fawr, a thynnu ffotograff du a gwyn allan. Rhoes y llun yn llaw Heulwen.

"Mi ffeindis i hwn pan oeddwn i'n tyrchu am hen lunia ysgol. Heb 'i dynnu o'r amlen ers blynyddoedd."

Yn y darlun safai criw o ddynion a llanciau mewn ofarôls, yn smotiau paent i gyd, o flaen rhes o *chalets* claerwyn.

"Rêl Summerland – tynnu lluniau o bob cythraul o ddim a chodi tâl amdanyn nhw. Dwn i ddim pam y rhois i bedwar swllt am hwn. Dyma'r unig dro i ni i gyd ddod at ein gilydd fel sgwad peintio. A sbia, dim ond dynion. Doeddan nhw ddim yn rhoi jobsys peintio i ferched, hyd yn oed y stiwdants. Mi fasan mewn dŵr poeth heddiw."

"Ble rydach chi?" holodd Heulwen, gan estyn y llun yn ôl iddo.

Pwyntiodd Caerwyn i ganol rhes gefn y criw.

"Dyma fi, a dacw Brendan, y Gwyddel, nesa ata i…"

Ar amrantiad, darfu sylwebaeth Caerwyn yng nghanol brawddeg. Aeth yn welw fel y galchen, a sefyll fel delw ar bwys y dresel. Dychrynodd Heulwen wrth weld y newid sydyn yn ei thad. Roedd fel dyn wedi rhewi'n gorn, ac yn rhythu'n gegrwth ar y llun yn ei law.

"Dad? Be sy'n bod?"

Rhoes Heulwen ei llaw ar ei fraich, ond doedd dim ymateb.

"Ydach chi'n teimlo'n sâl, Dad?"

Gydag ymdrech galed, dyma Caerwyn yn ymysgwyd. Trodd i edrych ar Heulwen a gafaelodd yn ei llaw yn dynn.

"Na, dwi'n iawn. Sori, hogan, mi ddaeth 'na rwbath drosta i'n sydyn, fel tasa rhywun yn cerdded dros 'y medd i."

"Cofio rwbath wnaethoch chi? Neu rywun yn y llun?"

Ni chafodd Heulwen ateb i'w chwestiwn. Rhoes Caerwyn y llun ar y dresel ac aeth i eistedd yn ei gwman wrth fwrdd y gegin. Gallai Heulwen ddweud oddi wrth y wedd o ganolbwyntio mud ar ei wyneb, bod darn o ryw hen ffilm yn llithro'n gyflym trwy ffrâm ei gof.

"Deudwch rwbath, Dad. Rydach chi'n codi braw arna i. Oes isio i mi alw'r doctor?"

"Na, sori. Mi oedd 'na rwbath, ond mae o wedi mynd eto, 'run fath â hen gortyn sach yn llyncu'i ben. Fedra i ddim 'i gael o'n ôl."

Erbyn hyn, roedd gwrid naturiol Caerwyn yn dychwelyd, ac yntau'n ymwybodol o bryd a lle eto. Berwodd Heulwen y tecell i wneud paned ffres, gan wylio'i thad yn ofalus wrth iddo wingo'n anghysurus yn ei gadair.

Tywalltodd banad arall, a lapiodd Caerwyn ei ddwylo am y gwpan, fel petai'n ceisio cael rhyw gysur o'r gwres.

"Wel, beth bynnag oedd o, Dad. Doedd o ddim yn beth braf."

"Nac oedd, Heuls. Roedd o fel taswn i wedi baglu i mewn i ryw dwnnel du. A dyna lle roedd gwynab yr hogyn 'na o 'mlaen i."

"Pa hogyn?" Edrychai Heulwen yn wirioneddol boenus erbyn hyn.

"Un o'r hogia oedd yn peintio'r *chalets*. Mi fedra i weld 'i wep o rŵan, ond does gen i ddim syniad pwy oedd o, na pham…"

"Pam beth, Dad?"

"Pam 'i fod o'n arwydd drwg – fel rhyw 'dderyn corff."

Aeth ias oer i fyny gwegil Heulwen. Yn raddol iawn, ers peth amser, buasai ofn yn egino ynddi – ofn bod y ceudwll o anghofrwydd a brofai ei thad yn arwydd o fwy na llesgedd yn dilyn salwch. Ofnai fod rhywbeth mawr wedi digwydd, bron i drigain mlynedd yn ôl, a hwnnw'n rhywbeth drwg. Bu'n amau ers tro bod rhyw anffawd wedi digwydd i Luned, ond bellach dyma ffigwr hollol ddieithr yn ymwthio i'r stori.

Teimlai Heulwen ei chalon yn suddo. Beth ar y ddaear oedd o'u blaenau wrth iddyn nhw ymbalfalu ymhellach i'r gorffennol? Cofiai ymadrodd a glywsai am hen bechodau yn taflu cysgodion hir. Ai dyna oedd wrth wraidd ei phryderon? Ai dyna oedd o dan glo yn hanes ei thad?

Mehefin – Gorffennaf 1964

'Yr hedydd cariadus i'r nefoedd yn nwyfus
Esgynna'n glodforus a dawnus ei dôn;
Mae sŵn yr haf tyner yn llifo mewn hoffter
Bob amser drwy fwynder ei feindon.'

Taliesin Hiraethog

"**G**ood morning, lads and lasses!"
    Bloeddiai sain metalaidd yr uchelseinydd tanoi ar draws y gwersyll eang. Clywai Caerwyn glebar diddan dwsinau o bobl yn mynd a dod ar hyd y ffordd – hwythau'n mynd yn gwbl ddiogel yng nghanol y lôn, gan nad oedd moduron i darfu arnynt.

Rhedai'r plant i'r caeau chwarae o boptu'r ffordd, lle roedd pobl ifanc olygus mewn cotiau gwyrddion yn cynnal chwaraeon ac yn creu hwyl egnïol. Dim lle i orweddian a thorheulo ydi Summerland, meddai Caerwyn wrtho'i hun ac eithrio ar bwys y pwll nofio ar ddyddiau heulog a doedd dim sicrwydd y ceid llawer o'r rheini mewn wythnos o wyliau.

"Mwynhewch eich hunain, ond gwnewch rywbeth."

Dyna oedd craidd neges Summerland, mae'n debyg – o'r brecwast torfol yn y neuaddau bwyta mawr i'r peint neu'r ddawns olaf yn y bar a'r neuadd ddawns gyda'r hwyr.

Tu draw i'r caeau chwarae, safai adeilad helaeth ac ynddo ffenestri gwydr enfawr a fframwaith o ddistiau dur. Ym mhobman, gwelid y lliwiau melyn a choch a nodweddai holl wersylloedd Summerland – y rhesi o *chalets,* yr arwyddion, cownteri'r siopau, y tafarnau coffi, y ffair, hyd yn oed y polion lamp. Dim ond y bariau a amrywiai yn eu lliwiau a'u cynllun, i adlewyrchu'r enwau thematig a roed arnynt, megis Captain Morgan's Tavern a The O.K. Saloon.

Wrth gerdded yn dalog ar hyd prif rodfa'r gwersyll, edrychai Caerwyn yn drwsiadus yn ei siaced o liw gwin tywyll, gyda'i grys melyn a'i dei yn stribedi coch a melyn. Gwisgai drowsus ysgafn lliw hufen ac esgidiau o ledr golau. Teimlai'n dipyn o jarff, a dweud y gwir, ar ddiwrnod cyntaf ei ail haf yn y gwersyll.

Daethai yno'n hapus ei fyd. Cawsai flwyddyn gyntaf lwyddiannus ym Mangor, a derbyniodd lythyr gartref yn dweud iddo gael ei dderbyn i'r cwrs cyd-anrhydedd mewn Hanes ac Economeg. Cawsai ddwy 'A' yn y pynciau hynny yn ei arholiadau Lefel A, a hoffai'r amrywiaeth a roddai gradd gyfun iddo. Gradd anrhydedd gyfun oedd bwriad Luned o'r cychwyn ar gyfer ei gyrfa yn Aberystwyth, ond aeth yn ddiwedd y flwyddyn gyntaf ar Caerwyn cyn penderfynu ar ei gyfeiriad. Cwrs mewn llenyddiaeth Saesneg oedd ei drydydd pwnc yn ei flwyddyn gyntaf.

Dim ond un cwmwl bychan oedd yn hofran yn ei wybren yr haf hwnnw. Y llynedd, ar ei ddyddiau rhydd o'r gwersyll, mi gawsai gwmni Luned. Ond nid felly y byddai'r haf hwn. Daethai Luned i'r casgliad yn Aberystwyth fod arni angen gwella'i meistrolaeth ar Ffrangeg llafar. Roedd rhai o'i chyd-fyfyrwyr gryn dipyn gwell na hi o ran sgwrsio a thrafod ar lafar yn yr iaith. Er iddi fod ar wyliau yn Ffrainc ddwywaith gyda'i rhieni, ni roesai hynny ddigon o gyfle iddi ymarfer yr iaith a gan ei bod hi â'i bryd ar radd Dosbarth Cyntaf, roedd yn rhaid gwneud rhywbeth pendant.

Felly, gyda chymorth yr Adran Ffrangeg, llwyddodd i drefnu cyfnod o dri mis yn gweithio a lletya mewn gwersyll gwyliau i blant yn nyffryn Afon Loire yng nghanolbarth Ffrainc. Byddai ar drothwy tymor yr hydref cyn iddi ddychwelyd i Gymru. Cawsai Caerwyn a hithau sawl sgwrs am y cynllun, yn enwedig yn ystod gwyliau'r Pasg, pan oedd y trefniadau newydd eu cwblhau. Hwnnw, felly, fyddai'r cyfnod estynedig olaf iddynt gyda'i gilydd tan wyliau'r Nadolig.

Ni chafwyd ffrae ynglŷn â'r peth. Roedd Caerwyn yn llwyr gefnogol i fwriad ac uchelgais Luned, ond gwyddai hithau y byddai Caerwyn yn gweld ei cholli. Ym Mangor roedd ganddo griw o ffrindiau newydd, ond yn Nhreheli roedd ei ddau ffrind gorau ar gyrsiau hyfforddi yn Lloegr, heb wyliau Coleg hir i'w dwyn adref. Serch hynny, dros wyliau'r Pasg, treuliwyd diwrnod cyfan gyda'i gilydd ym Mrynserth, pan aeth rhieni Luned i Sir Benfro am benwythnos at berthynas, gan adael car ei mam at iws Luned.

Cerddodd y ddau i ben y bryn uwchlaw'r tŷ, Trem y Lli, a gweld panorama gogledd Llŷn a Môr Iwerddon. Yno sylweddolai Caerwyn mor addas oedd enw cartref Luned. Wedi rhyfeddu hefyd at natur wasgarog y gymuned, awgrymodd Caerwyn, heb lawer o gynildeb, y gallai'n rhwydd aros efo hi drwy'r nos:

"Does 'na ddim tŷ arall i'w weld o dy dŷ di," meddai. "Fasa neb yn gwbod."

"O, mi fasa pobol yn dod i wybod, dwi'n siŵr. Mae gen yr hen frynia 'ma lygaid, ti'n gweld."

Torrodd sŵn miwsig uchel ar synfyfyrion Caerwyn yn Summerland. Roedd swyddfa'r bariau i fyny'r grisiau yn y prif adeilad, yng nghanol y gwersyll, ond oddi tano roedd tafarn goffi brysur, gyda sŵn tincial llestri i'w glywed yn barhaus a chaneuon pop yn diasbedain o'r *juke-box*, gyda'i uchelseinydd ar dalcen y caffi. Heibio i'r dafarn goffi roedd Caerwyn yn cerdded pan dorrodd y miwsig ar ei glyw.

Y Rolling Stones oedd wrthi, hwythau bellach yn herio'r Beatles am frenhiniaeth y byd roc. Y gân ar y *juke-box* oedd 'Not Fade Away', cân Buddy Holly a chofiai Caerwyn y fersiwn honno o'i arddegau cynnar. Roedd gan ei frawd, Iestyn, gasgliad o recordiau Buddy Holly.

Rhedodd yn osgeiddig i fyny'r grisiau cul i swyddfa'r bariau, a chael y drws yn agored led y pen. Wrth dremio ar hyd y swyddfa gyfyng, gwelai amryw o'i gydnabyddion o'r haf cynt – rhai yn bobl leol ac eraill yn selogion Summerland, a ddeuai yno'n ddeddfol bob haf. Trwy'r pared gwydr ym mhen draw'r swyddfa, gwelodd Hugh Parkin, pennaeth adran y bariau, yn ei gwpwrdd bychan o swyddfa breifat. Daeth allan i'w gyfarch.

"Welcome back, young man, good to see you. How did varsity go? Not been rusticated or anything nasty like that?"

Cyn-swyddog yn y fyddin oedd Hugh Parkin – y Major i lawer – a bu'n gweithio i gwmni Summerland ers 1948, pan adawodd y fyddin yn fuan wedi i Brydain ildio'i rheolaeth dros Balesteina, a roes fodolaeth i wladwriaeth Israel. Buasai'r Major yn un o'r lluoedd Prydeinig a gipiodd Hamburg yn 1945, cyn mynd ymlaen wedyn i borthladd Lübeck, ble roedd pan ddarfu'r rhyfel yn Ewrop. Trosglwyddwyd Parkin i'r awdurdod Prydeinig ym Mhalesteina i ddannedd y terfysg a dyfodd yn rhyfel llawn, wedi i luoedd Prydain adael. Daliai'r Major i wisgo tei ei hen gatrawd i'r gwaith yn Summerland.

"Wyt ti ddim wedi priodi na dim byd felly?" holodd Carys, un arall o ffyddloniaid y swyddfa, gyda'i thafod yn ei boch. "Ynte wyt ti wedi cael *chuck* ganddi hi? Pishyns delach yn Aberystwyth?"

Chwerthin wnaeth Caerwyn.

"Naddo, Carys. Rydan ni'n dal efo'n gilydd."

Edrychodd Caerwyn tuag at ei hen ddesg. Roedd yna wyneb newydd yn y swyddfa – gŵr ifanc yn ei ugeiniau, yn ôl ei olwg. Sylwodd Carys ar ei drem, a throes yn ei sedd i wynebu'r dyn newydd.

"Elwyn, dyma un o'n hen ffrindia ni wedi dŵad yn ôl. Mae o'n stiwdant ym Mangor."

Cododd Elwyn ac estyn ei law.

"Elwyn Morgan – croeso'n ôl."

"Caerwyn Rowlands. Yn y Coleg wyt titha hefyd?"

"Naci, yn yr armi oeddwn i tan rhyw flwyddyn yn ôl."

"Dipyn o newid, faswn i' n meddwl."

"Ydi a nac ydi – mae'r lle 'ma wedi cael 'i drefnu, a'i redag fel camp armi, efo rwbath i bawb i'w neud bob munud…"

"Ond…?"

"Ond *the camper is always right* ma'n nhw'n ddeud yn fan'ma. Dim felly roedd hi yn y blydi armi, coelia di fi!"

Wedi derbyn cyfarwyddiadau gan y Major, eisteddodd Caerwyn wrth ddesg wag a bwrw at ei waith. O'i flaen roedd ffeil fawr o geisiadau staff am waith rhan amser, ac un arall o fantolenni derbyniadau'r gwahanol fariau a thafarnau. Y gamp fyddai cael digon o weithwyr ar shifftiau teirawr yn y mannau priodol ar yr adegau prysuraf, a gwneud yn siŵr bod y rheini'n bobl ddibynadwy. Roedd criw difyr wrth y gwaith y llynedd – gobeithio y byddai eleni yr un mor hwyliog.

Aeth Caerwyn i'r dafarn goffi efo Carys am damaid o ginio. Roedd Carys â'i bys ar býls y gwersyll â'i giwdod gymysg o weithwyr. Wedi naw mis o fwlch, byddai stôr ddihysbydd Carys o wybodaeth yn ei roi ar ben y ffordd unwaith eto. Wedi adrodd hanes ei flwyddyn gyntaf ym Mangor, troes Caerwyn ei sylw at adran y bariau.

"Dydi petha ddim i'w gweld wedi newid llawer ers haf dwytha," meddai wrth Carys, gan godi rhywfaint ar ei lais dros y Babel o leisiau yn y caffi. Yn y cefndir, clywai lais bariton balmaidd Jim Reeves yn canu.

"Nac ydyn, mae'r hen Major yn licio cadw petha'r un fath. Yr unig newid go fawr ydi'r ailwampio yn yr Hollywood Bar er mwyn cael sioe cabare yno ddwywaith neu dair bob wythnos."

"Mi fydd disgwyl i'r bar werthu llwythi o gwrw i dalu am hynna."

"Bydd, digon i forio llong. Mwy o alw am staff *part time*, 'rhen hogyn. Mi gei di haf go brysur."

"Fydd gan y boi newydd, Elwyn, job arbennig yn y baria?"

"Mae o wedi bod yn cadw llygad ar betha gyda'r nos. Mi fydd 'na lai o waith plismona i chdi eleni. Dwi'n meddwl bod y Major yn gweld Elwyn fel hanner *supervisor* a hanner dyn seciwriti."

"Mi fydd 'i gefndir o yn y fyddin yn help iddo fo, ma'n debyg."

Distawodd parabl arferol Carys am funud. Yna mi wnaeth ryw ystum llechwraidd, fel petai'n amau bod rhywun yn eu gwylio.

"Dwi'n meddwl, ynte Caerwyn..."

Syllodd o'i chwmpas eto, fel cymeriad mewn drama. "Dwi'n meddwl bod rhyw ddrwg yn y caws wedi bod yn hanes Elwyn."

"Drwg yn y caws? Sut, felly?"

"Mi fuo fo allan efo'r armi ym Malaysia – yr hen Malaya, wsti."

"Ia, mi wn i, Carys. Mi fuo dau gefnder i mi ym Malaya. Mae'r fyddin yno rŵan – rhyw helynt efo Indonesia."

"Mi ddigwyddodd rwbath yno. Mi glywis i fod Elwyn wedi cael 'i anfon adref, does neb yn gwybod pam."

"Wel? Falla'i fod o 'di cael *breakdown*. Mae petha felly'n digwydd, yn enwedig mewn ryw hen ryfel gerila brwnt. Chwara teg i'r boi."

Doedd hynny ddim yn argyhoeddi Carys, ond ni rannodd fwy o'i chyfrinachau efo Caerwyn. Ni feddyliodd yntau lawer mwy am y peth, er y gwyddai fod rhwydwaith hel straeon Carys cystal ag un unrhyw newyddiadurwr. Gwyddai, hefyd, fod nifer helaeth o gyn-filwyr yn gweithio yn y gwersyll, rhai wedi bod yn Burma yn ystod yr Ail Ryfel Byd, ac eraill wedi bod yn Korea neu Malaya. Roedd ambell un o'r dynion lleol wedi ymladd yn y Rhyfel Mawr. Un peth y gallai fod yn sicr ohono – os oedd y Major yn gwybod am unrhyw helynt y bu Elwyn ynddo yn y fyddin, ni fyddai'n rhannu'r wybodaeth â neb, ac yn sicr ddim efo Carys!

Ar ôl gorffen eu cinio, dychwelodd y ddau i'r swyddfa. Yn y prynhawn, aeth Caerwyn i'r swyddfa *part time* – ystafell hirgul, gyda chownter hir lle byddai aelodau'r staff yn pori trwy ddwsinau o gardiau yn nodi'r shifftiau gwaith oedd ar gael ac ym mhle. Os oedd y gwaith yn siwtio, rhoddent eu henwau i lawr, a chaent lofnod y goruchwyliwr ar y cerdyn ar derfyn y shifft. Wedyn, byddai'r tâl yn eu pae ar ddiwrnod talu.

Gwaith Caerwyn oedd hel a didoli anghenion gwaith rhan amser y bariau, wedi holi'r goruchwylwyr unigol ac edrych ar dderbyniadau'r bar bob noson a bob wythnos. Gwyddai fod ambell i oruchwyliwr yn gor-ddweud yn rhemp.

"Come on, Frank. You don't need that many. You'll end up with one waiter for every customer. They'll be twiddling their thumbs and scratching their bums all night."

Digon tawel fu diwrnod cyntaf Caerwyn wrth ei waith.

Roedd y gwersyll ymhell o fod yn llawn, a hithau ond yn ganol Mehefin. Gorffennaf ac Awst fyddai'r cyfnod prysuraf. Serch hynny, cafodd Caerwyn gyfle i gwrdd â nifer o'r gweithwyr newydd yn y gwersyll a dyrnaid ohonyn nhw o wledydd tramor. Ni fu'n rhaid iddo aros yn hwyr iawn, a daliodd fws gwaith deg o'r gloch i Dreheli.

Dyna pryd y troes ei feddwl at Luned drachefn. Tybed sut hwyl roedd hi'n ei gael yn Ffrainc? Roedd wedi addo sgwennu ati, er na fu'n llythyrwr mawr yn ystod y flwyddyn ym Mangor. Diflas oedd deffro yn Ael Wen ar un o'i foreau rhydd, a sylweddoli na châi ei chwmni.

*

Yn Summerland, trawai Caerwyn ar Elwyn yn bur aml gyda'r nosau, pan oedd hwnnw'n blismona'r bariau yn gynnil a dirodres. Cafodd Caerwyn ar ddeall ganddo mai brodor o'r Rhyl oedd o, a bod ei rieni'n cadw tafarn yno, ond mai yn Llundain y bu'n byw ers iddo adael y fyddin. Sgwrsiai Elwyn yn hamddenol â nifer o'r cwsmeriaid, yn hen ac ifanc, ond byddai ei lygaid craff yn gogrwn popeth rhwng y pedair wal.

Un noson, cynhaliwyd gêm bêl-droed rhwng tîm Treheli F.C. a thîm o ddiddanwyr a 'chotiau gwyrddion' y gwersyll. Er cymaint yr hoffai Caerwyn weld yr ornest, bu'n rhaid iddo ef ac Elwyn weithio, gan fod pob un o'r bariau ar agor. Serch hynny, cafodd y ddau gyfle i roi'r byd yn ei le, cyn i'r gêm ddod i ben ac i'r bariau lenwi drachefn.

Roedd Carys yn iawn ynglŷn ag un peth, o leiaf. Bu Elwyn ym Malaysia gyda'r fyddin ac er na roes lawer o fanylion, cafodd Caerwyn wybod bod uned Elwyn wedi treiddio'n ddwfn i mewn i'r jyngl a thros y ffin i diriogaeth Indonesia.

Deallai Caerwyn mai cyrchoedd cudd oedd y rhain, gan nad oedd rhyfel ffurfiol rhwng Malaysia ac Indonesia, na rhwng Prydain ac Indonesia.

Gwladwriaeth newydd, annibynnol oedd Malaysia, wedi ei ffurfio trwy gyfuno Malaya â dwy ran o Ynys Borneo – Gogledd Borneo a Sarawak – yn ogystal â dinas a phorthladd pwysig Singapôr, i ffurfio Ffederasiwn Malaysia. Roedd Kusno Sukarno, Arlywydd Indonesia, yn ddirmygus o'r bwriad, gan alw'r ffederasiwn newydd yn 'wladwriaeth bwped Brydeinig'. Tiriogaeth Indonesia oedd y rhan fwyaf o Ynys Borneo, a drwgdybiai Sukarno ddylanwad ymerodrol Prydain am y pared â'i wlad.

Yn nhafarn y Capten Morgan, wrth wylio Elwyn yn sgwrsio'n gyfeillgar â rhai o'r cwsmeriaid, tybed pa gyfran o'r randibŵ yn y gwledydd hynny a welsai Elwyn, meddyliodd Caerwyn.

Cafodd Caerwyn sgwrs gyda'r Major yn y swyddfa'n ddiweddar a chael ei holi sut hwyl a gâi wrth ei waith. Ar gynffon y sgwrs gofynnodd,

"How are you getting on with Elwyn?"

"O.K., … He's doing a good job on the bars. Not too bossy, and he doesn't miss anything."

"Good. I'm glad we've found the right posting for him. He turned up out of the blue at the tail end of last season, with glowing references from his C.O. and the War Office. I didn't have anything for him then, so he was put on the painting squad."

"Really? I did that for my last fortnight. I don't remember seeing Elwyn."

"No, probably not, but we kept him on through the winter on maintenance work, so that he could start as a charge hand the first week of the season, when it's fairly quiet. Glad he's doing well. Good Welsh lad, like you, Caerwyn. Asset to the firm. Helps our relations with the local council."

Synnai Caerwyn wrth glywed i Elwyn fod yn peintio *chalets* y mis Medi blaenorol, gan nad oedd ganddo gof ohono, er ei fod yno i dynnu llun, y diwrnod cyn cau'r gwersyll am y tymor, pan ddaethant i gyd at ei gilydd. Ni fedrai chwaith ddeall sylw arall y Major. Os oedd Elwyn cystal dyn yn y fyddin, pam y gwnaeth o ymddiswyddo ar ddechrau gyrfa mor addawol? Tybed a aeth pethau'n drech nag o yng nghoedwigoedd Malaysia? Neu ynteu a fu rhyw helynt yn ei hanes, fel y tybiai Carys?

Gorffennaf – Awst 1964

'Ni bu haf heb ei ofid.'
Pedr Brothen

Un noson, ar ganol ymweliad â thafarn Capten Morgan, trodd Caerwyn ei sylw at un o'r byrddau, lle roedd merch ifanc yn gweini llond hambwrdd o ddiodydd. Er bod criw pur swnllyd wrth y bwrdd, gwnâi'r ferch ei gwaith yn ddiffwdan, gwên siriol ar ei hwyneb wrth ateb herian y pedwar llanc yn ffraeth. Hon oedd ei shifft gyntaf wrth y bar. Hyfforddi a goruchwylio plant a phobl ifanc yn y pwll nofio dan do oedd ei gwaith dyddiol.

"Mae hon wedi cael *waiter training,*" meddai Caerwyn wrtho'i hun, gan ei gwylio'n gwau'n osgeiddig rhwng y byrddau prysur, heb i'r gwydrau na'r poteli ar ei hambwrdd simsanu dim. Aeth y tu ôl i'r bar, a rhiffian trwy'r cardiau gwaith rhan amser. Dyna hi – Samantha Darrow.

"Mi fedra i gynnig gwaith iddi hi bob noson, os ydi hi isio'r pres."

Cyn i'r bar gau am hanner awr wedi deg, aeth ati am sgwrs. Cafodd wybod mai myfyriwr addysg gorfforol oedd hi yng Ngholeg Addysg Caer. Ei chartref oedd dinas hanesyddol Caerfaddon yng Ngwlad yr Haf. Fel Caerwyn, roedd newydd orffen ei blwyddyn gyntaf yn y coleg ac fel y tybiai Caerwyn, cawsai ei hyfforddi i weini *silver service* yn un o westai Caerfaddon.

"Why Treheli?" gofynnodd Caerwyn, "There are plenty of other Summerland camps. Isn't there one in Devon?"

"Yes, but I wanted to come to North Wales, so I can go walking in Snowdonia on my days off. That's why I chose Chester College, too."

Holodd Caerwyn sut roedd hi'n mynd a dod i Eryri. Disgwyliai iddi ddweud mai ar y bysys lleol y byddai'n teithio, ond cododd ei aeliau pan ddywedodd hithau bod ganddi feic modur.

"I brought it up here on the train. I had too much stuff to ride all the way, and I've never used a sidecar."

Hogan a hanner, meddai Caerwyn wrtho'i hun.

Llithrodd yr wythnosau heibio a derbyniai ambell lythyr gan Luned o Ffrainc. Yn un o'r llythyrau, dywedodd Luned fod ei rhieni ar fin prynu byngalo yn Aberystwyth, i fod yn gartref iddi yn ystod tymhorau'r coleg. Pan soniodd am y peth wrth Carys, bu hen dynnu coes am benwythnosau clyd yn Aber yn ystod y gaeaf.

Yn y gwersyll, gwelai yntau Samantha, neu 'Sam' fel y gelwid hi. Roedd hi'n awyddus i hel gymaint o gelc ag y gallai yn ystod yr haf, ac felly mi weithiai'n rheolaidd yn y bariau. Sylwodd Caerwyn hefyd fod Elwyn wedi cymryd ati, a gwelodd y ddau gyda'i gilydd droeon, pan oedd ganddynt noson rydd.

"Rhen Elwyn wedi cael bachiad," meddai wrtho'i hun.

Un o anfanteision ei waith oedd y tuedd i golli cysylltiad â'r byd mawr y tu allan, hyd yn oed â newyddion y dydd. Gwnâi Caerwyn, gyda'i ddiddordeb byw mewn gwleidyddiaeth, ymdrech i ddarllen papur newydd bob diwrnod. Tynnwyd ei sylw'r bore hwnnw gan yr ornest arlywyddol yn America, gyda Lyndon Johnson, etifedd Kennedy, yn wynebu her gan y Gweriniaethwr asgell-dde Barry Goldwater.

Yn sgil prysurdeb yr Awst hwnnw, byddai Caerwyn yn cysgu'r nos yn rheolaidd yn ei 'fwthyn bach' yn Snowdon Camp. Yn bur aml, ceid nosweithiau anffurfiol o ganu a dawnsio hwyrol gan y to iau, gyda chymorth caniau mynych o gwrw Long Life a photeli o Newcastle Brown neu Arctic Ale. Ar ei ffordd o'i waith i noswylio, clywai Caerwyn ffefrynnau'r funud, megis 'Do Wah Diddy' gan Manfred Mann ac 'It's All Over Now' gan y Rolling Stones. Wrth gwrs, roedd cryn fri ar 'A Hard Day's Night' gan y Beatles hefyd – ymadrodd nosweithiol llawer o'i weithwyr ar ddiwedd shifft go flin.

Treuliai Caerwyn y rhan fwyaf o'r boreau yn y swyddfa, yn astudio enillion diweddaraf y bariau, ac yn adolygu eu gofynion gwaith, ond byddai'n falch o fynd am banad efo Carys, a chael clywed hynt a helynt pethau y tu allan i'r tafarnau.

"Sut hwyl mae'r 'milwr bychan' yn 'i gael?" gofynnodd Carys un tro. "Ydi o'n byhafio?"

"Ydi, am wn i. Chlywis i'r un gŵyn yn 'i erbyn o. Pam? Glywist ti rwbath?"

"Wel, roedd 'na sôn 'i fod o wedi mynd dros ben llestri efo criw o hogia swnllyd o Snowdon Camp."

"Ddim yn y baria, Carys, neu mi faswn i wedi cael clywad. Dwi'n mynd i bob un ohonyn nhw ddwywaith neu dair bob wsnos. Mi fasa'r *Supervisors* wedi cwyno wrtha i'n sicr."

"Naci, y tu allan y digwyddodd hyn, yn rhwla o gwmpas y pwll nofio. Mi waldiodd o dri o hogia meddw, ond mi wnaeth yr Adran Seciwriti gadw'i gefn o. Ddaeth o ddim i glyw y Major, hyd y gwn i."

"Mae o wedi cael cariad, beth bynnag," meddai Caerwyn, a moelodd Carys ei chlustiau ar unwaith.

"Pwy ydi hi?"

"Stiwdant sy'n gneud *part-time* yn y baria."

"Stiwdant? 'Faint ydi'i hoed hi?"

"'Run oed â fi – neintîn."

"Nefoedd wen, wyddost ti faint ydi oed Elwyn?"

"Rhyw bump ar hugain? Mae golwg reit ifanc arno fo."

"Mae o'n ddeg ar hugain. Roedd o 'di bod yn y fyddin am dros ddeng mlynedd cyn iddo fo roi'r ffidil yn y to y llynedd."

Yn ddiweddarach, wrth droedio'i gylchdaith o gwmpas y gwersyll, bu Caerwyn yn pendroni am yr hyn a ddywedodd Carys am oedran Elwyn. Efallai nad Malaysia oedd unig gyfnod Elwyn o wasanaeth tramor, felly. Tybed ble arall y bu? Gyda lluoedd NATO yn yr Almaen, yn ddigon siŵr. Yng Nghyprus, efallai, neu hyd yn oed yn yr helynt gwreiddiol ym Malaya, a barhaodd tan 1960?

Yn hwyr un noson, ymhell wedi amser cau'r tafarnau, roedd Caerwyn yn mwynhau paned yn nrws agored ei *chalet,* ac awel noson o haf yn ei anwesu. Yn sydyn, gwelodd Sam yn prysuro heibio gyda'i phen yn ei phlu. Gwyddai fod ei *chalet* hithau ym mhen draw'r rhes.

"Sam? Sam – are you all right?" galwodd Caerwyn arni. Rhuthrodd hithau yn ei blaen, gan geisio cuddio'i hwyneb. Cododd Caerwyn a mynd ar ei hôl, a rhoes ei law ar ei braich.

"Hey, Sam – what's the matter?"

Yn gyndyn iawn, troes ei hwyneb rywfaint tuag ato, a sylwodd yntau fod ei boch wedi chwyddo'n fflamgoch ac un llygad wedi hanner cau.

"What the hell's happened? Who's been knocking you about?"

"Just leave me be, Caerwyn. It's got nothing to do with you..."

Ceisiodd Sam wthio heibio iddo, ond safodd Caerwyn o'i blaen. Roedd Sam yn un o'i weithwyr, a theimlai gyfrifoldeb drosti, yn enwedig pan oedd ar ei ffordd adref ar derfyn shifft, er y sylweddolai'n dda fod pob shifft yn y bariau wedi gorffen ers cryn ddwy awr. Amau roedd Caerwyn bod criw o wersyllwyr meddw wedi ei hambygio, ond, o dipyn i beth, clywodd ei stori.

Elwyn oedd wedi ei tharo. Bu'r ddau efo'i gilydd yn *chalet* Elwyn ar ôl i'r bar gau, fel y gwnaent yn ystod yr wythnosau diwethaf. Heno, roedd Elwyn wedi bod yn yfed yn bur drwm, ac aeth hi'n ffrae swnllyd, yna heb unrhyw rybudd, bwriodd Elwyn hi â chefn ei law â'i holl nerth ar draws ei hwyneb, a disgynnodd hithau ar lawr y *chalet*. Pan ddaeth ati ei hun, roedd Elwyn wedi diflannu, gan adael drws y *chalet* yn llydan agored. Cododd Sam a brysio at ddiogelwch ei *chalet* ei hun, er na chredai o ddifrif y byddai Elwyn yn dod ar ei hôl.

Gwnaeth Caerwyn banad o goffi iddi, er mai prin y gallai godi'r gwpan at ei gwefusau chwyddedig, ac roedd ei dwylo'n crynu'n ddireol. Roedd pob bar a bwyty dan glo erbyn hyn, a doedd unman lle ceid clapiau o iâ i esmwytháu ei boch. Defnyddiodd Caerwyn gadach ymolchi glân, wedi ei drochi mewn dŵr oer o'r tap, i liniaru ychydig ar ei phoen. Roedd Sam yn benderfynol nad oedd am fynd i ystafell feddygol y gwersyll, lle byddai nyrs ar ddyletswydd. Arhosodd Caerwyn iddi ddod ati ei hun, gan eistedd yn yr unig gadair freichiau yno. Doedd o ddim am ei phoeni â ribidirês o gwestiynau a hithau mewn gwewyr yn dioddef o effeithiau sioc.

Pryder amlwg i Caerwyn oedd sut i drafod Elwyn yn sgil yr helynt hwn. Gwyddai nad ysgol neu goleg oedd Summerland, a bod ambell i sgarmes yn digwydd o bryd i'w gilydd rhwng gweithwyr y gwersyll. Pe na bai'r sgarmes yn digwydd yn y gweithle, nac wedi tarfu ar rai o wersyllwyr Summerland, neu wedi peri anaf go ddrwg, ni fyddai rheolwyr y gwersyll yn ymyrryd fel arfer.

Ond roedd hyn yn fater hollol wahanol gan fod Elwyn wedi waldio'i gariad ei hun, a hithau'n gydweithiwr iddo hefyd. Ac yntau'n filwr profiadol, roedd wedi bwrw merch ifanc flynyddoedd yn iau nag ef ei hun. Er bod Sam yn ferch ffit, hyderus a chryf o gorff, allai hi ddim amddiffyn ei hun rhag Elwyn.

Gan mai Caerwyn oedd yn ei chyflogi, teimlai ddyletswydd tuag ati. Oedd Elwyn yn berson addas i fod yn swyddog diogelwch mewn gwersyll gwyliau? Doedd ganddo ddim amheuaeth beth fyddai agwedd Hugh Parkin. Roedd rhyw sifalri hen ffasiwn yn perthyn i'r Major, a chredai Caerwyn y byddai'n dangos y drws i Elwyn yn ddi-oed. Yn y cyfamser, penderfynodd dywys Sam yn ôl i'w *chalet* ei hun a sicrhau ei bod yn bolltio'r clo Yale o'r tu mewn. Wedyn, aeth i weld a oedd Elwyn wedi dychwelyd i'w ffau. Ni wyddai'n union beth a ddywedai wrtho, ond doedd y posibilrwydd y byddai Elwyn yn troi tu min tuag ato ddim yn ei boeni.

Cychwynnodd i chwilio am Elwyn ac wrth gerdded, aeth ei feddwl yn ôl i'w arddegau cynnar. Trwy ei blentyndod, byddai'n mynd i aros bob haf yn Hafod y Gaer, fferm Yncl John ac Anti Meri ym mhen draw Llŷn am dair wythnos o'i wyliau haf ac yn helpu gyda gwaith y fferm. Dros y blynyddoedd, bu'n gwneud mwy a mwy o waith ar y tir, a thyfodd yn llanc talgryf, yn ei elfen yn cario byrnau gwair ac yn gwneud gwaith caib a rhaw. Daeth yn ffrindiau â gwas yn Hafod y Gaer, Emrys, er bod Emrys flynyddoedd yn hŷn na Caerwyn.

Roedd gan Emrys enw drwg am gwffio. Byddai mewn rhyw sgarmes neu'i gilydd yn bur aml ar nos Sadwrn; a phan fyddai bwth paffio mewn ffair bentymor, byddai Emrys yn siŵr o wirfoddoli mewn ymgais i ennill pumpunt neu ddegpunt. Er bod paffwyr profiadol y bythau bocsio yn llawn castiau, a'r hogiau lleol yn cael eu trechu fel arfer, llwyddodd Emrys i ennill sawl gwobr. Aeth Emrys ati i ddysgu Caerwyn sut i baffio, a sut i osgoi ergydion ei wrthwynebwyr.

"Stydia pa ffordd mae'r diawl am fynd, a dal o ar 'i godiad efo dyrniad iawn. Os collith o'i falans, mi fedri di 'i lorio fo. Unwaith bydd o wedi bod ar 'i gefn, fydd gynno fo ddim gymaint o wynt i dy hitio di'n ôl."

Gwyddai Caerwyn fod Elwyn wedi ei hyfforddi i ymladd, ond credai'n sicr y gallai ddal ei dir gan fod hwnnw'n feddw dwll, yn ôl tystiolaeth Sam.

Erbyn iddo gyrraedd y *chalet,* roedd drws Elwyn ar gau, a golau yn y ffenest. Curodd yn galed ar y drws, ac anwybyddodd y rhegfeydd a ddeuai o'r tu fewn.

"Elwyn! Agor y drws. Caerwyn sy yma. Dwi isio siarad efo chdi."

Agorodd y drws, a gwgodd Elwyn yn flin arno, yn drwm gan oglau diod.

"Be uffar wyt ti isio, amsar yma o'r blydi nos?"

"Be ddiawl wnest ti i Sam? Ma'i gwyneb hi fel balŵn, ac roedd hi'n crynu fel deilen."

"Be uffar ydi o i chdi? Meindia dy fusnes a dos o 'ngolwg i!"

"Mae Sam yn gweithio i mi, felly mae o'n fusnes i mi. Beth bynnag, sut fedri di drin hogan ifanc fel 'na?"

"Roedd hi'n gofyn am blydi stid. Ma'n rhaid iddi ddysgu pwy ydi'r bós. Yli, boi, mater rhwng Sam a fi ydi o. Wyddost ti sod ôl am y peth. Cadw dy hen drwyn allan, neu mi gei ditha stid ar dy din."

Sythodd Caerwyn o'i flaen.

"Treia hi, was. Mi gawn ni weld pwy fydd ar 'i din."

Pwyllodd Elwyn am ennyd. Doedd cryfder cyhyrog Caerwyn ddim yn ei boeni. Serch hynny, roedd hyder yn amlwg yn osgo a threm Caerwyn, a barnodd mai aros ei gyfle a fyddai orau.

"Cer o'ma, y twat gwirion. Fy musnes i ydi Sam."

"Naci, mae hi'n fusnes i mi rŵan, a chei di mo'i hambygio hi."

Yn ddirybudd, llamodd Elwyn ymlaen yn sydyn, â'i ddwrn yn melltennu am wyneb Caerwyn. Siglodd Caerwyn yn ddeheuig o'i ffordd, a bwriodd ei ben-glin fel gordd rhwng coesau Elwyn. Plygodd hwnnw yn ei wae, ei wynt yn ei adael a'i lygaid yn dyfrio. Mewn amrantiad, roedd Caerwyn wedi rhoi clec i'w drwyn, a baglodd Elwyn yn ôl, a'r gwaed yn llifo.

"Y bastard bach. Mi sodra i di am hyn."

"Jest gad lonydd i Sam, a chadwa dy ddyrna i chdi dy hun o gwmpas y camp yma."

Trodd Caerwyn a chau'r drws yn glep ar ei ôl. Cerddodd draw i gyfeiriad *chalet* Sam, a gweld bod popeth yn dawel yno. Siawns y caiff hi dipyn o gwsg i leddfu ar ei phoen a'i sioc. Yn ei wely, roedd ei feddwl yn ferw. A ddylai riportio Elwyn i'r Major? Cadw Sam yn ddiogel oedd ei gyfrifoldeb pennaf – ond efallai mai troi Elwyn allan o'r gwersyll oedd yr unig ffordd sicr o wneud hynny.

Cafodd Caerwyn sgwrs hir gyda Sam fore trannoeth. Gofynnodd hithau iddo beidio â dweud gair wrth y Major, cyn belled â bod Elwyn yn gadael llonydd iddi. Rhoes Caerwyn y genadwri honno yn blaen i Elwyn yn y bar y noson wedyn.

"Os digwyddith rwbath eto, mi a' i at y Major fy hun a fydd dy blydi draed di ddim yn taro'r llawr rhwng yr offis a'r giât."

Er syndod i Caerwyn, derbyniodd Elwyn y neges heb ddim mwy na rheg a gwg.

Ni fu Sam yn gwneud gwaith ar y bariau ar ôl hynny. Yn ychwanegol at ei gwaith yn y pwll nofio, cafodd waith gyda'r nosau yn un o'r neuaddau bwyta mawr yn gweini swper i ryw ddau gant o bobl ym mhob eisteddiad. Yn y neuaddau bwyta hyn byddai pawb yn canu i ddathlu pen-blwyddi gwersyllwyr, yn enwedig y plant.

Ambell dro, mi welai Sam Caerwyn yn dod i'r neuadd. Roedd gan y cwmni 'flychau cwyno' yn y gwersyll, a phe ceid cwyn ynglŷn â'r bariau, deuai rhywun o'r adran i'r neuadd i drafod y gŵyn. Unwaith neu ddwy, daeth Elwyn yno, ac roedd Sam yn ei anwybyddu'n llwyr, er iddi deimlo'i lygaid fel dau fyniawyd yn tyllu i'w gwegil.

Yn hwyr un noson, pan oedd Sam ar ei ffordd adref i'w *chalet*, clywai sŵn rhialtwch y tafarnau ar bob llaw a gwelai nadreddu hwyliog y criwiau a'r parau ar hyd rhodfeydd coediog y gwersyll. Teimlai'n hollol ddiogel a chartrefol, gyda'r goleuadau lliwgar yn gynnes yn erbyn llwydolau'r cyfnos. Roedd yn tynnu at ddiwedd Awst a'r dydd yn dechrau byrhau.

Wrth iddi gyrraedd Snowdon Camp, roedd y goleuadau'n brin a'r cysgodion yn hirach. Er hynny, roedd digon o brysurdeb o gwmpas y neuadd ddawns gan i'r Sandmen gadw noson yno'n gynharach, ac roedd ychydig o'u selogion yn dal i sgwrsio y tu allan. Ond, wedi iddi gyrraedd y *chalets*, daeth rhyw ias drosti. Roedd y tafarnau'n dal ar agor, a doedd neb yn cynnal parti yn y stryd felly. Teimlai fod y distawrwydd yn fygythiol, rhywsut. Bwriodd gipolwg dros ei hysgwydd, ond ni welodd neb.

Anadlodd yn rhwyddach pan gyrhaeddodd ei *chalet*, ac estyn am ei hallwedd. Yna, yn hollol ddirybudd, daeth Elwyn i'r golwg ac ymwthiodd rhyngddi hi â'r drws. Roedd mileindra mud yn ei lygaid wrth iddo rythu i'w hwyneb.

"What are you doing here, Elwyn? We've got nothing to say to each other."

"You don't dump me, Sam. Nobody sodding dumps me. We had a good time together, you and me. I want us back together again."

"It's over, Elwyn. I told you that, the night you thumped me."

"O.K. I'm sorry. I never meant to hit you so hard. I just lost my rag. It won't happen again."

"No, it won't, because I don't want to see you or speak to you ever again. If you can't accept that, I'll just leave the camp and go home."

Sythodd Elwyn a gafael yn dynn yn nwy ysgwydd Sam. Gwasgodd nes ei bod yn gwingo.

"You're my girl, Sam, you belong to me. And you're damn well never going to be anyone else's!"

Ceisiodd wthio'i wyneb tuag ati i'w chusanu, a throes hithau ei phen oddi wrth yr aroglau whisgi trwm oedd ar ei anadl. Rhoes Sam gic egr iddo yn ei goes a llaciodd ei afael am ennyd. Llithrodd hithau o'i grafangau a rhedeg at brysurdeb y neuadd ddawns. Ni feiddiai droi i edrych a oedd Elwyn yn ei dilyn, ond tybiai ei bod hi'n clywed sŵn ei draed ar y ffordd tarmac y tu ôl iddi.

Yn sydyn, teimlodd law gref o'i hôl yn gafael yn ei gwallt ac yn ei thynnu wysg ei chefn. Yn ei phoen, daeth dagrau i'w llygaid, a theimlodd fraich arall yn gwasgu am ei chanol.

"Come here, you little bitch. You're not getting away from me."

Teimlai Sam ei hun yn cael ei llusgo i gornel y gwrychoedd bocs a ffiniai'r rhes o *chalets*. Roedd Elwyn yn ymbalfalu am ei bronnau, a rhwygwyd dau o fotymau ei blows i ffwrdd dan ei law.

Llwyddodd Sam i gael ei llaw yn rhydd a throes yn sydyn a chripio boch Elwyn at waed. Sgyrnygodd yntau a'i thaflu yn erbyn y gwrych, gan wthio'i gorff yn ei herbyn, y brigau mân fel matres bigog yn gwasgu yn erbyn ei chefn. Estynnodd yntau ei ddwylo at ei gwddf, ond yn yr eiliad fer y bu'n rhydd o'i afael, gwingodd Sam oddi wrtho a rhedeg draw at gornel y stryd, lle gwelai ddyrnaid o bobl yn dal i stelcian y tu allan i'r neuadd ddawns.

"Sam? What's up?" torrodd llais cyfarwydd ar draws ei phryder a'i braw.

"Caerwyn! Thank God! It's Elwyn! He's after me! He attacked me!"

Tywysodd Caerwyn hi'n gyflym at y neuadd, lle gwelodd un o'r swyddogion seciwriti.

"Dave! There's been an incident. Elwyn Morgan's attacked Sam. Can you look after her while I sort the bastard out?"

"Hey, no! That's a security job, Caerwyn. It could be a police matter, and we'll have to get the cops in from town."

"Sorry, Dave. This is personal. Look after Sam."

Awst 1964

'… nid hardd ar ŵr natur ddrwg.'

Anhysbys

Brasgamodd Caerwyn i gyfeiriad y rhesi *chalets*, a gwelodd Elwyn yn dod tuag ato, yn fflamgoch gan dymer a digofaint.

"Chdi eto, y ffycin busnas ddiawl. Mi dynna i dy ben di i ffwr y tro yma."

Rhuthrodd yn ei wylltineb meddw i geisio taro Caerwyn, ond ochrgamodd yntau a baglu Elwyn mewn ffowl pêl-droed perffaith. Dechreuodd hwnnw fynd ar ei ben tua'r llawr, ond cyn iddo gyrraedd rhoes Caerwyn ddwrn iddo ar ochr ei ên. Aeth ar ei wyneb i'r llawr, a phenliniodd Caerwyn ar ei gefn gan droi ei fraich yn filain y tu ôl iddo.

"Mae wedi canu arnat ti rŵan, y diawl," ysgyrnygodd Caerwyn wrth halio Elwyn i'w draed a'i hanner llusgo tuag at y neuadd ddawns, lle roedd Dave y swyddog seciwriti yn gofalu am Sam ac wedi cael peth o'r hanes ganddi.

"I think you'll have to call the cops, Dave" meddai Caerwyn.

"From what Sam's told me, it sounds serious," atebodd Dave." Let's go to the Security Office, and we'll ring the town nick from there."

Defnyddiodd Dave ei radio symudol, a chyn hir roedd Landrover yr Adran Seciwriti wedi cyrraedd. Rhoes Caerwyn ei siaced yn dyner dros ysgwyddau Sam, ac aeth hithau i eistedd ym mhen blaen y Landrover efo'r gyrrwr. Yn y cyfamser, gwthiodd Dave Elwyn i gefn y cerbyd, i eistedd rhwng Caerwyn ac yntau. Gan fod Elwyn yn rhyfedd o dawedog erbyn hyn, disgwyliai Caerwyn ffrwgwd pellach unrhyw funud.

"While you were otherwise engaged," meddai Dave wrth Caerwyn, "I radioed for Peggy Jones to meet us at Security."

Nodiodd Caerwyn ei gymeradwyaeth. Peggy Jones oedd pennaeth nyrsys gwersyll Summerland. Roedd yn Gymraes, yn nyrs brofiadol dros ben a doedd neb gwell i ofalu am Sam nac i asesu ei chyflwr.

"Come with me, love," meddai Peggy'n dyner wrth Sam. "Get us a private room, Dave, please, and a pot of hot tea, with sugar."

Ufuddhaodd Sam ar unwaith. Prin bod neb yn y gwersyll a oedd yn uwch ei pharch na Peggy Jones. Cafodd Elwyn ei gloi mewn cell dros-dro yr adran. Wedi i Dave ddychwelyd, gyda Griff Robbins, y Pennaeth Seciwriti, dywedodd yntau wrth Caerwyn a Dave:

"If this is going to be a police matter, we'd better call Major Parkin in. He's Elwyn's boss and yours, Caerwyn, and he lives more or less on site."

Gwyddai Caerwyn fod y Major yn byw mewn byngalo ar gwr y gwersyll, a gallai gyrraedd yno mewn munudau. Wedi i Griff Robbins fynd i'w swyddfa i roi galwad ffôn iddo, gofynnodd Dave:

"What do you think Sam will want to do? Will she want to bring a charge against Elwyn?"

"I don't know, but it may not be up to her. A serious assault in a public place – surely it's a criminal offence."

"We've had this problem before," atebodd Dave. "Strictly

speaking, this isn't a public place. The whole camp is private property, though with something like this, I don't think Summerland will want to keep the police out."

Cyrhaeddodd y Major yn fuan, â'i wynt yn ei ddwrn. Holodd Caerwyn a Dave yn fanwl am yr hyn a ddigwyddodd, a throes at Griff Robbins i ofyn ei farn ynglŷn â galw'r heddlu. Atebodd hwnnw ar ei union:

"I don't think we'd have a leg to stand on if we didn't call the police, Hugh."

Syndod braidd i'r Pennaeth Seciwriti fu gweld anniddigrwydd Hugh Parkin. Wedi'r cwbl, roedd helbulon treisgar yn y bariau wedi cael eu riportio i'r heddlu o'r blaen, er mai pur anaml y bu hynny. Wrth gwrs, roedd Elwyn Morgan yn aelod o dîm gweinyddol y Major, a chryn dipyn yn bwysicach na'r creaduriaid a welsai mewn helbul o'r blaen.

Yn y man daeth Peggy Jones atynt, a phawb yn ei holi am gyflwr Sam. Esboniodd Peggy y byddai ei hysgwyddau a'i breichiau yn ddu las gan gleisiau erbyn y bore, ac roedd cripiad egr ar ei brest, lle roedd Elwyn wedi rhwygo'i blows. Yn ôl Sam, roedd Elwyn wedi mynd am ei gwddf, hefyd, ond doedd dim marc yno. Bu Sam yn rhy gyflym iddo, yn ffodus iawn.

"She's in a severe state of shock, and I'm going to take her to the sick bay. I'll stay with her till morning. Can you arrange the Landrover to take us down there, Dave, please?"

Aeth Dave i chwilio am swyddog arall i yrru'r cerbyd. Cyn i'r un o'r dynion eraill fedru dweud mwy, dywedodd Peggy yn bendant.

"No interviews with anyone till morning – not even the police, if you've called them. She isn't alleging rape, although that may have been his intention, so we don't need to call a doctor for a full medical examination."

"I take it we should be calling the police, then, Peggy? Will the young lady want to charge Morgan?"

"Yes, of course you should. Why should poor Sam have to make the decision for you? There's been a serious, unprovoked assault, and that's a crime in my book."

"I agree with you, Peggy," meddai Griff, "but you know the rough handling Sam might get in court, with Morgan's lawyer trying to claim that she led him on and all the usual excuses."

Rhoes Caerwyn ei big i mewn.

"I know one thing for sure. Sam will never want to see Elwyn on camp again. She's been trying to avoid him since he slapped her before, a couple of weeks ago. Sam's tough enough to face up to a court hearing; but that might not be for weeks, and unless Elwyn's held in custody, she'll be afraid in case he comes after her again."

Bu distawrwydd trwm am funud. Gafaelodd Griff Robbins ym mraich Caerwyn a'i dywys o'r neilltu.

"Ydi Morgan yn ddiawl mor ddrwg â hynny? Fasa fo'n treio dial ar yr hogan?"

"Dyna roedd o'n neud heno, Mr Robbins. Dial arni hi am iddi roi'r *chuck* iddo fo, ar ôl iddi gael peltan ganddo fo o'r blaen."

Ochneidiodd Griff Robbins.

"Efo *assault charge*, wnân nhw ddim cadw'r boi dan glo tan y treial. Ond mi alla'r peth gael ei setlo gan y Fainc yn Treheli, heb fynd i'r *Assizes* yn G'narfon. Mi fedar y Fainc roi jêl iddo fo, yn enwedig os ydi o'n disgyn ar ei fai a gneud *guilty plea*."

"Wneith o mo hynny, Mr Robbins. Mi eith am dreial efo *jury*, a gneud pob dim fedar o i faeddu enw Sam."

Gwyddai Griff Robbins mai chwe mis o garchar oedd uchafswm y ddedfryd y gallai llys ynadon ei gosod mewn achos o ymosod, neu *common assault*. Â barnu oddi wrth ddisgrifiad Peggy o gyflwr Sam, doedd o ddim yn debygol y gellid cyhuddo Elwyn o ddim byd gwaeth. Rhannodd ei feddyliau â'r lleill. Yn betrusgar iawn, dywedodd Dave fod Sam yn llwyr grediniol bod Elwyn yn bwriadu ei threisio, ym môn y gwrych yn nhawelwch y rhes *chalets*. Dyna a ddywedasai hi wrtho yn y munudau dirdynnol ar ôl i Caerwyn ei rhoi yn ei ofal.

Ymateb ei bennaeth oedd y byddai'n anodd iawn profi hynny, bron iawn yn amhosibl. Hawdd iawn fyddai i Morgan ddweud mai ar ddamwain y rhwygwyd blows Sam. Doedd dim modd ei gyhuddo o geisio'i llofruddio, gan nad oedd clais na marc ar ei gwddf.

"What did she tell you, Caerwyn?" holodd y Major.

"Exactly what she told Dave. She really thought Elwyn was going to rape her, and when she fought back, she thought he'd decided to kill her and shut her up."

"I'm afraid a defence barrister would make short work of that testimony," meddai'r Major, gan ysgwyd ei ben. "And besides, I don't think the Director of Public Prosecutions would let it come to trial."

"Still," meddai Griff Robbins, "it's got to be a police matter. I'll give Treheli a ring and get them out here."

"Might it not be better to take Morgan in ourselves?" meddai Parkin yn sydyn.

"It might be useful to speak to Superintendent Edwards. I've known him for years."

Seiri Rhyddion, mae'n debyg, meddai'r Pennaeth Seciwriti wrtho'i hun. Roedd o'n methu deall agwedd betrusgar y Major heno.

Wedi peth trafod, penderfynwyd mynd ag Elwyn i Dreheli yng nghar Griff Robbins, yn y sedd gefn rhwng Dave a swyddog arall. Wedyn, byddai Caerwyn a Hugh Parkin yn eu dilyn yng nghar y Major.

Yn y cyfamser, daeth Peggy Jones a Sam drwy'r cyntedd i fynd allan at y Landrover. Roedd yn welw iawn, ond edrychai'n bur hunanfeddiannol. Yr unig eiriau a gafwyd ganddi oedd diolch i Dave a Caerwyn, "… for rescuing me."

Yn sydyn, wrth gyrraedd y drws, daeth cryndod drosti.

"He's not out there, is he?"

"He's under lock and key, Miss Darrow," meddai Griff Robbins, "and if I have my way, once we've handed him over to the police, he'll never set foot in this camp again."

Wedi i Peggy a Sam adael, daeth y cyffro a'r anniddigrwydd ym meddwl y Major i'r berw. Trodd at Griff Robbins yn sydyn a dweud:

"Griff, can you bear with me for a few minutes, before we head for town? I'd like a few minutes alone with Morgan in the holding cell, and I think, then, there'll be no nonsense about trying to deny his guilt when we get to Treheli."

Syllodd pawb yn syn arno, a chododd Griff Robbins ei ysgwyddau mewn annealltwriaeth llwyr. Amneidiodd ar Dave i agor y gell. Aeth y Major i mewn at Elwyn a chaewyd y drws ar ei ôl.

Nid oedd Summerland yn enwog am gadernid ei adeiladau, a phur denau oedd y waliau mewnol yn aml. Clywid mwmian geiriau aneglur o'r gell, ond roedd lleisiau'r ddau yn fwriadol dawel. Wrth sefyll yn y cyntedd, a'r tri arall wedi mynd allan am fygyn, deallodd Caerwyn rhyw hanner dwsin o eiriau, yn cynnwys *"guilty plea"* a *"common assault"*. Ond roedd un frawddeg wedi ei synnu yn llwyr. Clywsai hon yn eglur, gan fod y Major wedi codi rhywfaint ar ei lais, efallai er mwyn pwysleisio'i neges.

"You wouldn't want to face a court martial, would you?"

Roedd Caerwyn yn gwbl sicr mai dyna a glywsai. Ni rannodd hyn gyda'r lleill, a phan agorodd y drws, daeth Elwyn allan yn benisel a heb air pellach, aethant i'r ddau gar a chychwyn am Dreheli.

Byr a digyffro fu'r olygfa yn swyddfa'r heddlu yn Nhreheli. Roedd yr Uwch-Arolygydd Brian Edwards yno yn eu disgwyl, ac ysgydwodd law â Hugh Parkin.

"Not the happiest of meetings, Hugh," meddai'n dawel.

Troes Edwards ei sylw at Elwyn, ar ôl i'r Sarsiant roi'r rhybudd swyddogol iddo. Dywedodd yn ddigon uchel fel bod pawb yn clywed,

"I understand that you're prepared to admit an offence of common assault, Mr Morgan?"

Cytunodd Elwyn yn ddiffwdan. Bwriodd yr Uwch-Arolygydd olwg dreiddgar at y mwgwd digyffro a ddangosai Elwyn.

"Cymro Cymraeg ydach chi, Mr Morgan, ynte?"

Nodiodd yntau heb ddweud gair.

"O'r gora, i chi gael dallt. Fedran ni ddim ych *chargio* chi efo unrhyw drosedd yma heno. Mae'n rhaid i ni siarad efo'r ferch ifanc…"

Edrychodd ar Griff Robbins, oedd yn sefyll wrth ei ysgwydd, ac meddai yntau,

"Samantha Darrow."

"Mi gawn ni siarad efo Miss Darrow yfory – heddiw, erbyn hyn. Wedyn mi wnawn ni benderfynu ai *common assault* fydd y cyhuddiad. Ydi hynna'n glir?"

Cytunodd Elwyn unwaith eto, er syndod pellach i Caerwyn.

"Rydan ni am ych cadw chi yn y ddalfa dros nos, Mr Morgan,

ac os byddan ni'n ych cyhuddo chi, mi gewch chi'ch rhyddhau tan yr achos yn Llys yr Ynadon, yma yn Nhreheli yr wythnos nesa, mae'n debyg."

Ar hynny, dywedodd Griff Robbins yn bendant, gan fwrw golwg daer i gyfeiriad Hugh Parkin,

"I'm afraid, Superintendent, as Head of Security for Summerland, that the company isn't prepared to allow Morgan back on the camp premises. They are private company premises, after all. He'll have to make other accomodation arrangements. My staff will collect his belongings from the camp and deliver them to wherever he may be staying."

Edrychodd yr Uwch-Arolygydd yn graff ar y lleill, ac ychwanegodd Griff Robbins,

"We are very concerned about a possible risk to the safety of Miss Darrow, who lives and works in the camp."

"I think I can help here," meddai'r Major. "Summerland owns a house here in Treheli. It's used to accomodate seasonal staff when we haven't got enough staff chalets on site. I know there are vacancies there at present. Morgan can stay there until the hearing. There are no women residents in the house."

Cytunodd yr Uwch-Arolygydd i hynny, a rhoddwyd Elwyn yng ngofal y Sarsiant, i'w baratoi ar gyfer noson yn y gell. Gofynnodd y Major am ganiatâd i wneud galwad ffôn breifat o un o swyddfeydd gorsaf yr heddlu. Arweiniodd yr Uwch-Arolygydd ef i'w swyddfa ei hun, a chau'r drws. Ymddangosai'r edrychiad ar wyneb Brian Edwards fel petai'n amau bod rhywbeth heb ei ddatgelu ynglŷn â'r helynt hwn. Yn sicr ddigon, dyna oedd greddf Caerwyn yn ei ddweud wrtho yntau hefyd.

Wrth aros i'r Major ddychwelyd, aeth yr Uwch-Arolygydd draw at Caerwyn a'i holi.

"Hogyn o'r dre ydach chi, ynte?"

"Ia, Caerwyn Rowlands. Byw yn Ael Wen, jest i fyny'r stryd."

"Siŵr iawn. Mae'ch tad yn gweithio ar y relwe."

Wedi saib fer, gofynnodd.

"Deudwch i mi, ydi'r Elwyn Morgan acw yn rhywun arbennig yn Summerland? Mae Major Parkin yn ofalus iawn ohono fo."

"*Chargehand* ydi o, fel finna, ond roedd o'n arfer bod yn swyddog yn y fyddin."

"A dyna gefndir Hugh Parkin, wrth gwrs. Ie, falla fod hynny'n esbonio'r peth. Ydach chi'n nabod y ferch ifanc yn yr achos yma?"

"Samantha Darrow. Ydw, mae hi wedi bod yn gweithio i mi yn y camp."

"Ac mi fasach chi'n ymddiried yn ei gair hi?"

"Baswn, yn llwyr. Ond yn fwy na hynny, mi welais i'r niwed a wnaeth Elwyn iddi y tro dwytha."

"Mae hyn wedi digwydd o'r blaen?"

"Ddim cynddrwg â heno. Roedd arni hi ofn am 'i bywyd heno."

"Ond ddygwyd dim achos y tro dwytha?"

Anesmwythodd Caerwyn rhywfaint. "Naddo, doedd Sam ddim isio gneud dim, ar yr amod 'i bod hi'n cael llonydd ganddo fo. A mi barodd hynny tan heno."

"Sut anafiadau gafodd hi'r tro cynta?"

"Llygad ddu, a'i boch a'i gên wedi chwyddo. Un beltan galed gafodd hi bryd hynny."

"Oedd yna berthynas wedi bod rhwng y ddau?"

"Wel, mi fuo'r ddau yn mynd allan efo'i gilydd am tua mis cyn yr helynt cynta."

"Dwi'n gweld."

Wedi saib byr, ychwanegodd yr Uwch-Arolygydd, "Mi fydd Inspector Davies a WPC Morris yn dod draw i weld Miss Darrow yn y bore. Fedrwch chi eu cyfarfod nhw wrth y giât a mynd â nhw ati? Ddeudan ni am un ar ddeg o'r gloch? Falla y medrwch chi aros efo hi, *moral support*, fel petai."

"Medra, siŵr iawn. Ond dwi'n meddwl y bydd yr *Head Nurse* efo hi, Mrs Peggy Jones."

"O, neb gwell. Mi fydd Miss Darrow mewn dwylo diogel."

Wedi i Caerwyn a Dave wneud datganiadau ffurfiol a'u harwyddo, dychwelodd y pump yn ôl i'r gwersyll. Roedd hi bron yn dri o'r gloch y bore arnyn nhw'n cyrraedd a thaflodd Caerwyn ei hun yn ei ddillad ar ei wely cul yn y *chalet*. Er cymaint y cynnwrf, aeth i gysgu fel petai'n diffodd lamp.

Awst 1964

'Ceir haul ar ôl glaw creulon,
Cei di haul – cawod yw hon.'

Iorwerth Fynglwyd

Cwta bedair awr yn ddiweddarach, cododd Caerwyn ac aeth i'r bloc baddonau a thoiledau i gael cawod. Yna, gan wisgo fel diwrnod gwaith arferol, aeth i'r dafarn goffi ac wrth ei frecwast, daeth goleuni ar un o'r pethau a fu'n ddirgelwch iddo'r noson gynt. Pam roedd Hugh Parkin wedi dewis gwneud galwad ffôn breifat o orsaf heddlu Treheli, yn hytrach na'i gwneud o swyddfa Seciwriti yn y gwersyll cyn cychwyn?

Sylweddolodd Caerwyn mai cyfnewidfa fechan, hen ffasiwn, oedd yn y gwersyll ac roedd tebygrwydd y byddai rhywun o staff y gwersyll yn clywed y sgwrs. Felly, roedd yr alwad neithiwr yn un gyfrinachol, ac yn ddi-os yn ymwneud ag achos Elwyn. Mwy anesboniadwy oedd cyfeiriad y Major at y *court martial* wrth rybuddio Elwyn am ei sefyllfa. Sut gallai Elwyn wynebu llys milwrol ac yntau wedi gadael y fyddin? Yr unig ateb a ddeuai i feddwl Caerwyn oedd y posibilrwydd bod Elwyn yn cael ei gyfrif yn 'swyddog wrth gefn' ac yntau ond wedi gadael y lluoedd ers blwyddyn. Ond a fyddai hynny yn ei adael yn agored i'w erlyn mewn llys milwrol am drosedd a gyflawnodd mewn bywyd sifilaidd? Go brin, tybiai Caerwyn. Roedd posibilrwydd arall, felly, a hwnnw'n un dyrus iawn. Oedd Elwyn yn dal yn aelod o'r lluoedd arfog? Ac os felly, beth roedd o'n ei wneud yn gweithio mewn gwersyll gwyliau yng Nghymru?

Corddai meddwl Caerwyn. Cofiai'r trafod dwys a fuasai rhyngddo a Luned lawer gwaith ynglŷn â chenedlaetholdeb Gymreig, am y ffrwydradau yn achos Tryweryn a phrotestiadau Cymdeithas yr Iaith. Cofiai ddarllen copi Luned o ddarlith *Tynged yr Iaith* a pherorasiwn dramatig Saunders Lewis: "Trwy ddulliau chwyldro yn unig y mae llwyddo."

Gwyddai Caerwyn yn iawn mai protestiadau heddychlon oedd rhai Cymdeithas yr Iaith yn erbyn y Swyddfa Bost, ac mai anufudd-dod sifil, tebyg i ddulliau Gandhi yn India oedd y strategaeth a bwysleisiai Saunders Lewis yn ei ddarlith. Beth ddywedodd o? Gwneud pethau'n amhosibl i lywodraeth leol na'r llywodraeth ganolog wneud eu gwaith heb ddefnyddio'r Gymraeg. Roedd wedi rhoi enghraifft berffaith o hynny yn ymgyrch hir teulu Beasley yn Llangennech i gael papurau treth yn y Gymraeg.

Ond beth beth petai'r llywodraeth yn Llundain yn gweld pob protest o'r fath yn yr un goleuni â'r ffrwydradau yn Nhryweryn a Gellilydan y llynedd? Doedd y wasg yn Lloegr, na hyd yn oed y *Western Mail* yng Nghymru, ddim yn gwahaniaethu llawer rhwng y ddau fath o brotest, ddim mwy na llawer o bobl roedd Caerwyn yn eu hadnabod yn Nhreheli, a'u drygair sgornllyd, "Welsh Nash".

O ddifrif, a fyddai llywodraeth Prydain yn debyg o anfon swyddogion cudd i Gymru i ffroeni'r awyr am arogleuon protest? Os felly, pwy geid yn well i wneud hynny na Chymry Cymraeg eu hiaith, mewn swyddi cyffredin mewn gwahanol rannau o Gymru? Ai dyna oedd Elwyn? Ai'r gwasanaethau cudd oedd wedi ei anfon i Dreheli? Tueddai Caerwyn i feddwl mai gwallgofrwydd oedd y fath syniad. Codi melin a phandy ar sail un frawddeg a glywsai ar siawns yn ystod noson o straen a chyffro. Ffantasi oedd meddwl y fath beth.

Ar adeg fel hyn deuai pang o hiraeth, eto, am gwmni Luned. Medrai drafod pethau yn gytbwys a chall efo Luned. Byddai wythnosau eto cyn y câi gwmni Luned a rhannu ei ofidiau efo hi. Yn y cyfamser, byddai achos llys Elwyn wedi ei gynnal, ac yntau wedi mynd ar ei hynt, ble bynnag fyddai hynny.

Wedi gorffen ei frecwast, cododd Caerwyn a chychwyn cerdded tuag at ystafell feddygol y gwersyll i weld sut roedd Sam erbyn hyn, a beth oedd ei barn ynglŷn â'r achos llys yn erbyn Elwyn. O leiaf, fyddai dim rhaid iddo fo weithio heddiw. Ar y ffordd yn ôl o Dreheli, roedd Hugh Parkin wedi dweud wrtho am gymryd diwrnod i'r brenin.

"That's an order," meddai.

Y Major oedd yr unig un a adwaenai Caerwyn a oedd yn medru arthio'n garedig. Dyna un rheswm pam na allai Caerwyn ei argyhoeddi ei hun bod Elwyn yn rhan o gynllwyn ysbïo swyddogol, a bod a wnelo Hugh Parkin â'r peth.

Yn ystod y siwrnai, siarsiodd y Major ef i fynd i weld Sam cyn i'r heddlu gyrraedd,

"... to check up on this young lady you've done so much to help. I hope she'll be content to have Morgan plead guilty to a lesser charge. Whatever sentence he's given, he'll be out of her way. He'll never be allowed back on camp, at any rate."

Doedd Caerwyn ddim mor hyderus â'r Major ynglŷn â'r rhagolygon. Roedd wedi synhwyro anian ddialgar, hunanol Elwyn a'i obsesiwn afiach bod Sam, rhywsut, yn eiddo iddo fo. Mi ddywedodd hynny wrth y Major, ac er na chafodd fawr o ymateb ar y pryd, roedd gwedd drwblus ar wyneb y gŵr hwnnw ar y daith yn ôl i'r gwersyll.

Daliai Sam yn ddigon crynedig o hyd pan aeth Caerwyn i'w

gweld. Cyfarfu Peggy Jones ag ef wrth y drws a'i rybuddio mai noson anesmwyth iawn a gawsai Sam. Serch hynny, daethai gwrid naturiol yr awyr iach, a oedd gymaint wrth fodd Sam, yn ôl i'w gwedd.

Rhoes Caerwyn adroddiad cryno o'r hyn a ddigwyddodd yng ngorsaf heddlu Treheli, ond heb sôn am sgwrs y Major gydag Elwyn. Dywedodd Sam ei bod yn barod i adael Elwyn bledio'n euog i'r ymosodiad, gan y byddai'r achos drosodd yn gyflym, ac na fyddai'n rhaid iddi hithau dystio na chael ei chroesholi. Peidio â'i weld byth eto, dyna oedd ei chonsýrn pennaf ynglŷn ag Elwyn.

Treiglodd gweddill y bore yn bur ddidrafferth. Aeth Caerwyn i gwrdd â'r Arolygydd Glyn Davies a'r Cwnstabl Olwen Morris wrth giât fawr y gwersyll. Roeddent hwythau, yn amlwg, wedi cael eu briffio'n fanwl ynglŷn â'r achos.

"Ydi Miss Darrow yn teimlo'n well erbyn heddiw?" holodd yr Arolygydd.

"Mae ganddi lot o gleisiau, ond mae hi'n iawn fel arall, yn gorfforol," atebodd Caerwyn.

"Mae'r gradures yn dal mewn sioc, dwi'n siŵr," meddai Olwen Morris.

"Mi fasa'n dda tasan ni'n gallu erlyn Morgan am dreio treisio," meddai'r Arolygydd, "ond mi fydda hi'n amhosib profi'r peth, heb unrhyw arwydd o hynny ar ei chorff. Mi fasa hitha'n cael amsar caled yn y llys gan dwrnai Morgan, pwy bynnag fydda hwnnw."

"Ydach chi am aros efo hi tra bydd hi'n gwneud *statement*, Mr Rowlands?"

"Caerwyn, plis. Ydw, a mi fydd Mrs Peggy Jones, y nyrs, yno hefyd. Mae hi wedi bod efo Sam drwy'r nos."

Felly, rhoddodd Sam hanes y munudau brawychus hynny'n

dawel a hunanfeddiannol i'r ddau swyddog, a chwestiynwyd hi'n bwyllog a chynnil gan yr Arolygydd. Roedd llygaid barcud Peggy Jones arnyn nhw drwy'r amser, a throes Sam ei llygaid tuag at Caerwyn droeon. Nodiodd yntau ei gefnogaeth iddi o dro i dro. Eisteddai Sam wrth ddesg y *duty nurse* i wneud ei datganiad ffurfiol, a llofnododd ef heb arwydd o gryndod.

Danfonodd Caerwyn y ddau swyddog yn ôl at fynedfa'r gwersyll, ysgydwodd law a'u gwylio'n ymadael yn y car Ford Zephyr du, a hwnnw'n sgleinio fel newydd.

Roedd Peggy wedi rhoi siars iddo wrth ymadael, "Tyrd yn ôl wedyn. Mi gei di fynd â'r hogan bach 'ma am ginio. Mae hi jest â marw isio siarad efo chdi."

Pan gyrhaeddodd Caerwyn yn ôl, cydiodd Peggy yn ei fraich a'i arwain i'w swyddfa.

"Yli, Caerwyn, mi fydd Sam angen lot o *moral support* dros y dyddia nesa. Mae hi am aros yn Summerland, yn hytrach na mynd adref. Dwi wedi deud 'mod i ar gael iddi hi, rywdro bydd hi angen help, ond chdi ydi'r ffrind gora sy ganddi hi yn y lle yma. Felly, dwi'n disgwyl i chdi fod yn frawd mawr iddi hi tra bydd hi yma – *a shoulder to cry on* a ballu. "

"Siŵr iawn, mi wna i 'ngora drosti," meddai Caerwyn. "Mi geith ddod yn ôl i neud gwaith *part-time* yn y baria, os ydi hi isio, fel y medra i gadw llygad arni."

"Mae hi'n licio cerdded mynyddoedd," meddai Peggy, gan edrych ym myw llygaid Caerwyn. "Treulia amball ddiwrnod rhydd efo hi, yn ddigon pell o'r blwmin lle 'ma. Dwi wedi deud wrth Hugh Parkin y byddi di isio diwrnod ecstra i'r brenin, bob hyn a hyn."

"A mi gytunodd o?"

"Do'n tad. *Look on it as a special assignment*, medda fi wrtho fo a mi gytunodd ar unwaith."

Rhoes Peggy winc fawr iddo.

"Mae'n rhaid i chdi wybod sut i drin y bobol 'ma, Caerwyn. Mi wn i bod y ddawn gen titha, hefyd. Hen siort iawn ydi'r Major, beth bynnag. Hwda,"

Estynnodd bapur pumpunt iddo, a'i stwffio i boced frest ei siaced pan wrthododd.

"Dos â hi i'r *Cardigan Bay Grill*. Mi gewch chi ginio *silver service* iawn yn fanno. Mae Sam wedi gweithio mewn llefydd felly, medda hi a mi geith hi gymharu Summerland efo'r llefydd crand yn Bath. Mi fydd petha'n ddistaw yn y *Grill*, adag yma o'r dydd."

Wrth adael y swyddfa i gyrchu Sam, gwerthfawrogai Caerwyn y modd roedd Peggy, yn ystod trymder anesmwyth y bore bach, yn amlwg wedi llwyddo i gael Sam i sôn amdani ei hun a dargyfeirio'i meddwl rhag profiadau'r nos.

Yn y bwyty ar ail lawr adeilad y siop y cafodd Sam a Caerwyn eu cinio. Tremiai'r ffenestri mawr dros y gwersyll, draw tuag at Fae Aberteifi, a hwnnw'n wyrddlas o dan awyr ddigwmwl y diwrnod hwnnw.

Doedd y nen ddim yn ddigwmwl i Sam, er bod cyfweliad yr heddlu wedi tawelu cryn dipyn ar ei meddwl. Llwyddodd i fwyta pryd digon teilwng, a hithau heb allu wynebu brecwast yn yr ystafell feddygol, ac eithrio sawl paned o goffi du.

Ceisiodd Caerwyn osgoi trafod helyntion y noson unwaith eto, ond dyna, mae'n amlwg, a lenwai feddwl Sam. Cafodd hithau gyfle i fwrw'i bol yn fwy nag a wnaethai cynt. Cydiodd Caerwyn yn ei llaw wrth i'r dagrau lifo. Pan ddaeth trai ar y don o deimladau, mentrodd Caerwyn awgrymu y gallent fynd am dro i Eryri gyda'i gilydd. O dipyn i beth, derbyniodd Sam yr awgrym, ond ar yr amod na fyddai'n camu tu hwnt i ffensys amddiffynnol y gwersyll nes y byddai achos llys Elwyn wedi ei gynnal.

Rhoes wên pan soniodd Caerwyn am ei beic modur. Ni fedrai ddychmygu Caerwyn yn reidio piliwn y tu ôl iddi, ond fyddai dim galw am hynny, meddai yntau, gan fod moto-beic ei frawd, Iestyn, yn segur bellach ers tua dwy flynedd yn y sied gartref. Byddai angen newid yr oel, glanhau'r plygiau a'r points, a sicrhau bod y teiars mewn cyflwr diogel ar ôl eu llenwi â gwynt.

Trefnodd Caerwyn i Sam ac yntau fynd draw i Eryri ymhen rhyw ddeng niwrnod, a cherdded i gopa Moel Siabod. Rhoddai hynny ddigon o amser iddo roi trefn ar y moto-beic, gan obeithio, hefyd, y byddai Elwyn Morgan yn y carchar erbyn hynny.

Cryn sioc i'r ddau fu clywed yr wythnos wedyn nad carchar fu tynged Elwyn wedi'r cyfan. Nid oedd Sam na Caerwyn wedi mynychu'r achos llys yn Nhreheli, ond aeth Hugh Parkin a Griff Robbins yno. Wedi iddo bledio'n euog i ymosod, a mynegi ei gywilydd a'i edifeirwch llwyr, dedfrydwyd Elwyn i chwe mis o garchar, wedi ei ohirio am ddwy flynedd. Gwnaed y penderfyniad hwn, meddai Cadeirydd y Fainc, ar sail ei "gymeriad dilychwin" blaenorol a llythyr gan ei gapten yn y fyddin yn tystio i'w gymeriad da fel milwr. Serch hynny, gosodwyd amodau tyn arno. Nid oedd i gysylltu, mewn unrhyw fodd â Samantha Jayne Darrow ar unrhyw achlysur, nac ychwaith i dywyllu pyrth gwersyll Summerland, Treheli. Byddai'n rhaid i unrhyw daith a wnâi, y tu allan i Lundain, gael ei chymeradwyo gan swyddfa'r heddlu lleol yn Enfield. Carchar fyddai ei dynged pe torrai un o'r amodau hyn.

Er mai yn Nhreheli y bu Elwyn yn lletya cyn yr achos, gan ei fod bellach yn ddi-waith, heliodd ei bac a gadael y dref ymhen deuddydd. Ei fwriad oedd mynd adref i'w fflat yn Llundain, meddai wrth y Major, a cheisio am waith yno. Daeth swyddog o'r Adran Bersonél i'w lety, yng nghwmni Griff Robbins, i roi cyflog terfynol Elwyn iddo, a gwaith papur hanfodol i'w ddiswyddo. Gwyliodd Griff Robbins ef yn gadael gorsaf Treheli ar y trên.

"Gwynt teg ar dy ôl di," meddai Griff wrtho'i hun, gydag ochenaid o ryddhad. Roedd 'na rywbeth am y dyn, meddai ei reddf a'i brofiad wrtho. "Mae 'na gythraul yn 'i berfedd o," fyddai disgrifiad hen ŵr ei daid ohono – plismon pentref am ddegawdau. Roedd 'na ryw falais mud yn y gŵr ifanc hwn na welsai Griff mewn llawer i labwst anhydrin y bu'n delio â hwy.

Medi 2020

'Holi hwn a holi hon…'
Hen rigwm i blant

"Elwyn blydi Morgan!" ebychodd Caerwyn yn sydyn. Roedd yn eistedd ar y soffa yn y lolfa yn yfed paned o goffi, a Heulwen yn hulio te yn y gegin. Clywodd hithau ei lais o'r fan honno ac aeth drwodd ato.

"Be sy, Dad? Pwy ydi 'Elwyn blydi Morgan' pan mae o adra?"

Chwarddodd Caerwyn.

"Sori, Heuls. Mi gofis i pwy oedd o, fel fflach. 'Sgin i ddim clem be ddaeth â fo'n ôl."

"Yr hogyn yn y llun oedd o?"

"Ia, yn y criw peintio yn Summerland yn chwe deg tri."

"Roeddach chi'n amau rhyw ddrwg yn y caws. Fu o mewn helynt?"

Nodiodd Caerwyn ei ben mewn sicrwydd pendant.

"Do, diawl drwg oedd o. Yr haf wedyn roedd o'n gweithio yn yr un adran â fi, yn y baria. Mi ddaru o ymosod ar un o'r gennod oedd yn gweithio efo ni – dwi'n amau dim nad oedd o am 'i threisio hi. Mi lwyddodd hitha i ddengyd o'i afael o a mi redodd ata i. Rhois inna stid i'r diawl, a mi aethon' ni â fo i swyddfa'r heddlu yn Nhreheli'r noson honno, a'i roi o dan glo."

"Be ddigwyddodd iddo fo?"

"Mi blediodd yn euog i ymosod, er mi ddylia fod wedi cael jêl, ond dedfryd wedi'i gohirio gafodd o. Gwirion bost. O leiaf, chafodd o ddim dod yn ôl i'r camp wedyn. Mi gafodd y sac a mi heliodd 'i draed am Lundain ar ôl yr achos. Hogyn Cymraeg, mwya'r c'wilydd."

Yn dawel fach, teimlai Heulwen ryddhad o glywed yr hanes. Os mai dyma'r "arwydd drwg, fel rhyw aderyn corff" a deimlai ei thad wrth edrych ar y llun, gallai ymgysuro mai digwyddiad un dydd, un nos oedd y cyfan.

"Chlywsoch chi ddim o'i hanes o wedyn?" holodd yn betrusgar.

Ysgydwodd Caerwyn ei ben yn bwyllog.

"Dwi jest ddim yn cofio, hogan. Mae'r hen niwl yn dew wedi hynny. Tua diwedd Awst ddigwyddodd hyn, ond mae gweddill y flwyddyn ar goll – yn cynnwys y ddwy flynedd olaf yn y Coleg. Dim byd yno o gwbl..."

Eisteddodd Heulwen wrth ei ochr.

"Ond, mae'r jig-so yn llenwi bob yn dipyn, Dad. Pan ddaethoch chi adra o'r ysbyty, prin roeddach chi'n cofio enwa'ch nain a'ch taid, na ble'r aethoch chi i'r ysgol nac i'r coleg. Mae'r 'baricêd' wedi symud yn eitha pell ers hynny."

"Rwyt ti'n iawn, siŵr. Colli mynedd ydw i. Dwi isio'r atebion rŵan hyn, ddim bob yn damaid, fel mewn rhyw ddrama gyfres ar y teledu."

Cyn iddi nosi roedd Caerwyn wedi rhoi gorchudd dros y fainc ar y patio i'w chadw'n sych, gan nad oedd wedi sychu digon, yn yr awyr fwll, i roi'r ail gôt o baent iddi ar yr un diwrnod. Y noson honno, bu'n darllen ambell bapur newydd ar-lein, gan fflamio'r negeseuon cwcis a frigai o flaen ei drwyn bob gafael. Byddai wastad yn rhoi sylw i'r storïau ar wefannau *Cymru Fyw* a *Golwg 360*. Deuai'r byd a'i bethau yn gynyddol fyw iddo wrth gryfhau, a boddhad i Heulwen oedd ei glywed yn grwgnach am Boris Johnson a Brexit, neu'n bytheirio am "y slebog Trump 'na".

Crwydrai meddyliau Caerwyn at obeithion dyddiau Kennedy i lanc ifanc fel yntau yng Nghymru, a gorchestion ymarferol Lyndon Johnson, cyn iddo yntau suddo i gors Rhyfel Vietnam. Roedd Trump yn wynebu etholiad ym mis Tachwedd, meddai Caerwyn wrtho'i hun. Gobeithio y collith o'n rhacs. Gwyddai am fuddugoliaeth ysgubol Johnson a'r Democratiaid yn etholiad 1964. Cweir felly sydd isio arno fo, myfyriai Caerwyn.

Yn ddirybudd, fflachiodd darlun a phwt o sain i'w feddwl, yn gwbl annisgwyl. Roedd mewn ystafell fawr ddieithr liw nos a'r glaw oddi allan yn chwipio'r ffenestri. O flaen un ffenest, safai set radio fawr henffasiwn, mewn gwasgod o bren sgleiniog, golau. Yna, daeth llais bonheddig ar y radio i'w glyw, yn llefaru yn ieithwedd y BBC – bwletin newyddion, mae'n debyg:

"In the United States, opinion polls suggest that President Lyndon Johnson has gained a very substantial advantage over Senator Goldwater, with the presidential election now only six days away…"

O ble daeth hwnna? Atgof go iawn oedd o, mae'n amlwg, wedi ymddangos ynghanol y niwl. Sylweddolai Caerwyn mai gwybodaeth llyfr oedd y cyfan a gofiai, hyd yn hyn, am y ddau etholiad pwysig yn 1964 – ym Mhrydain ac yn America. Ond roedd y pwt hwn, yn eithaf siŵr, wedi dod o ddyfnder ei gof personol, er doedd gan Caerwyn ddim syniad a oedd rhyw arwyddocâd arbennig iddo. Estynnodd ei *i-pad*, a chwilio am ddyddiad yr etholiad yn America. Gwyddai mai ar y dydd Mawrth cyntaf yn Nhachwedd y cynhelid pob etholiad cenedlaethol yn yr Unol Daleithiau, felly Tachwedd y trydydd

1964 – a Lyndon Johnson wedi ennill mewn 44 o'r 50 talaith yn erbyn Barry Goldwater.

Os mai ymhen chwe diwrnod roedd yr etholiad, daethai'r atgof bychan hwnnw, mae'n siŵr, o Hydref 28ain – gyda'r nos, yn ôl y ffenest dywyll a glawog. Ar amrantiad, felly, roedd un foment fer o un diwrnod, yn niwedd Hydref 1964, wedi dod i'r golwg trwy fwrllwch y 'cyfnod coll'. Ai damwain a hap oedd hynny, neu a oedd rhybudd yn y datguddiad annisgwyl?

Caeodd Caerwyn gaead yr *i-pad* yn glep ac aeth i wylio'r teledu. Roedd yn adeg newyddion deg o'r gloch. Gwell fyddai iddo roi ei sylw i'r hyn oedd yn digwydd yn 2020, na bwrw'i ben yn erbyn dorau praff 1964. Yfory, mi gâi orffen peintio'r fainc – rhywbeth normal i'w wneud yn lle archwilio'i fogail ei hun yn ddiddiwedd.

Cafwyd bore sych a heulog drannoeth, a gorffennodd Caerwyn y gwaith peintio. Roedd wedi sychu'n braf erbyn amser cinio.

Tra bu Caerwyn yn peintio, roedd Heulwen wrthi'n prosesu'r gyfres hir olaf o luniau y bu'n eu tynnu ar gamera ei ffôn symudol trwy gydol y gwanwyn a'r haf. Cawsai wahoddiad gan gymdeithas gelf i gyfrannu at arddangosfa rithiol ar *YouTube*, yn portreadu 'Arfon yn ei Helfen'. Roedd trefnydd yr arddangosfa wedi gweld rhai o luniau Heulwen ar *Facebook*, ac wedi mwynhau gwylio rhod y tymhorau, mewn un darn o'r fro, yn llithro ac ymdoddi'n llyfn ar draws y sgrin. Bu'r prosiect yn dipyn o hwb i hunanhyder Heulwen mewn cyfnod llwm ac ynysig, ac yn galondid adeg gwaeledd a gwendid ei thad.

Tynnu at orffen ei gwaith golygu roedd Heulwen pan ganodd ei ffôn symudol. Adnabu'r llais ar unwaith, Catrin Ceidio, yn arllwys ei sgwrs fel tap dŵr.

"Heulwen? Catrin sy 'ma. Gwranda…"

Prin y cafodd Heulwen gyfle i ddweud helô.

"Wyt ti'n cofio ni'n sôn am Luned Ifans, Brynserth, hen gariad dy dad?"

Dim ond llwyddo i agor ei cheg wnaeth Heulwen.

"Wel hogan, dwi wedi bod yn dipyn o dditectif. Mae gen i gefnder yn byw yn ymyl Brynserth – ffarm Cil-y-Cwm. Wedi ymddeol mae Ken, a'r mab sy'n ffarmio rŵan. Beth bynnag, roedd Ken yn cofio teulu Ifans, Brynserth, ac yn cofio Luned. Roedd y ddau deulu'n mynd i Gapal Mynydd Tabor – enw'n siwtio'r lle i'r dim gan 'i fod yn uchel i fyny, ac yn nannedd pob drycin. Beth bynnag, roedd Ken yn cofio bod y teulu wedi gadael Brynserth yn goblyn o sydyn. Rhoid y tŷ ar werth ac i ffwrdd â nhw – dim ffarwél yn y Capal, nac wrth neb o'r cymdogion. Pawb yn gweld y peth yn drybeilig o ryfedd. Mi wyddai pawb mai nhw oedd biau'r tŷ, Trem y Lli, a thŷ braf oedd o hefyd, medda Ken, er bod o'n anghysbell."

Roedd Heulwen yn gegrwth erbyn hyn. Sut ar y ddaear y gallai ddweud stori o'r fath wrth ei thad? Penderfynodd na fyddai'n dweud gair wrtho nes cael gwybod y stori'n gyflawn.

"Dyna'r cwbwl wyddai Ken," meddai Catrin, heb gymryd ei gwynt, "a welodd neb y teulu byth wedyn. Cofia, Heulwen, dim un am grwydro tu hwnt i'w filltir sgwâr fuo Ken 'rioed – mart Treheli, mart Bryncir, ac unwaith bob rhyw ddegawd i'r *Royal Welsh*. Duwcs, mi ffeindiodd o wraig yn y pentre nesa! Doedd o ddim yn debyg o daro ar neb ar siawns, os wyt ti'n 'nallt i. Roedd o'n hunanynysu cyn bod y fath air yn bodoli!"

Ni allai Heulwen beidio â gwenu, er gwaethaf ei phryder.

"Ond, Heulwen, mae Hercule Ceidio wedi ffeindio cliw arall. Mae gen i fodryb – chwaer fy nhad. Mi oedd hi'n byw yng Nghaernant, dros y mynydd o Frynserth. Roedd hithau'n nabod y teulu. Mae Anti Marged yn naw deg chwech, ond ma'i chof hi'n glir fel grisial, a mi fydda inna'n galw i'w gweld hi bob hyn a hyn yn y Cartra. Wrth gwrs, ar *Facetime* rydan ni'n siarad rŵan, ac mae staff y Cartra yn dda iawn yn trefnu popeth. Wel, mi ges i stori a hanner ganddi hi pnawn ddoe. Mae'r peth wedi bod yn corddi yn 'y mhen i drwy'r nos."

Heb y saib lleiaf, colbiodd Catrin yn ei blaen.

"Clercio yn swyddfa'r Cyngor Sir yng Nghaernarfon roedd Anti Marged, ysgrifenyddes yn adran tad Luned, Gwilym Ifans. Roedd yntau'n ddyn reit uchel yno. Un diwrnod, dyma un o fosys hen Gyngor Sir Gaernarfon yn dod i mewn a deud wrthyn nhw bod Mr Ifans wedi gorfod cymryd amser i ffwrdd o'r gwaith am fod perthynas agos yn wael iawn."

Daliodd Heulwen ei gwynt, cyn i'r don nesaf lifo drosti.

"Gadawodd Mr Ifans y swyddfa ganol y pnawn dydd Mawrth hwnnw. Bora dydd Mercher cafodd dyn o adran arall swydd Mr Ifans dros dro. Wel, wsnos union ar ôl hynny, dyma'r bòs yn y swyddfa'n deud na fydda Mr Ifans yn dod yn ôl o gwbl. Roedd o wedi cael swydd bwysig yn Lloegr, yn dechrau ar unwaith, ac roedd y teulu wedi symud yno. Wel, 'rhen hogan, mi fedri di ddychmygu, pwy bynnag gyfansoddodd y rigmarôl yna, roedd isio sbio ar 'i ben o. Doedd Anti Marged ddim am goelio bod Mr Ifans a'i deulu wedi hel eu pac a mynd i Loegr, a 'nhwtha'n Blaid Cymru mawr, mawr. A beth am y perthynas druan oedd yn wael iawn? Cyn diwedd y pnawn dyma Fersiwn Dau o'r stori yn cyrraedd. Naci – dim i Loegr roeddan nhw wedi mynd, sori, ond i dde Cymru. Mi gawson nhw rybudd i beidio â sôn gair am y peth y tu allan i'r swyddfa, achos 'i fod o'n gyfrinachol. Cyfeiriwyd at yr *Official Secrets Act*."

Torrodd Heulwen ar ei thraws o'r diwedd.

"Ma'n rhaid bod eich modryb wedi cadw'r gyfrinach,

Catrin, neu mi fasa'ch cefnder wedi clywad, a phobol y Capal hefyd."

"Do, debyg. Wrth weithio i'r 'War Ag' yn ystod y Rhyfel, mi roedd Anti Marged wedi arfer cadw petha o dan glust ei chap. Wyt ti'n cofio'r hanesion am y merched oedd yn gweithio yn Bletchley Park, ddaru nhw ddim deud wrth eu gwŷr na'u plant am hanner canrif be fuon nhw'n 'i 'neud yno? Wel, doedd gan Anti Marged ddim gŵr na phlentyn i swnian arni, 'rhen gradures. Dim ond y fi, ar ôl trigain mlynedd, bron iawn!"

Gofynnodd Heulwen a oedd Anti Marged wedi ceisio cysylltu â'r teulu ar yr aelwyd ym Mrynserth, gan ei bod yn byw yn weddol agos.

"Doedd gan Anti Marged ddim ffôn yn y tŷ, ddim mwy na'r rhan fwya o bobol yr adag hynny. Ond mi aeth i giosg ffôn yng Nghaernant ddwywaith neu dair ac i giosg yn G'narfon un amsar cinio a ffonio tŷ Mr Ifans, Trem y Lli, ond chafodd hi ddim ateb o gwbl."

Wedi cau pen y mwdwl ar y sgwrs efo Catrin, roedd Heulwen mewn penbleth fawr. Hoffai wybod i ble'r aethai'r teulu, a pham yr aethon nhw? Ond, a barnu oddi wrth hanes rhyfedd Anti Marged Catrin, doedd dim llawer o siawns y deuai gwybodaeth fwy pendant i'r fei.

Ystyriaeth bwysig i Heulwen oedd y poen meddwl a barai stori fel hon i'w thad. Efallai ei fod yntau'n amau, er na ddywedodd hynny, bod rhyw drallod wedi digwydd yn hanes Luned a'i theulu. Byddai'r hanesyn hwn yn cadarnhau ei amheuon.

Caeodd ffeiliau'r ffotograffau ar ei gliniadur, a chymerodd funud neu ddau i gnoi cil ar yr hyn a glywsai. Cyn gorffen y sgwrs ffôn, roedd hithau wedi holi Catrin a ddaethai Luned yn ôl i'r hen fro ar ei phen ei hun rywdro wedyn. Naddo, meddai

Catrin – doedd yr un wan jac o gydnabod Catrin wedi gweld Luned ar ôl hynny. Teimlai Heulwen ryw ias oer wrth ofni bod rhyw drasiedi wedi taro'r teulu bach. Gofynnodd i Catrin a fyddai ei modryb yn debyg o gofio pa ddyddiad yn union y 'diflannodd' Mr Ifans a'i deulu?

"Synnwn i ddim y bydd hi," atebodd Catrin. "Ma'i meddwl hi fel y cypyrdda yn ei thŷ hi – popeth yn drefnus yn ei le. Mi hola i hi'r tro nesa y cawn ni sgwrs."

Tawedog iawn oedd Heulwen pan aeth i'r gegin, a gweld ei thad yn pori trwy wefannau newyddion ar ei *i-pad*.

"Yr un hen storis sy gen y rhain i gyd, bron, hyd syrffed," meddai wrthi, pan sylwodd ei bod yno.

"Beth am fynd am dro, Dad? Rydan ni'n dau wedi bod yn syllu gormod o flaen sgrin drwy'r pnawn."

Cytunodd Caerwyn ar unwaith, a phrysurodd i estyn ei siaced wlân a gwisgo ei esgidiau cerdded. Roedd haf bach Mihangel wedi oedi'n garedig eleni, a da oedd gallu cerdded mewn mannau diarffordd, heb dramgwyddo'r cyfyngiadau Covid.

Araf iawn fu Heulwen i gychwyn sgwrs, ond pan wnaeth hi hynny, mi fentrodd i faes digon ansicr.

"Dad – rydach chi'n cofio popeth am y cyfnod ers i chi gyfarfod Mam, yn tydach?"

"Ydw'n iawn, a chyn hynny, hefyd – pan ddechreuis i fel athro yn yr Wyddgrug. Pam?"

"Meddwl tasan ni'n taclo'r cyfnod coll o'r pen arall. Er enghraifft, ddaru chi 'rioed ddigwydd taro ar Luned yn y Steddfod, neu rhwla felly, o'r saithdega ymlaen?"

Ysgwyd ei ben yn araf a wnaeth Caerwyn.

"Naddo, dwi'n eitha siŵr na wnes i. Taswn i wedi ei chyfarfod hi a finna efo dy fam, mi faswn i'n siŵr o fod wedi'u cyflwyno nhw i'w gilydd – a mi faswn i'n bendant yn cofio hynny."

Gwenodd wrth fwrw'i feddwl yn ôl.

"Mi fydda dy fam yn tynnu 'nghoes i weithiau am yr hen gariadon oedd gen i cyn i ni'n dau gyfarfod. Ma'n siŵr bod yna amball un wedi bod rhwng Luned a dy fam. Dim ond y ddwytha dwi'n 'i chofio rŵan – Carol. Roedd hi'n athrawes gynradd yn yr Wyddgrug. Hogan o Dreffynnon oedd hi."

"Pwy orffennodd efo pwy?"

"Carol ddaru roi'r *chuck* i mi, fel y bydden ni'n ddeud radag hynny. Mi aeth hi efo un o fois y cyfryngau wedyn – dipyn mwy *glamorous* na phwt o athro ysgol."

"Felly, roeddach chi â'ch traed yn rhydd pan ddaru chi gyfarfod â Mam?"

"Oeddwn, yn Steddfod Hwlffordd oedd hynny. Rown i'n campio ar safle maes awyr Withybush – Llwyn Helyg. Roedd clwb a bar y maes awyr ar agor i ni, ac roedd criw reit hwyliog yn cwarfod yno. Un noson dyma rywun yn sôn am ddawns gan Gymdeithas yr Iaith yn y dref, ac i lawr â ni i fusnesu, efo siawns am fachiad, falla. Dyna lle roedd dy fam, efo criw o'i ffrindia – mêts o'r Coleg yn Aber oeddan nhw, heblaw am un o Lanrwst."

"Pwy oedd honno?"

"Dy Anti Bethan – ffrind penna dy fam ers dyddia ysgol, a'n morwyn briodas ninna wedyn."

Roedd gan Heulwen feddwl uchel iawn o Anti Bethan, er nad oedd yn fodryb go iawn iddi. Bu Bethan yn gyfaill triw iawn yn ystod wythnosau olaf ei mam, ac yn y cyfnod tywyll ar ôl yr angladd.

"Na," ychwanegodd Caerwyn, o rywle ym mhlygion ei feddwl. "Dwi'n eitha siŵr na welais i mo Luned yn y saithdegau, nac wedyn, chwaith. Wrth gwrs, does gen i ddim syniad i ble'r aeth hi ar ôl gorffen yn y Coleg…"

"Mi orffennodd hi 'i gradd?"

"Wel do, am wn i. Pam fasa hi ddim? Roedd hi'n hogan uchelgeisiol, isio cael gradd Dosbarth Cynta. Wrth gwrs, ma'n bosib 'i bod hi wedi mynd i weithio i Ffrainc ar ôl graddio, gan mai Ffrangeg oedd hanner 'i chwrs hi. Ond ma'n beth rhyfedd na fasa hi wedi dod yn ôl i Gymru'n ddiweddarach, â'r iaith a'r Blaid yn golygu gymaint iddi hi."

Aethai Caerwyn yn bur ddwys erbyn hyn, a thorrodd Heulwen ar y sgwrs yn eithaf sionc.

"Falla 'i bod hi wedi priodi Ffrancwr, neu rywun o Lydaw, a mynd i ymgyrchu dros hawlia'r iaith Lydaweg."

Gwenodd Caerwyn.

"Talcen go galed fasa hynny, yn enwedig pan oedd yr hen de Gaulle yn Arlywydd Ffrainc."

Bu saib mud am ennyd.

"Dwn i ddim, Heuls. Gadael i'r niwl glirio ohono'i hun fydda ora, ma'n debyg."

Derbyniodd Heulwen yr awgrym, a bu'r ddau yn sôn am y prosiect ffotograffiaeth a'r arddangosfa rithiol trwy weddill y daith.

Wedi cyrraedd adref, sylwodd Heulwen fod neges destun yn ei haros ar ei ffôn symudol. Agorodd y neges – Catrin Ceidio oedd wedi ei hanfon ac roedd honno'n tecstio yn union fel y byddai'n siarad.

"Helô Heulwen. Wedi ffonio Anti Marged yn y Cartra. Roedd yn rhaid i mi gael gwbod mwy – mewn syspendars yn llwyr! Fel y disgwyl, Anti'n cofio pa bryd y diflannodd yr Ifansys. Diwedd Hydref 1964 oedd hi. Dydd Mawrth dwytha'r mis y gadawodd Mr Ifans y Cyngor Sir. Sgin ti galendar 1964? Y dirgelwch yn parhau, Catrin!"

Heb oedi dim, aeth Heulwen ar y we ar ei ffôn, a theipiodd 'Calendar 1964'. Mewn chwinciad, daeth calendar i'r golwg, a gwelodd mai Hydref 27 oedd dydd Mawrth olaf mis Hydref y flwyddyn honno.

Beth ar y ddaear oedd wedi digwydd ar y diwrnod hwnnw? Rhywbeth a allai ddadwreiddio teulu Cymraeg yng nghefn gwlad o'u cynefin am byth? Roedd Catrin yn llygad ei lle – roedd y dirgelwch yn parhau. Os rhywbeth, âi'n ddyfnach ac yn fwy tywyll bob gafael.

2 – 9 Medi 1964

'O falmaidd, hafaidd hwyr...'
Alafon

Mis braf oedd Medi i weithwyr Summerland. Roedd prysurdeb wythnosau brig y gwersyll wedi mynd heibio, a'r cylch gwaith yn fwy hamddenol. Aethai'r teuluoedd â phlant i gyd adref, gan fod y tymor ysgol wedi cychwyn. Darfuasai'r llanw o weithwyr ifanc o ffatrïoedd Gogledd Lloegr erbyn hynny hefyd.

Llwyth gwaith pur ysgafn a geid yn y bariau a gallai Caerwyn sicrhau shifftiau tawel i Sam, er bod ei gyfrifoldebau yntau wedi cynyddu. Drannoeth wedi ymadawiad Elwyn, rhoesai Hugh Parkin ei ddyletswyddau ef i Caerwyn, yn hytrach na chyflogi rhywun newydd am ryw bum wythnos. Cawsai Caerwyn godiad cyflog digon derbyniol o'r herwydd.

Bu Sam ac yntau yn cerdded yn Eryri a'r ddau foto-beic yn rhuo ar hyd ffyrdd gwledig tawelach wedi rhuthr yr haf. Cerddodd y ddau i fyny'r Wyddfa un bore, o Ryd-ddu, a chael y fraint o fwynhau wybren glir ar y copa. Gwnâi'r olygfa islaw i Caerwyn deimlo fel Brân Fendigaid, yn torsythu dros fryniau'r wlad.

Ni rannodd ddelwedd stori Branwen gyda Sam, ond, yn hytrach, cofiodd linellau o waith Wordsworth, o'r *Lyrical Ballads* a ddarllenasai ar ei gwrs Saesneg Lefel A:

... For I have learned
To look on nature, not, as in the hour
Of thoughtless youth; but hearing oftentimes
The still, sad music of humanity,
Nor harsh, nor grating, though of ample power
To chasten and subdue...

Bu Wordsworth yn sefyll lle safai Sam ac yntau heddiw. Roedd ef a'i gyfaill, Robert Jones o Langynhafal yn Nyffryn Clwyd, wedi cerdded i fyny'r mynydd o Feddgelert ar noson fwll a niwlog i weld y wawr yn torri ar y copa. Yn ystod y daith torrodd y lloer drwy'r niwl, a disgrifiodd y bardd y profiad yn ei gerdd hunangofiannol, 'The Prelude', flynyddoedd yn ddiweddarach.

Dywedodd Caerwyn yr hanesyn wrth Sam dros banad yng nghaffi'r copa – adeilad a gawsai ei gynllunio gan Clough Williams-Ellis yn y tridegau, ac a fu'n herio drycinoedd enbyd y mynydd ers chwarter canrif.

Hamddenol fu taith y ddau yn ôl i Ryd-ddu, gan oedi mewn sawl llecyn ar y ffordd. Soniodd Caerwyn am yr hen reilffordd, y *Welsh Highland Railway* a arferai redeg yr holl ffordd o Borthmadog i Gaernarfon. Roedd honno wedi hen gau, ond roedd ei llwybr gwelltog i'w weld o hyd wrth nesáu at y pentref.

"It looks like we're going to lose the rest of our railways before long," meddai'n chwerw wrth Sam, "thanks to Dr Beeching and his bloody axe."

Wrth iddi nosi, cawsant bryd o fwyd yn y Cwellyn Arms. Aeth y ddau i eistedd y tu allan i'r dafarn, ac edrych draw tua'r Wyddfa. Cofiodd Caerwyn ddarn o bennill Cymraeg a welsai rywdro, am y machlud fel gwin yn cael ei dywallt i gwpan y bryniau. Esboniodd y syniad wrth Sam, a gwrandawodd hithau'n astud. Wyddai Sam fawr ddim am y diwylliant Cymraeg, heblaw yr hyn a glywsai gan Caerwyn dros y dyddiau diwethaf, ond roedd brwdfrydedd heintus Caerwyn yn ei chyffwrdd. Fel ail faes astudio yng Ngholeg Addysg Caer, roedd Sam wedi dewis llenyddiaeth Saesneg. Rhagdybiaeth y cyfnod oedd y byddai athrawon addysg gorfforol mewn ysgol uwchradd angen cynnig 'pwnc dosbarth' ychwanegol.

Roedd Sam wedi mwynhau barddoniaeth Dylan Thomas ac wedi gwrando ar record sain y BBC o'i ddrama *Under Milk Wood*, gyda lleisiau cyfoethog Richard Burton, Hugh Griffith a Rachel Thomas yn dod â thref Llaregyb yn fyw. Rhwng y ddau ohonyn nhw, wrth ddrws y dafarn, cofient ddigon o weddi'r Parchedig Eli Jenkins i'w hadrodd wrth weld arlliwiau rhos yn ymledu a dyfnhau dros Eryri.

O dipyn i beth, datblygodd y cyfeillgarwch rhwng y ddau, a byddent yn sgwrsio dros goffi yn y naill *chalet* neu'r llall, ar ôl i'r bariau gau. Gyda phrysurdeb y gwersyll yn edwino, doedd dim gwir angen i Caerwyn gysgu'r nos yn y gwersyll, ond dyna a wnâi yn bur aml – ond nid erioed yng ngwely Sam.

Yn gynnar un noson, wedi diwrnod o gerdded ar Gader Idris a swpera yn nhafarn y Cross Foxes, bron yng nghysgod y mynydd, aeth y ddau ar eu moto-beics draw at draeth eang, tawel Morfa Bychan. Wedi cerdded, heb fawr o sgwrs, nes cyrraedd llecyn o'r neilltu, eisteddodd y ddau ac ymlacio yng nghysgod y twyni, â gwrid iach yr haf yn tanio'u crwyn a holl nerfau eu cyrff. Heb air o gymhelliad, estynnodd y ddau at ei gilydd a chusanu.

Wrth i'r cysgodion ymestyn hyd y morfa, dechreuodd y ddau garu'n wyllt, fel petai wythnosau o emosiwn wedi mudlosgi'n hir, cyn ffrwydro'n sydyn a direol, gan adael eitemau o ddillad ar wasgar, rhywsut rywsut o'u cwmpas. Ond wrth i nwyd Caerwyn danio, gwthiodd Sam gledr ei llaw yn dynn yn erbyn ei frest ac ymbalfalodd am ei denims efo'r llaw arall. Yn sydyn, roedd durex bychan yn ei llaw, ac yn ffwndrus tynnodd Caerwyn y condom o'i blisgyn a'i roi amdano.

"Be prepared," sibrydodd hithau gan ei gusanu.

Law yn llaw, wedyn, wedi gwisgo, aeth Sam a Caerwyn yn ôl ar hyd y traeth, trwy'r caddug, at eu moto-beics. Wedi cusan gyflym, cychwynnodd y ddau ar y siwrnai fer tua Summerland. Yno, a heb drafod, gwahanu a wnaeth y ddau yn ddistaw wedi cyrraedd Snowdon Camp. Ni wnaeth yr un o'r ddau awgrymu rhannu gwely.

Yn ei wely, bu Caerwyn yn troi a throsi'n anniddig am oriau, a phangfeydd o euogrwydd yn ei gadw'n effro. Troes ei feddwl at Luned, draw yn Ffrainc, a'r hyn a wnaethai. Ar yr un pryd, ni allai yntau wadu ei fod yn dal i gyffroi wrth feddwl am gorff noeth Sam yn ei freichiau ychydig oriau ynghynt.

Gallai raffu esgusodion yn ddi-baid wrtho'i hun – ac wrth Luned, efallai. Cawsai Sam ac yntau eu bwrw at ei gilydd gan ddigwyddiadau helbulus y pythefnos blaenorol, a daethai yntau yn rhyw fath o warchodwr a mentor iddi. Ond, doedd hynny ddim yn cyfiawnhau cychwyn carwriaeth – i'r gwrthwyneb, a dweud y gwir. Roedd yn rhyw lun o gyflogwr iddi, ac yn fòs arni yn y bariau. Gan eu bod hwythau o'r un oed ac ar delerau enw cyntaf ers iddyn nhw gyfarfod yn nhafarn y Capten Morgan, roedd y cemeg rhyngddyn nhw wedi peri adwaith cwbl ddirybudd ar draeth Morfa Bychan.

Cododd Caerwyn o'i wely, wedi anobeithio am gwsg, a gwisgo ei ddenims, crys-T a phâr o bymps. Cerddodd trwy dawelwch y gwersyll nes cyrraedd y pwll nofio ger clawdd terfyn y safle. Eisteddodd ar y wal isel ger y pwll, ac awelon y nos yn dawnsio heibio o dreflan Penyrheol ac yn crychu'r dŵr llonydd wrth ei ymyl.

Doedd dim dwywaith bod Sam wedi gyrru rhyw drydan eithriadol drwyddo ac nid ei chorff nwydus yn unig oedd yn ei ddenu, meddai wrtho'i hun. Roedd ganddi bersonoliaeth fywiog, llawn hyder, er mai mewn gwendid y tynnwyd hi ato, wedi sioc ymosodiad Elwyn. Buasai'r dyddiau difyr a gawsent yn cerdded y mynyddoedd yn agoriad llygad i Caerwyn. Tyfodd yr eneth ddagreuol yn berson egnïol a llawn hiwmor unwaith eto.

Siaradai Sam yn afieithus am ei chartref a'i theulu yn ninas Caerfaddon, a'i gobeithion am fynd i ddysgu wedi gorffen ei chwrs yng Nghaer. Dywedodd ei hanes yn dysgu hwylio, ac am y tro hwnnw y daethai gyda'i hysgol ar waith maes i'r Bala, a chael hwylio ar Lyn Tegid.

Eisteddodd Caerwyn ger y pwll nofio am yn hir, gan wylio glesni'r nos yn troi yn llwyd olau gwantan. Trwy gydol y pythefnos ers helynt Elwyn Morgan, sylweddolai Caerwyn na fu'n onest efo Sam. Er mai cyfeillgarwch syml a fu rhyngddyn nhw tan neithiwr, doedd Caerwyn erioed wedi sôn gair wrthi am Luned – dim gair am y person pwysicaf yn ei fywyd. Pam hynny, holai ei hun. Ai caru gyda Sam oedd ei fwriad cudd o'r cychwyn? "Ydw i'n fastard mor slei â hynna?" Y bore hwnnw, ni allai ateb ei gwestiwn ei hun.

Beth am ei berthynas efo Luned bellach? Wedi ugain mis efo'i gilydd, roedd eu perthynas wedi dwysáu, er gwaethaf yr wythnosau ar wahân yn eu colegau. Daethai Luned yn gonglfaen i'w fywyd rhywsut, a datblygodd dealltwriaeth ddofn rhyngddynt. Er nad oedden nhw'n cytuno ar bopeth – yn arbennig mewn gwleidyddiaeth – doedd hynny'n mennu dim ar eu perthynas. Dau berson gwahanol oedden nhw, a doedd yr un o'r ddau yn credu'r hen syniad bod dau sy'n caru ei gilydd yn "tyfu'n un".

"Esgus ydi hynna," meddai Luned un tro, "esgus i guddio'r ffaith mai'r gŵr ydi'r bòs a bod disgwyl i'r wraig fod yn ufudd iddo fo."

"Ew, syniad da," meddai Caerwyn gyda gwên ddireidus, a chael pwniad gan Luned am ei ryfyg.

Na, roedd yr empathi rhyngddo a Luned yn rhywbeth arbennig iawn. Oedd o am chwalu'r berthynas yn rhacs ac am byth trwy garu efo Sam? Roedd un noson wyllt ym Morfa Bychan yn ddigon o gam gwag, ond efallai – gobeithio – y câi faddeuant am hynny. Ond pe bai'r berthynas â Sam yn datblygu ymhellach, byddai'n colli Luned am byth. Wrth i'r wawr dorri dros dai a chapel bychan Penyrheol, sylweddolodd na fedrai oddef colli Luned. Hi oedd ei ddyfodol – hi a neb arall. Cododd Caerwyn a cherddodd yn ôl i'w *chalet* i wynebu'r bore ac wynebu'r dasg o esbonio'i benderfyniad wrth Sam.

Wedi cael cawod a newid ei ddillad, aeth am frecwast cynharach nag arfer yn y dafarn goffi. Roedd ei bapur newydd yn llawn o ddaroganu am etholiad ymhen y mis, a throeon dryslyd y polau piniwn rhwng y Ceidwadwyr a Llafur. Fel arfer, byddai'r newyddion yn fwyd a diod i Caerwyn, ond nid felly roedd hi heddiw.

Aeth ar ei union o'r dafarn goffi yn ôl i Snowdon Camp, a churo ar ddrws *chalet* Sam. Wedi munud neu ddau o saib, agorodd hithau'r drws a rhoes wên groesawgar iddo. Roedd Sam yn dal mewn pyjamas, ac olion cwsg o gwmpas ei llygaid.

"Sam – I won't come in. But if you'd like to get dressed, I need to talk to you. We can go over to the playing field. There'll be nobody there now."

"Don't be daft, come inside. If it's something serious, at least we'll be private in here."

Aeth Caerwyn i mewn, a gweld bod wyneb Sam yn farc cwestiwn i gyd. Eisteddodd ar y gadair, tra dychwelodd Sam at ei gwely ac eistedd arno'n ddisgwylgar – hyd yn oed yn bryderus.

"So what's going on? It isn't news about Elwyn, is it?"

Aeth chwa o euogrwydd a chywilydd dros Caerwyn. Dyma fo yn ei chodi o'i gwely yn ddirybudd, heb ystyried bod sioc ei phrofiad gydag Elwyn yn dal yn gignoeth ganddi.

"No, Sam. I'm so sorry. I should have thought before coming here so early. No, it's not about Elwyn. He's still in London, as far as I know, and only a train journey from prison if he breaks his conditions."

"What is it then, Caerwyn? Is it about yesterday – last night?"

Prin y gallai Caerwyn agor ei geg am funud, ond ymwrolodd gyda chryn ymdrech.

"Yes, Sam. I… I want you to know something that I should have told you before. I've been going out with someone for nearly two years…"

"Yes, I know that – a local girl. She's a student at Aberystwyth."

Edrychodd Caerwyn yn llygadrwth arni. Fel petai'n ateb y cwestiwn heb ei ofyn, ychwanegodd Sam,

"The lady in your office told me. I don't know her name."

"Carys? Tinted hair? Glasses?"

"That's her. I think she was trying to warn me off, because we've been spending so much time together. I did wonder a bit why you never mentioned her."

Teimlai Caerwyn fel fflamio Carys am fusnesu, ond hefyd

roedd yn ddiolchgar iddi am wneud ei dasg yn haws.

"What I came to tell you, Sam, is that I'm going to stay with Luned. What happened yesterday…"

Torrodd Sam ar ei draws, gan estyn ei llaw a chydio yn ei fraich.

"It's all right, Caerwyn – really it is! Yesterday was good – we both wanted it to happen, and I'm glad it did. I'd been thinking about it for days – that's why I had that sheath in my jeans. I don't usually carry them around! I'm not a slut, Caerwyn!"

Wrth weld deigryn yn dechrau cronni, estynnodd Caerwyn ymlaen, gan ysgwyd ei ben a tharo cusan ar ei thalcen.

"Never thought that for a second, Sam."

"I really never expected it to last – us, together, I mean," ychwanegodd Sam. "You've just been the best possible friend at the worst moment of my life. That's what really matters to me."

Cododd o erchwyn ei gwely a rhoi cusan ar foch Caerwyn. Yna, gyda gwên ddireidus, rhoes ordors iddo fynd at ei waith, fel y gallai wisgo.

"You're not seeing me naked again, my lad!"

Cychwynnodd Caerwyn i gyfeiriad y swyddfa, yn ysgafnach ei feddwl ar un wedd, ond yn boenus sut roedd am wynebu Luned a chyfaddef ei fod wedi ei thwteimio hi. Ni fedrai ystyried celu'r peth oddi wrthi. Byddai'r gyfrinach yn gwmwl du drosto bob tro y byddent gyda'i gilydd. Hyd yn oed pe bai ganddo'r rhyfyg i geisio gwneud hynny, buan yr âi sibrydion am ei berthynas â Sam ar led, gyda dwsinau o'i gydnabod o Summerland yn byw yn Nhreheli ac yn Llŷn.

Gwnaethai benderfyniad cyn cyrraedd y swyddfa. Roedd am ofyn i Hugh Parkin am wythnos o seibiant di-dâl, iddo gael mynd i Ffrainc at Luned. Doedd o ddim am wneud ei gyffes trwy lythyr a byddai ceisio trefnu galwad ffôn ryngwladol i ardal wledig yng nghanol Ffrainc yn fwy trafferthus, bron, na thrafaelio yno.

Roedd wedi sicrhau pasbort rai misoedd cyn hynny, yn ystod gwyliau'r Pasg. Ei obaith, bryd hynny, oedd cael mynd, tua diwedd tymor Summerland, gydag arian yn ei boced, i rannu ychydig ddyddiau efo Luned yn Ffrainc.

Ond o dan amgylchiadau gwahanol iawn y gwnâi'r daith bellach. Achub ei berthynas efo Luned oedd y peth pwysicaf iddo erbyn hyn a siwrnai ansicr fyddai'r daith honno.

Medi 2020

'Llyfr gwerthfawr a'i glawr dan glo,
A chyfrinach fawr yno.'

Ap Tudur

Yn yr ardd roedd Caerwyn, yn tocio gwrychoedd a thynnu pennau blodau marw. Daethai'n fore braf o Fedi, ac roedd yntau newydd dorri glaswellt y lawnt ei hunan, am y tro cyntaf. Doedd dim perygl, mwyach, i'w graith agor o dan y straen. Yn ôl ei arfer, wedi cael brecwast, byddai'n astudio newyddion y byd ar-lein, a sylwodd fod rhagolygon y byddai'r niferoedd a heintiwyd â Covid-19 yn cynyddu'n sylweddol cyn bo hir. Bu pob arbenigwr yn darogan y byddai 'ail don' o'r haint yn ystod y gaeaf, ond roedd yn frawychus meddwl am hynny rŵan, â gwenau'r haul dros y wlad o hyd.

Trawodd ei sylw ar stori o Awstralia. Yn nhalaith Victoria, lle buasai *curfew* llwyr ar bawb rhwng naw o'r gloch y nos a phump y bore ers mis Mehefin, roedd achos llys gan wraig leol wedi arwain at godi'r gwaharddiad hwnnw. Ym Melbourne, prifddinas talaith Victoria, roedd cartref Iestyn, brawd Caerwyn. Cawsai Caerwyn ddwy sgwrs efo'i frawd ers iddo ddychwelyd o'r ysbyty, ond roedd tair wythnos, bellach, ers hynny. Penderfynodd roi cynnig arall arni.

Anfonodd e-bost ato, yn awgrymu sgwrs ar *Facetime* ar adeg hwylus i'r ddau. Gwyddai fod gwahaniaeth o naw awr rhwng yr amser yn Victoria a Phrydain, adeg yr haf, felly roedd diwedd y prynhawn yng Nghymru yn cyfateb i'r bore ym Melbourne. Cafodd ateb gan Iestyn yn cytuno ar yr amser a'r dyddiad, a dywedodd Heulwen y byddai hithau'n hoffi ymuno yn y sgwrs.

Felly, am bump o'r gloch un prynhawn, eisteddodd Caerwyn a Heulwen wrth fwrdd y gegin, â'r gliniadur o'u blaenau. Ymhen eiliadau, ymddangosodd wyneb Iestyn ar y sgrin. Nid oedd Rosemary, gwraig Iestyn, yno. Roedd hi am adael iddyn nhw sgwrsio yn Gymraeg.

"Anaml iawn dwi'n cael y cyfle i siarad Cymraeg," esboniodd Iestyn, y tro cyntaf iddyn nhw ddefnyddio *Facetime*. "Dwi isio manteisio arno fo."

Gwyddai Caerwyn mai Saesneg oedd iaith yr aelwyd gan Iestyn a Rosemary ac nad oedd eu plant yn siarad gair o Gymraeg. Capten llong fordaith gyda chwmni masnachol fu Iestyn wedi iddo adael y Llynges Frenhinol, ar drothwy ei ddeugain oed. Cyfarfu â Rosemary, a oedd yn frodor o dalaith Victoria, pan oedd ar ei fordaith gyntaf i'r cwmni, a hithau yn un o'r gwesteion. Gan mai porthladd Melbourne oedd cartref y cwmni llongau, yno felly y gwnaeth y ddau eu cartref. Erbyn hyn, roedd Iestyn yn bedwar ugain oed, yn iach a heini o ran corff a meddwl.

"Sut mae hi, 'rhen frawd?" galwodd Iestyn, fel petai'r pellter yn ei orfodi i godi ei lais. "A Heulwen! Sut wyt titha? Ew, rwyt fel rhyw lafnes ifanc o hyd, hogan!"

"Diolch, Yncl Iestyn. Rydach chitha'n edrych yn dda. Sut mae Anti Rosemary?"

"Iach fel cneuan! Mi ddaw hi draw am sgwrs yn nes ymlaen, ar ôl i minna gael dos iawn o iaith y nefoedd efo chi."

Bu cryn dipyn o gyfnewid newyddion am aelodau'r ddau deulu, ac am effeithiau Covid ar y ddwy wlad. Soniodd Caerwyn am yr adferiad iechyd a gawsai yntau ers mis Gorffennaf. Ar gynffon y sgwrs honno, dywedodd Heulwen am y gwaith y buasai ei thad a hithau yn ei wneud, yn olrhain hanes ei ieuenctid yn Nhreheli. Heb fynd i ormod o fanylion am anghofrwydd Caerwyn a'r 'cyfnod coll', disgrifiodd yr ymchwil fel rhyw fath o therapi adferiad ar ôl ei waeledd.

Nodiodd Iestyn ei gymeradwyaeth, a gwrandawodd yn astud ar Caerwyn yn sôn am y flwyddyn wedi iddo adael yr ysgol, dyddiau cynnar yn y coleg a'r helynt yn Summerland ym mis Awst 1964. Cyfeiriodd hefyd at ei ansicrwydd ynglŷn â hynt Luned, ei gariad ar y pryd.

"Ychydig iawn 'sgin i i'w gynnig, fachgan," meddai Iestyn. "Mi ges i *leave* tua diwedd mis Medi y flwyddyn honno, ac mi ddois i adref i Dreheli am ddeg diwrnod. Dwi'n cofio dy fod ti ar fin mynd yn ôl i Fangor i'r coleg, a mi fuo'r tri ohonan ni – chdi, Luned a finna – allan am ddiod ddwywaith neu dair. Wyt ti'n cofio chdi'n prynu car, Cer, er mwyn 'i gneud hi'n haws i chdi fynd a dŵad rhwng Bangor ac Aberystwyth, medda chdi? Rown inna'n falch, gan y basa fy moto-beic i'n cael llonydd!"

Goleuodd llygaid Caerwyn ar unwaith. "Duwadd mawr, ydw! Hen Austin A30 glas. Mi fuo'r ddau ohonan ni'n gweithio arno fo, i'w gael o'n ffit i fynd ar y lôn!"

"Gawsoch chi gyfle i siarad dipyn efo Luned, Yncl Iestyn?"

"Dim ar 'i phen ei hun, naddo, ond rhwng y tri ohonan ni, roedd bob dim fel tasa fo'n hollol normal. Roedd Luned yn edrych ymlaen at fynd yn ôl i Aberystwyth."

Cymerodd saib am ennyd, i gasglu ei atgofion.

"Wyt ti'n cofio hyn, Cer? Mi ddeudodd Luned bod 'i rhieni hi wedi prynu tŷ yn Aberystwyth, byngalo reit fodern, iddi hi gael 'i rannu fo efo stiwdants er'ill, a nhwtha'n talu rhent iddi hi."

Nodiodd Caerwyn yn gadarnhaol.

"Ydw. Cofio'r peth yn iawn. Mi soniodd hi amdano fo mewn llythyr pan oedd hi yn Ffrainc. Roedd hi'n deud y bydda 'na le i minna gael rhoid fy sach gysgu i lawr pan awn draw i Aber!"

Roedd meddwl Heulwen yn rasio ar wib wrth i'r sgwrs fynd rhagddi.

"Yncl Iestyn, ddaru Luned ddim deud bod 'i rhieni'n meddwl symud i Aber i fyw?"

Edrychodd y ddau frawd yn syn arni am funud, ac ysgydwodd Iestyn ei ben heb arwydd o amheuaeth.

"Naddo, ddim o gwbl. Tŷ stiwdants oedd o i fod, yn ôl be ddeudodd Luned, ond roeddan nhw'n meddwl 'i osod o i fisitors yn ystod yr haf. Dwn i ddim a fuo 'na rhyw newid yn y plania wedyn."

Roedd Caerwyn yn canolbwyntio'n ddwys, ond ysgwyd ei ben a wnaeth yntau hefyd.

"Cofio dim byd am hynny…"

Gan edrych i ryw bellter amhenodol, cyflymodd llais Caerwyn eto wrth i eiriau Iestyn wthio llifddorau ei atgofion fymryn yn nes at agor.

"Dwi'n cofio gymaint â hyn – roedd tad Luned newydd fod yn Aber yn rhoi trefn ar y tŷ, medda hi. Roedd o wedi talu i rywun beintio'r tu fewn ac ailbapuro'r lle i gyd. Mi ddangosodd Luned sampls y paent a'r papur wal i mi. Hi a'i mam oedd wedi'u dewis nhw."

Edrychodd Heulwen ar y sgrin eto.

"Wnaethoch chi gyfarfod â Mr a Mrs Ifans, Yncl Iestyn?"

"Rhieni Luned? Naddo, 'rioed – dim ond Luned ac roedd hi'n hen hogan iawn – yn dlws ac yn beth annwyl dros ben."

Petrusodd am ennyd anghysurus cyn bwrw ymlaen, yn llai sicr erbyn hyn.

"Dwn i ddim be aeth o'i le rhwng y ddau ohonach chi, Cer..."

"Dyna'r diawl sy'n 'y mhoeni inna, Iestyn. Dydw i ddim yn cofio, chwaith. Mae o'n un o'r petha aeth ar goll yn fy salwch."

"Ddaru chi'ch dau ddim sôn am hynny wedyn, Yncl Iestyn?"

"Ddois i ddim yn ôl i Dreheli am ddwy flynedd wedi hynny, Heulwen. Roedd Taid Rhos Helyg newydd farw, a mi ges i *leave* am ddeg diwrnod i fynd i'r angladd. Mi fuo 'Nhad a Mam, Cer a finna'n clirio'r tŷ ac yn trefnu sêl y ffarm efo'r ocsiwnïar. Prin iawn o amsar gawson ni i hel straeon."

Cymerodd Iestyn ei wynt ato.

"Un peth dwi'n 'i gofio'n glir iawn, Cer. Doeddat ti ddim isio siarad amdani hi, dim gair i esbonio pam ddaru chi orffen efo'ch gilydd. Yr unig beth ddeudaist di oedd, 'Dydi Luned ddim efo fi rŵan.' Wyt ti'n dal ddim yn cofio am y peth, Cer?"

Ysgydwodd Caerwyn ei ben.

"Nac ydw, Iest. Dim byd ar ôl yr haf hwnnw yn Summerland. Mi fûm i draw yn Ffrainc yn gweld Luned, ond bach iawn o gof 'sgin i am hynny, hyd yn oed. Mae pob dim wedyn, am tua pedair blynedd, wedi mynd ar goll. Down i'n cofio dim am angladd Taid nes i ti sôn amdano fo rŵan."

"Uffarn dân, 'rhen hogyn. Wyddwn i ddim bod petha mor ddrwg â hynny arnat ti. A mae hynna i gyd wedi digwydd ar ôl i chdi fod yn sâl?"

"Roedd o'n cofio popeth am bawb cyn hynny, Yncl Iestyn," torrodd Heulwen ar draws. "Dach chi'n gwybod eich hun cof mor dda fu ganddo fo 'rioed."

Gwelai ei hewythr yn nodio gan bontio'r miloedd o filltiroedd rhyngddynt.

"Ond mae o wedi gwella lot. Pan oedd o yn yr ysbyty, doedd Dad ddim yn cofio enwa ych neinia a'ch teidia chi, hyd yn oed."

Ar hynny, daeth Rosemary i ymuno â'r cwmni, a rhoddwyd helyntion y chwedegau o'r neilltu yn ystod hanner awr olaf y sgwrs.

★

Stwyrian yn ddigon anniddig o gwmpas yr ardd y bu Caerwyn wedi i'r sesiwn *Facetime* ar draws y byd ddod i ben. Cofiai yntau, bellach, am ymweliad Iestyn yn 1966. Cofiai farwolaeth ei daid, yr angladd a'r gwaith trist o wacáu Rhos Helyg, cyfarchion a chydymdeimlad y cymdogion yn yr angladd a'u cefnogaeth yn ystod arwerthiant y fferm. Roedd y darlun cyffredinol yn dod yn glir, fel cameo wedi ei osod mewn gofod gwag, ond eto, ni chofiai ddim oll am Iestyn yn ei holi ynglŷn â Luned.

Rhoddwyd y gorau i ddyfalu am sbel, wrth i Caerwyn a Heulwen fynd am dro yn y car i draeth Llanddwyn. Wedi dwyawr o gerdded hamddenol yn yr awel fwyn, cymerodd Heulwen y llyw i yrru tuag adref. Yn ystod y siwrnai, clywsai Heulwen bipian ar ei ffôn symudol yn ei hysbysu bod neges destun yn ei haros. Wedi cyrraedd y tŷ, ni cheisiodd fwrw golwg arni ar ei hunion. Arhosodd nes bod ei thad wedi cadw'r car a sŵn y tecell yn berwi'n rhadlon yn y gegin.

Catrin Ceidio oedd y llatai. Dywedodd ei bod am fynd i Ddyffryn Nantlle drannoeth i drafod prosiect drama newydd, ac y byddai'r cyfarfod yn cael ei gynnal yn yr awyr agored ym mwyty a gwinllan enwog Pant Du, ger Pen-y-groes, wrth i'r rhyddid i deithio barhau.

"Mi fydd y cwarfod ar ben cyn hanner dydd," meddai'r neges. "Beth am i chdi a dy dad ddod i Bant Du erbyn hanner dydd? Mi gawn ni frechdan a phanad yn yr awyr iach, efo llond trol o bellter cymdeithasol."

Tipyn o syndod i Heulwen oedd y gwahoddiad. Beth fyddai gan Catrin i'w ddweud y tro hwn, tybed? Darllenodd frawddeg olaf y neges a chael y teimlad bod hen gysgod yn llwybreiddio'n ôl tuag ati.

"Anti Marged wedi ffonio. Stori od iawn am ymadawiad Mr Ifans o'r Cyngor Sir. Torri 'mol isio'i rhannu hi."

Greddf Heulwen oedd mynd ar ei phen ei hun. Roedd y trip i Landdwyn heddiw wedi gwneud gymaint i godi calon ei thad, doedd hi ddim am beryglu hynny gyda datgeliad newydd a fyddai'n ei lorio. Beth bynnag, doedd hi ddim eto wedi rhannu cenadwri ddiwethaf Catrin gyda'i thad.

Anfonodd ateb yn frysiog at Catrin.

"Bydda i yno. Dad yn dal i hunanynysu."

★

Balm i'r enaid ydi ymweliad â Phant Du. Hen fferm bur helaeth ydi hi, rhwng pentrefi Pen-y-groes a Thal-y-sarn, gyda'r ffermdy gwreiddiol yn perthyn i'r ail ganrif ar bymtheg. Cawsai cwpwl ifanc y weledigaeth o droi'r caeau ar lechwedd gogleddol Dyffryn Nantlle, ac uwchlaw llwybr Afon Llyfni, yn winllan eang, gyda pherllan afalau hefyd ar gyfer cynhyrchu seidr a sudd afal. Daethai bwyty a siop Pant Du yn gyrchfan boblogaidd, gyda'i fwydlen flasus a'i olygfeydd panoramig dros fro sydd yn drwm gan hanes.

Safai Heulwen ar y teras llydan o flaen y bwyty, yn bwrw trem dros y dyffryn islaw. O'r codiad tir, gallai weld hyd eithaf

Dyffryn Nantlle a'i fryniau yn ddwy res wargrwm yn ymestyn i gyfeiriad yr Wyddfa, a frigai i'r golwg yn y pellter.

Ffarweliodd Catrin Ceidio â'r grŵp bychan wrth y bwrdd pren mawr ac amneidiodd ar Heulwen i ymuno â hi. Eisteddodd y ddwy wrth un o fyrddau eraill y teras, gan wylio bwrdd gwreiddiol Catrin a'i chriw yn cael ei lanhau a'i ddiheintio'n drylwyr. Cafodd Heulwen flas ar y coffi a'i phlatiaid o frechdanau a salad, wrth wrando ar Catrin yn sgwrsio'n frwd am y cynllun drama oedd ganddi ar y gweill. Wedi i'r brechdanau ddiflannu, llwyddodd Heulwen i holi Catrin beth oedd newyddion diweddaraf ei modryb.

"Wel, 'rhen hogan, dyma ni'r *stop-press* o Gaernant... Biti na fasa dy dad yma. Tydi o ddim cweit yn 'i hwylia?"

"Gwranda, Catrin, mae gen i dipyn o gyfaddefiad i'w neud. Dim jest wedi colli cysylltiad efo Luned mae Dad. Ar ôl bod mor ofnadwy o wael, roedd o wedi colli talpia mawr o'i orffennol – wedi eu hanghofio nhw'n llwyr."

Soserodd llygaid Catrin.

"Rhyw fath o amnesia ydi o? Dydi o 'rioed wedi dechra ffwndro?"

"Nac ydi, mae o'n hollol iawn efo beth sy'n digwydd heddiw, a'i holl hanes 'i hun ers y saithdega, ond... "

"Mae yna fwlch cyn hynny? Dyddia Treheli?"

"Ar y cychwyn, ia. Roedd y doctor wedi deud mai effaith y sioc a'r gwendid oedd y cyfan."

Roedd Catrin yn craffu'n ddwys erbyn hyn.

"Lle mae Luned yn ffitio yn y pictiwr, felly? Dydi o ddim yn 'i chofio hitha chwaith?"

"Yndi, rŵan, yn berffaith glir, ond tan tua mis yn ôl doedd o ddim yn cofio am 'i bodolaeth hi. Gweld 'i gwyneb hi mewn llun ysgol ddaeth â hi yn ôl. Hyd yn oed rŵan, dydi o ddim yn cofio beth ddigwyddodd rhyngddyn nhw – pam y gorffennodd y ddau efo'i gilydd."

"Go drapia, hogan. Dwi wedi bod yn neidio i fyny ac i lawr mewn *minefield* yn fan hyn – a hynny mewn sgidia hoelion mawr. Faint o fy stwff i wyt ti wedi'i rannu efo dy dad?"

"Dim, hyd yma. Dyna pam na ddois i â fo efo fi heddiw. Mae Dad wedi sôn bod 'baricêd' rhyngddo fo a'i orffennol, a bod hwnnw wedi dechra symud o'r neilltu, gam wrth gam, yn ystod yr wsnosa dwytha."

"A mi oedd Luned yr ochr draw i'r 'baricêd'?"

"Oedd, Catrin, yn gyfan gwbl, nes y gwelodd o'r llun ysgol ohoni, ond mae o wedi cofio mwy a mwy yn ddiweddar, hyd nes… Nes cyrraedd diwedd yr ail ha y buon nhw efo'i gilydd, ychydig cyn iddyn nhw fynd yn ôl i'w colegau – Luned i Aber a Dad i Fangor."

"Ac os ydi fy syms i'n iawn, rydan ni'n sôn am Fedi neu Hydref 1964?"

Nodiodd Heulwen ei phen, "Yr union adag y diflannodd Luned a'i rhieni o Frynserth."

"Grasusa," sibrydodd Catrin. Edrychodd i fyw llygaid Heulwen.

"Ofn wyt ti bod rwbath mawr wedi digwydd i Luned – neu i'r teulu i gyd?"

"Rhyw ddamwain car ofnadwy oedd y peth mwya tebygol gen i," cytunodd Heulwen.

Ffrwydrodd Catrin yn sydyn:

"Ond Heulwen bach, mi fasa'r ardal i gyd wedi clywad am hynny. Mi fasa 'na gwest gan y crwner. Mi fasa 'na gynhebrwng mawr yn y Capal, cymdogion, ffrindia a chyn-ddisgyblion Treheli yno'n rhesi. Mi fasa 'na deyrnged i Luned yn yr *assembly* yn yr ysgol – a mi fyddwn inna wedi clywad am hynny! Y stori yn y papurau lleol i gyd, ac yn y blwmin *Daily Post*. Na, na, mi fasa pawb yn gwybod, Heulwen, a mi fydda trasiedi felly ar gof gwlad hyd heddiw."

Am y tro cyntaf, trwy'r holl wythnosau dyrys, teimlai Heulwen fod y dagrau yn agos, ond doedd hi ddim am ildio'i thir.

"Olréit, Catrin. Cymerwn ni fod y teulu wedi symud i dde Cymru yn gwbl ddirybudd. Ond sut ar y ddaear na welodd neb yr un blewyn ohonyn nhw wedyn?"

Cododd Catrin fys rhybuddiol

"Dal dy ddŵr, rŵan, Heulwen. Dim ond dyrnaid bach, bach o bobol dwi wedi siarad efo nhw, yn cynnwys Ken Cil-y-Cwm ac Anti Marged. Yn y Pandemig felltith 'ma, dwyt titha na finna wedi gallu mynd o gwmpas yn holi pawb fel y basan ni'n 'i neud mewn cyfnod normal. Rhaid i ni beidio codi melin a phandy ar gyn lleied."

Penderfynodd Heulwen rannu'r hanes a gawsai gan Yncl Iestyn gyda Catrin. Soniodd am rieni Luned yn prynu tŷ yn Aberystwyth ar gyfer eu merch. Tybed ai yno yr aeth y teulu mor ddisymwth o Frynserth?

Ystyriodd Catrin am funud.

"Mae hynny'n bosib, yn bosib iawn, a deud y gwir. Mae o'n ffitio'r sgript oedd gen i mewn golwg. Dwi wedi bod yn meddwl, falla, bod rhyw fisdimanyrs wedi digwydd yn Swyddfa'r Sir, a bod Gwilym Ifans, tad Luned, wedi cael y bai. Wedi bod yn esgeulus, o bosib, a heb sylwi ar dwyll yn digwydd o dan 'i drwyn o, yn hytrach na gneud dim byd drwg 'i hun. Mae o'n cael y sac, neu'n dewis ymddiswyddo – neidio cyn cael 'i wthio – ac mae'r teulu yn penderfynu symud o'r sir yn gyfan gwbl, er mwyn arbed cywilydd cyhoeddus petai'r stori'n dod yn hysbys. Sut mae hynna'n taro?"

Nodiodd Heulwen yn bwyllog. Oedd, roedd sgript Catrin yn swnio'n gredadwy – yn fwy felly na'i fersiwn apocalyptaidd hi.

"Y tebyg ydi nad aeth y stori yn sgandal gyhoeddus yn y diwedd," ychwanegodd Catrin:

"Neb yn cael 'i erlyn, dim achos llys a dim gair yn y papura."

"Fasa hynny ddim yn stopio'r wasg heddiw," meddai Heulwen.

"Na fasa, ond roedd y papura lleol yn fwy gofalus yr adag hynny, ma'n debyg. O 'nghof plentyn i, roedd 'na dudalenna o hysbysebion a rhybuddion gwaith ar lôn a ballu gan y Cyngor Sir ym mhob papur lleol wsnos ar ôl wsnos – gwerth cannoedd o bunnau yn yr hen arian."

Cofiodd Heulwen yn sydyn pam y daethai yno'r bore hwnnw.

"Beth ddywedodd Anti Marged wrtha chdi ddwytha, Catrin? Fydda hwnnw'n ffitio'r sgript?"

Pwysodd Catrin ymlaen, a siarad yn ddistaw, fel petai'r coed o gwmpas Pant Du yn sigo gan ysbiwyr.

"Yn ôl Anti Marged, mi ddaeth 'na ddyn diarth i'r swyddfa yng Nghaernarfon y pnawn y gadawodd Mr Ifans – dydd Mawrth fasa hynny. Roedd o fel yr hen deip o sgweiar, meddai Anti Marged. Roedd o'n foneddigaidd a dirodres, ond roedd o'n gwybod ei fod o'n rhywun, ac yn rhywun o bwys."

"Dim un o'r Cynghorwyr oedd o? Mi gaech chi amball i sgweiar ar y Cyngor Sir, debyg?"

"Naci, roedd Anti Marged yn nabod y Cynghorwyr i gyd o ran eu golwg. Dyn hollol ddiarth oedd hwn, a mi roedd o'n Gyrnol. Beth sy'n fwy diddorol fyth ydi mai Cymraeg glân roedd o'n 'i siarad."

Erbyn hyn roedd dawn y cyfarwydd yn tywys Catrin yn ei blaen, fel llong hwyliau yn rhyferthwy'r gwynt.

"Dyn â'i wallt wedi britho oedd o, dyn talsyth mewn siwt dywyll a thop-côt smart, ond heb het ar ei gyfyl. Mi gyflwynodd 'i hun i Anti Marged a gofyn am weld Mr Ifans. Mae hi'n cofio'i enw fo hyd heddiw – y Cyrnol Radford-Davies – enw dau faril, ma'n debyg. Mi ddaeth Mr Ifans allan o'i swyddfa i gyfarfod â'r dyn, a golwg reit syn arno fo. Wedyn, meddai Anti, mi aeth y ddau i mewn i swyddfa Mr Ifans, ac mi gaeodd y Cyrnol y drws ar 'i ôl. Mi fu'r ddau yno am sbelan go lew, a'r unig dro y clywodd hi unrhyw smic o sŵn oedd pan gododd Mr Ifans 'i lais yn sydyn a dweud yn angerddol, 'Does gynnoch chi ddim hawl o gwbl... ', a dyna'r cyfan a glywodd hi. Syniad Anti oedd bod y Cyrnol wedi llwyddo i'w dawelu o cyn iddo orffen y frawddeg. Beth bynnag, pan ddaeth y ddau allan, roedd Mr Ifans yn wyn fel y galchan, meddai Anti Marged. Estynnodd y Cyrnol 'i law i Mr Ifans, ond troi ar 'i sawdl yn swta a wnaeth hwnnw a mynd yn ôl i'w swyddfa, gan gau'r drws yn glep.

Dyma'r Cyrnol yn dweud "Pnawn da" yn foneddigaidd iawn wrth Anti Marged a'r merched eraill yn y swyddfa, ac allan â fo. Roedd hitha wedi synnu. Welsai hi 'rioed mo Mr Ifans yn anghwrtais efo neb cyn hynny."

Roedd Heulwen, hefyd, wedi ymgolli yn y ddrama erbyn hyn.

"Mi ddigwyddodd hyn yn union cyn i Mr Ifans adael y Cyngor?"

"Y pnawn hwnnw. Mi adawodd Mr Ifans yn fuan wedyn, gan ddeud 'i fod yn mynd i ryw gyfarfod. Roedd hynny'n od, meddai Anti, achos hi fyddai'n cadw dyddiadur 'i apwyntiadau, a doedd dim byd ganddi yn y llyfr. Y bora wedyn y clywson nhw bod Mr Ifans wedi gadael."

Edrychodd llygaid pŵl Heulwen i waelod ei chwpan goffi. Beth oedd ystyr hyn i gyd? Ni allai gredu am eiliad nad oedd ymadawiad Mr Ifans, diflaniad y teulu o Frynserth a'r ymwahanu rhwng Luned a'i thad yn rhan o'r un stori. Ond beth oedd y stori? Roedd stori Catrin yn ychwanegu at yr hanes, ond eto, ni fyddai ei thad, byth bythoedd, wedi cefnu ar Luned am i'w thad hithau golli ei enw da. Byddai hynny'n hollol groes i'w natur.

Synhwyrai Heulwen anniddigrwydd Catrin erbyn hyn. Dirgelwch oedd y cyfan iddi hithau hefyd, ond sylweddolai Catrin fod dimensiwn emosiynol cryf i'r mater a bod hynny'n boendod i Heulwen. Perthynas Caerwyn â Luned oedd swm a sylwedd y dirgelwch, a deallai fod yna bosibilrwydd y medrai'r bylchau yn ei atgofion darfu ar adferiad tad ei ffrind.

Gwelai Heulwen ar y llaw arall fod 'na ddau ddirgelwch, ond ni allai farnu a oedd cysylltiad gwirioneddol rhyngddyn nhw. Ni wyddai Catrin ddim am adwaith frawychus ei thad pan welodd wyneb Elwyn Morgan yn yr hen lun o wersyll Summerland. Oedd achos llys y dihiryn hwnnw, a'i ddiswyddo o'r gwersyll, wedi cau pen y mwdwl ar ei ran yn helyntion 1964? Nid oedd cof ei thad wedi gallu ateb y cwestiwn hwnnw eto. Serch hynny, ni allai Heulwen ddychmygu pa gysylltiad a allai fod rhwng y ddau fater. Ceisiodd Heulwen ddangos gwedd fwy calonogol wrth i'w sgwrs â Catrin ddirwyn i ben. Ffarweliodd y ddwy yn bur hwyliog, a throes Heulwen tuag adref.

Ar ei ffordd adref yn y car, daeth ei holl bryderon yn ôl, gan swatio o'i chwmpas. Erbyn hyn, teimlai mai porthi a throi brywes gwenwynig mewn crochan gwrach oedd pob sgwrs a gâi ynglŷn â'r flwyddyn 1964. Er bod y flwyddyn honno ddeuddeng mlynedd cyn geni Heulwen, daliai 1964 i fwrw ei chysgod llaes o'i blaen. Beth mwy allai fod yn llechu yn ei chysgodion?

12 – 17 Medi 1964

'Gwell im na dirgel boeni
Agoryd f'wyllys iddi,
Gwn na wna, erioed ni wnaeth
Y môr ddim gwaeth na boddi.'

Hen bennill

Yn chwys domen, ac wedi diosg ei grys, gorffennodd Caerwyn osod ei babell yn y cae bach ger y ffermdy. Wrth ei ochr, yn wridog fel cneuen gan yr haul, yn ei throwsus byr, ei chrys-T a'i sandalau, eisteddai Luned yn sipian o botel Coca-Cola a gawsai allan o sach gefn lwythog Caerwyn.

"Dyna fo – mi ddyla ddal rŵan, os na chawn ni gorwynt sydyn."

Gwenodd Luned.

"Dydi hynny ddim yn debygol iawn, yn y rhan yma o Ffrainc."

"Dda dy fod ti'n medru'r iaith. Roedd Saesneg y ffarmwr yn waeth na fy Ffrangeg ceiniog a dima fi."

Estynnodd Luned ei llaw ato a'i dynnu i lawr i eistedd wrth ei hochr. Rhoes ei braich amdano'n dyner.

"Dwi'n falch dy fod ti wedi dod. Mae hi 'di bod yn reit unig 'ma, er bod 'na griw difyr yn y gwersyll. A dwi ddim wedi cael cyfla i siarad Cymraeg ers deuddeg wsnos."

Lledorweddodd y ddau ar y glaswellt, a'r tes yn crynu dros y tirwedd gwledig. Dau ddiwrnod o siwrnai a gymerodd i

Caerwyn deithio o Dreheli i'r llecyn hwn, gerllaw hen ddinas Amboise, ar lan Afon Loire, ac ar un o groesfannau pwysig yr afon. Teithiodd ar y trên o Fangor i orsaf Euston yn Llundain. Wedyn, daliodd drên o orsaf Victoria i Portsmouth a chael lletty mewn hostel ieuenctid yn y dref. Drannoeth, hwyliodd ar y llong fferi oddi yno i St. Malo. O'r porthladd hwnnw, cymerodd drên i Le Mans, a newid yno i ddal trên arall i ddinas Tours. Yna roedd trên lleol ar gael am weddill y siwrnai i Amboise.

Ar ei daith, gwelsai rai o winllannoedd enwog rhanbarth Dyffryn Loire, y dolydd eang a'r cadwyni o fryniau isel a nodweddai'r fro. Croesodd Afon Loire ddwywaith – i gyrraedd Tours ar y lan ddeheuol, ac yna wedyn yn ôl i'r lan ogleddol i gyrraedd Amboise: taith o lai na hanner awr y tu ôl i'r hen injian stêm – y *train á vapeur* – yn ei dywys i ben ei siwrnai.

O ffenest y trên, gwelsai Caerwyn nifer o gestyll ar y bryniau, ac eraill mewn parciau eang â gerddi ffurfiol yn eu hamgylchynu. Gwahanol iawn i Gymru, meddai wrtho'i hun. Nid adfeilion neu 'sgerbydau moel oedd llawer o'r rhain, ond plastai urddasol â thyrau pigfain – yn gartrefi i'r bonedd, neu'n westai drud.

"Gest ti siwrnai dda, felly?" holodd Luned, gan glosio ato ac anwesu ei frest chwyslyd.

"Do, gwerth chweil," meddai yntau gan ffroeni croen cynnes ei gwddf a'i gusanu'n ysgafn.

Cawsai Luned ei rhyddhau o'i gwaith yn y gwersyll plant am bedwar diwrnod ac roedd wedi dod o hyd i'r maes pebyll bychan hwn, cyn mynd i gwrdd â Caerwyn yng ngorsaf Amboise. Roedd wedi gwneud rhestr o leoedd y credai a fyddai wrth fodd Caerwyn, yn cynnwys cestyll o bwys, megis Chinon a Langeais a dinas hynafol Tours â'i chadeirlan Gothig.

Ond heddiw, roedd y ddau fel petaent yn ysu am gyffwrdd

ac anwesu ei gilydd, wedi wythnosau ar wahân. Am y tro cyntaf, meddyliai Luned, caent gysgu gyda'i gilydd heb boeni am neb arall.

Gyda'r nos, cerddodd y ddau y cwta filltir o'r fferm i Amboise, i fwynhau swper mewn bistro. Un o winoedd ardal Touraine oedd y Sauvignon blanc, a blasodd Caerwyn o am y tro cyntaf, gyda'i aroglau o wyddfid yn ymdoddi'n bersawrus i aroglau'r *pains aux olives* ffres a chynnes a gawsant gyda'u bwyd. Ar y ffordd yn ôl, gwnaethant dipyn o siopa mewn *épicerie* fechan ar gyfer brecwast drannoeth a byrbrydau i'w mwynhau wrth grwydro. Trwy gydol y cyfnos, teimlai Caerwyn stwmp yn ei stumog wrth feddwl am yr hyn oedd i ddod.

Roedd un eitem o newyddion gan Luned i'w rannu. Gwyddai Caerwyn eisoes fod ei thad a'i mam wedi prynu byngalo yn Aberystwyth, fel y gallai hi fod ynddo yn ystod y tymor. Dywedodd Luned ei bod hithau wedi sgwennu at ddwy o'i ffrindiau Coleg yn gofyn a fydden nhw'n hoffi rhannu'r tŷ efo hi.

"Braidd yn hwyr yn y gwyliau i ofyn iddyn nhw," cyfaddefai hithau, "ond gobeithio y medran nhw ddod."

Rhoes wên chwareus.

"Pwy a ŵyr, falla y cei ditha gysgu ar y soffa, amball waith?"

Roedd yn dywyll pan gyrhaeddodd y ddau eu pabell, a dechreuodd Luned estyn y sach gysgu roedden nhw am ei rhannu. Erbyn hyn, roedd Caerwyn ar bigau'r drain. Ni fedrai aros tan y bore cyn gwneud ei gyfaddefiad, byddai hynny yn pentyrru twyll ar dwyll. Ei fwriad gwreiddiol oedd dweud wrthi dros swper, ond roedd mwynhad amlwg Luned o'u pryd cyntaf gyda'i gilydd wedi ei bigo i'r byw.

Gafaelodd Caerwyn am ddwy law Luned, a'i thynnu'n dyner ato i eistedd ar lawr cynfas y babell.

"Gwranda, Lun, mae gen i rwbath i ddeud wrtha chdi."

Syllodd hithau'n syn arno, gyda chryndod bychan o ansicrwydd yn dechrau corddi.

"Be sy?" meddai'n betrus.

"Mae 'na rwbath wedi *digwydd*, yn y camp, yn Summerland."

Suddodd calon Luned – gallai ddychmygu pa fath o neges oedd gan Caerwyn ar ei chyfer.

"Wyt ti'n cofio fi'n sgwennu atat ti am y strach yno – am y boi ddaru ymosod ar un o'r gennod?"

Cofiai Luned yr hanes yn glir iawn.

"Ar ôl hynny, y fi fuo'n cadw golwg ar yr hogan. Sam – Samantha ydi'i henw hi – gneud yn siŵr 'i bod hi'n iawn, ar ôl y sioc gafodd hi."

Roedd yn anodd ganddo edrych i fyw llygaid Luned, ond roedd ei threm bryderus hi fel petai'n ei ddal yn gaeth, fel cwningen yng ngolau car.

"Mi dreulion ni lot o amsar efo'n gilydd, a wel, un noson... mi wnaethon ni garu..."

Cronnodd y dagrau yn llygaid Luned.

"Be wyt ti'n ddeud, mi gest ti ryw efo hi?"

Nodiodd Caerwyn yn benisel.

"Dim ond unwaith. Wnaethon ni ddim cysgu efo'n gilydd wedyn."

"Yn Summerland oeddach chi? Yn y *chalet*?"

Ysgydwodd Caerwyn ei ben,

"Naci, ar lan y môr... "

Cyn iddo orffen y frawddeg, teimlodd gelpan galed ar draws ei foch, nes bod ei wyneb yn fflamgoch.

"Sut medrat ti?! Ar lan y môr y gwnaethon ni o gynta! Dim yn yr un lle roeddach chi, gobeithio?"

Ysgydwodd Caerwyn ei ben yn llipa.

"Morfa Bychan oeddan ni. Mi wnaeth o… jest digwydd."

Wedi ennyd o feddwl, trodd Luned ato â'i llygaid yn fellt:

"Wnaethoch chi o heb durex? Neu oedd gen ti un yn digwydd bod!"

Gwingodd Caerwyn yn fwy byth.

"Nac oedd. Ond roedd gan Sam un efo hi… "

Dyrnodd Luned ei frest a'i freichiau'n ffyrnig, cyn iddi wthio heibio Caerwyn ac allan i ddüwch y nos. Aeth Caerwyn ar ei hôl a rhoi ei law yn ysgafn ar ei hysgwydd. Gwingodd hithau rhag ei gyffyrddiad a chamu ymhellach oddi wrtho.

"Mae hi mor ddrwg gen i, Lun. Fedra i ddim maddau i mi fy hun, heb sôn am ddisgwyl i chdi faddau i mi."

Eisteddodd y ddau am hir ar glawdd terfyn isel y cae bychan, heb dorri gair a'r ddau yn eu dagrau bellach. Ymhen hir a hwyr, ceisiodd Caerwyn afael yn llaw Luned, ond gwthiodd hithau ei law ymaith. Felly y buont am hydoedd, nes, yn y diwedd, roedd y naill yn gorffwys yn swrth yn erbyn ysgwydd y llall, a lludded yn dylu min yr emosiynau briw.

Rywdro yng nghanol y nos, aeth y ddau yn ôl i'r babell. Estynnodd Caerwyn sach gysgu sbâr, ac aeth y ddau i glwydo ar wahân heb dorri gair. Anesmwyth iawn fu cwsg Caerwyn, a chlywai ambell bwl o grio tawel yng nghanol mudandod y babell.

Cododd yntau pan oedd y wawr yn torri, ac aeth allan i'r llwyd olau. Gwyliodd y rhimyn euraidd yn ymdaenu dros wrymiau crwm y gorwel. Cofiai'r bore arall hwnnw, ychydig ddyddiau'n ôl, yn gwylio'r wawr yn torri dros Benyrheol pan sylweddolodd faint ei argyfwng. Ei waith heddiw fyddai ceisio achub ei berthynas efo Luned.

Aeth Caerwyn â'r tecell draw i'r ffermdy, a'i lenwi o'r tap dŵr wrth y talcen. Wedi dychwelyd at y babell, taniodd y stof Primus fechan ac estyn y cig moch a'r wyau a brynwyd y noson cynt. Torrodd ddarn o lard a'i roi yn y badell ffrio, a chyn hir roedd ffrwtian saim ac aroglau croesawgar cig moch yn ymdroelli o'i gwmpas.

Yn y man clywodd Caerwyn sŵn ystwyrian yn dod o'r babell. Daeth Luned i'r golwg â'i llygaid yn goch. Rhywsut, yn nhywyllwch yr oriau mân roedd wedi newid i'w phyjamas. Dim ond ei esgidiau a'i sanau y llwyddodd Caerwyn i'w diosg. Gwyliodd hithau Caerwyn wrth ei waith, heb ddweud gair. Yna, torrodd yr ias.

"Wyt ti isio i mi neud rwbath?"

"Na, ma'n iawn. Gymeri di wy wedi ffrio?"

"Dim diolch, ond mi gymera i facwn."

Wedi iddi eistedd wrth ochr Caerwyn, estynnodd yntau'r bacwn iddi ar un o'r platiau enamel tolciog o'i sach gefn.

Rhoes hithau fymryn o wên.

"Steil Treheli ydi hyn?"

Dechreuodd yr iâ feirioli.

Ar ôl brecwast, ac wedi sawl paned o goffi cryf, aeth y ddau i'r hen feudy a gawsai ei droi yn floc toiledau a chawodydd. Dim ond cawod oer oedd ar gael, a sylwodd Caerwyn ar y sinc fawr bridd yn mhen draw'r adeilad.

"Yli, Lun, mi awn ni i nôl y dillad budr a mi fedran ni eu golchi nhw yn y sinc."

Ymysg trysorau sach gefn Caerwyn roedd blocyn mawr o sebon carbolig coch. Er mai dŵr oer oedd yn y sinc, gyda chymorth tecellaid neu ddau o ddŵr berw, llwyddodd y ddau i olchi'r dillad a'u hongian ar weiren ddillad y tu allan i'r golchdy.

"Mi sychan yn handi iawn allan yn fan'ma," meddai Luned. "Erbyn hanner dydd mi fyddan nhw'n sych grimp."

Cerddodd y ddau at y nant fechan yng ngwaelod y cae. Tynnodd Luned ei sandalau ac eistedd, gyda'i thraed yn y dŵr gloyw.

"Ydan ni am roi cynnig arall arni?" meddai'n dawel, heb edrych ar Caerwyn.

"Chdi 'sgin yr hawl i ddeud," atebodd Caerwyn. "Os fedri di roi cyfle arall i mi, wna i mo dy siomi di byth eto."

Cydiodd Luned yn ei law, a chlosiodd y ddau at ei gilydd, gan aros yn llonydd am hir, fel delwau uwchlaw rhuthr byrlymus y nant.

Y prynhawn hwnnw cerddodd y ddau yn ôl i Amboise a chrwydro'r strydoedd culion a sylwi ar y tai o fframiau pren. Aethant i weld y plasty lle bu Leonardo da Vinci farw, ei furiau'n torsythu uwchben Afon Loire.

"Wyt ti wedi sylwi ar y toea?" gofynnodd Luned wrth iddyn nhw gerdded ar hyd y stryd.

Edrychodd Caerwyn i fyny.

"Toea llechi?" meddai'n syn.

"Roedd 'na chwareli llechi mawr yn ardal y Loire ers talwm. Mae rhai ohonyn nhw'n dal ar waith."

Wedi swpera'r nos mewn bistro a blasu *kir*, sef gwirod mwyar duon yn gymysg â'r gwin gwyn lleol, cyrhaeddodd y ddau eu pabell yn flinedig fodlon a llithro i'w sachau cysgu unigol yn ddiffwdan.

Drannoeth aethant ar y trên i ddinas Tours. Treuliwyd oriau yng Nghadeirlan St. Gatien, gyda'i chymysgedd o gyfnodau pensaernïol, ei ffenestri lliw hardd a'i beddrodau hanesyddol.

Aethant i weld olion yr amffitheatr Rufeinig fawr a fuasai yno gynt, a cherdded o gwmpas cnewyllyn hynafol y ddinas, y *Vieux Tours*. Yno roedd lloriau uchaf rhai o'r adeiladau ffrâm bren yn ymwthio dros y strydoedd culion.

Y noson honno, heb yngan gair, rhowliodd Luned y sach gysgu sbâr a'i chadw o'r neilltu. Cysgu efo'i gilydd fu eu hanes yn ystod dwy noson olaf y gwyliau.

Ar fore'r ymwahanu, wrth gadw'r babell a phacio sach gefn gorlawn Caerwyn yn barod i'w siwrnai, teimlai'r ddau fod eu perthynas ar sail ddiogel unwaith eto. Bu ffarwelio cynnes yng ngorsaf Amboise, cyn i Caerwyn gychwyn ar ei siwrnai hirfaith tuag adre.

Ar y trên, nid gwychder cestyll a chadeirlannau a lanwai feddwl Caerwyn, er iddo ryfeddu at fawredd Chinon ac urddas Langeais yn ystod ei ddeuddydd olaf yn Nyffryn Loire. Roedd ei feddwl yn olau gan y gobaith newydd a deimlai'r ddau am eu dyfodol gyda'i gilydd.

Medi 2020

'… ac wedi i'r fyddin glywed sain yr utgyrn, a
bloeddio â bloedd uchel, syrthiodd y mur i lawr…'
Llyfr Josua, Y Beibl Cymraeg Newydd

"Ydach chi wedi gorffen y *backlog* erbyn hyn, Dad?"
holodd Heulwen un min nos.

Gwenodd Caerwyn. Un o'r pethau a ddywedodd wrth
Heulwen ar ddechrau'r Cload Mawr ym mis Mawrth oedd ei
fod am achub ar y cyfle i ddarllen yr holl lyfrau yn y tŷ nad
oedd wedi eu darllen erioed, a'r rhai nad oedd wedi eu gorffen.
Ers iddo ddod o'r ysbyty ym mis Gorffennaf, roedd wedi dal ati
gyda'r uchelgais honno.

Bu Caerwyn yn ddarllenwr diwyd ers ei ddyddiau ysgol, ac
yn ystod ei yrfa fel athro a darlithydd roedd hynny'n allweddol
i'w waith. Serch hynny, roedd ei brysurdeb cymdeithasol, gan
iddo fod yn llywodraethwr ysgol ac yn gynghorydd cymuned
am gyfnodau, yn dipyn o ffrwyn ar ei ddarllen yn ystod ei oriau
hamdden, heb sôn am y Clwb Cerdded, y Clwb Golff a Chlwb
Cwis Tafarn y Foel. Ar ôl iddo ymddeol, a chyn i waeledd daro
Manon, bu ei fywyd cymdeithasol yn destun tynnu coes gan ei
ffrindiau pan fydden nhw'n ffonio'r tŷ:

"B.A. – 'Byth Adref' ddyla ti fod."

Wedi colli Manon, ac wedi'r cyfnod dwys o bedwar mis
pan fu'r ddau yng nghwmni ei gilydd bron bob awr o bob
dydd, bu Heulwen yn crefu'n daer arno i ailafael yn ei fywyd

cymdeithasol. Yn raddol, dyna a wnaeth, a bu'r prysurdeb hwnnw'n llesol iddo yn ei alar. Dyna un o drasïedïau mawr y Pandemig, meddai Caerwyn wrtho'i hun. Chafodd teuluoedd ddim cyfle i rannu'r dyddiau a'r oriau olaf gyda'u hanwyliaid, heblaw am eu gwylio trwy ffenest neu gyfarch ar sgrin, gan ddibynnu ar rywun arall i wasgu'r dwylo llesg yn ystod y munudau olaf. Clywsai Llinos, yn ei dagrau, yn sôn wrth ei mam ac yntau am ei phrofiadau dirdynnol ar y Ward Covid yn Wrecsam.

Ymysg y llyfrau a gawsai'n anrhegion gan y plant roedd sawl cyfrol yn adlewyrchu ei ddiddordeb mewn hanes – hanes Cymru yn arbennig. Un o'r llyfrau hynny oedd cofiant y Dr Wyn Thomas i John Jenkins – ffigwr allweddol yn ymgyrch fomio Mudiad Amddiffyn Cymru yn y chwedegau. Cofiai Caerwyn yr holl sôn am heddlu cudd yng Nghymru trwy gyfnod yr Arwisgo yn 1969, pan oedd yntau'n athro ifanc yn yr Wyddgrug. Roedd yn cofio hefyd iddo ddarllen llyfr dadlennol y cyn-heddwas Elfyn Williams, aelod o'r 'Gangen Arbennig' adeg yr Arwisgo. Safai'r cyfnod hwnnw o fewn cyrraedd ei gof 'byw', heb niwl na 'baricêd' yn perthyn iddo. Daliai i gofio'r awyrgylch drom o dyndra yn ystod yr Eisteddfod Genedlaethol yn Fflint yr haf hwnnw, a'r cam-drin a fu ar nifer o brotestwyr ar y Maes.

Erbyn hyn, daethai digon o'r 'cyfnod coll' yn ôl fel y gallai gofio'i amheuon ynglŷn â gwir swyddogaeth Elwyn Morgan yn Summerland. Ai asiant mewn ymgyrch gudd yn erbyn cenedlaetholwyr milwriaethus fuasai Elwyn? Wrth gwrs, roedd helynt Tryweryn yn ei anterth ar y pryd ac roedd cynllun ar y gweill i foddi cwm Cymreig arall ar gyfer cronfa ddŵr, sef Cwm Clywedog rhwng Llanbrynmair a Llanidloes, a hynny er mwyn rheoli llif Afon Hafren a chyflenwi anghenion dŵr

Canolbarth Lloegr. Dangosai cofiant John Jenkins fod yr heddlu, a Changen Arbennig yr heddlu yn neilltuol, yn cadw llygad barcud ar y sefyllfa yn ystod y chwedegau. Gwyddai hefyd, o ddarllen hunangofiant Owain Williams am ymgyrch Tryweryn, sut y bu'r heddlu yn sathru ar ei gynffon ef a'i deulu am flynyddoedd wedi ei achos. Ond, swyddog yn y fyddin oedd Elwyn Morgan. Ai gweithio i MI5 oedd o? Prin y byddai'r corff hwnnw yn plannu ysbïwr mewn gwersyll gwyliau masnachol, er bod y gwersyll hwnnw yng nghanol un o gadarnleoedd y diwylliant Cymraeg.

Rhoes Caerwyn y llyfr o'r neilltu er mwyn ateb cwestiwn Heulwen.

"Wedi bod yn darllen hanes John Jenkins ydw i, a'r ymgyrch fomio yng Nghymru yn y chwedega."

"Adag yr Arwisgo?" holodd Heulwen.

"Wel, ia, a chyn hynny, adag boddi Tryweryn."

Esboniodd Caerwyn mor gryno ag y medrai. "Wyt ti'n cofio fi'n sôn am Elwyn Morgan, y sinach ddaru ymosod ar hogan yn Summerland?"

"Y dyn yn y llun," ategodd Heulwen yn dawel, a gwrando'n astud.

"Wel, roedd o wedi bod yn swyddog yn y fyddin, ac wedi bod yn cwffio ym Malaysia, a falla mewn llefydd eraill hefyd. Y stori gafodd pawb ganddo fo oedd iddo adael yr armi i ddod i Summerland, ond, y noson y cafodd o'i arestio, mi glywis i rwbath a wnaeth i mi feddwl 'i fod o'n dal yn swyddog yn y fyddin."

"Ond be fasa fo'n 'neud yn Summerland felly?"

"Ar y pryd, rown i'n meddwl mai sbei oedd o, yn gweithio i MI5 neu rywun, ac yn cadw llygad ar genedlaetholwyr Cymreig, yn dilyn helynt Tryweryn."

"Go brin y basa 'na gannoedd o genedlaetholwyr Cymreig yn Summerland. Ond, ydi hanes John Jenkins wedi awgrymu rwbath i chi?"

"Do a naddo. Mae o wedi dangos bod yr awdurdoda *wedi* bod â'u llygaid ar Gymru ers y bomio adag Tryweryn – a mi fu 'na dri achos o ddifrodi, cofia, mewn tua chwe mis, yn chwe deg dau a chwe deg tri. Ond methu deall ydw i pam mai'r fyddin, neu MI5, fyddai'n ymwneud â'r peth yn hytrach na *Special Branch* yr heddlu."

Oedodd Heulwen am funud cyn ymateb.

"Does 'na ddim byd newydd o'r 'cyfnod coll' wedi dod yn ôl i chi?"

"Dim ar ôl y mis Medi hwnnw, pan fues i yn Ffrainc yn gweld Luned."

"Oeddech chi wedi gorffen gweithio yn Summerland?"

"Nac own, cael wsnos i ffwrdd wnes i. Ma'n rhaid 'mod i wedi mynd yn ôl i'r camp yn syth wedyn."

"Mae'n rhaid? Ydach chi'n cofio gneud hynny?"

"Nac ydw. Dyna'n union lle mae'r 'baricêd' yn sefyll erbyn hyn. Dim ond rhyw bythefnos fasa gen i ar ôl yn Summerland. Wedyn, mi fydda'r camp yn cau, a mi fydda tymor y Coleg yn cychwyn. Ond dydw i'n cofio dim byd am hynny."

Cloffai Heulwen yn boenus rhwng dwy ystôl. Ddylai hi rannu â'i thad yr hyn a glywsai gan Catrin Ceidio? Ynteu a fyddai'r stori yn crafu'n rhy agos at asgwrn y dirgelwch ynglŷn ag 1964?

Yn y diwedd, penderfynodd roi cynnig arni.

"Dad, rydach chi'n gwbod 'mod i wedi bod yn siarad efo Catrin Ceidio?"

Nodiodd Caerwyn ei gytundeb.

"Roedd hi yn Ysgol Treheli yr un pryd â chi, ond roedd hi'n iau o bedair blynedd."

Cytunodd Caerwyn eto:

"Ydw, cofio'n iawn. Mi fydda hi'n adrodd a chanu yn steddfod yr ysgol reit o Fform Wan. Digon o hyder ganddi hi."

"Wel, mi ddeudodd Catrin wrtha i fod teulu Luned wedi gadael Brynserth yn sydyn, tua'r adag y buoch chi ac Yncl Iestyn yn sôn amdano fo ar *Facetime* – mis Hydref, chwe deg pedwar."

Edrychodd ei thad yn syn arni.

"Dyna oedd gen ti mewn golwg pan soniodd Iestyn amdanyn nhw'n prynu tŷ yn Aberystwyth?"

"Ia, ond mae Catrin yn deud nad oes neb yn Brynserth yn cofio i ble'r aethon nhw."

Ystyriodd Caerwyn yn dawel am funud, ac wedyn meddai'n bwyllog:

"Wel, hogan. Pen pin o le ydi Brynserth ac wedi'r holl flynyddoedd, go brin bod 'na lawer o bobol fasa'n oedolion adag hynny'n dal yn fyw."

"Rydach chi'n iawn, siŵr. Mae Catrin yn deud mai dim ond efo dau o bobol o'r oed hynny mae hi wedi siarad. Er mai cymydog agosa'r Ifansys oedd un ohonyn nhw – ffarmwr sy'n deud iddyn nhw adael y lle'n ddirybudd, heb iddo fo weld na chlywad gair ganddyn nhw wedyn."

"A beth am yr ail?" gofynnodd Caerwyn, yn fwy miniog ei oslef.

"Mae gan Catrin fodryb sy'n naw deg chwech oed ac yn cofio popeth. Mae hitha'n deud hefyd bod Mr a Mrs Ifans wedi mynd i ffwrdd o'r ardal yn sydyn iawn, ar ddiwedd mis Hydref heb ddeud gair wrth neb."

Erbyn hyn, roedd Caerwyn yn eistedd yn hollol lonydd ac yn gafael yn dynn ym mraich y soffa.

"Mi fasa Luned yn ôl yn y Coleg erbyn hynny, Dad. Fi

gafodd y syniad efallai'u bod nhw wedi symud ati hi i'r byngalo yn Aberystwyth?"

Roedd golwg bell yn llygaid Caerwyn, ond daeth ato'i hun a chodi pwynt o bwys.

"Ond roedd Gwilym Ifans yn ddyn reit uchel yn y Cyngor Sir. Fedra fo ddim gadael 'i waith a symud o'r ardal ar fympwy, felly."

Wel, meddai Heulwen wrthi ei hun, bwrw i'r dwfn amdani.

"Dad, roedd modryb Catrin Ceidio yn ysgrifenyddes i Mr Ifans yn Swyddfa'r Sir. Dyma mae hi wedi'i ddeud wrth Catrin yn ddiweddar iawn, bod Mr Ifans wedi gadael 'i swyddfa un dydd Mawrth ar ddiwedd Hydref a ddaeth o byth yn ôl."

Crychodd Caerwyn ei dalcen a chraffu'n galed ar Heulwen.

Aeth hithau yn ei blaen:

"Yn ôl Catrin, mi werthwyd y tŷ, a does neb o'r ardal wedi gweld yr un ohonyn nhw wedyn – Luned na'i rhieni."

Erbyn hyn edrychai Caerwyn yn hollol syfrdan, fel petai rhyw don o afreswm lloerig yn golchi o gylch ei draed, a bod esboniadau call yn ddiwerth bellach.

"Ond, fedra teulu cyfan ddim diflannu fel'na. Mi fyddan 'na bobol wedi holi a stilio. Siŵr Dduw, bydda rhywun wedi cysylltu â'r heddlu am y peth."

"Mae Catrin yn cofio na fu'r un gair 'rioed am y teulu yn y papura newydd. A mi ddeudodd y cymydog na soniwyd gair yn y Capal chwaith ar ôl iddyn nhw adael."

Brawychwyd Heulwen gan ymateb pellach ei thad. Neidiodd ar ei draed, heb unrhyw arwydd o wendid nac arafwch, â'i wedd fel taran.

"Mae hyn yn blydi gwirion bost, Heuls. Mi wn i fod 'na

heddlu cudd a ballu yr adag hynny, ond myn uffarn i, dim sôn am gyfnod Stalin yn Rwsia ydan ni. Doedd pobol yng Nghymru ddim yn diflannu oddi ar wyneb y ddaear! Ble gythral fedren nhw fynd? Llond gwniadur o wlad ydi Cymru, wedi'r cwbwl!"

Brasgamodd Caerwyn at y gliniadur ar y bwrdd coffi yng nghornel y lolfa. Estynnodd ato, ac ofnai Heulwen am funud ei fod am ei falu yn ei ddicter.

"Gwranda, Heuls – rwyt ti'n gwybod mwy am y petha yma na fi. Dwi isio i chdi roi hysbŷs ar *Facebook* neu un o'r cyfrynga newydd yma, yn holi oes rhywun ar y blydi ddaear yma'n gwybod am hynt Luned Ifans a'i rhieni, Gwilym a Rhiannon Ifans, gynt o Frynserth a... "

Arafodd a distawodd y llais wrth iddo ychwanegu:

"Ble mae Luned Ifans rŵan? Ydi hi'n dal yn fyw?"

Teimlai Heulwen y corwynt yn gostegu a'r daran yn tawelu wrth i'w thad yngan y cymal olaf – ei arwyddocâd yn ei lethu wrth iddo ddweud y geiriau. Gallai Heulwen ei weld yn sigo yn ei gwman, a'r tanchwa o egni yn ei adael yn llipa a diergyd.

"Ydi hi wedi marw, tybed, Heuls?" meddai'n dawel. "Dim hogan ifanc pedair ar bymtheg oed fasa hi rŵan, ddim mwy nag ydw inna'n llafnyn ifanc."

"Mae 'na lot o bobol yn trio cysylltu â theulu a ffrindia drwy *Facebook*," meddai Heulwen. "Mi fedran ni roi cynnig arni hi, os liciwch chi."

Sadiodd meddyliau stormus Caerwyn yn raddol.

"Ers talwm mi fydda 'na negeseuon felly ar y radio – yn dilyn y newyddion fel arfer. *SOS messages* oeddan nhw'n cael eu galw. 'A wnaiff hwn-a-hwn fynd adref neu i ysbyty yn rhwla, ble roedd tad neu fam yn ddifrifol wael.' Ond mynd yn ôl at wely angau fydden nhw, fel arfer, pan gaen nhw neges felly..."

Dangosai'r sylw diwethaf i ba gyfeiriad roedd ei feddwl wedi troi erbyn hyn.

"Mi wnawn ni roi cynnig go iawn ar betha fory, Dad."

Yna cofiodd Heulwen yn sydyn am yr hanesyn a gawsai gan Catrin ym Mhant Du, am brynhawn olaf Gwilym Ifans yn Swyddfa'r Sir. Efallai y byddai'r hanes yn tynnu ei feddwl oddi ar y llwybr tywyll oedd wedi agor o'i flaen wrth geisio dyfalu tynged Luned.

"Mi ddeudodd Anti Marged Catrin stori ryfedd am Mr Ifans, y diwrnod y gadawodd o'r Cyngor."

Dim ond hanner gwrando roedd Caerwyn pan ddechreuodd Heulwen sôn am ymweliad y Cymro boneddigaidd â Swyddfa'r Sir ym mis Hydref 1964.

"Mi wnaeth o dipyn o argraff ar Anti Marged – cyflwyno'i hun yn boléit iawn wrth roi ei enw."

Doedd dim arwydd bod Caerwyn yn gwrando o gwbl, ond parhaodd Heulwen â'i stori.

"Enw'r dyn oedd Cyrnol Radford-Davies…"

Petai Heulwen wedi taro ei thad â bat criced o'r twll dan grisiau, prin y buasai'r effaith yn fwy dramatig. Simsanodd coesau Caerwyn oddi tano, ac estynnodd ei law i gydio yng nghefn y gadair agosaf. Daeth Heulwen ato a'i helpu i eistedd – ac yntau'n wyn fel y galchen unwaith eto.

Aeth Heulwen i estyn y botel frandi a thywallt gwydraid go helaeth i'w thad. Dyma'r adwaith gwaethaf eto, meddai wrthi ei hun gan godi'r gwydryn at wefusau Caerwyn cyn iddo yntau afael ynddo â llaw grynedig.

"Be ddigwyddodd, Dad? Enw'r Cyrnol roddodd sioc i chi? Oeddach chi'n 'i nabod o?"

Ni fedrai Caerwyn ddweud gair am funud, ond llowciodd y brandi ar ei ben, gan syllu yn syth o'i flaen.

"Y 'baricêd'…" meddai'n floesg.

"Ydi o wedi symud eto?"

"Symud? Mae o wedi blydi chwalu'n rhacs! Mae pob dim yn dod yn ôl fel tswnami. Mae… mae o jest â 'nrysu i!"

"Gola ym mhen draw'r twnnel?"

"Gola? Dim gola sy 'na – blydi pwll uffarn ydi o! Dim rhyfadd bod 'y nghof i wedi trio claddu'r cwbwl!"

Gwasgodd Caerwyn ei ben rhwng ei ddwylo, a phenliniodd Heulwen wrth ochr ei gadair. Meddai'n bwyllog, ond yn bendant:

"Cymrwch ych gwynt atoch, Dad. Gwell i chi ddeud y stori i gyd wrtha i."

Medi 1964

'Magu ias oer megis iâ…'
Tudur Aled

Chwyrnai moto-beic Triumph Tiger Caerwyn ar hyd y
ffordd o Dreheli i Benyrheol. Gyda'i injian 500CC, doedd
o ddim yn yr un dosbarth â pheiriannau pwerus fel y Triumph
Bonneville neu'r gyfres T.R.s, ond buasai'n wasanaethgar
iawn i Iestyn cyn iddo fynd i'r môr. Ers hynny, o dan orchudd
yn sied Ael Wen y bu'r beic modur, tan i Caerwyn ei roi yn ôl
ar y ffordd ychydig wythnosau yn ôl, er mwyn cadw cwmni i
Sam o dro i dro.

Erbyn hyn, ac yntau newydd ddychwelyd o Ffrainc,
penderfynodd Caerwyn ei ddefnyddio i fynd i'w waith yn lle
dibynnu ar fysus Crosville yn y bore a bws gwaith Summerland
i ddod adref. Yn ei lythyr diwethaf, rhoes Iestyn ganiatâd i'w
frawd ddefnyddio'r beic fel y mynnai.

"Tria beidio'i falu o. Dim Mike Hailwood wyt ti."

Wedi tarfu digon ar dawelwch Eifionydd, trodd Caerwyn i
mewn i faes parcio Summerland, y tu allan i giatiau'r gwersyll.
Parciodd y beic yng ngolwg cwt y goruchwyliwr, a adwaenai
er yn blentyn.

"Mi gadwa i lygad arno fo, Caerwyn, ond, mi fasa'n well i
chdi gael tsiaen a chlo-clap, a rhoi'r beic yn sownd yn y ffens
haearn. Does 'na neb yn gwatsiad y lle 'ma yn y nos, wel'di."

Erbyn i Caerwyn gyrraedd y prif adeilad, roedd sŵn

dyrnu, fel rhywun yn neidio mewn esgidiau hoelion ar lawr pren, yn taranu o'r dafarn goffi. Y *juke-box* oedd wrthi, a chân boblogaidd y dydd, 'Have I the Right? gan yr Honeycombs, oedd yn morthwylio'i churiadau dros y saf le cyfan. Cafodd Caerwyn groeso cynnes yn y swyddfa, er y sylw digon crafog gan Carys:

"Y pererin yn ôl o'i daith – dim sachlïain a lludw rŵan?"

Heb gymaint ag ymgais i'w hateb, troes llygad Caerwyn tuag at ei ddesg. Wedi treulio'r bore yn didoli'r pentwr o waith papur, aeth am ginio efo Carys yn y dafarn goffi, yn ôl ei arfer. Ni cheisiodd Carys edliw iddo'i gam gwag gyda Sam, er ei bod yn amlwg wedi cael achlust ohono. Yn hytrach, treuliodd hanner awr yn ei ddiweddaru ynglŷn â hynt a helynt Summerland. Dywedodd wrtho fod Sam wedi aros yn y gwersyll, ond y byddai'n gadael cyn bo hir i baratoi ar gyfer ei hail flwyddyn yng Ngholeg Caer. Roedd yn gweithio'r dydd yn y pwll nofio a'r nosweithiau yn y neuadd fwyta. Ni fu'n gweithio yn y bariau tra bu Caerwyn i ffwrdd.

Gwnaeth Caerwyn ei gylchdaith o'r bariau a swyddfa'r *part-time* yn y prynhawn, a bu sawl un yn tynnu ei goes am ei daith i Ffrainc.

"Mynd i agor lle i Summerland yn Ffrainc, wyt ti?" meddai Dan Hughes yn y Capten Morgan: "Cofia amdana i os bydd gen ti fistro bach del yno!"

"Brought a few cases of French wine with you, Caerwyn?" meddai Frank Liddle yn yr O.K. Saloon: "It'd be a nice change from Double Diamond and Whitbread Tankard."

Wedi gadael yr O.K. Saloon, gwelodd fod y pwll nofio dan do gerllaw, a galwodd i weld a oedd Sam yno.

Dyna lle roedd hi, yn ei chrys-T Summerland a'i siorts gwyn yn goruchwylio'r ychydig nofwyr yn y pwll cynnes, â niwl cymysg o oglau chlorin ac ager y gwresogi yn llenwi'r lle. Digon di-fflach ac ansicr fu dechrau'r sgwrs, ond ymlaciodd y ddau yn y man.

"How was Luned?" holodd Sam.

"Fine, brown as a berry and fluent in French by now."

"Did you tell her?"

"Yes, and I got my face slapped."

"Can't blame her, really. Everything O.K. now then?"

"Yes, thanks. We're still together."

"Good. I'm glad about that."

"I heard you're leaving soon. Is that true?"

Gwenodd Sam.

"Is that from Carys in your office? She's a regular spymaster, she is."

Wedi saib bychan, ychwanegodd:

"Yes, I'm going at the end of the week. It's dead quiet in the pool now, as you can see. The kids are all back at school."

Edrychodd i lawr i ddyfnder y pwll.

"I need to go home, Caerwyn, to see Mum and Dad again. See my old friends before going back to Coll."

Nodiodd Caerwyn ei gydsyniad.

"You've had a bad experience here," meddai'n dawel.

Daliai Sam i graffu ar lawr teils y pwll – ei linellau'n crynu yng nghynyrfiadau'r dŵr.

"I still see him, you know – when I'm asleep, or even when I'm walking along the chalet lines in the evenings. It's as if he was lurking there, waiting…"

"You're not still in the same chalet?"

"No. Peggy Jones got me a chalet away from Snowdon Camp, near the gardens – the 'Golden Oldies' bit of the camp! Peggy's been really fabulous."

Petrusodd am ennyd, cyn ychwanegu:

"So have you, Caerwyn. I won't forget that – ever."

*

Roedd yn ganol Medi. Fel roedd ydlannau ac ysguboriau'n llenwi ar ffermydd Eifionydd, roedd y can acer a hanner hwn o'r hen gwmwd yn prysur wagio. Prin draean o'r gwersyll oedd ar agor erbyn hyn, ac roedd y rhan fwyaf o'r bariau'n paratoi i gau. Prif swyddogaeth Caerwyn bellach oedd symud stoc y bariau yn ôl i'r storfa, wedi cofnodi pob casgen a photel. Yna deuai gweithwyr o adrannau eraill i lanhau'r tafarnau a'u dodrefn i gyd yn drylwyr, o dan oruchwyliaeth Caerwyn.

Deuai staff profiadol o storfa fawr y bariau i lanhau'r pympiau cwrw a'u pibellau, ynghyd â'r *optics* ym mhob bar, cyn i Caerwyn gau'r drws a chloi'r adeilad am y gaeaf.

Canodd yn iach i amryw o'i weithwyr rhan amser, ac ar ddiwedd yr wythnos ffarweliodd â Sam. Cafodd Caerwyn fenthyg un o faniau'r gwersyll i gludo moto-beic a bagiau Sam i stesion Treheli ar gyfer ei siwrnai adref. Cafwyd cwtsh cynnes a chusan ar y platfform cyn iddi ffarwelio, a chododd ei llaw o ffenest y trên tan iddo ddiflannu.

Go brin y gwelan ni'n gilydd byth eto, myfyriai Caerwyn wrtho'i hun.

Yn fuan daeth wythnos olaf Caerwyn hefyd. Dim ond pedwar bar oedd ar agor erbyn hynny, yn cynnwys tafarn fawr y Playhouse Bar gyferbyn â'r theatr, a thros y ffordd i swyddfa'r bariau a'r dafarn goffi. Serch hynny, roedd digon o waith i gadw Caerwyn rhag cael ei adleoli i'r sgwad peintio, fel y llynedd.

Un bore galwodd y Major arno i ddod i'w swyddfa breifat, os oedd modd galw encil fechan y tu ôl i ffenest fawr wydr yn 'breifat'. Ar yr unig gadair sbâr yn y swyddfa, eisteddai gŵr oddeutu trigain oed, yn frith ei wallt a chyda mwstás bychan wedi ei drimio'n drwsiadus. Cododd ac estyn ei law i Caerwyn. Roedd yn ddyn tal a chefnsyth, a barnodd Caerwyn mai cyn-filwr oedd o, fel y Major.

"Caerwyn, this is an old army comrade of mine, Colonel Radford-Davies. James, this is Caerwyn Rowlands, one of my brightest young officers."

Gwenodd y Cyrnol.

"Hugh still uses army terminology, even in a holiday camp."

Cafodd ateb parod gan Caerwyn.

"This place really was an army camp during the war."

"Quite right," meddai'r Major, "I felt completely at home here from the first day I arrived."

Trôdd Parkin at Caerwyn, ac esbonio ymweliad ei hen gyfaill.

"Colonel Radford-Davies, unlike me, is still in harness. He works for a branch of the armed services, and he's called to discuss a rather serious matter."

Canodd larwm ym meddwl Caerwyn ar unwaith.

"My brother's in the Navy – nothing's happened to him?"

Ysgydwodd y ddau ddyn eu pennau, a gafaelodd y Major yn ei fraich.

"No, no, I'm sorry Caerwyn. That was very clumsy of me. This isn't about your brother at all…"

Torrodd y Cyrnol ar draws yn ddibetrus:

"This is about Elwyn Morgan, Mr Rowlands, and it's a matter I'm sure you'll be very concerned about."

Edrychodd y Major drwy'r ffenest. Roedd pennau eraill yn y swyddfa wedi troi tuag atynt, Carys yn eu plith. Troes yntau yn ôl at Caerwyn, ac meddai:

"Look Caerwyn, both you and Colonel Radford-Davies are Welsh-speaking. I'm supernumary here. My suggestion is that you both decamp to the coffee bar downstairs and continue this conversation in Welsh. There won't be many down there who can eavesdrop on you."

Gan fwrw cipolwg trwy'r ffenest, nodiodd y Cyrnol ei gytundeb a symud tuag at y drws.

"Dewch, Mr. Rowlands, dwi'n barod am banad o goffi."

Yn y dafarn goffi, roedd gwacter afreal diwedd y tymor yn teyrnasu, er bod rhythmau cryfion cân bop arall bellach yn lladd unrhyw ymdeimlad o dawelwch. Roy Orbison oedd yn canu 'Oh, Pretty Woman' o grombil y *juke-box*. O leiaf roedd rhywun wedi gostwng lefel y sain ers i Caerwyn basio yn y bore!

Estynnodd y Cyrnol bapur chweugain i Caerwyn.

"Wnewch chi fynd i ordro'r coffi, os gwelwch yn dda. Mi gymera inna fwrdd go dawel i ni yn y gornel acw. Coffi du, heb siwgwr i mi, plis."

Pan ddychwelodd Caerwyn gyda'r coffi, roedd y Cyrnol yn eistedd wrth fwrdd ym mhen pellaf yr ystafell ac wedi tanio sigarét. Cynigiodd y paced i Caerwyn, ond gwrthod wnaeth yntau.

Wedi munud neu ddau o ddistawrwydd ansicr, gofynnodd y Cyrnol:

"Beth wyddoch chi am Elwyn Morgan, Mr Rowlands?"

"Galwch fi'n Caerwyn. Dim ond mai yn yr armi roedd o cyn dŵad i Summerland a'i fod o wedi bod mewn helynt yn ddiweddar."

"Beth am ei gefndir o? Mi fuoch chi'ch dau yn sgwrsio dipyn?"

"Do, ar y dechrau. Hogyn o'r Rhyl ydi o. Roedd 'i dad a'i fam o'n cadw pyb yn y dre."

"Ma'n nhw'n dal i wneud hynny. Wyddoch chi i Morgan fod yn briod ar un adeg?"

"Na wyddwn. Ddaru ni ddim sôn gair am betha personol. Fuon ni 'rioed yn ffrindia, hyd yn oed cyn iddo fo 'ambygio Sam."

"Mae Morgan a'i wraig wedi ysgaru ers tro," meddai'r Cyrnol, "ond mi gafwyd tystiolaeth, yn anffodus, iddo fod yn curo'i wraig."

"Dydi hynny ddim yn syndod, a chysidro be wnaeth o i Sam."

Rhoes Caerwyn ei gwpan goffi i lawr, a gofyn:

"Pam roeddach chi isio 'ngweld i, Cyrnol?"

Gwasgodd y Cyrnol weddill ei sigarét i'r blwch llwch yng nghanol y bwrdd.

"Dwi isio peintio darlun i chi, Caerwyn, darlun o'r dyn Elwyn Morgan yma. Pam? Mae 'na ddau reswm – un ohonyn nhw yn hollol gyfreithlon, ac yn wir, yn angenrheidiol er eich lles chi a Miss Samantha Darrow…"

Torrodd Caerwyn ar draws.

"Ond mae Sam wedi gadael Summerland ers dros wythnos. Mae hi adra yn Bath."

Nodiodd y Cyrnol. "Rwy'n gwybod hynny, ond mi alla i gysylltu â hi'n hawdd iawn, petai angen."

Roedd Caerwyn am ei gwestiynu eto, ond ataliodd y Cyrnol o.

"Os y ca' i orffen, mi gewch chi ofyn cwestiyna wedyn. Wedi hen arfer efo trefn filwrol, Caerwyn! Mi wyddoch chi fod

Morgan wedi cael dedfryd o garchar wedi ei ohirio, am ymosod ar Miss Darrow – a hynny efo amodau pendant iawn. Dydi o byth i ddod i'r gwersyll yma, ond yn bwysicach na dim, dydi o ddim i fod gysylltu â Miss Darrow mewn unrhyw fodd… "

Ni fedrai Caerwyn ddal y tro hwn.

"Dydi o ddim wedi mynd ar 'i hôl hi, ydi o?"

"Nac ydi. Mae Miss Darrow yn gwbl ddiogel gyda'i rhieni yn Bath. Dim ond unwaith mae Morgan wedi gadael ei gartref yn Llundain – ac i ymweld â'i rieni yn y Rhyl oedd hynny."

"Ond?" meddai Caerwyn yn ddiamynedd.

"Oes, mae yna 'ond', mae arna i ofn. Roeddech chi wedi sylwi, bid siŵr, bod Morgan wedi mynd i ddiota'n bur drwm tra oedd o yn Summerland. Wel, mae hynny wedi parhau, er bod ganddo fo waith erbyn hyn."

"Pa fath o waith?"

"Mae o'n gweithio fel labrwr ar safle adeiladu."

Rhoes y Cyrnol bwt o wên ddireidus.

"Na, dydi o ddim yn gwneud unrhyw waith milwrol. Roeddech chi wedi amau, ond oeddach, bod Morgan yn dal yn aelod o'r lluoedd arfog pan oedd o yma? Wel, roeddech chi yn llygad eich lle. Ond fe'i gwaharddwyd o'i swydd wedi'r helynt yma yn Nhreheli, ac mae o wedi cael *dishonourable discharge* erbyn hyn."

Taniodd y Cyrnol sigarét arall.

"Mae'r ddiod wedi gafael yn bur ddrwg ynddo fo, mae arna i ofn. Bydd Morgan ac un neu ddau o'i ffrindia – un yn gyn-filwr, fel Morgan – yn cyfarfod bron bob nos mewn clwb yfed yn Llundain. Yno mi fydd yn cwyno'n barhaus am y cam a gawsai yn Nhreheli ac mae o'n rhoi'r bai am ei drafferthion ar ddau o bobol – Miss Darrow a chitha."

Aeth ias i fyny gwegil Caerwyn, ond mentrodd ofyn:

"Sut y gwyddoch chi hyn i gyd? Gan yr heddlu?"

"Nage, Caerwyn. Wrth gwrs, mae Morgan yn gorfod riportio'n rheolaidd i orsaf yr heddlu ac mae o'n gwneud hynny, ond does gan yr heddlu mo'r adnoddau i gadw llygad arno fo'n barhaus."

"Felly pwy sy'n cadw golwg arno fo?"

Ysgydwodd y Cyrnol ei ben, gan wenu.

"Roedd Hugh Parkin yn deud eich bod chi'n ŵr ifanc siarp. O'r gora, rwy'n dod at yr ail reswm dros ddod i'ch gweld chi. Mae'n anghyfreithlon i mi gyflwyno'r wybodaeth hon chi, felly mae rhwydd hynt i chi godi oddi wrth y bwrdd y foment hon a mynd yn ôl i'ch gwaith."

Atebodd Caerwyn ar ei union, "Os oes a wnelo hyn rwbath â diogelwch Sam neu finna? Dwi isio gwybod."

"Dyna roeddwn i'n disgwyl ei glywad, ond cofiwch, mi fyddai'n drosedd i chi rannu'r wybodaeth hon gydag unrhyw un arall – efo'ch rhieni, neu efo Miss Luned Ifans."

Agorodd llygaid Caerwyn led y pen.

"Caerwyn, faswn i ddim wedi dod yma heb wneud ymchwil manwl i'ch cefndir chi. Beth bynnag, prin bod eich perthynas chi efo Miss Ifans yn gyfrinach."

Gyda'i dafod yn ei foch, ychwanegodd:

"Mi allaswn gael yr wybodaeth honno gan Miss Carys Owen yn eich swyddfa, beth bynnag."

Llwyddodd i gael hanner gwên gan Caerwyn.

"Rydach chi wedi amau eisoes, mae'n debyg, mai i un o'r gwasanaethau *intelligence* dwi yn gweithio. I'r gwasanaeth hwnnw roedd Elwyn Morgan yn gweithio hefyd. Mi gafodd ei drosglwyddo aton ni, dros flwyddyn yn ôl, ar ganol *tour of duty* ym Malaysia – yn rhy sydyn a dirybudd, efallai. Mi fu tipyn o hel clecs ar ôl iddo adael, yn anffodus, ac roedd Miss Carys

Owen wedi cael achlust o hynny, mae'n debyg, gan un o'r cyn-filwyr sy'n gweithio yma yn y camp. Y gwir syml yw fod Elwyn Morgan wedi gwneud gwaith da mewn cyrchoedd peryglus yn erbyn gerilas o Indonesia, ac mewn rhyfel terfysg cyn hynny yn Cyprus."

"I beth roeddech chi isio fo yma?"

Tywyllodd wyneb y Cyrnol.

"Am ei fod yn Gymro Cymraeg, roedden ni am ei anfon i Gymru i fod yn glust a llygad rhag ofn i ymgyrch fomio ddifrifol gychwyn yma. Wedi'r bomio yn Nhryweryn, roedden ni'n ymwybodol bod boddi pentra Capel Celyn wedi digio'r farn gyhoeddus yng Nghymru. Roedd yna bryder rhag i ymgyrch fwy peryglus gychwyn."

"Gan bwy? Plaid Cymru neu Gymdeithas yr Iaith?" meddai Caerwyn yn sarrug.

Rhoes y Cyrnol ochenaid ddiamynedd.

"Dim ffyliad ydan ni, Caerwyn. Rydan ni'n deall yn iawn y gwahaniaeth rhwng plaid wleidyddol, gyfansoddiadol fel Plaid Cymru a mudiad protest fel Cymdeithas yr Iaith Gymraeg. *Pressure groups* ydi'r term fyddan ni'n ei ddefnyddio am fudiadau fel Cymdeithas yr Iaith Gymraeg a C.N.D. er enghraifft. Dwi inna'n sylweddoli mai mudiadau di-drais ydyn nhw – o ran trais yn erbyn pobol – ond mae cwestiynau gen i pa mor gyfreithlon ydi blocio'r ffordd fawr neu darfu ar waith y Swyddfa Bost."

Gwasgodd yr ail sigarét, ar ei hanner, yn y blwch llwch nes bod hwnnw'n drewi o ludw du.

"Ond mae 'na unigolion, Caerwyn, sydd yn gweithredu y tu allan i'r mudiadau hyn, er falla'n aelodau ohonyn nhw ar bapur. Weithiau, mae'r bobol hynny y tu hwnt i'r sbectrwm gwleidyddol arferol yn llwyr. Ma'n nhw'n bobol â theimladau cryfion iawn – weithiau yn eithafol o gryf."

"Ac roeddech chi'n disgwyl dod o hyd iddyn nhw yn Summerland?"

"Cam cynta oedd Summerland ac roedd Hugh Parkin yn gyswllt gwerthfawr iawn. Roedd yn gallu rhoi gwaith i Morgan, heb ofyn gormod o gwestiynau, a chadw llygad arno fo. Roedden ni wedi derbyn cais gan Gangen Arbennig yr heddlu, bymtheng mis yn ôl, i ddarparu asiant a allai fod ar waith am flynyddoedd, efallai. Byddai Morgan yn cael cyfle i ddod i adnabod Treheli ac ardaloedd Cymraeg Sir Gaernarfon, yn enwedig yn ystod y gaeaf pan fyddai Summerland ar gau. Yn ddiweddarach, gallai gynnig am swydd sefydlog yn y gymuned leol. Yn ôl y patrwm oedd gen i mewn golwg, byddai'n cael ambell i beint mewn tafarnau lleol, ymuno â chymdeithasau lleol a mynd i gyfarfodydd gwleidyddol, gan fod etholiad cyffredinol yn anorfod cyn bo hir. Siawns y deuai i gysylltiad â rhai o'r grwpiau protest – nid am eu bod nhw'u hunain yn broblem, ond er mwyn canfod y bobol hynny ar yr ymylon, neu tu draw i'r ymylon, a fedrai fod yn beryglus."

"Sbei go iawn, felly."

"Ie, os ydach chi isio defnyddio'r gair. Sbei, ond dim *agent provocateur.*"

"O, dowch o'na, Cyrnol. Wedi 'nabod Elwyn, ydach chi wir yn credu na wnâi o hwrjio pobol i ddwyn ffrwydron ac ati er mwyn eu dal?"

Edrychai'r Cyrnol yn anesmwyth.

"Digon teg. Dwi'n derbyn ein bod ni – fy mod i'n bersonol, ddim wedi llwyddo i adnabod gwir gymeriad y dyn. Mi ddylsai'r achos ysgariad fod wedi fy rhybuddio… Ond wnes i ddim clywed y larwm yn canu, ac yn anffodus mae dynion yn rhoi clustan i'r wraig yn beth rhy gyffredin yn ein cymdeithas ni heddiw."

"Beth ydach chi'n ddisgwyl i mi 'i neud? Dydw i ddim yn un o'ch sbeis chi."

"Bod yn wyliadwrus. Mae'r wybodaeth dwi wedi ei rhoi i chi am sefyllfa bresennol Elwyn Morgan wedi dod oddi wrth un o fy 'sbeis' i. Mae un o gyfeillion tafarn Morgan yn gweithio i mi, ac yn riportio'n rheolaidd. Mae asiant arall gen i yn Bath, yn sicrhau bod Miss Darrow a'i theulu yn ddiogel."

Cymylodd gwedd Caerwyn.

"Rydach chi'n meddwl 'i fod o'n bwriadu dial arni hi, felly?"

"Posibilrwydd yn unig ydi o, ar hyn o bryd. Ond dwi'n derbyn y cyfrifoldeb am y sefyllfa, ac yn benderfynol o ddiogelu Miss Darrow a chitha."

"Does gynnoch chi neb yn fy ngwatsiad i, gobeithio?"

"Nagoes. Dim ar ôl i mi wneud fy asesiad gwreiddiol ohonoch chi, gyda chymorth Hugh Parkin ac ambell i berson arall. Fy marn i, Caerwyn – gan obeithio 'mod i'n nes i'r achos nag oeddwn i efo Morgan – ydi eich bod chi'n rhywun y galla i ei drystio. Dyna pam dwi wedi dod i'ch gweld chi'n bersonol. Rydach chi wedi wynebu Morgan pan oedd o allan o bob rheolaeth, ac wedi bod yn drech nag o – nid unwaith, ond ddwywaith."

"Lwc oedd hynny. Roedd o wedi meddwi'r ddau dro."

Ysgydwodd y Cyrnol ei ben:

"Yn feddw neu'n sobor, mae Elwyn Morgan yn elyn peryglus. Ond mae sefyllfa Miss Darrow yn wahanol, wrth gwrs, ac mae angen ei diogelu hi'n fwy uniongyrchol."

"Beth fydd yn digwydd pan fydd Sam yn mynd yn ôl i'r coleg?"

"Bydd hi'n mynd yn ôl yfory. Mi fydd ei rhieni yn ei danfon hi yn y car ac mae gen i rywun yng Nghaer fydd yn cadw gwyliadwriaeth, am yr wythnos gynta o leiaf. Mi gawn weld wedyn beth fydd y newyddion o Lundain, o wythnos i wythnos."

"Dydi Sam ddim am fynd â'i moto-beic efo hi?"

"Nac ydi, yn ffodus, neu mi fyddai'n dasg anodd cadw llygad arni."

Cododd y Cyrnol o'i sedd.

"Dewch, Caerwyn. Awn ni allan am awyr iach. Roedd Hugh Parkin yn dweud bod gerddi blodau dymunol iawn yn y gwersyll. Fedrwch chi ddangos y ffordd?"

Cerddodd y ddau draw oddi wrth y prif adeilad a bloc canolog y gwersyll ac ar draws un o'r caeau chwarae. Yng nghornel y cae roedd pentwr o offer chwaraeon wedi eu gadael, yn dilyn sesiwn cadw'n heini yn gynharach yn y bore. Yng nghanol y pentwr roedd pêl-droed yn llechu. Estynnodd y Cyrnol ati'n eiddgar a dechreuodd ei driblan yn rhyfeddol o ddeheuig i ganol y cae.

"Dewch, Caerwyn!" galwodd y Cyrnol, a rhoes gic gref i'r bêl tuag ato.

Ciciodd Caerwyn y bêl yn ôl, a bu'r ddau yn ergydio felly, yn ôl a blaen, am rai munudau.

"Beth am y gerddi?" holodd y Cyrnol.

Tu draw i'r cae chwarae roedd llwybr cul yn arwain i lawr i geunant bychan, bron yn gwbl guddiedig. Ar lechweddau'r ceunant ceid gwrymiau creigiog wedi eu hamgylchynu â gwelyau blodau a pherthi amryliw. Blodau Alpaidd a geid mewn un gilfach, â mantell lydan o rug yn ei borffor o amgylch y llecyn.

Roedd gwelyau anffurfiol o aubretia, pincs a gentian, yn ogystal â pherlysiau fel teima saxifrage. Ceid corneli bychain o geraniums, lafant a'r lili, gyda choed rhosod, yn drwm gan bersawr, yma ac acw. O gwmpas terfynau'r ceunant roedd gwrychoedd o bren bocs wedi eu sgrinio'n grefftus gan goed rhododendron.

Cerddai'r Cyrnol o gwmpas yn hamddenol, wedi ei gyfareddu gan y brithwaith o liwiau a'r coctêl o arogleuon. Trodd at Caerwyn a gofyn:

"Ydi'r ceunant yma'n un naturiol?"

"Nac ydi. Pwll gro oedd y lle ers talwm. Mae 'Nhad yn deud bod y ffarmwr oedd biau'r tir cyn y Rhyfel yn gontractwr hefyd, ac yn tynnu gro o'r fan hyn ar gyfer ei waith. Mi anfonodd cwmni Summerland arddwrs proffesiynol i neud cynllun ar gyfer y gerddi, ond hogia lleol a wnaeth y gwaith caib a rhaw. Criw lleol sy'n gofalu am y gerddi hyd heddiw."

Wedi saib pellach, gofynnodd Caerwyn,

"Ydach chi'n hoffi garddio, felly?"

"Ydw, wrth fy modd – rwbath iach a 'normal' i'w wneud, pan fydd gwaith bob dydd yn bopeth ond 'normal'. Mae 'na lawer o gyn-filwyr yn troi at arddio – un o ffrwythau heddwch, wedi berw'r drin."

"Sowldiwr ydach chi wedi bod o'r cychwyn?"

"Ie, sowldiwr o ryw fath. Doedd gen i ddim dewis. Roeddwn i yn y chweched dosbarth yng Ngholeg Llanymddyfri un wythnos, ac ar fy ffordd i wersyll y fyddin yn Aberhonddu yr wythnos wedyn, yn haf 1917. Roeddwn i yn Ffrainc pan ddaeth cyrch mawr yr Almaen am ein pennau ni yn 1918 – cyrch Ludendorff. Roedd arnon ni i gyd ofn ein bod ni am golli'r rhyfel, ond methu wnaeth y cyrch hwnnw yn y diwedd. Erbyn yr haf roedden ni wedi gadael y ffosydd ac yn gwthio ymlaen i gyfeiriad yr Almaen, ond mi ddaeth y Cadoediad cyn i ni groesi'r ffin.

Cafodd ffrind da i mi ei ladd ar Dachwedd y degfed – y

diwrnod cyn y Cadoediad ac es i weld ei rieni o, pan gefais i fy *leave*. Roeddent hwythau wedi llawenhau gyda phawb arall pan ddaeth y newyddion am y Cadoediad – ond yr wythnos wedyn, cawson nhw'r teligram…"

Safodd y ddau yn dawel am ennyd yng nghanol peraroglau'r gerddi.

"Aros yn y fyddin wnaethoch chi wedyn?" gofynnodd Caerwyn.

"Ie, mi gefais ddewis yn 1919 – mynd i ymladd yn erbyn yr I.R.A. yn Iwerddon neu fynd i Rwsia i ymladd yn erbyn y Bolsheviks. Mi ddewisais fynd i Rwsia. Roeddwn i'n Lifftenant llawn erbyn hynny. Gwarchod y porthladd a'i storfeydd arfau oedd y bwriad swyddogol, ond ymhen dim roeddan ni'n ymladd gyda'r Fyddin Wen yn erbyn y Fyddin Goch."

"Cefnogwyr y Tsar oedd y Fyddin Wen?"

"Ie, er bod y Tsar a'i deulu wedi cael eu mwrdro'r flwyddyn cynt. Camgymeriad mawr oedd y cwbl, Caerwyn. Cipio grym trwy drais a wnaeth y Comiwnyddion, wrth gwrs, yn groes i ganlyniad yr etholiad oedd newydd fod yn Rwsia. Ond eto, cam gwag oedd i ni ymyrryd yn y frwydr a gosod byddinoedd estron ar dir Rwsia. Y canlyniad fu ennyn mwy o gefnogaeth i'r Bolsheviks o blith y Rwsiaid eu hunain. Mater o wladgarwch syml oedd o."

Edrychodd Caerwyn yn dreiddgar arno.

"A be ydach chi'n feddwl wnaeth ymyrraeth Lerpwl yng Nghapel Celyn i farn pobl yng Nghymru?"

Troes y Cyrnol ei sylw oddi wrth y blodau i wynebu Caerwyn.

"Ydach chi'n meddwl bod pobl fel fi'n ddauwynebog? Yn rhagrithwyr? Parchu gwladgarwch cenhedloedd eraill, ond nid y Cymry?"

"Wel, mae o'n wir, yn tydi? A dim jest yng Nghymru. Prydain yn carcharu pobol fel Nehru a Jomo Kenyatta am flynyddoedd ac wedyn yn taenu'r carped coch iddyn nhw fel arweinyddion gwledydd. Saethu Patrick Pearse a James Connolly yn Iwerddon, ac yna taro bargen efo Arthur Griffiths a Michael Collins bum mlynedd yn ddiweddarach."

"Cofiwch chitha pwy oedd yn bennaf gyfrifol am y fargen honno, Caerwyn. Lloyd George. Dyna chi ddyn oedd yn defnyddio pob math o bobol i gael gwybodaeth gudd er mwyn gyrru'r maen i'r wal, pobol heb unrhyw gysylltiad o gwbl â'r gwasanaeth cudd swyddogol."

"Gweld dim bai arno fo am hynny," meddai Caerwyn. "Go brin bod eich *secret service* chi'n bobol ddiduedd efo meddyliau agored, Cyrnol. Ydach chi am drio deud nad oes dim rhagfarn ganddyn nhw yn erbyn mudiadau ar y chwith a chenedlaetholwyr – heblaw am genedlaetholwyr Lloegr?"

"Oes, wrth gwrs, mae yna eithafwyr, hyd yn oed yn y gwasanaethau cudd, ac ydyn, maen nhw'n dueddol o fod yn perthyn i'r asgell dde. Mater o gefndir, mae'n debyg – *officer class* y lluoedd arfog, ysgolion bonedd ac ati..."

"Rydach chi'n derbyn, felly, bod 'na'r fath beth â'r 'Sefydliad' – yr *Establishment*?"

Gwenodd y Cyrnol.

"Dyn y 'Sefydliad' ydw i, mae'n debyg; ysgol fonedd, y Welsh Guards a thros ddeugain mlynedd mewn rhyw wasanaeth swyddogol neu'i gilydd. Ond *pobol* sy'n gwneud sefydliad, Caerwyn, ac mae gan eich cenhedlaeth chi gyfle i dorri trwy'r hen ddrysau caeedig. Ydach chi'n cofio Mr Macmillan yn sôn am y *wind of change* yn chwythu ar draws Affrica? Mae'r gwynt hwnnw yn mynd i chwythu ym mhobman, Caerwyn – yma yng Nghymru hefyd."

Wedi sawru rhin y gerddi am ychydig yn hwy, cerddodd y ddau i fyny'r llwybr troellog o'r ceunant ac at ffordd darmac y gwersyll. Brasgamodd y Cyrnol tuag at y giât fawr, a chadwodd Caerwyn gwmni iddo at y maes parcio, lle roedd ei gar Jaguar yn aros amdano.

"Os bydd rhyw newid yn y sefyllfa," meddai'r Cyrnol cyn ymadael, "mi gysyllta i â chi trwy Hugh Parkin tra byddwch yn gweithio yma, neu drwy swyddfa'r heddlu yn Nhreheli yn ystod y nos. Rwy'n gwybod nad oes gennych chi ffôn yn eich cartref."

"A phan fydda i'n ôl yn y Coleg? Dydw i ddim mewn hostel eleni."

"Mewn digs ydach chi?"

"Ia, mae gen i rif ffôn ar gyfer y tŷ."

Gwnaeth y Cyrnol nodyn o'r rhif, ac ysgydwodd law â Caerwyn.

"Gobeithio na fydd yn rhaid i mi gysylltu eto, am reswm amlwg. Ond, dwi wedi mwynhau cael sgwrs efo chi, Caerwyn. Pob llwyddiant i chi ar gyfer y dyfodol."

Gwyliodd Caerwyn y car pwerus yn gadael y maes parcio a diflannu i gyfeiriad Treheli. Roedd y berw yn ei feddwl yn gwbl groes i lonyddwch mwyn yr awel ar gwr y gwersyll, bryniau Llŷn yn gwenu o un cyfeiriad a'r Moelwyn Mawr a mynyddoedd Meirionnydd o'r cyfeiriad arall. Deallai'n iawn na fuasai'r Cyrnol yn cadw gwyliadwriaeth mor fanwl ac ar gost sylweddol, pe na bai'n credu bod perygl gwirioneddol yn cerdded yng nghysgod Elwyn Morgan.

Yn ystod y ddwyawr ddiwethaf, roedd y cysgod hwnnw wedi ymestyn ei ddüwch bygythiol dros ddolydd heulog Eifionydd.

Medi – Hydref 1964

'Mae Ffair y Borth yn nesu,
Caf deisen wedi ei chrasu,
A chwrw poeth o flaen y tân,
A geneth lân i'w charu.'

Hen bennill

Er ei fod yn dal i weithio yn Summerland, anaml iawn y gorfu i Caerwyn weithio'n hwyr trwy fis Medi. Gan fod nifer y gwersyllwyr yn prinhau, gwaith ysgafn oedd trefnu gwaith rhan amser yn y bariau. Ar ddiwedd wythnos olaf y mis, byddai'r gwersyll yn cau ei giatiau am y gaeaf.

Wedi dychwelyd o Ffrainc, treuliodd Caerwyn bob noson a allai yn gweithio i'r Blaid Lafur yn Nhreheli, gan y gwyddai pawb fod yr etholiad ar y trothwy. Byddai'n didoli bwndeli o daflenni etholiad, ac yn taro enwau a chyfeiriadau ar amlenni, er na châi o fotio nes y byddai'n un ar hugain oed. Er hynny, cafodd stiwardio mewn cyfarfod etholiadol yng nghwmni ei dad, a oedd yn hen law ar waith o'r fath. Ar ddiwedd y noson daeth yr ymgeisydd Llafur atynt i ysgwyd llaw a chael sgwrs fer â hen gydnabod.

"Rydan ni'n mynd i ennill y tro yma, Edwin – dim dwywaith amdani. Mi fydd Harold Wilson yn Nymbar Ten, a mi fydd 'na Ysgrifennydd i Gymru am y tro cynta!"

Wrth ymroi'n fwy selog i'r ymgyrch etholiadol yn y dyddiau wedi ymweliad y Cyrnol Radford-Davies, llithrodd cenadwri iasol hwnnw i gefn meddwl Caerwyn. Wrth i amser dreiglo o ddydd i ddydd ac yntau heb dderbyn neges bellach ganddo, daeth i gredu'n fwyfwy mai rhith oedd y bygythiad o du Elwyn Morgan.

"Mi fydd wedi lyshio'i hun i ebargofiant," meddai wrtho'i hun droeon, gan erlid yr enw a'r wyneb o'i feddwl. Un bora, cafodd gerdyn post gan Sam yn dweud iddi ddychwelyd i Gaer yn fuan, fel y gallai helpu gyda threfniadau ar gyfer y glasfyfyrwyr. Roedd popeth yn iawn, meddai. Dos arall o gysur – ai ynte cyffur oedd o? Pwysicach o lawer gan Caerwyn fu derbyn *Aerogramme 'par avion'* oddi wrth Luned, yn dweud y byddai'n glanio yn Southampton ar Fedi 27ain, a bod ei rhieni am ddod i'w chyfarfod efo'r car, er mwyn osgoi siwrnai trên faith. Roedd disgwyl iddi ddychwelyd i Aberystwyth erbyn y trydydd o Hydref ar gyfer y tymor newydd, felly fe gaent ychydig ddyddiau yng nghwmni ei gilydd.

Ar un o'i ddyddiau rhydd o Summerland, bu dau ddatblygiad wrth fodd Caerwyn. Daeth teligram oddi wrth Iestyn yn dweud bod ganddo ychydig ddyddiau o *leave*, ac y byddai'n cyrraedd Treheli ymhen tridiau. Ar yr un diwrnod, roedd Caerwyn wedi taro ar hysbyseb am gar ail-law yn rhifyn diweddaraf yr *Herald Gymraeg* – Austin A30 o'r flwyddyn 1958 am £50. Roedd wedi hel celc o £200 dros gyfnod y bymtheng wythnos yn y gwersyll ac er bod ei daith i Ffrainc wedi costio tua £40 iddo, roedd yn hyderus y gallai fforddio'r car bach.

"Am y pris yna, dydi o ddim yn hen racsyn," meddai ei dad. "Mi ddo i efo chdi i gael golwg, os lici di."

Teulu dieithr, yn un o dai newydd y dref, oedd yn ei werthu. Aeth Edwin Rowlands ar ei liniau i graffu o dan y car, rhoi ysgytwad i'r bibell ecsôst a phrocio'r siliau o dan y ddau ddrws yn bur galed. Cafodd Caerwyn ac Edwin roi tro ar y car i ben eithaf y dref, at yr hen fwthyn tyrpeg a'i ardd fechan ddestlus.

Car y mab oedd o, meddai'r cwpwl canol oed a gan iddo gael gwaith yn Canada, roedd am werthu'r car. Doedd y car erioed wedi bod mewn damwain, ac roedd y mab wedi ei lanhau yn gydwybodol. Wedi bodio digon ar y car, rhoes Edwin nod i Caerwyn.

"Car go dda ar y cyfan, a mae bloc yr injian yn solet iawn."

Talodd Caerwyn ei hanner can punt, a derbyniodd yr allweddi a llyfr log y car. Roedd pedwar mis o dreth y ffordd yn dal arno. Gyrrodd y car adref i Ael Wen, ac yna aeth gyda'i dad i yswirio'r car, a'i gynnwys ar bolisi yswiriant ei dad, gan fod Caerwyn o dan un ar hugain oed.

"Ma'i gorff o'n dda iawn," meddai Edwin, "dim rhwd i'w weld, a dydi'r sils ddim wedi cancro o gwbl. Mae'r boi bach wedi'i gadw fo'n lân, ond mi fydd isio tipyn o waith ar yr injian. Mae o'n llosgi oel, ond chest di mo dy dwyllo – mae o'n gar iawn. Dwi'n siŵr y gwneith Iestyn roi help llaw i chdi efo'r injian."

Ychydig nosweithiau'n ddiweddarach, wrth i Caerwyn fwrw golwg ar yr A30 am yr ugeinfed tro o flaen Ael Wen, canodd corn car y tu ôl iddo. Trodd, a phwy oedd yno ond Luned, yn nghar ei mam. Llamodd hithau, bron, o sedd y gyrrwr a bu hen gofleidio a chusanu.

"Tyrd i'r tŷ i ddeud helô," meddai Caerwyn, "a mi awn ni am dro wedyn."

Cafodd Luned groeso mawr ar yr aelwyd. Buasai ar aelwyd Ael Wen lawer gwaith, a byddai mam Caerwyn, Gwyneth, wrth ei bodd yn cael sgwrs efo hi. Adroddodd Luned hanes ei thymor yn Nyffryn Loire, ac estyn anrheg o waith crefft Ffrengig roedd wedi ei brynu i'r ddau.

Roedd hi'n dechrau nosi pan aeth Luned a Caerwyn allan,

wedi mwynhau te helaeth yn Ael Wen. Eisteddodd y ddau yng nghar Luned ar y promenâd, a'r haul yn prysur fachlud dros fryniau Llŷn. Cerddodd y ddau am sbel fach yn y tawelwch, a dim ond rhiffian y moresg a llepian y llanw ar eu clyw.

"Ydi popeth yn barod i fynd i Aber?" holodd Caerwyn.

"Ydi, mae Dad a Mam wedi cael trefn ar y byngalo. Fel pin mewn papur, meddan nhw. Chefais i neb i rannu efo fi am 'i bod hi'n rhy hwyr arna i'n gofyn. Roedd y gennod wedi gneud trefniada a ddim isio torri eu gair ar fyr rybudd. Beth bynnag, falla y bydd 'na rywun o'r flwyddyn gynta heb gael lle."

Rhannodd Caerwyn ei newyddion y byddai Iestyn yn cyrraedd cyn pen dim – y tro cyntaf iddo fod adref ers deunaw mis. Adeg ei ymweliad diwethaf, doedd Luned ddim eto wedi cyfarfod â rhieni Caerwyn, felly achubodd o ar y cyfle i'w chyflwyno i'r teulu cyfan. Y tro hwnnw, aeth y tri ohonyn nhw i gaffi'r sinema yn Nhreheli un prynhawn a chafodd Luned hanes bywyd Iestyn, bob yn ail â straeon digrif a jôcs pur amrwd y Llynges.

Bachgen tal a golygus ydi Iestyn fel Caerwyn, cofiai Luned, ond bod gwrid y môr a'i wyntoedd arno, a'i fod yn fwy ffraeth ei dafod ac yn fwy o dynnwr coes na Caerwyn. Oedd, roedd hi wedi hoffi Iestyn ac edrychai ymlaen at ei gyfarfod unwaith eto.

Bu'r ddau yn swatio'n gyfforddus yng nghefn y Triumph Herald nes iddi dywyllu.

"Dim gymnastics yn y cefn 'ma heno," siarsiodd Luned. "Mi awn ni am dro i rwla pnawn fory a gobeithio na fyddi di ddim yn oel i gyd ar ôl trin y car newydd, neu chawn ni ddim benthyg hwn gan Mam eto."

"Mi fydd gynnon ni'r Austin bach ar ôl fory, siawns," meddai Caerwyn.

"Choelia i fawr na fydd sêt gefn hwnnw'n fwy cyfyng na'r Herald," atebodd Luned.

"Mi fyddan ni'n glyd ac yn gynnes ynddo fo, beth bynnag," plediodd Caerwyn achos yr Austin. "A mi fedra i ddod draw i Aber bob hyn a hyn i fwrw'r Sul…"

Fore trannoeth, cafodd Caerwyn olwg fanwl ar injian yr Austin, a gwelodd ble roedd yr olew yn chwythu'n ddiferion pygddu allan ohono. Byddai angen gascet a ffiltr oel newydd o leiaf, a gwell fyddai prynu plygiau newydd hefyd. Cerddodd i fodurdy yn y dref, lle roedd adran partiau yn rhan o'r gweithdy, a phrynu angenrheidiau'r car bach.

Daeth y prynhawn a chyrhaeddodd Luned yn y Triumph Herald, gyda'i hesgidiau cerdded, siaced wlân a *pacamac* plastig yng nghefn y car, yn ogystal â thun bwyd yn llawn brechdanau a dwy botelaid o Vimto. Aeth Caerwyn i estyn ei esgidiau cerdded a'i gôt *cagoule* newydd ac i ffwrdd â nhw, ar y ffordd i ogledd Llŷn.

Wedi aros wrth ymyl y ffordd, cerddodd y ddau yn hamddenol i ben Garn Lleision, ei gopa'n ymestyn fel esgair hir, a chyfres o wrthgloddiau cynhanes yn brigo yma ac acw ar ei lechweddau. Bryngaer o gyfnod yr Oes Haearn a fu yma, gyda chylchoedd cerrig a thua chant o dai crynion yn britho'r copa.

"Cytia Gwyddelod mae pobol yn eu galw nhw," meddai Luned, "Mae Dad yn deud mai gan y Gwyddelod y daeth yr enw 'Llŷn', hefyd – 'run fath â 'Leinster' yn Iwerddon."

"Ma'n nhw'n debyg i'r cytiau yn Nhre'r Ceiri hefyd, ar yr Eifl. Perthyn i'r hen Geltiaid oedd y rheini, meddan nhw. Celtiaid ydi'r Gwyddelod hefyd, ynte?"

Bu'r ddau yn crwydro ymysg yr adfeilion, yn ceisio dyfalu sut le fyddai yno pan oedd y fryngaer yn ei bri, oddeutu dwy fil o flynyddoedd yn ôl. O'r copa, buont yn bwrw trem ymhell dros benrhyn Llŷn, fel y gwnaethant gynt o Frynserth, a draw tuag at Fôr Iwerddon.

"Mi glywis i stori ryfadd,"meddai Luned, wrth iddyn nhw rannu brechdanau yng nghanol y rhedyn. "Roedd 'na wraig ddiarth yn byw mewn bwthyn bach uwchben y môr yn ystod y Rhyfel ac mi roedd pobol y cylch yn taeru ei bod hi'n gwatsiad y llongau yn mynd a dod o Lerpwl, ac yn riportio'r wybodaeth i'r Almaen ar set radio."

"Gafodd hi 'i dal?"

"Chlywis i ddim a gafodd hi 'i harestio, ond mi ddiflannodd yn sydyn dros nos, meddan nhw."

Am ennyd, wrth ddychmygu'r ysbïwraig yn gwylio'r llongau o'i bwthyn, daeth delwedd o ysbïwr arall i feddwl Caerwyn. Gwelai wyneb Elwyn, fel yr oedd y noson honno yn Summerland, yn rhuthro tuag ato â'r casineb yn llosgi yn ei lygaid.

Pan gyrhaeddodd Caerwyn adref yn hwyr y prynhawn, pwy oedd ar yr aelwyd ond ei frawd, Iestyn. Roedd eisoes wedi cael clamp o swper a sgwrs hir efo'i fam a'i dad, ac aeth y ddau frawd am dro i'r Maes i roi'r byd yn ei le. Cawsai Iestyn olwg ar y car bach eisoes, ac edrychai ymlaen at "fynd i'w fol o" drannoeth.

Roedd ei fam a'i dad wedi sôn wrtho am yr helynt a fu yn Summerland yn yr haf, a rhoes Caerwyn grynodeb o'r hanes iddo, ond heb sôn am ymweliad na chenadwri dywyll y Cyrnol.

"Mi fydd gen i syched erbyn nos fory," meddai Iestyn, "ar ôl i ni gael trefn ar dy gar di. Beth am i ni fynd am beint? Tria gael Luned i ddŵad hefyd. Hen hogan iawn ydi hi. Falla gwna i dy redag di!"

Chwarddodd Caerwyn, gan wybod y byddai Luned yn mwynhau cwrdd ag Iestyn unwaith eto.

Cafwyd bore llwyddiannus drannoeth, ac erbyn amser cinio roedd yr injian yn troi'n llyfn, heb glec na pheswch a doedd dim cwmwl llwyd yn tasgu o'r bibell fwg. Sicrhaodd Iestyn hefyd fod y set radio a brynasai Caerwyn i'w gosod yn y car wedi ei chysylltu'n gywir, ac yn codi'r donfedd ganol a'r donfedd hir.

Wedi swper cynnar, aeth Caerwyn i Frynserth yn yr Austin am y tro cyntaf, a dod â Luned yn ôl gydag o. Bu tipyn o dynnu coes gan Iestyn yn y tŷ, yn ôl y disgwyl.

"Mi fydd yn rhaid i chi gael het briodas ffansi cyn bo hir, Mam! A mi fydd rhaid i chitha gael siwt newydd, Dad, yn lle'r hen siwt *demob*!"

"Siwt *demob*, be haru ti! Mae gen i siwt capal smart, yn does Gwyneth? A sgidia gora fel ceiniog newydd. Dwi inna wedi arfer efo *spit and polish*, boi bach, ers adag y rhyfel, pan oeddat ti yn dy goets!"

Aeth y tri i un o dafarnau'r dref a chafodd Luned gyfle i ddweud hanes ei thymor yn Ffrainc a'i blwyddyn gyntaf yn y Coleg wrth Iestyn.

"Rwyt titha wedi crwydro dipyn ers i chdi fod adref ddwytha?" awgrymodd Luned.

"Do, dwi wedi bod yn Gibraltar, Singapôr, Hong Kong a Simonstown…"

"Ble mae Simonstown?"

"Yn Sowth Affrica. *Naval base* mawr ydi o, ac mi gawson ni *shore leave* go dda yn Cape Town – lot o ryw glybia a ballu. Er, mi oedd 'na rwbath ych-a-fi yn y busnas *Apartheid* sy ganddyn nhw: hen seins mawr efo *blankes* a *nie-blankes* ym mhobman, yn cadw pobol wyn a phobol dduon ar wahân."

"Beth am Singapôr, Iest, ydyn nhw am aros yn rhan o Malaysia?"

"Go brin. Y stori rŵan ydi eu bod nhw am fynd ar 'u penna'u hunain. Synnwn i ddim, wedi gweld y llongau mawr sy'n dod yno – mae 'na fwy o bres yn Singapôr nag yng ngweddill Malaysia efo'i gilydd, ddyliwn i."

Cafodd y tri ddwy noson ddifyr arall gyda'i gilydd cyn yr agorodd tymor y colegau. Aeth rhieni Luned â hi yn ôl i Aberystwyth ac i gysuron modern y byngalo newydd. Y diwrnod wedyn, llwythodd Caerwyn ei gêr i gyd i gist yr Austin bach, a ffarwelio â'i deulu o flaen Ael Wen. Gwyddai y byddai cryn amser cyn y gwelai Iestyn eto, a chofleidiodd hwnnw ei frawd iau cyn iddyn nhw ganu'n iach.

*

Roedd lletty newydd Caerwyn ym Mangor yn rhan uchaf y dref, ar Ffordd Caergybi ac roedd dau lojar arall yno. Sais o Swydd Derby yn astudio Gwyddoniaeth oedd un ohonyn nhw ac roedd wedi ei syfrdanu bod Caerwyn a Mrs Hughes, gwraig y llety, yn siarad iaith ddieithr gyda'i gilydd. Holodd Caerwyn sut nad oedd wedi clywed gair o Gymraeg yn ystod ei flwyddyn gyntaf, gan fod nifer o ddarlithwyr Cymraeg yn y Gwyddorau, yn ogystal â nifer helaeth o fyfyrwyr Cymraeg yn y gyfadran a fynychai gyfarfodydd y Cymric a'r nosweithiau canu yn y Menai Vaults.

"We get a lot of foreign students in the Sciences. I must have thought they were speaking German or something..."

Bwriodd Caerwyn ati i weithio yn yr ail flwyddyn ym Mangor yn hyderus am y dyfodol, ond gan gadw llygad ar newyddion y dydd am hynt yr etholiad ym Mhrydain ar yr un pryd. Daliodd i ymddiddori hefyd yn yr ymgyrch Arlywyddol yn America, lle roedd yr argoelion yn ffafriol iawn i'r Arlywydd Johnson yn hytrach na'i wrthwynebydd Gweriniaethol, y Seneddwr Goldwater.

Ar noson etholiad cyffredinol Prydain, aeth Caerwyn a rhai o'i ffrindiau yn yr Austin bach i Gaernarfon, i glywed canlyniad llwyddiannus i'r Blaid Lafur yn yr etholaeth leol ac roedd yr argoelion yn bur dda am fuddugoliaeth i Lafur ledled Prydain. Wrth i Caerwyn a'r criw wrando ar y bwletin newyddion ar radio'r car ar y ffordd adref, daeth adroddiad dramatig, cwbl annisgwyl. Yn Rwsia roedd Nikita Khrushchev, arweinydd yr Undeb Sofietaidd, wedi cael ei ddisodli gan y Politburo, ac roedd triawd o arweinyddion newydd wedi cipio'r llyw.

Dros y dyddiau nesaf, daeth yn amlwg mai mwyafrif o bedair sedd yn unig fyddai gan y Blaid Lafur dros yr holl bleidiau eraill yn y Senedd newydd. Serch hynny, roedd Caerwyn yn falch o glywed bod Jim Griffiths wedi ei benodi'n Ysgrifennydd Gwladol cyntaf Cymru. Sylweddolai ar yr un pryd y byddai Luned yn siomedig iawn na chawsai Plaid Cymru sedd o gwbl, yn enwedig wedi iddynt obeithio y gallasai Elystan Morgan gipio Meirionnydd i'r Blaid. Trydydd oedd Plaid Cymru ym Meirion.

Un bore, cafodd Caerwyn lythyr oddi wrth Luned yn dweud bod tîm siarad cyhoeddus y Geltaidd a llond bws o gefnogwyr yn bwriadu dod i Fangor ar ddydd Gwener, Hydref 23ain, ar gyfer dadl yn erbyn tîm o'r Cymric. Yn Neuadd Powys ym mhrif adeilad y Coleg ym Mangor y byddai'r ddadl â chyn-farnwr o Fangor yn gadeirydd niwtral.

Meddai Luned yn ei llythyr:

"Bydd y bws yn mynd yn ôl i Aber y noson honno, ond rown i'n meddwl aros ym Mangor tan ddydd Sul. Mi ga i gysgu ar y soffa yn nhŷ Gwenda o Gaernant a'i ffrindia, ar Ffordd y Coleg. Dwi'n siŵr na chawn i aros efo chdi gan y landledi! Wnei di fynd â fi'n ôl i Aber yn yr Austin bach ddydd Sul, plis?"

Roedd Caerwyn wrth ei fodd. Gwyddai fod ymweliad gan y Geltaidd ar y gweill, ac roedd yn hanner disgwyl y byddai Luned yn dod, ond roedd hyn y tu hwnt i'w obeithion. Anfonodd gerdyn post ati'r diwrnod hwnnw i gadarnhau'r trefniadau, gan ychwanegu:

"Ffair Borth dydd Sadwrn. Beth am fynd?"

Ar ddydd Gwener y ddadl, roedd pwyllgor y Cymric wedi trefnu i fws Aber ollwng pawb wrth y ffreutur newydd ar waelod Allt Glanrafon. Roedd paned a brechdanau wedi eu hulio yno ac er nad oedd yn aelod o'r pwyllgor, cafodd Caerwyn ymuno â nhw i groesawu criw Aberystwyth. Eisteddodd yng nghwmni Luned i gael brechdan a phaned.

"Wyt ti'n siarad y pnawn 'ma?" holodd Caerwyn.

"Ydw, eilio'r gosodiad. Dydw i ddim wedi gneud hyn ers Cymdeithas y Chweched yn yr ysgol, cofia, ac mae arna i ofn cael *blank* a mynd yn fud!"

"Fyddi di'n iawn, siŵr. Mi fydd gen ti dy sgript, debyg?"

"Dim ond nodiada bras. Dydan ni ddim i fod i ddarllen yr areithia. Isio dal llygaid y gynulleidfa."

"Mi wna i ddal dy lygad di. Mae'r ddadl yn reit ffurfiol, felly?"

"Yndi, rydan ni'n dilyn rheola cystadleuaeth yr Observer Mace, a bydd gan bob siaradwr rhwng pump a saith munud i ddeud 'i bwt."

Wedi gadael y ffreutur, cerddodd pawb i fyny llechwedd welltog Parc y Coleg at deras eang adeilad y Celfyddydau, ffrwyth miloedd o gyfraniadau ariannol bychain, yn ogystal â swm enfawr Syr John Pritchard-Jones, yn 1910. Y cyfraniad hwnnw a sicrhaodd ei enw ar neuadd fawr y Coleg. Yn archif y Coleg, cawsai dosbarth Hanes Cymru Caerwyn weld cofrestr o'r taliadau wythnosol a wnaed gan chwarelwyr o'u cyflogau prin, a hefyd y rhoddion gan gapeli a chymdeithasau tuag at godi'r Coleg.

Roedd yr enw Coleg ar y Bryn yn gwbl addas, fel y sylwodd Luned wrth edrych dros y ddinas o'r teras. Dyma'r eildro iddi weld yr olygfa hon gan gofio iddi ddod i Fangor efo Caerwyn ar y trên, dros flwyddyn yn ôl. Gwenai wrth gofio Caerwyn yn dod yn ôl wedi ei ymweliad llechwraidd â siop y barbwr! Heddiw, gallai fwynhau'r olygfa banoramig a geid dros y ddinas, draw i Draeth Lafan ac aber ddwyreiniol y Fenai a'r holl ffordd at drwyn Penmaenmawr. Roedd hi wedi synnu pa mor gul oedd y dyffryn lle safai'r dref – dyffryn Afon Adda a lifai'n anweledig o dan y strydoedd erbyn hyn. Estynnai'r Stryd Fawr ar ffurf cilgant hir, tuag at y cloc yng nghanol y dref.

Yn Neuadd Powys, testun y ddadl oedd pwnc a gododd sawl gwaith yng nghyfarfodydd Plaid Cymru yn ystod yr etholiad cyffredinol: pa un oedd o'r brys mwyaf, diogelu'r iaith Gymraeg neu hunanlywodraeth? Er bod bron pawb o gefnogwyr Cymdeithas yr Iaith Gymraeg yn cefnogi Plaid Cymru hefyd, roedd canlyniadau'r etholiad wedi dangos unwaith eto fod hunanlywodraeth i Gymru ddegawdau i ffwrdd, os y deuai byth.

Credai llawer yn rhengoedd y Gymdeithas na ellid aros am ddegawdau i achub yr iaith – roedd yr argyfwng â'i ysgwydd yn erbyn y drws "rŵan hyn", fel y dadleuodd y prif gynigydd a Luned yn daer. Felly, roedd yn rhaid rhoi blaenoriaeth i ymgyrchoedd fel honno am ffurflenni swyddogol Cymraeg a chael sefydliadau cyhoeddus yng Nghymru i wneud defnydd llawn a gweladwy o'r iaith. Wedi dadl danbaid, cefnogwyr blaenoriaeth i'r iaith a enillodd y bleidlais ar derfyn y cyfarfod. Roedd Caerwyn yn cyfrif ei hunan yn gefnogwr i Gymdeithas yr Iaith, er mai aelod o'r Blaid Lafur ydoedd. Roedd yntau wedi codi yn ystod y drafodaeth o'r llawr i ddadlau y byddai Ysgrifennydd Gwladol dros Gymru mewn sefyllfa gref i wthio'r cwch i'r dŵr a deddfu dros yr iaith. Ni fu llawer o gefnogaeth i'w sylwadau, ond mi gafodd wrandawiad teg.

Erbyn i'r ddadl ddod i ben roedd hi'n amser te, ac aeth rhai o'r gynulleidfa, gan gynnwys Luned a Caerwyn, i gaffi Kit Rose ym Mangor Uchaf am baned a thamaid o fwyd. Hoffai Caerwyn aroglau cyfeillgar y bacwn yn ffrio i'w croesawu wrth ddringo'r grisiau at y drws. Bu tipyn o ddadlau gwleidyddol dros y byrddau a chryn dipyn o dynnu coes ar Luned a Caerwyn ynglŷn â'u perthynas drawsbleidiol.

Ar ôl i griw Aber fynd i ddal y bws, cerddodd Caerwyn a Luned trwy ardal y Garth ac i ymyl pier Fictoraidd Bangor. Er bod y pier wedi cau, cawsant olygfa banoramig arall ar hyd y Fenai o'r traeth bychan caregog gerllaw. Roedd hi'n dechrau nosi erbyn hynny a goleuadau'r Borth a Biwmares yn wincian trwy'r caddug llwydlas.

"Mi fydd hi'n dywyll adag yma nos Sul," meddai Luned, "rydan ni'n troi'r clocia nos fory. Oeddat ti'n cofio?"

"Cofio dim! Peth da i ti sôn, neu mi fasan ni awr allan ohoni yn cychwyn am Aber."

"Wneith o ddim gwahaniaeth. Does dim byd yn galw ddydd Sul. Os byddan ni yn Aber cyn pump o'r gloch, mi fedra i fynd i'r cwrdd yng Nghapel Seion erbyn chwech."

"Rwyt ti'n dal i fynd i'r capal, felly?"

"Yndw, ddim bob Sul chwaith. Doeddan ni byth yn colli oedfa adra yng nghapal bach Mynydd Tabor. Mae teulu o dri yn gneud gwahaniaeth mewn cynulleidfa o ryw bymtheg!"

Wrth iddi nosi cerddodd y ddau'n hamddenol i fyny Ffordd y Garth Uchaf, stryd ar allt bur serth yn arwain o gyffiniau'r pier i ben ucha'r dref. Ar Ffordd y Coleg mewn rhes o dai Fictoraidd, safai llety cyfeillion Luned a chawsant banad a sgwrs yn y gegin. Roedd pawb am fynd i Ffair y Borth drannoeth, ac, efallai, yn ôl i Fangor i fwynhau'r canu yn y Menai Vaults cyn diwedd y noson.

"Mi gei di ddeud ydi o cystal â'r Llew Du," meddai Caerwyn.

Fore trannoeth cerddodd Luned draw i lety Caerwyn ar Ffordd Caergybi a chael croeso gan Mrs Hughes.

"Cariad Caerwyn ydach chi? Dowch i mewn, 'ngenath i. Wedi picio i nôl 'i bapur newydd mae o. Un garw am 'i bapur newydd ydi o – fel cloc bob bora. Yn y coleg yn Aberystwyth ydach chi, ynte? Dowch drwodd i'r gegin."

Gafaelodd ym mraich Luned a dweud yn lled gyfrinachol, "Croeso i chi'ch dau fynd i'w stafell o am sgwrs. Rydach chi'ch dau yn bobol ifanc barchus, mi fedra i weld hynny, ac mae Caerwyn yn rêl gŵr bonheddig, bob amsar."

Yn ystafell Caerwyn, tynnodd y ddau eu hesgidiau, a gorwedd ar wyneb y gwely, yn rhoi'r byd yn ei le. Daethai Caerwyn â'i chwaraewr recordiau i Fangor, a chwaraeodd record hir newydd o Bumed Symffoni Beethoven, â cherddorfa o'r Almaen yn ei pherfformio. Y symudiad cyntaf, dramatig, oedd wedi apelio at Caerwyn yn wreiddiol, ond daeth i fwynhau fwy a mwy yr ail symudiad a chyfareddwyd Luned hefyd gan dynerwch teimladwy hwnnw.

"Dwi wedi bod yn nhŷ Beethoven," meddai ymhen ychydig. "Pan oeddan ni yn yr Almaen, ddwy flynedd yn ôl, mi aethon ni i Bonn – y brifddinas ar Afon Rhein. Yn fanno roedd cartra Beethoven, lle cawsai ei eni. Amgueddfa ydi'r lle rŵan, ac mae piano Beethoven, ei ffidil a'i gorn clyw yno, gan iddo ddechra mynd yn fyddar pan oedd o'n ddeg ar hugain oed."

Yn y prynhawn, cerddodd y ddau y ddwy filltir o Fangor Uchaf i Borthaethwy, a phont urddasol Thomas Telford dan ei sang gan gerddwyr, ceir a trelars ceffylau. Ffair geffylau fuasai Ffair y Borth ers y ddeunawfed ganrif, ond cynhelid y sêl geffylau bellach, yn y farchnad da byw. Aeth Luned a Caerwyn i wylio'r sêl am ychydig, gan sylwi ar y galw prysur am ferlod i blant a phobl ifanc.

Crwydrodd y ddau ar hyd strydoedd y dref fechan, lle roedd pob cornel wedi ei meddiannu gan stondinau o bob math. Roedd plismon yn cyfeirio ceir i ffwrdd oddi wrth ganol y dref, heblaw am drelars y ffair geffylau. Ceid stondinau bwydydd, llestri, dillad, teganau yn ogystal â'r *Number 8 Welsh Rock* enwog. Sylwodd Caerwyn fod nifer o stondinwyr rheolaidd marchnad Treheli yno'n lleisio am y gorau i ddenu cwsmeriaid. Ymdaenai aroglau nionod a selsig yn ffrio o stondinau *hot dogs*, a hwnnw'n ymryson ag arogleuon melys y *candy-floss* a'r *doughnuts*.

Aeth Luned a Caerwyn ar y *waltzers*, gan droi, codi a disgyn yn wyllt ar yr un pryd, fel petaent ar fôr tymhestlog. Wedyn rhoesant dro ar y *dodgems*, a cheisio osgoi'r llanciau efo hetiau Robin Hwd a geisiai fwrw yn erbyn pawb arall. Perswadiodd Luned Caerwyn i roi cynnig ar y stondin saethu. Er iddo ddysgu saethu efo Yncl John ar fferm Hafod y Gaer, ni lwyddodd i ennill gwobr. Roedd tafarnau'r Borth ar agor led y pen, gydag ambell i gwsmer yn bur simsan ar ei draed ymhell cyn diwedd y prynhawn ac roedd argoelion cwffas neu ddwy yn amlwg wrth ddrysau rhai o'r tafarnau. Aethant heibio i'r bwth bocsio, a chofiodd Caerwyn am Emrys y gwas a'i wersi paffio. Roedd heidiau o lanciau'n sefyllian o gwmpas y bwth, y naill yn herian y llall i roi cynnig arni.

"Wyt ti am drio?" gofynnodd Luned, yn bictiwr o ddiniweidrwydd gwneud.

"Dim diolch. Mi fasa gen ti gywilydd cerdded o gwmpas y Borth yng nghwmni rhyw foi efo llygad ddu a dim dannedd."

Er ei bod hi'n nosi, roedd goleuadau lliwgar y stondinau a'r hyrdi-gyrdi yn herio pob tywyllwch. Trawodd y ddau ar sawl ffrind, a chydgerdded gyda hwy am gyfnodau. Rhoes Caerwyn gynnig arall ar y saethu, ond heb ddim lwc. Y tro hwn, perswadiwyd Luned i gystadlu, ac er mawr hwyl i bawb, trawodd lygad y targed ac ennill tedi-bêr. Erbyn tua naw o'r gloch roedd Luned a Caerwyn wedi cael eu gwala o hwyl y ffair. Cerddodd y ddau heibio i westy'r Anglesey Arms, hwnnw dan ei sang, a chychwyn yn ôl dros y bont i Sir Gaernarfon.

O hirbell, roedd goleuadau a sŵn y ffair yn pontio'r Fenai cystal â chadwyni Telford, ond lle roedd goleuni, roedd hefyd gysgodion yn llechu ac nid 'golau arall', chwedl yr hen gân, ydi pob tywyllwch. Y noson honno, yn y cysgodion dudew wrth derfyn y bont, roedd ffigwr unig yn sefyll. Safai'n hollol lonydd, yn gwylio cefnau Caerwyn a Luned wrth iddyn nhw gerdded i gyfeiriad Bangor. Pan oedd y ddau wedi ymbellhau, rhoes gam ymlaen i bwll goleuni'r bont, gan ddal i syllu ar y ddau gariad yn cilio o'i olwg.

Petai rhywrai wedi dod heibio ar yr union funud honno, ac edrych i fyw y llygaid a dremiai i gyfeiriad Bangor, byddai ias annymunol iawn wedi chwalu drostynt. Roedd yr atgasedd a'r digofaint yn y llygaid rhynllyd hynny yn ddigon i fferru'r gwaed.

24 – 25 Hydref 1964

'Ni wêl yn un man ond gelyn,
Trais a genfydd lle try…'

T. Gwynn Jones

"What! Are you telling me you've bloody lost him?"
Ni fyddai'r Cyrnol Radford-Davies yn bloeddio'n aml. Yn y fyddin roedd digon o is-swyddogion i wneud hynny ar ei ran ac yn eu plith sawl Sarjiant Mejyr huawdl dros ben. Ond ar y bore Sadwrn hwn, ar y ffôn yn ei swyddfa yn Llundain, roedd wedi colli ei limpyn yn lân.

Cawsai adroddiad gan yr asiant a oedd wedi canlyn Elwyn Morgan ar y trên o Lundain i Ogledd Cymru. Mi wyddai'r Cyrnol fod Morgan yn bwriadu mynd i Gymru, gan iddo riportio i'r heddlu yn Llundain ar fore Llun a dweud ei fod am fynd i fwrw'r Sul gyda'i rieni yn nhafarn yr Harp yn y Rhyl. Cyn gynted ag y gwyddai'r Cyrnol am y daith arfaethedig, daeth o hyd i westy, dafliad carreg o'r Harp, a bwcio ystafell yno dros y ffôn. Mater bach, wedyn, fu i'r Cyrnol ddirprwyo asiant i ddilyn Elwyn i orsaf Euston ar fore Gwener ac ar y trên i Gymru. Gadawodd Elwyn a'i 'gysgod' y trên yn y Rhyl, a bu'r asiant yn stelcian yn y glaw, bob yn ail â chael paned mewn caffi gyferbyn â thafarn yr Harp. Gan na fyddai Elwyn yn ei adnabod, mentrodd yr asiant fynd am beint i'r Harp, a gwelodd Elwyn yn helpu ei dad y tu ôl i'r bar. Oedodd yr asiant ym mar y dafarn cyhyd ag y gallai, heb godi amheuon, ac yna aeth i'w westy, lle gallai wylio drws ffrynt yr Harp o'r lolfa. Arhosodd yno tan i far y gwesty gau, ac yna ystumiodd ddarllen papur newydd am awr arall, cyn noswylio.

Tua wyth o'r gloch drannoeth, ar ddydd Sadwrn, gwelodd yr asiant Elwyn yn helpu i ddadlwytho casgenni cwrw oddi ar lori'r bragwyr, ac ymlaciodd yntau rywfaint. Wedi sbel arall yn gwylio'r dafarn o lolfa'r gwesty, dros sawl paned o goffi, penderfynodd fynd am borc-pei a pheint i'r Harp tua un ar ddeg o'r gloch. Eisteddodd wrth y bar, ond er craffu hynny a allai i gefn y bar a phasej cartref y landlord y tu draw, ni welai'r un blewyn o Elwyn. Wedi pendroni'n boenus am tua chwarter awr, mentrodd holi'r ferch a oedd yn gweini:

"Is Elwyn here today? I heard he's home for the weekend."

Ysgydwodd hithau ei phen.

"No, he's gone out for the day. Do you want a word with his dad?"

Daliodd yr asiant ei wynt, ond doedd dim dewis arall bellach. Gobeithiai'n daer nad oedd Mr Morgan wedi sylwi arno yn y bar yng nghanol prysurdeb y noson cynt. Dywedodd yntau stori gelwyddog wrth dad Elwyn iddo gyfarfod â'i fab ym Nhreheli yn ystod yr haf. Edrychodd Charlie Morgan yn ddrwgdybus arno.

"Not a copper, are you?"

"Hell, no. I worked in a pub in Treheli, when he was in the holiday camp. We used to have a jar together. I'm an ex-serviceman, like Elwyn."

Bodlonwyd Charlie Morgan gan y frawddeg olaf – yr unig ran o'r llith a oedd yn wir ac ymlaciodd yntau.

"He's gone off to Wrexham to see an old army mate of his. Don't know when he'll be back. He's borrowed my car, so he's a free agent for the day. Come in again this evening – he should be back by then."

Suddodd calon yr asiant wrth glywed y newyddion trychinebus. Doedd wybod yn y byd ble roedd Elwyn, felly. Aeth i swyddfa'r heddlu yn y dref a gofyn am weld yr Arolygydd. Ymhen munudau, roedd mewn swyddfa breifat, yn siarad ar y ffôn efo'r Cyrnol, ac yn gwingo wrth i hwnnw daranu ei ddicter.

Yn Llundain, roedd y Cyrnol mewn cyfyng-gyngor dybryd. Roedd cyflwr meddwl Morgan fel petai wedi sadio yn ystod yr wythnosau diwethaf gan ei fod yn yfed a bytheirio llai o lawer yn y clwb am ei helbulon. Ai twyll fuasai'r cyfan? Ystryw i'w gael ef a'i swyddogion i lacio'u gwyliadwriaeth?

O'r Rhyl, gwyddai'r Cyrnol y gallai Morgan fynd ar siwrnai hwylus i Gaer, lle roedd Samantha Darrow yn y coleg, neu i Fangor ble roedd Caerwyn Rowlands yn fyfyriwr. Roedd yn rhaid iddo gael manylion car tad Morgan ar fyrder, ond roedd yn gyndyn o anfon yr heddlu i'r Harp i fynnu'r manylion, rhag ofn bod modd i'w rieni ffonio'u mab yn rhywle, a'i rybuddio bod yr heddlu ar ei ôl.

Rhoes alwad i un o swyddogion eraill ei adran a'i gyfarwyddo i ddod o hyd i bennaeth Adran Trwyddedu Cerbydau Sir y Fflint. Gallai gael manylion y car felly, heb rybuddio Charlie Morgan bod helynt yn y gwynt. Gan ei bod yn ddydd Sadwrn, cymerodd hynny yn agos at awr, cyn dod o hyd i'r drwydded. Gyda'r ffôn yn ei law, ysgydwodd y Cyrnol ei ben yn ddiamynedd. Roedd yn hen bryd gwireddu'r bwriad o gael un ganolfan drwyddedu cerbydau dros y wlad gyfan.

O fewn dim, cysylltodd â phencadlysoedd yr heddlu yn siroedd y Fflint a Dinbych, Heddlu Gwynedd a Swydd Caer, a rhoi manylion y car iddyn nhw. Roedd am i'w ceir patrôl chwilio am gar Charlie Morgan a riportio ble roedd o, ond heb stopio'r car am y tro, beth bynnag.

Gofynnwyd i'r heddlu yn ninas Caer fynd i lety Sam i sicrhau ei bod hi'n ddiogel, ac ymhen hanner awr cafodd y Cyrnol wybod bod popeth yn iawn yno. Byddai rhywun yn gwylio'r tŷ nes y deuai un o swyddogion y Cyrnol i'r adwy. Yn y cyfamser, ffoniodd y Cyrnol ei hun lety Caerwyn ym Mangor, ond dywedodd Mrs Hughes wrtho ei fod o a'i gariad wedi mynd allan ers meitin i Ffair y Borth.

"Ei gariad? Mae Miss Luned Ifans ym Mangor hefyd?"

"Ydi, dim ond tan fory. Mae Caerwyn am ei danfon yn ôl i Aberystwyth yn y car bora fory."

Rhoes y Cyrnol ochenaid ddistaw, gan fod pethau'n mynd o ddrwg i waeth. Rhoes ei rif ffôn i Mrs Hughes a gofyn iddi sicrhau bod Caerwyn yn ei ffonio y munud y deuai adref. A ddylai newid y cyfarwyddyd i'r heddlu, felly, a gofyn iddyn nhw stopio Morgan a'i arestio?

Gwyddai'r Cyrnol fod Ffair Porthaethwy yn ffair fawr, brysur. Byddai'n anodd iawn i Morgan ymosod ar Caerwyn a Luned yn y fan honno, ond pryderai mai ar gerdded roedd y ddau, yn ôl Mrs Hughes, ac y byddai'n nos, mae'n debyg, cyn iddyn nhw adael y ffair.

Gwnaeth alwad ffôn i swyddfa'r heddlu yn Love Lane, Bangor, a siarad efo'r Uwch-Arolygydd Alun Hopkins yno. O fewn deng munud, roedd hwnnw wedi anfon car patrôl i wylio'r ffordd goediog rhwng Bangor Uchaf a Phont y Borth.

"Oes gynnoch chi swyddogion yn y ffair ei hun?" holodd y Cyrnol.

"Oes, siŵr iawn. Gan ei bod yn ffair fawr, mae gen i ddeg o ddynion a dwy WPC o gwmpas y Borth, a dau arall ar *points duty* yn rheoli'r traffig. Mi fydd pawb wedi cael y neges i gadw llygad am gar y dyn Morgan 'na. Ydach chi isio i ni ei arestio fo, Cyrnol?"

Daliodd y Cyrnol ei anadl am ennyd. Beth fyddai orau? Gwnaeth ei benderfyniad.

"Ie, Superintendent, gwnewch hynny, os y gwelwch chi o. Rydan ni'n gwybod bod y gŵr ifanc mae o wedi ei fygwth yn y ffair ar hyn o bryd, efo'i gariad o goleg Aberystwyth. Fedran ni ddim cymryd siawns. Arestiwch Morgan."

"Ar ba gyhuddiad?"

"Torri amodau ei *suspended sentence*. Roedd o wedi dweud wrth yr heddlu mai i'r Rhyl roedd o'n mynd. Doedd gandddo fo ddim hawl mynd i unman arall."

"Ac os ydan ni'n ei ddal o?"

"Mi drefna i swyddogion o'r Met ddod acw i'w gymryd o'n ôl i Lundain. Yr ynadon lleol yn Enfield fydd yn delio efo'i achos o wedyn."

Cerdded yn hamddenol heibio safle'r Coleg Normal ar lan y Fenai roedd Caerwyn a Luned pan safodd car yr heddlu wrth eu hymyl. Er bod y ffordd yn bur dywyll, doedd hi ddim yn unig y noson honno. Roedd grwpiau o fyfyrwyr hwyliog, yn eu sgarffiau lliwgar, yn mynd a dod rhwng Bangor a'r Borth. Camodd un o'r plismyn allan o'r car. Roedd wedi sylwi bod Luned yn gwisgo sgarff wahanol i liwiau cyfarwydd colegau Bangor.

"Mr Caerwyn Rowlands?"

Edrychodd y ddau yn syn ar y plismon.

"Ia, beth ydi'r mater?"

"Mr Rowlands a Miss Evans, ia? Mae gen i ordors i roid lifft i'r ddau ohonach chi i'ch lojins yn Bangor, er mwyn sicrhau ych diogelwch."

Roedd Luned yn syllu'n gegrwth a'i threm yn gwibio rhwng y plismon a Caerwyn.

"Dwi i fod i ddeud wrthach chi mai ordors y Cyrnol ydyn nhw. Ydi hynny'n gneud sens?"

Nodiodd Caerwyn, a chydiodd ym mraich Luned a'i thywys at y car, wrth i'r plismon agor y drws cefn iddyn nhw. Gofynnodd y gyrrwr am gyfeiriad y llety, heb fynegi unrhyw syndod ei fod lai na milltir i ffwrdd.

"Dydi Miss Ifans ddim yn yr un llety â fi. Mae hi'n aros ar Ffordd y Coleg."

"Mi fasa'n well i chi'ch dau fynd i'r un lle nes cawn ni ordors pellach. Mi rown ni lifft i chi i College Road wedyn."

Yng nghefn y car, dechreuodd Caerwyn esbonio wrth Luned.

"Wyt ti'n cofio'r helynt yn Summerland efo Elwyn Morgan, y dyn ddaru ymosod ar Sam Darrow? Wel, mi ges i neges gan ei hen fôs o, y Cyrnol, bod Elwyn wedi bygwth dial ar Sam, ac arna inna am i mi ei daclo fo a'i ddal o. Ma'n rhaid bod hwnnw wedi clywad rwbath mwy amdano fo."

Troes un o'r plismyn i'w cyfeiriad.

"Sori 'mod i'n gwrando ar ych sgwrs, ond mae gynnon ni ordors hefyd i chwilio am gar dyn o'r enw Elwyn Morgan."

"Mae o yma ym Mangor, felly?"

"S'neb yn gwbod lle mae o. Mae plismyn ar draws North Wêls i fod i watsiad am y car."

Wedi cyrraedd y llety, roedd Mrs Hughes yn llawn ffwdan am eu hynt a'u helynt.

"Mae 'na ryw Gyrnol Davies isio i chi 'i ffonio fo ar unwaith, Caerwyn. Dyma fo'r nymbar. Brysiwch rŵan, roedd y cradur yn swnio'n boenus iawn yn eich cylch chi a Luned yma."

Cododd Caerwyn y ffôn a deialu'r gyfnewidfa. Gofynnodd am y rhif yn Llundain, ac atebodd y Cyrnol ar amrantiad.

"Caerwyn? Diolch i'r nefoedd. Ydi'r ddau ohonoch chi'n iawn?"

"Ydan, rydan ni efo Mrs Hughes yn y digs rŵan. Mi ddaeth 'na gar plismon i'n codi ni ar y ffordd o'r Borth. Be sy wedi digwydd, Cyrnol?"

"Mae'n edrych fel petai Elwyn Morgan wedi dianc o'n gafael ni. Roedd o wedi cael caniatâd i fynd i'r Rhyl i weld ei rieni dros y *weekend*, ond yn ystod y bore mae o wedi gadael y dref yng nghar ei dad a does neb yn gwybod ble mae o ar hyn o bryd. Mae heddlu'r pum sir yn cadw llygad am y car, ac mae plismyn yn cadw llygad ar lety Miss Darrow yng Nghaer."

"Doedd 'na ddim rhybudd o hyn?"

"Nac oedd, dim o gwbl. Mae Morgan 'di bod yn gyfrwys iawn. Ers wythnosa, bellach, mae o wedi ymddwyn yn hollol normal, yn mynd i'w waith yn rheolaidd ac yn yfed llai o lawer. Rown i'n credu bod y perygl yn lleihau, ond roedd hynny'n amlwg yn anghywir."

"Beth fydd yn digwydd os daliwch chi o rŵan?"

"Carchar, yn sicr. Mae o wedi torri o leiaf un o amodau'r ddedfryd a gafodd. Os daliwn ni o yng nghyffiniau Caer, mi fydd wedi torri'r amod pwysicaf un, sef cadw'n glir oddi wrth Samantha Darrow. Mi allwn ni ei gadw yn y ddalfa nes y bydd llys yr ynadon yn Llundain yn ei anfon i'r carchar, i gyflawni'r ddedfryd yn llawn."

"Ond chwe mis yn unig fydd hynny. Beth fydd yn digwydd wedyn?"

Bu'r Cyrnol yn dawel am ysbaid.

"Dydw i ddim yn gwybod, Caerwyn. Fedrwn ni mo'i gadw fo yn y carchar am byth. Mae ganddo yntau ei hawliau."

"Yr unig ffordd i roi ffrwyn arno fo am byth, felly, ydi iddo fo ladd un ohonan ni."

Bu tawelwch wedyn.

"Mae'n ddrwg gen i, Caerwyn. Mi fydd Morgan o dan wyliadwriaeth eto, pan ddaw allan o'r carchar. Ac os bydd yn rhaid i'r drefn honno barhau am flynyddoedd, yna mi wnawn ni hynny. Ar hyn o bryd, ei ddal o heno ydi 'nghonsýrn penna i."

Erbyn i'r sgwrs ffôn ddod i ben, roedd y ddau blismon yn eistedd yn y car o flaen y tŷ. Wedi i Caerwyn gael paned efo Luned a Mrs Hughes yn y gegin, dywedodd hithau wrth y ddau ifanc.

"Ylwch, mae croeso i chi fynd i'r parlwr gora am sgwrs breifat. Does neb arall i mewn heno."

Yn y parlwr ffrwydrodd pryder Luned.

"Be sy'n mynd ymlaen, Cer? Pam na fasa chdi wedi sôn am hyn wrtha i o'r blaen? A pwy ydi'r Cyrnol Davies 'ma?"

Yn dawel a phwyllog, gan ddal dwylo Luned, dywedodd Caerwyn am fygythion Elwyn, ers iddo ddychwelyd i Lundain a'r amodau caeth oedd arno fo yn sgil ei ddedfryd ohiriedig. Dywedodd fod y Cyrnol wedi ei rybuddio am ysfa Elwyn i ddial pan oedd Luned yn dal yn Ffrainc ac ar ôl i Caerwyn fod yno efo hi. Doedd yntau ddim wedi clywed gair am y peth wedyn.

"Mae dros fis ers hynny. Roeddwn i'n meddwl felly bod Elwyn wedi callio a bod y peryg wedi pasio. Dyna pam na wnes i sôn am y peth, er mwyn osgoi codi bwganod yn ddiangen."

"Ond mae 'na angen rŵan, Cer! A be 'sgin dy Cyrnol Davies di i neud â'r busnas? Plismon ydi o?"

Cymerodd Caerwyn anadl ddofn. Doedd dim modd iddo bellach gadw statws Elwyn yn gyfrinach – torri'r gyfraith neu beidio. Ailadroddodd yr hanes a gawsai gan y Cyrnol yn Summerland, gwta bum wythnos yn ôl. Gyda phob brawddeg, cododd gwrid Luned ac roedd tân yn ei llygaid.

"Sbei ydi o! Sbei yn gwatsiad pobol y Blaid a Chymdeithas yr Iaith? Sbei yn gwatsiad Mam a Dad, falla? Sut medrat ti wrando ar beth felly a pheidio â deud wrtha i? Neu'n well fyth, deud wrth y wasg a bloeddio'r peth o benna'r brynia!"

Roedd ei dyrnau wedi eu clensian yn galed – roedd hi'n wallgof.

"Un rheswm, Lun, mi faswn i'n torri'r gyfraith, fel dwi newydd 'i neud rŵan trwy ddeud wrthat ti. Ond, yn bwysicach na hynny, falla na fydda'r Cyrnol mor barod i drio dal Elwyn Morgan wedyn a gneud yn siŵr ein bod ni'n saff."

"Ond 'i fai o ydi'r siop siafins hyn i gyd, ynte? Fo anfonodd sbei i Gymru yn y lle cynta. Mi ddylsa fod wedi sylweddoli mai *sex maniac* treisgar ydi'r dyn, cyn ei anfon o yma! Rhaid mai dyn *Intelligence* dwl ar y naw ydi o wrth ddewis rhywun felly i weithio iddo fo!"

Ni fedrai Caerwyn ei hateb – roedd hi yn llygad ei lle. Cofiai'r hyn a ddywedodd y Cyrnol am Elwyn yn curo'i wraig, felly cawsai rybuddion amlwg cyn i Elwyn erioed gyrraedd Summerland. Wrth gwrs roedd bai ar y Cyrnol am benodi dyn treisgar a heb rithyn o barch at ferched i weithio mewn gwersyll gwyliau, lle byddai dwsinau o ferched ifanc o'i gwmpas yno. Dyna pam roedd y Cyrnol yn ymdrechu mor galed heno i warchod Sam ac yntau – a Luned, erbyn hyn. Os oedd Elwyn wedi ei weld yn Ffair y Borth, yna byddai'n gwybod am Luned ac roedd hithau mewn perygl hefyd erbyn hyn. Cofleidiodd Caerwyn Luned yn dynn a theimlai ei dagrau – dagrau o ddicter, nid ofn na thristwch, ar ei foch.

"Sori, Lun. Wyddwn i ddim y byddai rhoi clec i Elwyn Morgan yn achosi'r fath helynt. Ond fedrwn i neud dim byd arall gan ei fod yn wallgo ulw y noson honno. Dim fi riportiodd y diawl i'r heddlu, chwaith. Dau o fosys Summerland a wnaeth hynny, a mi gytunodd Llys Ynadon Treheli i'w roi o dan glo. Dyna pam y bydd o'n mynd yn syth i'r jêl pan gân nhw afael arno fo."

Bron sibrwd y geiriau nesa a wnaeth Luned.

"Ond chdi ydi'r cocyn hitio, dim bosys Summerland. Pam chdi, Cer?"

"Am mai fi ddaliodd o, y fi roddodd stid iddo fo, y fi lusgodd o at Seciwriti."

"Ddim oherwydd Samantha? Ddim am dy fod ti wedi mynd rhyngddo fo a hi?"

Teimlai Caerwyn yn chwys oer drosto.

"Doedd 'na ddim byd wedi bod rhwng Sam a finna'r adag hynny, Lun. Roedd Elwyn wedi mynd oddi ar y sîn cyn – cyn i Sam a finna – fynd efo'n gilydd y tro hwnnw. Does dim posib bod Elwyn yn gwybod am hynny."

"Doedd o ddim yn gwybod ein bod ni wedi mynd i Ffair Borth, chwaith?"

"Nac oedd, siŵr, Lun. Mrs Hughes ddeudodd wrth y Cyrnol ble roeddan ni a fo drefnodd i'r plismyn ddod i'n nôl ni. Mi fedar Elwyn fod yn rhwla yng ngogledd Cymru. Mae plismyn pob sir yn chwilio amdano fo ac mae 'na blismyn o flaen tŷ Sam yng Nghaer, medda fo."

Ymdawelodd Luned am ennyd, ond yna cododd ei phen oddi ar ysgwydd Caerwyn a gofyn: "Beth sy am ddigwydd fory? Fedri di fy nanfon i i Aber yn y car? Ynte fasa'n well i mi drio dal trên?"

"Dim diawl o beryg. Dwi am fynd â chdi, hyd yn oed os bydd 'na fflyd o geir plismyn yn ein dilyn yr holl ffordd!"

Llwyddodd Luned i roi llygedyn o wên.

"Police escort i'r Austin bach! Mi fydd pobol Aber yn meddwl ein bod ni ar state visit neu rwbath!"

Paratôdd Caerwyn i ddanfon Luned yn ôl i lety ei ffrindiau ar Ffordd y Coleg. Y tu allan i'w lety, bu'n sgwrsio â'r ddau blismon yn eu car. Daeth un ohonyn nhw allan o'r car a dilyn y ddau ifanc ar hyd Ffordd y Coleg, er cywilydd a difyrrwch i Luned. Safodd y plismon o flaen y tŷ pan aeth Luned i guro ar y drws.

"Mi ofynna i a gewch chi ddod i mewn," meddai Luned, "neu mi fydd stiwdants y stryd i gyd yn meddwl 'yn bod ni o dan *house arrest* yn y fan hyn."

"Merched ydach chi i gyd?" gofynnodd y plismon, a phan gadarnhaodd Luned hynny, dywedodd:

"Pan a' i yn ôl i'r car, mi anfona i neges i'r stesion a gofyn am anfon WPC yma. Mi geith hi aros yn y tŷ efo chi heno."

Wedi cyrraedd yn ôl yn lety Caerwyn, dywedodd yr heddwas wrth Caerwyn:

"Dwi am aros yma yn y car nes ca i ordors arall – drwy'r nos, os bydd rhaid. Os dalian nhw Morgan yn reit handi, yna mi gawn ni i gyd fynd adra. Fel arall, mi gadwa i lygad ar betha, a rhoi stelc heibio cefn y tŷ o dro i dro."

"Ydach chi'n siŵr na ddowch chitha ddim i'r tŷ? Mi gewch groeso gan Mrs Hughes a phlatiaid mawr o fwyd, ma'n debyg."

Gwenodd y plismon.

"Mae gen i frechdana a fflasg o de, diolch. Dwi mewn lle da i watsiad am gar Morgan o'r fan hyn, gan mai hon ydi'r *main road* rhwng Bangor a Sir Fôn. Nos dawch, Mr Rowlands."

Noson anesmwyth iawn a gafodd Caerwyn, wedi iddo aros i fyny'n hwyr, yn yfed coffi efo Mrs Hughes. Roedd wedi gobeithio derbyn neges bellach gan y Cyrnol, yn dweud bod Elwyn wedi ei ddal, ond ni chafwyd gair. Cofiodd Mrs Hughes droi'r clociau awr yn ôl cyn mynd i glwydo, a gwnaeth Caerwyn yr un modd â'i wats.

Gorweddai'n anniddig yn ei wely, yn poeni am Luned – nid yn unig am ei diogelwch, ond am ei siom amlwg bod Caerwyn wedi celu rhagddi fygythion Elwyn a'i swyddogaeth yng Nghymru.

Tân ar ei groen fu'r awgrym mai ei berthynas â Sam oedd wedi cynddeiriogi Elwyn i'r fath eithafion. Wrth gwrs, roedd o wedi bod gryn dipyn yng nghwmni Sam ar ôl yr helynt cyntaf rhyngddi hi ac Elwyn, ond doedd dim atyniad rhywiol bryd hynny – ynteu oedd 'na? Corddai ei feddwl wrth iddo ailgloriannu'r cyfnod rhwng dau ymosodiad Elwyn ar Sam. Wnaeth o dreulio gormod o amser efo hi? Y tu ôl i'w gyfeillgarwch tuag ati, a'i gydymdeimlad â'r driniaeth a gawsai, a oedd yr hen sarff wedi bod yn llechu yno drwy'r amser? A fuasai'n fwriad cudd ganddo i dwteimio o'r cychwyn? Cofiai'r hen ddihareb: yr euog a ffy, heb neb yn ei erlid.

Fore trannoeth, cododd Caerwyn ar yr amser arferol – neu'r hyn a farnai ei gorff oedd yn amser arferol. Ond hanner awr wedi chwech oedd hi, wedi troi'r clociau. Serch hynny, mi glywai Mrs Hughes yn brysur yn y gegin eisoes. Wedi ymolchi a gwisgo, aeth allan i'r stryd i siarad efo'r heddwas yn y car patrôl. Plismon gwahanol oedd yno, wedi newid shifft gefn nos, dyn ifanc yn ei ugeiniau.

"Noson ddistaw, diolch byth," meddai hwnnw." Ambell un wedi meddwi ar ôl i'r pybs gau, ond roedd gweld car plismon yn tawelu tipyn arnyn nhw. Gest titha gwsg iawn?"

"Go lew, dwi wedi cael nosweithia gwell."

"Ia, hen sefyllfa annifyr. Ond mi ddaliwn ni'r bygar heddiw, gobeithio, yng ngola dydd. Rwyt ti'n mynd â'r fodan i Aberystwyth yn dy gar dy hun, medda'r Sarjiant."

"Yndw, meddwl cychwyn tua deg, os ydi hynna'n iawn."

"O, mi fydda i yn 'y ngwely, mêt. Rydach chi'ch dau yn cael *VIP treatment* heddiw. Dau *plain clothes officer* – mewn car plaen hefyd – i fynd efo chi'r holl ffordd."

Diolchodd Caerwyn i'r plismon cyn dychwelyd i'r tŷ i gael brecwast. Erbyn iddo orffen, daeth cnoc ar y drws, a dyna lle roedd yr 'osgordd' am y diwrnod: dau swyddog heddlu, Ted Allen a Bill Robinson.

"We need to check your car, Mr Rowlands, in case someone's tampered with it overnight."

Roedd yn weithred gall. Er mai ar y ffordd y cadwai Caerwyn y car, roedd yn y stryd nesaf, ac allan o olwg y tŷ a char yr heddlu a fuasai'n sefyll y tu allan. Roedd popeth yn iawn – ceblau'r brêcs heb eu torri, silindr hylif y brêcs yn llawn, y teiars yn ddianaf a doedd dim gwrthrych amheus yn sownd o dan y car. Taniodd y swyddog yr injian, ac mi swniai honno yr un mor iach ag y gadawsai Iestyn hi, cwta fis ynghynt. Gyrrodd y car rownd y gornel a pharcio wrth gefn car yr heddlu, o flaen y llety.

Cerddodd Caerwyn draw at lety Luned tua hanner awr wedi naw. Pur lwyd ei gwedd oedd hithau, wedi noson anesmwyth. Roedd ei ffrindiau'n bryderus iawn yn ei chylch, ond bu'r blismones ifanc a fu'n cadw cwmni iddyn nhw yn effro trwy'r nos, ac wedi tawelu llawer ar eu meddyliau.

Paciodd Luned ei sach gefn, gan gynnwys y tedi-bêr a enillodd yn y ffair, ac roedd wedi bwyta'i brecwast cyn i Caerwyn gyrraedd. Wedi ffarwelio â'i ffrindiau, ni fu llawer o sgwrs rhwng y ddau wrth iddyn nhw gerdded ar hyd Ffordd y Coleg – honno'n dawel a di-stŵr ar fore Sul. Wrth gyrraedd y llety, gwelsant dwr o bobl, a chryn nifer o fyfyrwyr yn eu plith, yn mynd i Gapel Twrgwyn, nid nepell i ffwrdd. Cyflwynodd swyddogion yr heddlu eu hunain i Luned tra rhoddodd Caerwyn sach gefn a chôt law Luned yng nghefn yr A30.

Roedd y ddau gar wedi gadael Bangor ac yn pasio giatiau mawr plas y Faenol, ar y ffordd i'r Felinheli, cyn i Luned ddweud gair ymhellach.

"Oes 'na unrhyw hanes pellach ble mae'r dyn 'na?"

"Nagoes. Mi ffonith y Cyrnol heno, mae'n debyg, os bydd rwbath wedi digwydd. Mae'n siŵr fod gen y ditectifs y tu ôl i ni gyswllt radio hefyd, petai rhyw newid."

"Dwn i ddim a ddylwn i ddeud wrth Mam a Dad. Ma'n beryg y bydda'r ddau yn rhuthro i lawr i Aber ar eu pennau, taswn i'n deud y stori wrthyn nhw."

"Oes 'na ffôn yn y byngalo?"

"Oes, mi dalodd Dad i'w ailgysylltu. Mi sgwenna i'r rhif i chdi pan fyddan ni'n stopio."

"Mi fasa'n well gadael i'r Cyrnol wybod y rhif hefyd."

Cochodd wyneb Luned ar unwaith.

"Dydw i ddim isio gorfod siarad efo hwnnw. Pe bai o wedi gneud ei waith, fydden ni ddim yn y picil yma heddiw. Neu'n well byth, petai o heb neud ei waith o gwbl a gadael llonydd i Gymru. Rhyw hen sbei o Sais!"

"Dim Sais ydi o," atebodd Caerwyn yn bwyllog. "Cymro ydi o, yn siarad Cymraeg fel gweinidog neu berson plwy – Coleg Llanymddyfri a'r Welsh Guards, medda fo. Sowldiwr yn y ddau Ryfel Byd."

Doedd yr wybodaeth yn tycio dim gyda Luned.

"Rhag cywilydd iddo fo'n dod â'i hen ryfeloedd i fan'ma. Mae Dad – a dy dad titha, Cer – wedi gweld hen ddigon ar ryfel a lladd heb gael rhyw James Bond gwallgo yn rhedag ar ôl eu plant nhw o gwmpas y wlad!"

Tawel iawn fu'r siwrnai wedyn am rai milltiroedd. Yna

troes Luned i edrych yn ddwys ar Caerwyn. Er ei fod yntau'n canolbwyntio ar y ffordd o'i flaen synhwyrai ei bod yn craffu arno ac aeth rhyw ias drydan drwyddo.

"Be sy, Lun?"

"Dydw i ddim yn dy feio di, go iawn – y busnes efo Sam. Dwi'n dy goelio di nad oedd 'na ddim byd rhyngoch chi pan oedd Elwyn Morgan ar y sin. Jest gneud cymwynas oeddat ti'r noson honno. Ma'n debyg dy fod ti wedi achub 'i bywyd hi."

Ofnai Caerwyn ei fod yntau'n dechrau gwrido, nid oherwydd y clod, ond oherwydd ei amheuon ynglŷn â'i gymhellion ei hun. Wedi'r holl bendroni y noson cynt, nid oedd mor siŵr ei hunan erbyn hyn.

Arhosodd y ddau gar wrth westy'r Cross Foxes ar y gyffordd allweddol i'r de o Ddolgellau, gydag un ffordd yn cyrchu trwy Ddinas Mawddwy i ganolbarth a de Cymru, a'r ffordd arall yn ffurfio bwa heibio godre Cader Idris i gyfeiriad Machynlleth ac Aberystwyth. Cafodd y pedwar ginio'r Sul yn y gwesty bychan, henffasiwn. Yr unig newydd gan y ddau dditectif oedd bod gwarant wedi ei chyflwyno i arestio Elwyn Morgan am dorri amod ei ddedfryd ohiriedig. Roedd Heddlu Llundain hefyd wedi cael gwarant i archwilio'i fflat.

Ar ôl cinio, parhaodd y modurgad bychan ar ei siwrnai, a thua dau o'r gloch y prynhawn, parciodd Caerwyn yr Austin o flaen byngalo Luned. Wedi orig yn archwilio'r tŷ, ac i Luned wneud paned i bawb, hwyliodd Caerwyn i ymadael. Erbyn hynny, roedd plismon a phlismones o heddlu Aberystwyth wedi ymddangos, hwythau mewn dillad plaen; a threfnwyd i WPC Nicola Rees aros yn y byngalo dros nos, er mawr ryddhad i'r ddau ifanc. Aeth Caerwyn a Luned drwodd i gegin y byngalo i ffarwelio.

"Mi ffonia i di heno, os bydd 'na newyddion neu beidio. Gad

i mi wybod beth wyt ti am ddeud wrth dy fam a dy dad. Dwi ddim am sôn wrth Mam a Dad eto, gan obeithio y bydd Elwyn dan glo erbyn nos fory."

Ar y ffordd adref eisteddodd Ted Allen yn yr Austin efo Caerwyn i gadw cwmni iddo. Pêl-droed fu testun y sgwrs am ran helaeth o'r daith. Roedd Ted yn gefnogwr brwd i Lerpwl, ac wedi chwarae cryn dipyn ei hunan i dimau'r heddlu. Rhoes Caerwyn y radio ymlaen yn y car am blwc, ond roedd y derbyniad yn bytiog iawn. Byddai wedi hoffi gwrando ar *Third Programme* y BBC a'i fiwsig clasurol, ond y gorau a gafodd oedd rhaglen *Pick of the Pops* Alan Freeman ar y donfedd hir. Roedd Ted Allen yn ddigon ifanc i fod â diddordeb yn siartiau'r wythnos, a chlywsant mai record Sandie Shaw, 'Always something there to remind me', oedd ar frig y siart wrth iddi nosi'r Sul hwnnw.

Darn gwahanol iawn o fiwsig a ddeuai i feddwl Caerwyn wrth iddo yrru trwy'r gwyll o dan gysgod cuchiog Cader Idris: dau far agoriadol Pumed Symffoni Beethoven, gyda'u hwyth nodyn bygythiol:

'Ffawd yn curo ar y drws'.

25 – 27 Hydref 1964

'Chwi'r yscafna ar eich traed,
Yng ngrymus Oed eich blodau;
Ymwnewch i ffoi a chwi gewch glod,
O diengwch rhag nôd Angeu.'

Ellis Wynne

Prin bod Caerwyn wedi gorffen tamaid o swper gan Mrs Hughes pan ganodd y ffôn.

"Y Cyrnol Davies yna fydd o. Mae o wedi ffonio ddwywaith o'r blaen."

Prysurodd Caerwyn at y ffôn. Clywai dinc o ddiflastod yn llais y Cyrnol am nad oedd ganddo unrhyw lwyddiant i'w adrodd. Holodd sut roedd y sefyllfa yn Aberystwyth, a rhoes Caerwyn grynodeb iddo. Swniai'n falch fod swyddog yr heddlu yn y tŷ gyda Luned, a gwnaeth nodyn o rif ffôn y byngalo.

"Mae 'na warant allan i arestio Morgan," meddai'r Cyrnol, "a dwi a swyddogion y Gangen Arbennig wedi bod yn archwilio'i fflat o heddiw. Fel y disgwyl, dydi o ddim wedi gadael tystiolaeth amlwg o'r cynllun sy ganddo, ond aeth y sgwad â sawl bagiaid o drugareddau o'r fflat, ac maen nhw'n lloffa drwyddyn nhw efo crib mân. Does neb wedi riportio gweld y car, ond mae fy asiant a'r heddlu wedi bod yn yr Harp yn y Rhyl yn holi Mr a Mrs Morgan. Wrth reswm, roedd y ddau yn ddig iawn bod eu mab yn cael ei 'erlid' ar gownt un 'camgymeriad' ar ei ran. Roedd Capten Waters, dyna ydi enw'r asiant, yn disgwyl clywed yr ymadrodd *'boys will be boys'*, ac mi'i cafodd gan Mr Morgan – dyn o dymer milain iawn. Roedd Capten Waters o'r farn fod ar Mrs Morgan ofn ei gŵr. Mae'n debyg bod arwyddocâd i hynny...

Beth bynnag, Caerwyn, mi gawsom ni un darn o wybodaeth erbyn pan ddaliwn Morgan. Mae'r tad yn cadw cofnod manwl o'r milltiroedd ar gloc yr Hillman Minx, felly mi fydd yn bosibl cael rhyw syniad o'r pellter y bydd Elwyn Morgan wedi crwydro.

Dywedodd Mr Morgan mai i Wrecsam i weld hen gyfaill o'r fyddin roedd y mab yn bwriadu mynd. Mae'r fyddin wedi archwilio'i chofnodion, ac ni fu neb o dref Wrecsam yn gwasanaethu efo Elwyn Morgan o gwbl. Roedd yna Lifftenant o Rhosllanerchrugog efo fo yn Cyprus, ond mae hwnnw'n dal yn y fyddin, ac efo'i gatrawd yn yr Almaen ar hyn o bryd. Felly, *nil return* ar y cyfrif yna.

Mae gennym ni heddlu'n gwylio llety Miss Darrow yng Nghaer, ac yn cadw llygad achlysurol ar dŷ ei rhieni yn Bath. Does dim rheswm i gredu bod Morgan yn gwybod dim oll am Miss Ifans, ond mae'r trefniadau yn Aberystwyth yn amlwg yn eu lle, rhag ofn. Dyna'r sefyllfa ar hyn o bryd, Caerwyn. Os daw rhywbeth i'r fei yfory, mi rodda i wybod i chi. Yn y cyfamser, ceisiwch fwrw ymlaen â'ch bywyd yn y Coleg, er mor anodd fydd hynny. Heddlu dillad eu hun fydd yn cadw llygad arnoch ac o hirbell, felly fyddwch chi ddim yn destun chwilfrydedd i'ch cyd-fyfyrwyr."

Synhwyrodd Caerwyn hiwmor sych y Cyrnol pan ychwanegodd, "Fyddan nhw ddim yn eistedd o boptu i chi mewn darlithoedd."

Wedi deng munud o alwad bellach i Aberystwyth, a diweddaru'r hanes wrth Luned, darfu'r sgwrs gyda gair o gysur ganddi hithau, "Siŵr braidd y cawn ni'n dau noson well o gwsg heno."

Ar ddechrau wythnos newydd aeth Caerwyn i'w ddarlithoedd fel arfer. Rhyddhad oedd hynny wedi tyndra'r ddwy noson a'r diwrnod blaenorol. Cafodd baned rhwng y darlithoedd yn ystafell goffi'r Undeb Uchaf yn y Coleg a sgwrs gyda rhai o'r criw a fu yn y ddadl ar ddydd Gwener ac yn y ffair echdoe. Teimlai'r ddau achlysur fel petaent yn perthyn i oes arall, rhywsut, wedi'r holl gyffro a fu wedyn.

Yn y prynhawn roedd ganddo diwtorial yn yr Adran Hanes. Ei dro ef oedd darllen traethawd y bu'n ei baratoi ers pythefnos. Yn ffodus, meddai wrtho'i hun, nid oedd wedi gadael y gwaith sgwennu tan y penwythnos olaf. Roedd wedi clirio'i ddesg er mwyn cael tridiau yn rhydd i fwynhau cwmni Luned. Hanes gwleidyddol modern America oedd y testun, a gwyddai fod y tiwtor wedi treulio rhai blynyddoedd mewn prifysgol yn yr Unol Daleithiau.

Tra oedd Caerwyn yn ei diwtorial yn y Coleg ar y Bryn, ar waelod y bryn yn swyddfa Heddlu Bangor yn Love Lane, roedd yr Uwch-Arolygydd Hopkins newydd dderbyn galwad ffôn gan y Cyrnol Radford-Davies.

"Dim newydd da o gwbl, mae arna i ofn, Superintendent. Daethom ni â llawer o betha o fflat Morgan ddoe, i'w harchwilio'n fanwl, ond yr unig beth o bwys a gafwyd oedd pad nodiadau bychan, heb ddim sgwennu arno. Mi sylwodd yr arbenigwr fod olion pwyso wedi aros, wedi i rywun sgwennu ar y dudalen uchaf. Gwan iawn, iawn oedd yr olion: mae'n siŵr bod Morgan wedi tynnu dwy neu dair o ddalennau glân ar ôl cadw'r ddalen ysgrifenedig, ond llwyddodd yr arbenigwr ddefnyddio ffotograffiaeth i weld beth roedd wedi ei sgwennu yno."

"Rhywbeth am y ddau ifanc sy dan fygythiad oedd o?"

"Nage, ddim o gwbl. Dau rif ffôn oedden nhw, ond doedd y *codes* ddim yno, ac anodd deud ai rhifa Llundain neu rywle arall oedden nhw."

"Dipyn o waith, felly."

"Doedd gan y gyfnewidfa leol ddim cofnod o alwadau allanol Morgan, felly bu'n rhaid i ddwsin o'r sgwad fynd trwy holl rifau bwrdeistref Enfield ac wedyn ymchwilio i'r fwrdeistref nesa ac yn y blaen."

"Gawsoch chi lwyddiant?"

"Do, gydag un o'r rhifa, wedi oria lawer o waith. Ond mae'r canlyniadau'n frawychus, Superintendent. Siop gynnau yn Croydon oedd y rhif, ac mae'r perchennog wedi cadarnhau i Elwyn Morgan fod yno yn prynu tri llond bocs o getris ar gyfer reiffl rhyw bythefnos yn ôl. Roedd o wedi dangos trwydded reiffl ddilys, yn ei enw ei hun, ac roedd y siopwr wedi nodi'r *ammunition* arni."

"Ond pryd y prynodd o'r reiffl, 'te?"

"Ddwy flynedd yn ôl, pan oedd ar *home leave* o Malaysia. Ar gyfer saethu targed, yn ôl y drwydded, ac roedd o wedi ymaelodi â chlwb saethu yn Brent. Rydan ni wedi bod yn y clwb a dim ond rhyw deirgwaith y bu Morgan yno erioed – ac nid ers yr helynt yn Summerland, neu mi fydden ni'n gwybod am y reiffl."

"Beth am *hand-gun*, Cyrnol?"

"Oedd, roedd ganddo fo wn llaw ar un adeg yn y fyddin, ond bu'n rhaid iddo ei ildio pan adawodd ei gatrawd i ymuno â'r gwasanaeth cudd. Ond, wrth gwrs, mi allai fod wedi cael gafael ar ddryll llaw yn anghyfreithlon."

"Cymylau duon iawn, Cyrnol. Mae'r ddau ifanc mewn perygl difrifol, felly."

"Dim dau, Hopkins ond tri."

"Pwy ydi'r trydydd?"

"Cariad Caerwyn Rowlands, Luned Ifans."

"Hi oedd yma efo fo dros y Sul – stiwdant yn Aberystwyth?"

"Mi gefais i wybod bod fy swyddog, Capten Waters, wedi archwilio'r llofft lle bu Morgan yn cysgu nos Wener yn nhafarn yr Harp yn y Rhyl... Dim byd yno. Doedd neb wedi ei weld yn defnyddio ffôn ei rieni, er na roddai Waters ormod o gred ar hynny. Welodd neb mohono ychwaith yn defnyddio'r ffôn talu yn y bar, ond mi ddywedodd y *barmaid* i Morgan ymbalfalu yn y llyfrau ffôn yn y bar am sbel ar fore Sadwrn. Felly dyma Waters a swyddog o'r heddlu lleol yn mynd ati i chwilio drwy'r llyfrau ffôn hynny. Wrth gwrs, roedd dwsinau o bobl wedi sgriblan yn y llyfrau, ond bu'r plismon lleol yn ddigon craff i sylwi ar un peth annisgwyl. Yng nghanol rhestr y *domestic subscribers*, o dan y llythyren 'I', daeth o hyd i gylch taclus wedi ei wneud efo beiro o gwmpas un cyfeiriad a rhif ffôn: IFANS,G.T. Trem y Lli, Brynserth, Treheli."

"Rhieni Luned Ifans? Yno mae'i chartre hi?"

"Ie, roedd y swyddog lleol wedi sylwi ei fod yn rhif anghyffredin i rywun ei nodi mewn tafarn yn y Rhyl. Mae arna i ofn bod Miss Ifans, yn ogystal â'r ddau arall, yn darged i Morgan felly."

Ochneidiodd Hopkins yn ddwfn.

"Uffarn dân, Cyrnol, be ydan ni'n mynd i neud? Mae'r tri ar wasgar ar hyd y lle – *sitting ducks* ar gyfer dyn efo gwn, sydd wedi'i hyfforddi i ladd!"

Bu distawrwydd ar ben arall y llinell am ysbaid. Edrychodd Hopkins yn syn ar y ffôn yn ei law, fel petai'n disgwyl gweld a oedd y Cyrnol yn dal yno.

"Cyrnol? Ydach chi efo fi?"

"Ydw, ac mewn llawn gymaint o bryder â chitha. Dwi am ddreifio i fyny heno, dros nos a chael cyfarfod efo chi ym Mangor yfory, tua deg o'r gloch y bore. Yn wyneb y datblygiad dwytha, dwi hefyd am gysylltu â Superintendent Edwards yn Nhreheli. Falla y bydd yntau o help i ni. Ydach chi'n 'i nabod o?"

"Yndw, yn iawn. Pam na ofynnwch chi iddo yntau ddod yma i Love Lane erbyn deg yfory? Yn y cyfamser, dwi am roi *twenty-four hour guard* ar Caerwyn Rowlands, a falla y bydd angen *firearms issue* i un swyddog. Byddai'n syniad da iddyn nhw wneud yr un peth yn Aberystwyth a Chaer hefyd. Ydach chi am gysylltu â'r ddau Brif Gwnstabl? Mi wna i hysbysu'r *Chief* yma yn Heddlu Gwynedd."

"Mi wna i hynny'r munud yma, Hopkins. Diolch i chi am eich cyngor. Mi'ch gwela i chi ym Mangor yn y bore, felly."

Y noson honno, wedi diwrnod prysur yn y Coleg, cafodd Caerwyn alwad ffôn gan y Cyrnol. Wrth i hwnnw roi'r un genawdwri iddo ag a gawsai'r Uwch-Arolygydd Hopkins yn y prynhawn, teimlai Caerwyn fod y waliau a'r nenfwd yn cau amdano. Nid yn unig roedd Elwyn Morgan yn prowla o gwmpas y wlad gyda reiffl, ac yn ei fygwth ef a Sam, ond roedd Luned hefyd yn ei olygon erbyn hyn.

"Ma'n rhaid i mi fynd i nôl Luned o Aber!" meddai Caerwyn yn wyllt.

"Na, Caerwyn, ddim ar unrhyw gyfrif! Arhoswch lle rydach chi! Mae 'na WPC yn y tŷ efo Miss Ifans, a phlismon arfog yn gwylio'r tŷ o'r tu allan. Dwi wedi trefnu hynny efo'r Prif Gwnstabl heddiw. Mae 'na blismon arfog yn gwarchod eich lletu chitha hefyd, a thŷ Miss Darrow yng Nghaer. Byddai gyrru'n wyllt heno, yn y tywyllwch, yn beryg bywyd i chi a'r swyddogion sy'n eich gwarchod. Mae'r heddlu ar draws y wlad yn chwilio am Morgan erbyn hyn."

Dywedodd y Cyrnol fod y WPC Nicola Rees wedi esbonio'r sefyllfa i Luned a sôn am y wyliadwriaeth arfog, ond byddai'n beth da i Caerwyn ei ffonio, er mwyn codi ei hysbryd. Doedd dim angen y fath siars. Gynted ag y gorffennodd y sgwrs gyda'r Cyrnol, gwnaeth Caerwyn alwad i Aberystwyth. Dicter a phryder yn gyfartal a glywai yn llais a geiriau Luned.

"Pa fath o ddyn fasa'n trio gneud hynna, Cer? Lladd pobol ddiniwed oherwydd ei drosedd 'i hun? Dydw i ddim yn nabod Sam, ond ma'n rhaid 'i bod hi wedi bod yn byw mewn uffern ers yr helynt cynta hwnnw!"

"Ydi, mae hi, Lun. Mi ddywedodd hynny wrtha i sawl gwaith. Yn un o'r troeon dwytha i mi gael sgwrs efo hi, cyn iddi adael Summerland, mi ddeudodd 'i bod hi'n cael hunllefau am y diawl – gweld 'i hen wep hyll o yn 'i chwsg."

"Mae Nicola wedi deud wrtha i am beidio â mynd allan o'r tŷ fory, gan obeithio y dalian nhw fo cyn nos. Beth amdanat ti?"

"Neb wedi sôn am hynny eto, ond mi ddeudodd y Cyrnol y bydda 'na Sarjiant yn dod draw yma heno i gael sgwrs. Dyna fydd neges hwnnw, ma'n debyg. Ond fedran ni ddim aros yn ein tai am byth, Lun. Sut ddiawl nad oes neb wedi dod o hyd i gar Elwyn bellach?"

Bu'n rhaid cau pen y mwdwl ar y sgwrs yn fuan wedyn, wrth i gloch y drws ganu. Cyflwynodd y Sarjiant Thomas ei hun, ac roedd o'n gwisgo'i iwnifform.

"Os ydi'r cythral ar hyd y lle yma, wnaiff hi ddim drwg iddo weld ein bod ni'n barod amdano. Mae un o'r hogia yn y car y tu allan efo gwn, rhag ofn. Mae'n beth da bod Mrs Hughes wedi cau'r cyrtans, does dim isio rhoi targed hawdd iddo fo."

Bu'n rhaid i'r Sarjiant esbonio'r sefyllfa wrth ddau gyd-letywr Caerwyn, er mawr syndod iddyn nhw. Y cwbl a ddywedwyd am Elwyn Morgan oedd mai troseddwr wedi ymosod ar ferch ifanc oedd o ac mai Caerwyn oedd wedi ei ddal ar y pryd. Dihiryn cyffredin yn ceisio talu'r pwyth yn ôl oedd Morgan.

Wrth i'r plismon baratoi i adael, safodd yn stond yn y "pasej ffrynt", fel y galwai Mrs Hughes y cyntedd hirgul. Meddai wrth Caerwyn, "Mae yna *summit conference* yn y stesion acw fory – rhywun yn dod o Lundain, meddai'r Inspector. Aros yn y tŷ fasa orau i chdi fory, Caerwyn. Erbyn nos yfory, gobeithio y bydd y pictiwr yn gliriach. Mae'r Siwpar wedi egluro'r sefyllfa i *Registrar* y Coleg. Chei di mo'r sac ganddyn nhw!"

Wrth adael y tŷ, aeth y Sarjiant heibio i'r car a oedd wedi parcio ar ochr y stryd. Safai un heddwas mewn dillad plaen ar y palmant wrth ochr y car yn llygadu'r stryd gyfan. Eisteddai'r llall yn y car, yn edrych yn od, braidd, â charthen dew dros ei liniau.

"Eyes peeled, lads," meddai'r Sarjiant yn dawel wrth fynd heibio.

*

Ar fore Mawrth, Hydref 27ain, cyfarfu pedwar yn swyddfa'r Uwch-Arolygydd Alun Hopkins ym Mangor. Y tri arall oedd yr Uwch-Arolygydd Brian Edwards o Dreheli, y Cyrnol Radford-Davies a'r Comander Richard Atkins, o Gangen Arbennig Heddlu Llundain. Wedi trafod dwys, roedd pawb yn gytûn fod methiant yr holl heddluoedd i ganfod yr Hillman Minx yn awgrymu nad hwnnw roedd Morgan yn ei yrru erbyn hyn. Barn Atkins oedd bod Morgan wedi cuddio car ei dad yn rhywle ac wedi dwyn car arall, fel na ddeuai i sylw'r cannoedd o blismyn a fu'n chwilio amdano ers brynhawn Sadwrn. Eisoes, roedd holl heddluoedd Cymru a Lloegr wedi hysbysu pob gorsaf heddlu a char patrôl o rif bob car neu fan a gawsai eu dwyn yng ngogledd Cymru neu Swydd Caer ers dydd Sadwrn. Daliwyd beth wmbredd o ladron ceir mewn byr amser, ond doedd dim hanes o Elwyn Morgan o gwbl.

"He's not only the Invisible Man," meddai'r Comander, "but he's got a bloody invisible car too."

Gwnaeth y Cyrnol awgrym newydd. Roedd nifer o'i swyddogion wedi bod yn cribo trwy holl lyfrau ffôn bwrdeistrefi Llundain am yr ail rif ffôn dirgel oddi ar y pad nodiadau o fflat Morgan.

"What if it isn't the number of an associate or accomplice, as I first thought, but the number of a second-hand car showroom? What if the blighter actually bought a car, a couple of weeks ago, when he wasn't under blanket surveillance? Or even last Saturday, when he was already here in North Wales?"

"If he bought it in London," meddai'r Comander, "he must have had an accomplice. We know that he went up to Rhyl by train, so someone else must have driven the car up for him. If so, that person might still be with him now. We may have two maniacs on the loose, instead of one."

"He could have bought a second-hand car somewhere in North Wales on Saturday," meddai Alun Hopkins.

"There are plenty of dealers who'd accept cash in hand and if Morgan's been working on building sites, he'll have been paid in cash all along. There'd be vehicles with unexpired tax discs he could buy: he probably wouldn't even have to show his driving licence or give his real name."

Cytunwyd ar unwaith i drefnu bod yr heddluoedd sirol yn holi gwerthwyr moduron ail-law, wyneb yn wyneb, gan ddangos llun o Elwyn Morgan a dweud ei fod yn gyrru car Hillman Minx gwyrdd golau. Ni fyddai Morgan wedi gallu cynnig yr Hillman yn gyfnewid fel rhan o fargen am fod dogfennau'r car hwnnw gan ei dad yn yr Harp.

Aeth y ddau Uwch-Arolygydd ati i drefnu'r ymchwiliad gyda'u cymrodyr o siroedd eraill, tra bu'r Cyrnol yn cysylltu â'i swyddogion yntau yn Llundain. Peidiwch â chribinio pob rhif ffôn dan haul oedd ei genadwri yntau bellach: lloffwch trwy lyfrau ffôn Llundain am werthwyr ceir ail-law, a chymharu eu rhifau ffôn gyda'r rhif anhysbys.

Tra oedd yr ymholiadau hyn ar y gweill, ail-gyfarfu y pedwar swyddog i drafod sut i ddiogelu'r myfyrwyr ifanc. Credai pawb fod y sefyllfa bresennol, gyda'r tri ohonyn nhw filltiroedd ar wahân, yn peri trafferthion o ran eu gwarchod. Soniwyd am ddod â'r tri at ei gilydd i un ganolfan ddiogel, efallai i ganolfan filwrol gyda ffensys diogelwch uchel a gwylwyr arfog rownd y rîl. Awgrymwyd Canolfan yr Awyrlu yn y Fali ym Môn, neu Wersyll y Fyddin yn Nhonfanau ym Meirionnydd. Efallai y ceid caniatâd i hynny gan y Weinyddiaeth Amddiffyn, ond ni fyddai gan yr heddlu yr un reolaeth dros y sefyllfa mewn canolfan o'r fath.

Roedd Brian Edwards yn bryderus fod Morgan wedi nodi cyfeiriad cartref Luned Ifans ym Mrynserth. Roedd hwnnw'n siŵr o fod yn gwybod mai yn y Coleg yn Aberystwyth roedd Luned ar y pryd. Bu Edwards yn holi Hugh Parkin sut y gallai Morgan fod wedi dod i wybod am Luned, gan fod Caerwyn wedi taeru wrth y Cyrnol nad oedd wedi sôn amdani wrth Morgan erioed. Yr unig un a fyddai'n gwybod ei hanes yn fanwl oedd Carys Owen, a fu'n rhannu swyddfa efo Caerwyn ac Elwyn Morgan. Cytunodd y Cyrnol mai Carys, yn ddi-os, oedd ffynhonnell gwybodaeth Morgan.

Awgrymodd Brian Edwards wedyn y gallai Morgan fod yn bwriadu herwgipio rhieni Luned. Roedd ei mam yn darged amlwg iawn, gartref ar ei phen ei hun tra bod y tad yn gweithio yng Nghaernarfon. Gallai Morgan ddefnyddio'r rhieni fel gwystlon i gael mynediad i fynglo'r ferch yn Aberystwyth. Byddai herwgipio'r rhieni yn ei gwneud hi'n fwy anodd i'r heddlu ddal neu saethu Morgan cyn iddo ddod o fewn cyrraedd i Luned.

Aeth y drafodaeth ymlaen dros banad o goffi. Gwthiodd y Comander ei big i mewn:

"What we want then, is a big, solid building, fully enclosed."

Atebodd Alun Hopkins, "If you mean the big stately homes, I doubt they'd be prepared to risk their art treasures being riddled with bullet holes."

Yn sydyn, rhoes Brian Edwards ei gwpan i lawr ar ei soser gyda'r fath glep fel bod pawb wedi troi i edrych arno. Roedd ganddo syniad, meddai Edwards. Rai milltiroedd y tu draw i Dreheli, ym mherfeddion Llŷn, roedd plasty bychan – adeilad solet, wedi ei ailadeiladu o'r sylfeini yn oes Fictoria, a chyda wal uchel o gerrig o gwmpas y parc. Doedd y parc ddim yn rhy eang i'w reoli – llai na dwy acer. Cyn-swyddog yn y Llynges oedd y perchennog, y Comodor Treharne, hen lanc, yn treulio wythnosau bob gaea yn ei Glwb yn Llundain. Ers iddo ymddeol, daethai'n Ynad Heddwch ar y Fainc leol, ac roedd yn aelod o Awdurdod yr Heddlu newydd a gawsai ei ffurfio ar gyfer Heddlu Gwynedd. Roedd Edwards yn ei adnabod yn dda, a chredai y byddai'n barod i adael i'r heddlu ddefnyddio'r plas fel dinas noddfa i'r triawd ifanc hyd nes y câi Elwyn Morgan ei ddal.

Aeth Alun Hopkins at y cwpwrdd dur yng nghornel ei swyddfa ac estyn un o blith y pentwr o fapiau Ordnans ar y silff. Agorodd y map ar ei ddesg, a dangosodd Brian Edwards leoliad y plas – Llys Gwern. Dim ond lôn wledig oedd yn arwain at giât y parc, a safai ddwy filltir o'r ffordd fawr. Roedd caeau ffermydd cyfagos yn lapio o gwmpas waliau'r parc, heb lwybr na lôn yn agos ato. Dim ond un fynedfa, sef y giât fawr, oedd i mewn i'r parc bellach. Oddeutu 1930 cawsai'r bwa urddasol a arferai gysylltu stablau'r plas â buarth fferm y plas, Hendre'r Wern, ei lenwi â wal ddwbl o frics. Roedd y plas wedi ei ynysu'n llwyr.

Esboniodd Edwards fod nant fechan yn llifo ar draws y parc, ac yn cyflenwi'r llyn addurniadol yng nghanol y lawnt. Deuai'r nant i mewn i'r parc a'i adael trwy ddwy geuffos o dan y muriau, ond roedd bariau haearn cryfion ar draws y rheini.

"That'll do nicely," meddai'r Comander.

Aeth Alun Hopkins allan i holi sut roedd yr ymchwiliadau i fodurdai a busnesau ceir ail-law yn mynd rhagddynt, gan adael Brian Edwards yn y swyddfa i geisio cysylltu â'r Comodor yn Llys Gwern.

Ffoniasai swyddogion Bangor fusnesau rhwng y ddinas a thref Conwy, ond doedd neb wedi gwerthu car y Sadwrn diwethaf i ddyn yn ateb disgrifiad Elwyn Morgan, nac wedi sylwi ar ddarpar gwsmer yn gyrru car Hillman Minx gwyrdd golau.

Wrth i Hopkins holi ei swyddogion, roedd y Sarjiant Thomas wedi ateb galwad ffôn, â'i wyneb yn cymylu wrth wrando. Troes at yr Uwch-Arolygydd a galwodd,

"Syr! Mae'r *Cheshire Police* ar y ffôn. Well i chi siarad efo nhw."

Prif Gwnstabl Cynorthwyol Heddlu Swydd Caer oedd ar y pen arall, ac roedd ganddo newyddion difrifol iawn.

Roedd Samantha Darrow wedi cael ei herwgipio, liw dydd golau, yn rhywle ar Benrhyn Cilgwri, ychydig filltiroedd o Gaer.

27 Hydref 1964

'Daeth caethder, gwedi hyn i gyd,
A drygfyd i'w niweidio;
A gorthrymderau, yn ddiri',
A chyni, i'w poenydio.'

Edmwnd Prys

Er bod lliwiau'r hydref yn britho'r coed, roedd yr hin yn heulog a chynnes ger Burton Mere y bore Mawrth hwnnw. Tir isel, corsiog, oedd y safle – hen wlyptir ac yn gyrchfan i adar gwylltion o bob math. Yng nghanol y safle roedd llwyni coed yn gwisgo huganau lliwgar y tymor, a thu draw safai rhesi o goed poplys, fel sowldiwrs, yn rhannu'r caeau ac yn draenio peth o leithder y pridd. I hen ystad teulu Gladstone roedd y rhan fwyaf o'r tir cyfagos yn perthyn ac felly hefyd y fferm a gwmpasai'r gwlyptir. Er mai tir preifat oedd y cyfan, byddai naturiaethwyr yn dod yno, o bryd i'w gilydd, ers blynyddoedd a byddai Coleg Addysg Caer yn trefnu dod â grwpiau o fyfyrwyr yno ar waith maes o dro i dro.

Gorwedd Burton Mere ar gornel dde-orllewinol Penrhyn Cilgwri, sydd yn dafod o dir, bron ar ffurf petryal, rhwng aberoedd eang afonydd Dyfrdwy a Merswy. Roedd bron y cyfan o'r penrhyn yn Lloegr, ond rhedai ffin Cymru ar draws y gornel fechan hon, yn ymestyn o draethau White Sands i Sealand, gyda'i ganolfan Awyrlu.

Roedd pentref Burton, a Burton Mere ei hunan, bron ar

bwys y ffin, ar ochr Lloegr; ac yma ar fore o Hydref y daeth llond bws o fyfyrwyr gyda phump o'u tiwtoriaid. Nod y daith oedd rhoi profiad i'r myfyrwyr o'r teithiau natur a'r gwaith maes ymarferol y byddai disgwyl iddynt eu trefnu fel athrawon ysgol. Gan nad oedd Burton Mere yn warchodfa natur gyhoeddus, nid oedd maes parcio swyddogol, felly gadawyd y bws mewn encil ar fin y ffordd wledig ger pentref Burton. Cerddodd y fintai ar hyd lôn fferm a fforchiai ymhen canllath yn ddwy gainc gyfochrog. Roedd un fforch yn dirwyn trwy hen goedlan dderi oedd â'i llawr y bore hwnnw yn garped o fes. Tu draw i'r coed roedd y gwlyptir – tir a gawsai ei adennill o ddyfroedd yr aber ers y ddeunawfed ganrif.

Ar hyd arfordir gorllewinol Penrhyn Cilgwri, roedd oesoedd o laid wedi gwaddodi ar lannau'r Ddyfrdwy, a thyfai rhywogaethau amrywiol o blanhigion gwlyptir – rhai ohonyn nhw'n eithaf prin. Er bod rhannau o'r arfordir wedi eu llygru gan weithfeydd diwydiannol Glannau Dyfrdwy, roedd Burton Mere yn dal yn gynefin dilychwin, yn denu miloedd o adar ar eu hynt tymhorol o gyfandir i gyfandir. Y bore hwnnw, roedd fan las wedi ei pharcio ar ail gainc y fforch, a redai'n gyfochrog â'r lôn goed. Daeth dau ddyn allan o'r fan wrth i'r fintai nadreddu drwy'r coed.

Roedd Sam yn mwynhau'r bore. Wedi'r newyddion am ddiflaniad Elwyn Morgan, ar y prynhawn Sadwrn, ni chawsai adael ei llety gan y plismon a'r blismones a oedd yn ei gwarchod. Ond roedd hithau'n benderfynol o fynd ar y daith maes hon, nid yn unig am ei bod yn rhan hanfodol o'i chwrs, ond hefyd am ei bod hithau'n dyheu am gael cyfle i fod allan yn y wlad eto. Cerddai dau swyddog yr heddlu yn eu dillad eu hunain wrth ochr y fintai a chawsent eu cyflwyno ar y bws fel dau arolygwr, yn cloriannu'r profiad maes. Roedd un o'r 'arolygwyr', ysywaeth, yn cario dryll llaw ym mhoced ei gôt law, ac yn craffu ar bopeth o'i gwmpas, yn hytrach na gwylio'r myfyrwyr.

Trwy fwlch yn y coed, cafodd gipolwg ar y fan yn sefyll ar y lôn gyfochrog, yn ymddangos fel petai'n wag. Camodd rhwng y coed i gael sicrwydd nad oedd neb yn eistedd ynddi. Efallai mai perthyn i'r fferm oedd hi, eto roedd yn lle od i'w gadael, gan nad oedd dim golwg o neb ar waith yn y caeau...

Ni chafodd gyfle i ymresymu mwy. Trawyd ef ar ei ben o'r tu ôl gan fat pêl-fas, a chwympodd yn llipa rhwng dwy goeden. Ar yr un ennyd, rhuthrodd dyn arall o gil y coed, gafael yn Sam a gosod darn o liain gwyn dros ei cheg a'i ffroenau. Llamodd y blismones atynt i amddiffyn Sam, ond roedd y dihiryn arall wedi ymwthio o'r coed, gafael amdani a dal dryll at ei phen.

"Don't make a move, any of you, or I'll start shooting!"

Llithrodd Sam yn anymwybodol i freichiau ei chipiwr, tra bod un llaw gan y gŵr tal wedi troi a gwasgu braich y blismones tu ôl i'w chefn ar ongl boenus, a'r llall yn dal y dryll at ei phen. Rhuthrodd y ddau â'u carcharorion drwy'r coed at y fan las, â Sam yn cael ei chario ym mreichiau'r stwcyn cydnerth. Wrth gyrraedd y fan, rhoes cipiwr y blismones ergyd galed iddi ar ei phen gyda charn y dryll a'i gollwng yn ddiymadferth ar lawr. Agorodd ddrysau cefn y fan a gwthiodd y stwcyn gorff swrth Sam i mewn a chau'r drysau arni.

Cyn gyrru i ffwrdd, taniodd y dihiryn tal ergyd o'i ddryll i gyfeiriad y goedlan, lle roedd y tiwtoriaid a rhai o'r myfyrwyr yn deintio rhwng y coed tuag at eu cerbyd. Ymhen dim, roedd y fan wedi chwyrnellu draw i gyfeiriad y ffordd ac wedi diflannu.

*

Yng ngorsaf heddlu Bangor, roedd wynebau hirion iawn o gwmpas bwrdd y *summit conference*. Rhoes Alun Hopkins y manylion llawn a gawsai gan Heddlu Swydd Caer am gyrch beiddgar y ddau ddihiryn. Roedd y cyfan wedi digwydd tua deg o'r gloch y bore. Rhedasai un o ddiwtoriaid y Coleg i'r ffermdy agosaf a ffonio am yr heddlu ac ambiwlans. Roedd y blismones wedi dod ati ei hun yn weddol fuan, ond cawsai'r plismon anaf difrifol i'w ben.

Ymhen ugain munud roedd ceir yr heddlu ac ambiwlans wedi cyrraedd, ac aethpwyd â'r ddau swyddog i'r ysbyty. Rhoes y blismones y disgrifiad gorau posibl o'r ddau ddyn, ac ystyried eu bod yn gwisgo hetiau Balaclava am eu pennau, gyda hosanau neilon o dan y rheini, i guddio'u hwynebau. Doedd dim dwywaith mai Elwyn Morgan oedd un – y dyn tal â'r gwn, a dorrodd benglog y plismon â bat pêl-fas, a ddarganfuwyd ym môn y goeden lle cwympodd y swyddog. Stwcyn llydan, cyhyrog oedd y llall a gipiodd Sam a'i chario i'r fan, fel petai cyn ysgafned â sachaid o wlân.

Cofiai'r WPC fanylion y fan. Fan Commer 1500 oedd hi, o liw glas tywyll, a'r rhif cofrestru AHX 973. Cod llythrennau swydd Middlesex oedd 'HX', felly roedd yn debygol bod Morgan wedi prynu'r fan yng nghyffiniau Llundain a bod ei bartner anhysbys wedi ei gyrru i ogledd Cymru ar ei ran.

Ond i ble roedden nhw wedi mynd â Samantha Darrow? Os mai ei lladd oedd bwriad Morgan, meddai'r Comander, ni fyddai'n rhaid mynd â hi ymhell i wneud hynny a deuai'r corff i'r golwg yn fuan. Gwingai'r Cyrnol yn ei gadair wrth wrando arno. Yr anhawster pennaf oedd y 'partner' cyhyrog. Pwy ar y ddaear fyddai'n fodlon ymuno â menter wallgof i ladd tri pherson dieithr mewn gwaed oer a'r cyfan i foddhau ysfa ddialgar Elwyn Morgan?

"As I said before," meddai'r Comander, "another maniac."

Roedd Alun Hopkins a'r Cyrnol yn amheus o'r dehongliad syml hwnnw. Hyd yn oed os mai gwas cyflog i Morgan oedd y dyn, a phrin bod Morgan yn berchen ar swm mawr o arian i allu talu iddo, a fyddai'r partner yn barod i wynebu'r crocbren am ei drafferth?

Pwysleisiodd y Cyrnol mai cwyn gyson Morgan wrth ei gyfeillion tafarn oedd ei fod wedi cael cam. Wedi i swyddogion y gwasanaeth cudd holi'r rhain yn fanwl, cafwyd mai ymresymiad digyfnewid Morgan o'r camwri oedd bod Caerwyn Rowlands yn caru'n slei gyda Samantha yn Summerland, pan oedd hi'n dal i fynd allan efo fo a bod y ddau wedi ystumio'r cyhuddiadau yn ei erbyn ym mis Awst, er mwyn cael gwared arno o'r gwersyll a pharhau â'u carwriaeth.

"So he's a psychopath!" ymatebodd y Comander yn chwyrn.

"That's how psychopaths think – self-justification, always, and bugger the facts. He pleaded guilty in court, for God's sake!"

Awgrymodd Hopkins efallai fod partner Morgan wedi coelio cwynion ei gyfaill o fodolaeth y cynllwyn a'r anghyfiawnder, ac mai bwriad Morgan wrth herwgipio Samantha oedd ei chael i gyfaddef ei chelwydd wrth yr awdurdodau, nid ei lladd. Roedd y defnydd o'r clorofform ar y lliain wedi osgoi defnyddio trais a pheri anaf iddi.

"Didn't stop Morgan knocking hell out of two officers, did it? And is this accomplice stupid enough to think that a little matter of abduction and assaulting police officers would be excused once the young woman had set the record straight?"

Cefnogai'r Cyrnol ddadl Hopkins. Credai bellach mai bwriad Morgan oedd casglu'r tri ynghyd yn garcharorion, ac yna gwneud sioe o'u bychanu yng ngŵydd ei gilydd – efallai cynnal parodi o brawf troseddol, a'u cam-drin yn gorfforol cyn eu lladd. Gwelsai'r Cyrnol yr elfen hon o ddefod greulon ar waith gan grwpiau terfysgol mewn gwahanol rannau o'r byd. Efallai fod Morgan wedi ei gweld hefyd. Ond beth a ddigwyddai pan sylweddolai'r partner beth oedd gwir fwriad Morgan? Fyddai o'n troi yn ei erbyn? Fyddai o'n ceisio ei atal? Pe ceid sefyllfa o warchae, a'r heddlu'n llwyddo i amgylchynu'r ddau ddihiryn yn eu cuddfan, gyda Samantha yn dal yn garcharor, gellid ceisio troi'r naill yn erbyn y llall a manteisio ar unrhyw rwyg rhyngddyn nhw i achub Samantha.

"I have no particular concerns if these two should end up at each other's throats, perhaps even try to kill each other, as long as we are able to keep Miss Darrow safe and effect her rescue."

Doedd dim modd mynd â'r ddadl hon ymhellach, yn sicr ddim heb wybod pwy oedd partner Morgan. Achub Samantha Darrow oedd y flaenoriaeth beth bynnag, a swyddogion o Heddlu Swydd Caer ac o'r Gangen Arbennig fyddai'n arwain yr ymgyrch honno. Oherwydd hynny, penderfynodd Comander Atkins fynd yn syth o Fangor i Gaer i oruchwylio'r chwilio am Samantha. Parhaodd y tri swyddog arall â'u trefniadau i greu dinas noddfa gadarn yn Llys Gwern.

Yn fuan wedyn, gadawodd y Cyrnol swyddfa heddlu Bangor a gyrru yn ei Jaguar i Gaernarfon. Parciodd o flaen Swyddfeydd y Sir, dafliad carreg o'r castell, ac aeth i chwilio am swyddfa Gwilym Ifans. Teimlai ym mêr ei esgyrn mai sgwrs anodd tu hwnt fyddai hon. Roedd Gwilym Ifans yn genedlaetholwr pybyr, ond wedi bod yn awyrennwr eofn a digymrodedd yn ystod y Rhyfel, wrth hedfan awyrennau Hurricane yn 1940 a Spitfires yn ddiweddarach. "Fourteen 'kills', or 'victories' to use the proper term," meddai ceidwad archifau'r Awyrlu amdano, pan fu'r Cyrnol yn holi am ei hanes, gyda mwy na thinc o edmygedd yn ei lais.

Efallai mai fi fydd y pymthegfed, myfyriai'r Cyrnol wrtho'i hunan ar risiau serth yr adeilad Fictoraidd. Croesawyd ef i'r swyddfa allanol gan ferch oddeutu'r deugain oed, yn olygus, ei gwallt gwinau yn donnog, dynn dan ddisgyblaeth perm, a'i chostiwm chwaethus fel pin mewn papur.

"Pnawn da. Fedra i weld Mr Ifans, os gwelwch yn dda? Does gen i ddim apwyntiad, ond mae o'n fater pwysig iawn – ac yn fater o frys. Cyrnol Radford-Davies ydi'r enw."

Cafodd wên radlon gan Marged Thomas, a churodd hithau ar ddrws y swyddfa fewnol. Daeth Gwilym Ifans allan a golwg chwilfrydig arno. Wedi'r cyflwyniadau, gwahoddodd y Cyrnol i'w swyddfa, ac mi gaeodd y Cyrnol y drws gan sicrhau preifatrwydd.

"Problem sydd gen i, Mr Ifans, problem ddifrifol iawn."

Amneidiodd Gwilym Ifans arno i eistedd, wrth i'w dalcen grychu fwyfwy.

"Mi wyddoch chi hanes yr helynt a fu yng ngwersyll Summerland, yn Nhreheli, yn ystod yr haf? Dyn yn ymosod ar ferch ifanc yno, a Mr Caerwyn Rowlands yn taclo'r dyn, yn ddewr iawn, a'i ddal o?"

Nodiodd Gwilym Ifans ei ben.

"Do, mi glywis i'r stori. Mae Caerwyn Rowlands yn canlyn efo'r ferch acw, Luned. Hogyn da iawn ydi o. Beth sydd a wnelo'r helynt hwnnw â chi, Cyrnol?"

"Y fi, mewn ffordd, oedd cyflogwr Elwyn Morgan, y troseddwr."

"Yn Summerland?"

"Nage, Mr Ifans. Gan rannu cyfrinach swyddogol efo

chi, dim gweithiwr cyffredin oedd Morgan yn Summerland. Gweithio i'r gwasanaeth cudd oedd o, ac roedd o ar ddyletswydd yn Nhreheli ar y pryd."

"Pa fath o ddyletswydd?" holodd Gwilym Ifans gan wgu.

"Roedd Morgan ar wyliadwriaeth gudd, rhag i ymgyrch fomio derfysgol gychwyn yng Nghymru, yn sgil boddi Capel Celyn."

Roedd llygaid Gwilym Ifans fel rhew:

"Ysbïwr oedd o felly, yn ystyried pob Cymro go iawn yn elyn! Dyna'ch barn chitha hefyd, mae'n debyg."

"Ddim o gwbl, Mr Ifans. Dim ond eithafwyr sy'n rhoi bywydau mewn perygl trwy ddefnyddio trais fyddai o dan sylw Morgan."

"Ac yn barod i gymell amball i ffŵl penwan i drin ffrwydron, falla?"

Roedd tymer y Cyrnol ei hunan yn byrhau, bellach, ond cadwodd ei bwyll.

"Doedd Morgan ddim yn *agent provocateur* o gwbl. Er, rwy'n barod i gydnabod i mi wneud camgymeriad mawr wrth ei benodi o. Roedd ei ymosodiad ar y ferch ifanc yn Summerland yn brawf digamsyniol o'i gymeriad gwarthus."

"Nodweddiadol o'r teip, ddywedwn i. Mi welis amball un o'ch 'gwasanaeth cudd cartref' chi yn ystod y Rhyfel: *lounge lizards* yn gwrando ar sgyrsiau mewn tafarnau. Dim fel y bobol ddewr hynny a fu drosodd yn Ffrainc yn ysbïo – roedd y rheini yn arwyr go iawn, ac yn haeddu pob parch. I ba ddosbarth roeddach chi'n perthyn, Cyrnol?"

Cafodd y Cyrnol ras i ymatal.

"Dim yn y gwasanaeth cudd oeddwn i bryd hynny. Milwr oeddwn i yng Ngogledd Affrica a'r Eidal, ond dim efo record mor drawiadol â chi, Mr Ifans."

"Pam yn enw'r nefoedd rydach chi wedi dod yma, felly?"

"Am un rheswm yn unig. Mae Elwyn Morgan wedi bygwth lladd y ddau mae ef yn eu beio am iddo dderbyn y ddedfryd droseddol a derfynodd ei yrfa yn y gwasanaeth cudd."

"Lladd pwy?"

"Miss Samantha Darrow, y ferch a gafodd ei cham-drin ganddo a Caerwyn, am iddo ei rwystro a'i ddal."

Am y tro cyntaf, roedd Gwilym Ifans yn fud. Aeth y Cyrnol ymlaen:

"Rydan ni bellach wedi ffeindio bod Morgan yn gwybod am berthynas Caerwyn efo'ch merch, Luned, ac roedd o wedi gwneud nodyn o'ch cyfeiriad chi fel teulu ym Mrynserth. Mae'n debygol iawn fod Luned, a falla chitha a Mrs Ifans, yn dargedau ganddo."

"Wel, pan dydach chi ddim wedi arestio'r dyn?"

"Yn anffodus, mae o wedi dianc o'n golwg ni. Mae'r heddlu ar hyd y wlad yn chwilio amdano fo. Rydan ni'n gwybod bod ganddo ddau wn yn ei feddiant – gwn llaw a reiffl."

"Arglwydd mawr, ddyn! Sut ddiawl y gadawsoch iddo gael cymaint o raff?"

"A heddiw'r bore yma, rydan ni wedi clywed bod Miss Darrow wedi cael ei herwgipio y tu allan i Gaer, ble mae hi'n fyfyrwraig. Does dim dwywaith mai Morgan oedd yn gyfrifol."

"Rydach chi a'ch siort yn cael eich cyflogi i'n gwarchod ni, wir Dduw! Be ydach chi am 'i wneud i warchod Luned a Caerwyn, oes wiw i mi ofyn?"

"Mae'r heddlu wedi bod yn eu gwarchod nhw ers nos Sadwrn – heddlu arfog ers ddoe. Ond ar ôl heddiw, rydan ni wedi penderfynu symud y ddau i ganolfan ddiogel lle medrwn ni sicrhau na fydd Morgan yn gallu eu cyrraedd."

Wedi saib byr, ychwanegodd:

"Ac mi ydw i am i chi a Mrs Ifans ymuno efo nhw."

Roedd tawelwch hunanfeddiannol y cyn-beilot rhyfel wedi ennill y dydd erbyn hyn. Atebodd yn bwyllog:

"Ond dydi Rhiannon a finna erioed yn dargedau, does bosib. Mi fasa'n haws i chi warchod dau yn ddiogel yn hytrach na phedwar, ddyliwn i. Wedi'r cwbwl, chawsoch chi ddim llawer o lwyddiant yn gwarchod un hyd yma, naddo?"

"Mae'n wir ddrwg gen i, Mr Ifans, ond mae hyn yn fater o raid. Mae popeth wedi ei drefnu. Mae'r heddlu a finna'n bendant fod yn rhaid i chwitha, eich dau, fynd i'r noddfa ganolog."

Neidiodd Gwilym Ifans ar ei draed, a'i lais yn taranu:

"Does gynnoch chi ddim hawl o gwbl…"

Llamodd y Cyrnol ar ei draed hefyd, a gafael yn dynn ym mraich Gwilym.

"Tewch, da chi! Mae hyn i gyd yn gyfrinachol, er mwyn diogelu'r bobol ifanc. Mae Morgan yn gwybod ble rydach chi'n byw, ac mi allai eich defnyddio chi a'ch gwraig fel gwystlon, i geisio cael Luned a Caerwyn allan o'r guddfan!"

Sadiodd Gwilym wrth i'r posibilrwydd hwnnw ei daro.

"Beth am rieni Caerwyn? Ydyn nhw yn y fagl hefyd?"

Ysgydwodd y Cyrnol ei ben:

"Na, maen nhw'n byw reit wrth ymyl swyddfa'r heddlu yn Nhreheli. Mae gan yr Uwch-Arolygydd Brian Edwards blismyn arfog yn gwylio'r tŷ, o'r ffrynt a'r cefn, nos a dydd, gyda *vantage points* ardderchog o lawr uchaf y stesion."

"Mae'n rhaid i mi ffonio Rhiannon," meddai Gwilym, â'i bendantrwydd arferol wrth y llyw drachefn.

"Ie, gwnewch hynny ar unwaith. Dwedwch wrth Mrs Ifans y bydd car yr heddlu yn dod i'w nôl hi ymhen yr awr ac iddi bacio cês efo beth bynnag y byddwch chi eich dau ei angen am rai dyddia – falla wythnos. Mi fydd y plismon mewn iwnifform, wrth gwrs, ond dwedwch wrth Mrs Ifans ofyn iddo am y gair cod – *Sanctuary*."

"Beth am y lleoliad?"

"Mi gewch chi wybod hynny ar y ffordd. Galla i ddeud wrthych chi, y bydd ceir yr heddlu yn dod â Luned o Aberystwyth a Caerwyn o Fangor – y ddau yng ngofal plismyn arfog. O'ch rhan eich hun, byddai'n well i chi yrru'ch car i Dreheli, a galw yn swyddfa'r heddlu yno. Mi gewch wybod y lleoliad gan yr Arolygydd Davies – bydd y lle'n eithaf cyfarwydd i chi. O Dreheli, mi wnaiff heddlu arfog eich gyrru i'r lleoliad mewn car plaen. Cewch adael eich car chi yng ngorsaf yr heddlu o dan glo mewn garej, rhag ofn i bobl yn Nhreheli adnabod y car a thynnu sylw ato."

Digon oeraidd oedd Gwilym Ifans wrth i'r Cyrnol adael y swyddfa, a gwrthododd ysgwyd llaw ag o, er syndod i Marged Thomas a'i chydweithwyr yn y swyddfa allanol. Aeth y Cyrnol ar ei union at Glerc y Cyngor Sir, ac esbonio bod ar yr Weinyddiaeth Amddiffyn angen ymgynghori â Gwilym Ifans am ychydig ddyddiau, oherwydd ei brofiad yn yr Awyrlu yn ystod y Rhyfel. Gan ei fod yn fater cwbl gyfrinachol, a fyddai'r Clerc cystal â dweud wrth ei staff bod Mr a Mrs Ifans wedi mynd i ofalu am aelod o'u teulu a oedd yn ddifrifol wael?

Oddi yno dychwelodd y Cyrnol i Fangor, lle roedd trefniadau'r ddinas noddfa yn carlamu ymlaen. Erbyn i'r Cyrnol gwrdd ag Alun Hopkins yn Love Lane, roedd Caerwyn wedi cyrraedd Llys Gwern yn ddiogel, ac roedd Luned yng nghyffiniau Dolgellau, pan dderbyniwyd y neges radio ddiwethaf. Roedd Rhiannon Ifans hefyd wedi pacio dau gês ac ar ei ffordd o Frynserth, tra bod Gwilym Ifans wedi gadael Caernarfon yn ei Morris Oxford ar y ffordd i Dreheli.

Aeth Brian Edwards yn bersonol i oruchwylio'r trefniadau yn Llys Gwern.

Yn y cyfamser, roedd swyddogion y Cyrnol yn Llundain wedi darganfod mai rhif cofrestru ffug a welwyd ar fan Morgan a'i bartner yn Burton Mere. Yn ôl swyddfa gofrestru cerbydau Middlesex, rhif car salŵn Ford Prefect oedd AHX 973, nid rhif fan ac mai platiau rhif ffug felly oedd ar y fan a herwgipiodd Sam.

O'r diwedd roedd rhywun wedi llwyddo i olrhain yr ail rif ffôn a gafwyd yn fflat Morgan. Rhif ar gyfer modurdy ceir ail-law yn Hillingdon, Llundain, oedd o ac yno roedd Morgan wedi prynu'r fan. Aeth swyddog yno â llun Morgan, a chadarnhaodd y perchennog mai fo a brynodd y fan bythefnos ynghynt ar Hydref 13eg – Commer 1500 glas, yn pwyso tri chwarter tunnell, a'i rhif cofrestru oedd APG 837. Hysbyswyd heddluoedd y pum sir o rif cywir y fan, ond gyda rhybudd y gallai rhif ffug fod arni bellach ac y gallent ddisgwyl gweld disg treth â'r dyddiad *Jan 65* arni.

Daeth yn eglur nad Morgan oedd wedi gyrru'r fan oddi yno. Roedd Morgan wedi talu am y fan ac arwyddo'r gwaith papur ar y trydydd ar ddeg, ond rhywun arall a ddaeth yno i yrru'r fan ymaith ar y bore Gwener, Hydref 23ain. Roedd gan hwnnw lythyr wedi ei arwyddo gan Morgan, a'r llyfr log yn ei law, i gadarnhau'r trefniant. Cyflwynodd y dyn ei hun fel Bill Jones, ond ni chredai'r Cyrnol am eiliad mai dyna oedd ei enw cywir. Yr halen ar y briw, er na sylweddolai'r Cyrnol hynny ar y pryd, oedd yr enw a ddefnyddiodd Morgan i brynu'r fan ac i arwyddo'r llythyr o awdurdod: Alec Leamas. Doedd yr enw'n golygu dim i'r Cyrnol, ond dywedodd un o'i swyddogion iau wrtho mai dyna enw prif gymeriad nofel ddiweddar John le Carré, *The Spy who came in from the Cold*. Pan ddeallodd yr ergyd, roedd hyfdra Morgan yn codi braw ar y Cyrnol. Oedd unrhyw derfyn i her a rhyfyg y dyn? Am y canfed tro, holai ei hun sut ddiawl na fyddai wedi gweld y perygl flwyddyn yn ôl?

Felly, yr ail ddihiryn a herwgipiodd Samantha Darrow wnaeth yrru'r fan o fwrdeistref Hillingdon, yng ngorllewin Llundain, i gwrdd â Morgan yn rhywle yng ngogledd Cymru neu Swydd Caer. Ond ble roedden nhw erbyn hyn? Beth oedd Morgan wedi ei wneud â Samantha? Fyddai yr ail ddihiryn yn gallu rheoli mileindra'i bartner, neu ai adar o'r unlliw oedd y ddau? Doedd cydweithrediad y partner mewn herwgipiad treisgar ddim yn argoeli'n dda o gwbl.

27 Hydref 1964

'Rhaid iddo lwyr alaru
Tywyllwch tew o'i ddeutu,
Y drwg o'i ôl a gwaeth o'i flaen
A'i drwyn ar faen llifanu.'

Tribannau Morgannwg

Taflai lamp baraffîn gylch melyn o oleuni ar ganol y llawr pridd, lleidiog. Ar bâr o hen sachau yng nghanol y cylch eisteddai dau ddyn ifanc, y naill a'r llall â blanced aflêr a di-raen dros eu hysgwyddau. Sipian coffi du roedd y ddau, a thecell bychan yn dal i ffrwtian ar stof Primus wrth ochr y lamp. Roedd olion llaid a baw ar ddillad y ddau, a chysgodion tridiau heb siafio ar eu hwynebau. Bob hyn a hyn, bwriai'r byrraf o'r ddau gipolwg i'r tywyllwch tu draw i'r cylch goleuni. Yn nüwch y cysgodion, gorweddai merch ifanc, ei dillad hithau'n fudron a'i breichiau a'i choesau wedi eu rhwymo'n dynn. Wynebai tuag at y pared anweledig, ac nid oedd na siw na miw i'w glywed ganddi.

"Is she all right?" gofynnodd y stwcyn.

"Leave her be. She's probably sleeping. She's made enough of a bloody racket all day. Time we had some peace and quiet."

Jeff Hickson oedd y stwcyn – llanc ifanc cydnerth o dde Llundain, a fu'n labrwr yn y diwydiant adeiladu ers iddo adael yr ysgol yn bymtheg oed. Ar safle adeiladu roedd wedi cyfarfod ag Elwyn Morgan ym mis Awst a chawsai'r llanc dwy ar hugain oed ei gyfareddu gan hanesion lliwgar Morgan am ei ddyddiau yn y Fyddin yn ymosod yn ddirgel ar filwyr gerila yng nghoedwigoedd trofannol Indonesia, gan ddefnyddio'i gyllell Kukri i ladd yn ddistaw a disymwth. Gallai Jeff ddychmygu Elwyn hefyd, â'i wn peiriant Sterling yn drybowndian yn ei ddwylo, wrthi'n difa nytheidiau o derfysgwyr EOKA ym mynyddoedd Ynys Cyprus.

Yn yr un modd, gallai Jeff gydymdeimlo ag Elwyn yn cael ei gyhuddo ar gam o ymosod ar Sam Darrow, ei farnu'n droseddwr gan y llys a'i ddiarddel o'r gwasanaeth a fuasai'n bopeth iddo ers deuddeng mlynedd. Ffieiddiai Jeff ystrywiau Sam, yn twteimio efo hogyn arall ac yna'r ddau yn cynllwynio i gael gwared ar Elwyn trwy ei ddwyn i drybini.

Cymaint oedd dylanwad Elwyn arno, cytunodd Jeff i helpu ei fêt mewn ymgyrch feiddgar yn herwgipio Sam a'i dal yn gaeth hyd nes y cyfaddefai i'r heddlu bod ei thystiolaeth yn ffug. Dileu cosb Elwyn oedd y bwriad, fel y medrai barhau â'i yrfa yn y fyddin. Bu cymorth Jeff yn hanfodol yn rhan gyntaf cyrch Elwyn. Cawsai esgus digonol dros fynd i ogledd Cymru, sef i weld ei rieni. Serch hynny, gwyddai y byddai swyddogion yr hen Gyrnol yn ffroeni rhyw ddrwg yn y caws pe byddai'n prynu neu hurio car, heb sôn am fan, ar gyfer y siwrnai. Yn y cyfamser, gwelodd fod fan Commer ail-law ar werth yn Hillingdon ac aeth i'r modurdy i'w phrynu, ac arni ddisg treth werthfawr. Roedd wedi gwneud trefniadau â pherchennog y modurdy y byddai cyfaill iddo'n dod i nôl y fan. Trefnodd i Jeff yrru'r fan i ogledd Cymru yn oriau mân fore Sadwrn ac i'r ddau gyfarfod ger Treffynnon am hanner dydd.

Roedd gan Elwyn reiffl wedi ei guddio rhag yr heddlu o dan estyll y llawr yn ei fflat yn Enfield ar ôl dod adref o

Dreheli. Un dydd Sadwrn yn ddiweddar, llwyddodd i fynd i Croydon a phrynu stoc o fwledi i'r reiffl. Bu'n fwy o fenter cael gafael ar y dryll llaw, ond gwnaeth gytundeb llafar efo cyn-filwr a oedd wedi ceisio'i ricriwtio i ymuno â mintai o filwyr cyflog i fynd ar gyrch cudd i Affrica. Nod y cyrch fyddai helpu rhanbarth lewyrchus Katanga i dorri'n rhydd oddi wrth weriniaeth helbulus y Congo. Llwyddodd Elwyn i gael dryll llaw awtomatig a chyflenwad o fwledi gan yr asiant ricriwtio – ar gyfer 'ymarfer' cyn ymuno.

Edrychodd Elwyn o'i gwmpas. Ogof ddofn wedi ei naddu allan o garreg galch y mynydd, y tu allan i Dreffynnon, oedd eu cuddfan. Fel chwarel galchfaen y cawsai'r ogof ei chloddio yn oes Fictoria, ond bu'r lle yng ngafael y Weinyddiaeth Ryfel trwy gydol yr Ail Ryfel Byd. Cafodd miloedd o fomiau yr Awyrlu eu storio yno, yn cynnwys y *bouncing bombs* enwog a ddyfeisiwyd gan Barnes Wallis ar gyfer ffrwydro argaeau Möhne ac Eder yn yr Almaen yn 1943.

Cafodd gweddill y bomiau eu clirio ar ôl y Rhyfel, ac ar droad y pumdegau bu Elwyn a rhai o'i ffrindiau yn reidio yno ar eu beiciau o'r Rhyl, yn chwilota am olion hen geriach milwrol. Roedd galeri hir, isel, yn arwain trwy'r graig tuag at yr ogof fewnol, lydan. Bu'r ogof yn anghyfannedd ers y dyddiau hynny, tan i Elwyn dorri cloeon y giatiau rhydlyd ar fore Sadwrn ei ddiflaniad. Ar y libart eang o flaen yr ogof, lle byddai lorïau mawr yn llwytho a dadlwytho trwy gydol y Rhyfel, roedd coediach a brwgaets wedi tyfu'n wyllt, ac yno cuddiodd Elwyn yr Hillman ar fore Sadwrn, wrth aros i Jeff gyrraedd o Lundain gyda'r fan.

Ar brynhawn Sadwrn, rhoes Elwyn ordors i Jeff i drefnu rhyw fath o wersyll a chysgodfan yn yr ogof, tra gyrrodd yntau i Fangor yn y fan. Gwyddai mai ym Mangor Uchaf y trigai llawer o fyfyrwyr y brifysgol ac ymunodd â chriw ar ddiwrnod y ffair yn y Menai Vaults, gan daro sgwrs yn Gymraeg gyda hwn a'r llall. Trwy holi a stilio yno, cafodd wybod bod Caerwyn Rowlands yn lletya gerllaw i'r Vaults, bod ei gariad o Goleg Aberystwyth ym Mangor gydag o, a bod y ddau yn treulio'r prynhawn a'r cyfnos yn Ffair y Borth.

Wrth yrru'r fan tuag at Bont y Borth, roedd ar ben ei ddigon. Cawsai wybod gan Carys Owen yn Summerland fod cartref Luned mewn pentref bychan ym Mhen Llŷn, Brynserth. A dyma hi ym Mangor, yn darged arall delfrydol ar gyfer ei ddialedd! Hawdd iawn fyddai iddo saethu'r ddau ar y ffordd dywyll yn ôl o'r Borth i Fangor liw nos; cawsai brofiad blaenorol fel sneiper. Ond doedd hynny ddim at ei ddant chwaith – roedd arno eisiau'r cyfle i sawru eu hofn wrth eu dal yn gaeth cyn eu lladd.

Erbyn iddi nosi, roedd cyffiniau'r Borth yn berwi o blismyn, a sylwodd fod car patrôl wedi parcio wrth ochr y ffordd i Fangor. Roedd yntau wedi parcio'r fan Commer ar y lôn fechan i Dreborth, ger Pont Menai a thafarn yr Antelope. O'i guddfan ger y Bont, gwelodd Caerwyn a merch ifanc – Luned yn ddi-os – yn cerdded i gyfeiriad Bangor ymysg heidiau o bobl eraill. Yna, o hirbell, gwelodd gar yr heddlu yn stopio wrth ymyl y ddau, a hwythau'n mynd i mewn iddo.

Roedd ei ddiflaniad o'r Rhyl wedi gollwng y llwynog i'r cwt ieir, felly. Byddai plismyn ledled y gogledd yn chwilio amdano erbyn hyn. Doedd dim gobaith cipio'r ddau heno bellach, ac felly gyrrodd yn ôl i'r ogof ger Treffynnon.

Drannoeth, a hithau'n fore Sul, gyrrodd i Gaer yn y fan. Cawsai glywed dipyn am fywyd Sam yng Nghaer pan oedd hi ac yntau'n gariadon. Gwyddai ym mha stryd roedd ei llety, a chadwodd yn gwbl glir ohoni. Yn nhawelwch y Sul, cerddodd yn ddirwystr i gyntedd prif adeilad y coleg addysg a bu'n chwilio am hydoedd am fanylion yr amserlen y byddai Sam yn ei dilyn, yn arbennig ar hysbysfwrdd yr Adran Addysg Gorfforol. Heb gael dim o fudd, troes at hysbysfwrdd yr Adran Addysg. "Bullseye," sibrydodd dan ei wynt. Gwelodd restr o fyfyrwyr yr ail flwyddyn fyddai'n mynd ar waith maes i Burton Mere ar fore Mawrth. Prin y credai ei lwc, fel seren roedd yr enw "Darrow, S.J." ar y ffurflen.

Beth fyddai penllanw'r holl gynllwynio, felly? Nod Elwyn oedd cael y tri at ei gilydd a'u poenydio – yn feddyliol ac yn gorfforol a bodloni'r blys oedd wedi bod yn ei gnoi ers wythnosau. Wedi'r boddhad hwnnw, ni fyddai eu saethu'n gelain fawr mwy na sathru tair o chwilod dinod o dan ei draed.

"I think she's waking up…"

Torrodd llais Jeff ar draws ei ffantasïo tywyll yn yr ogof.

Edrychodd Elwyn i gyfeiriad Sam. Roedd hi'n symud ychydig, ond doedd dim ebwch i'w glywed ganddi. Prin ei bod wedi deffro'n iawn, neu mi fyddai'n cadw stŵr eto, â'i llais yn diasbedain yng ngwagle'r ogof.

Trodd Jeff i edrych ar Elwyn â chymysgedd o annealltwriaeth a phryder yn ei wyneb.

"She's sticking to her story, this girl, i'nt she?"

"What?"

"Her sodding story – that you worked her over in that holiday camp."

"She's just a liar. I'll get her to change her tune, don't worry."

"I can't see her changing her tune for the Old Bill, when she won't even change it here, trussed up like a bloody chicken."

Rheg sarrug oedd unig ymateb Elwyn i'w sylwadau.

Daliai Jeff i syllu'n ymholgar arno.

"And what's all that crap about you pleading guilty in court? That's what she said. I thought she'd grassed you up in court. She couldn't have, if you'd pleaded guilty. She'd never have been called."

Edrychodd Elwyn arno â llygaid iasoer. Roedd hwn wedi dechrau meddwl drosto'i hun. Unwaith y byddai Sam yn effro eto, byddai hithau'n gweiddi a blagardio nerth ei phen. Doedd hynny'n poeni dim arno. Ond roedd lle i boeni a fyddai Sam yn porthi amheuon Jeff ynglŷn â'r hyn a ddigwyddodd yn Summerland, ac yn peri iddo amau beth oedd gwir bwrpas yr herwgipio y bore hwnnw.

Buasai'n fwriad gan Elwyn i gael gwared ar Jeff cyn diwedd y fenter, gan iddo ei dwyllo i gredu mai profi celwydd Sam a Caerwyn oedd ei nod. Doedd wybod beth fyddai ymateb Jeff pan sylweddolai'r gwirionedd. Waeth iddo gael gwared arno heno, cyn iddo ddod yn rhwystr gwirioneddol.

Erbyn hyn roedd Sam yn dechrau mwmian yn floesg a gwingo yn ei rhwymau. Dywedodd Elwyn wrth Jeff am fynd allan i'r fan i chwilio am dun arall o baraffîn i gadw'r lamp ynghyn drwy'r nos. Lluchiodd allweddi'r fan iddo. Ufuddhaodd Jeff ar unwaith, ond gynted ag yr aeth o'r golwg, cododd Elwyn a thyrchu yn un o'r bagiau cynfas mawr ar y llawr. Estynnodd liain tew, ac o'i blygion tynnodd gyllell finiog ac iddi lafn hir. Cerddodd draw i fagddu'r galeri allanol ac aros yn ei chysgodion.

Wrth i Jeff ddychwelyd, llithrodd Elwyn yn gyflym o'r cysgod a thrywanu'r llanc ar draws ei wddf, nes bod y gwaed yn pwmpio'n ddiarbed o'i wythïen fawr. Heb air na bloedd, ac yntau'n dal i syllu'n anghrediniol ar Elwyn, suddodd Jeff yn ddiymadferth i'r llawr, a'r tun paraffîn yn cloncian ar y garreg wrth ei ochr. Ymhen munud roedd yn farw gelain. Gwthiodd Elwyn ei law i'w bocedi i ffeindio allweddi'r fan, a symudodd y tun paraffîn o'r neilltu. Yna llusgodd y corff gwaedlyd gerfydd ei sodlau i gornel dywyllaf y galeri, cyn dychwelyd i'r ogof fewnol i gyrchu blanced i guddio'r corff. Ond ni allai guddio'r pwll o waed a oedd yn prysur socian i mewn i'r llawr pridd wrth geg y galeri. Erbyn iddo ddychwelyd i'r ogof fewnol, roedd Sam wedi deffro, yn wyn gan ofn, o dan haenen o lwch a baw.

"What are you going to do, Elwyn? You can't keep me here forever. The police will be looking all over for me by now."

"They won't find you Sam: this place is right off the beaten track. Anyway, we'll be moving out soon – tomorrow, probably."

"Where? What do you want from me, Elwyn? What's the point of all this?"

"We're going to have a little party soon, Sam. Just a few close friends."

Edrychodd hithau i fyw y llygaid didostur.

"What friends?"

"Me, you – and young Caerwyn, your knight in armour. It's going to be a cracking do! Oh, and there'll be one other, for luck."

"Who?" gofynnodd mewn islais pryderus.

"Someone you haven't met before. I'll introduce you. Caerwyn's girlfriend, Luned. I'm sure you'll like her."

"You're going to kidnap them too? And what are you going to do with us?"

"I've been doing a lot of thinking about that, Sam, some hard thinking. Had some really sexy ideas about what we can do when we're alone together. What do they call it – *Ménage à trois?* Luned ought to know what that means. She's been learning French. Did you know that? It'll go with a bang, this party – a real knockout!"

Roedd y braw ar wyneb Sam yn boenus o amlwg erbyn hyn. Ers iddi ddeffro roedd wedi bod yn ceisio codi ar ei heistedd, ond roedd y rhwymau'n rhy dynn a'i choesau wedi cyffio cynddrwg nes iddi gwympo ar y llawr lleidiog. Yn ei hofn, penderfynodd beidio ag ateb Elwyn, rhag i ryw air o'i heiddo ei gynddeiriogi a hithau'n gwbl ddiamddiffyn. Doedd dim hanes am bartner Elwyn. Aethai yntau o'r golwg i rywle. Doedd dim i rwystro Elwyn rhag ei threisio, ac yntau eisoes yn brygowthan ensyniadau rhywiol. Doedd wybod beth a wnâi.

Sylwodd Elwyn ei bod yn bwrw ambell i drem at fynedfa'r ogof. Ai chwilio am Jeff oedd hi, tybed?

"Jeff's gone, Sam, if that's who you're looking for. He won't be joining us again. It's just you and me for tonight – just the two of us."

Caeodd Sam ei llygaid a gadael i'w chorff lithro'n ôl i'r llawr. Wedi ei rhwymo mor dynn, prin y gallai Elwyn ei threisio. Er petai o'n dechrau datod y rhwymau am ei choesau, gallai hithau geisio rhoi cic iddo yn ei ben. Roedd ei hesgidiau cerdded yn dal am ei thraed. Ond, â'i breichiau a'i dwylo wedi eu rhwymo y tu ôl i'w chefn, ni allai wneud llawer mwy. Yn waeth byth, petai hithau'n ceisio ei rwystro, roedd perygl y byddai'n ei dyrnu ac efallai ei lladd. Cofiai'r foment ingol yn Summerland, pan aeth ei ddwylo at ei gwddf, â'i lygaid fel dau golsyn. Torrodd Elwyn ar draws ei meddyliau ofnus:

"Don't worry, Sam. You can sleep tight tonight. I'm saving you for later. I don't want to spoil you for the party."

Cododd o ymyl y stof a cherddded tuag ati. Daliodd hithau ei gwynt. Er bod ei llygaid ar gau, gallai glywed ei draed yn crensian ar y graean mân yn y llawr pridd, a chlywed ei anadlu pan fyddai'n plygu drosti. Gafaelodd Elwyn yn y rhwymau am ei breichiau a'i choesau gan sicrhau eu bod yn hollol dynn. Cyn troi ymaith, rhoes ei law ar ei chlun a gwasgu trwy ei denims mwdlyd.

"I'll feed you later, and give you a drink. Don't want you to peg out on me before the big day."

Cerddodd allan o'r ogof i awel oer y nos. Defnyddiodd ei fflachlamp i fwrw golwg ar y fan a'r car Hillman. Roedd y ddau wedi'u cloi'n ddiogel, ac yn gwbl anweledig o'r ffordd. Yna, camodd ar draws y libart a chyfeiriodd y golau at drydydd cerbyd – cerbyd llwyd wedi ei gysgodi gan frigau'r coed. Fan Bedford oedd hon, yn llai ac ysgafnach na'r Commer, yr oedd wedi ei phrynu o dan enw ffug yn Nhreffynnon ar y bore Sadwrn, rhyw ddwy filltir o safle'r ogof, cyn i Jeff gyrraedd o Lundain. Nid oedd yr heddlu na gweision y Cyrnol yn gwybod dim am hon. Roedd ffyrdd gogledd Cymru yn gwbl agored iddo gwblhau ei dasg.

Cysgwch yn dawel, Caerwyn a Luned, meddai wrtho'i hun – am y tro.

27 Hydref 1964

'Tawel oedd, fel tymestl hell pan ddelo,
A'i braw yn duo yr wybren dywell.'

T. Gwynn Jones

Aethai'n hwyr yn y prynhawn erbyn i bawb gyrraedd Llys
Gwern. Luned oedd yr olaf, wedi'r siwrnai o Aberystwyth
a'r wlad yn dal i wenu wrth i'r haul suddo'n raddol. Ni allai lai
na meddwl wrth gyrraedd Llŷn a gweld y cysgodion yn ymledu
dros y bryniau cyfarwydd, mor wahanol y teimlai popeth
heno. Roedd wedi gweld yr olygfa hon erioed o Drem y Lli ac
o sawl man arall yn y cyffiniau, a chawsai'r ymdeimlad, bob
tro, o fod adref, o fod yn ddiogel, o fod yn fodlon ei byd. Ond
heno, edrychai pob cysgod ac amlinell dywyll yn fygythiol,
a dim ond y ffaith y byddai ei mam, ei thad a Caerwyn ym
mhen y siwrnai i'w chroesawu a roddai unrhyw gysur iddi.

Pan droes y car oddi ar y briffordd rhwng Treheli ac
Abernyfain, sylweddolodd i ble roedd hi'n mynd. Lôn wledig
yn arwain at Frynserth oedd hon, cwta bum milltir o'i chartref.
Tua dwy filltir o'r gyffordd, daethant at wal uchel, yn dilyn
ymyl y ffordd. Llys Gwern ydi hwn, meddai wrthi ei hun.
Ai'r fan hyn fyddai'r noddfa ddiogel, mor agos at ei chartref?
Arafodd y car o flaen giatiau mawr y plas, lle safai dau blismon
yn cario reifflau. Wedi gair byr â'r heddwas a yrrai'r car,
agorwyd y giatiau ac i mewn â nhw. Prin y sylwodd Luned ar y
parc, gan fod y cyfnos yn dyfnhau, ond ymddangosai fel pe bai

pob un golau ymlaen ar dri llawr y plasty. Teithiai Nicola Rees gyda Luned o Aberystwyth, a gofynnodd iddi a fu hi yn y plas erioed.

"Mae e'n agos i dy gatre di, ond yw e?"

"Ydi, ond fues i erioed trwy'r giât hon o'r blaen. Capten llong, neu 'admiral' ydi'r dyn sy'n byw 'ma. Ychydig iawn fydd o'n ymwneud efo pobol yr ardal, heblaw am Lys yr Ynadon!"

Gwenodd Nicola – roedd tridiau yng nghwmni ei gilydd wedi gwneud y ddwy yn dipyn o ffrindiau. Dim ond pedair blynedd yn hŷn na Luned oedd hithau. Daeth y ddwy allan o'r car, ac estyn eu cesys o'r gist, tra gwyliai plismon arfog arall hwy o bortico colofnog y plas. Agorodd y drws a daeth Brian Edwards allan gan estyn ei law i Luned.

"Croeso i Lys Gwern, Miss Ifans. Mae eich mam, eich tad a Caerwyn yma'n barod. Gwaith da yn ystod y dyddia diwethaf, Cwnstabl Rees. Gobeithio mai distaw fydd y dyddia nesa yma hefyd."

"Diolch, Syr. Mae hi dipyn bach fel Fort Knox 'ma."

"Ydi, dyna'n union ydi'r bwriad. Pobol ydi'r aur byddwn ni'n ei warchod yma. Mi gewch chitha roi help llaw."

Cerddodd Luned i mewn i wyll cyntedd y plasty. Yno yn ei haros roedd ei rhieni a Caerwyn yn sefyll y tu ôl iddyn nhw. Bu cofleidio gwresog, a chafodd Caerwyn gyfle i roi cusan o groeso iddi. Cyflwynodd hithau Nicola i'r lleill, a chafodd y swyddog ifanc dderbyniad cynnes.

Prin y sylwodd Luned ar hyd a lled y cyntedd yng nghanol cyffro'r aduniad. Er ei fod yn bur eang, roedd y nenfwd yn isel a chodai grisiau llydan yn y pen pellaf gan arwain at y ddau lawr uwchben. Roedd y tair gris isaf yn lletach na'r gweddill, a thro yng ngwaith coed sgleiniog y ddau ganllaw wrth iddyn nhw derfynu uwchben y llawr teils amryliw.

Ger gwaelod y grisiau safai Brian Edwards i esbonio'r drefn a fabwysiadwyd yn y plas. Roedd cyflenwad digonol o fwyd a diod am ddeng niwrnod wedi cyrraedd o Fangor – nid o Dreheli, rhag porthi chwilfrydedd lleol. Roedd deg ystafell wely yn y plas, a byddai'r wyth plismon yn rhannu pedair ohonyn nhw. Byddai'r ddwy WPC o Dreheli yn rhannu un llofft, a châi Nicola Rees ymuno â nhw. Llofftydd gwag fuasai'r rhain, ac roedd angen gwelyau-gosod a sachau cysgu ar eu cyfer. Pedair ystafell wely a gedwid wedi eu dodrefnu gan y Comodor. Byddai'r Cyrnol yn rhannu gyda'r Uwch-Arolygydd, tra byddai'r tair llofft arall ar gyfer Mr a Mrs Ifans, Luned a Caerwyn.

Gan y byddai swyddogion yr heddlu ar shifftiau amrywiol o wylio, drwy'r nos a'r dydd, byddai cryn dipyn o fynd a dod. Ar wahân i'r swyddogion arfog wrth y giât ac wrth ddrws y plas, byddai dau swyddog arfog yn y tŷ – un ar y llawr gwaelod a'r llall ar goridor y prif lofftydd, sef llawr canol y plas.

Wedi'r esboniad hwn gan yr Uwch-Arolygydd, camodd y Cyrnol ymlaen i gyflwyno'i hun i Luned. Digon oeraidd oedd yr ymateb a gafodd gan y ferch, tebyg i ymateb ei thad, er bod Luned wedi ysgwyd ei law, fel y gwnaethai ei mam. Roedd y Cyrnol wedi cyrraedd Llys Gwern tua phedwar o'r gloch ac erbyn hynny roedd Brian Edwards wedi sicrhau trefn yno. Yn fuan wedyn, cyrhaeddodd fan â'r gwelyau-gosod, sachau cysgu, clustogau a blancedi, ar gyfer y llofftydd lle byddai'r heddlu'n cysgu. Roedd Edwards yn bwriadu dirprwyo'r ddwy blismones o Dreheli i reoli'r gegin, ond buan y torrodd Rhiannon Ifans ar ei draws.

"Ond yma ar ddyletswydd yn gwarchod ma'n nhw, ynte, Mr Edwards? Dim morynion ydyn nhw. Mi fedran ni drefnu rota, rhwng pawb i baratoi'r bwyd, dwi'n siŵr."

"Digon teg, Mrs Ifans, ond mae'n rhaid i mi bwysleisio mai dim ond y tair WPC sydd heb awdurdod i drin arfau ac felly mi fydd eu dyletswyddau nhw yn bennaf yn y tŷ."

Y noson honno felly, bu Luned, Caerwyn a Nicola yn helpu gyda'r gwaith. Roedd stof Aga fawr yn y gegin, a defnyddiwyd honno ar gyfer paratoi bwyd yn hytrach na'r hen le tân â'i heyrns coginio pygddu, a'r stof nwy enfawr o'r tridegau.

"Pwy fydd yn gneud bwyd i'r Comodor?" holodd Caerwyn wrth stwnsio'r tatws.

"Mae gynno fo howsgipar," meddai Rhiannon Ifans, "a mae ganddi hitha dŷ teras yn Abernyfain. Yn ôl un o'r plismyn, doedd y Comodor ddim isio iddi hi aros yma, ar gownt y perig. Mae hi wedi mynd adref."

"Synhwyrol iawn," cytunodd Nicola. "Pa mor agos i'r plas yw pentrefi Brynserth ac Abernyfain?"

"Tair milltir i Frynserth," atebodd Luned. "Mae Abernyfain rhyw bedair milltir i'r cyfeiriad arall – pentra glan y môr go fawr. Roedd o'n syndod i mi 'u bod nhw wedi dewis lle mor agos at gartra i'n gwarchod ni, er mae o'n hawdd i'w amddiffyn, ma'n debyg."

Wrth i'r paratoadau fynd rhagddynt yn y gegin, roedd y Cyrnol a Brian Edwards yn stydi'r Comodor yn trafod y newyddion diweddaraf am y chwilio.

"Mae Heddlu Swydd Caer wedi methu'n lân â dod o hyd i Samantha Darrow," meddai Edwards, yn dilyn sgwrs ar y ffôn efo'r Dirprwy Brif Gwnstabl yng Nghaer. "Maen nhw o'r farn fod Morgan wedi dod i Gymru erbyn hyn. Does neb wedi riportio gweld y fan Commer – gyda rhif ffug na'i rhif gwreiddiol – ond maen nhw wedi stopio nifer o faniau tebyg, rhag ofn bod Morgan wedi gosod platiau ffug eraill. Dim llwyddiant, yn anffodus. Mae'r heddluoedd eraill yn dal i chwilio ar draws y gogledd. Unrhyw newyddion o Lundain?"

Roedd gwedd y Cyrnol yn bur lwydaidd erbyn hyn. I Brian Edwards, edrychai'r hen filwr fel petai wedi heneiddio tua deng mlynedd ers iddo ei gyfarfod gyntaf yn Nhreheli.

"Un posibilrwydd ynglŷn â phartner Morgan," meddai'r Cyrnol. "Mae teulu o Clapham wedi riportio bod eu mab wedi diflannu heb air wrth neb – llanc tua dwy ar hugain oed. Labrwr ar safle adeiladu a ddaeth, yn ôl ei rieni, yn ffrindia efo cyn-filwr yn y gwaith, ond doeddan nhw ddim yn gwybod enw'r dyn. Mae fy swyddogion i wedi ffeindio mai ar yr un safle ag Elwyn Morgan y bu'r bachgen yn gweithio."

"Beth ydi enw'r bachgen?"

"Geoffrey Hickson – Jeff i'w deulu a mae'r disgrifiad yn ffitio partner Morgan yn Burton Mere i'r dim."

"Beth am lun ohono fo, Cyrnol, oes un ar gael?"

"Roedden nhw'n mynd i anfon teleprint o'r llun i bob swyddfa heddlu. Mae'n siŵr ei fod wedi cyrraedd eich gorsaf chi yn Nhreheli erbyn hyn."

"Mi drefna i rywun ddod â chopi yma ar unwaith," meddai Edwards gan estyn am y ffôn.

"Gofynnwch iddyn nhw roi'r llun i'r swyddog wrth y giât. Byddai'n well peidio ag agor y giatiau o gwbl eto heno."

Wedi cwblhau ei alwad ffôn i Dreheli, edrychodd Edwards yn graff ar y Cyrnol a dweud,

"Un peth sy'n syndod i mi, Cyrnol. Pam nad oes 'na unrhyw fanylion am Morgan wedi bod ar y weiarles na'r teledu, nac yn y papurau newydd? Gallai llun ohono fo mewn papur newydd ddod ag ymateb da gan y cyhoedd – rhywun wedi ei weld yn prynu petrol, neu mewn siop fwyd. Rydan ni'n colli cyfle, yn 'y marn i."

Edrychai'r Cyrnol yn bur anesmwyth, ond roedd ei ateb yn gwbl bendant.

"Asiant yn y gwasanaeth cudd oedd Morgan tan yn ddiweddar. Dydi'r gwasanaeth ddim isio cyhoeddusrwydd o gwbl, Mr Edwards – ac yn sicr, dim cyhoeddusrwydd gwael fel hyn."

"Ond mi ddaw'r cyfan allan wedi i ni ddal Morgan a'i bartner. Herwgipio – mi fydd yn achos llys mawr, gan obeithio i'r nefoedd na fydd yn achos gwaeth erbyn hynny."

"Digon i'r diwrnod ei ddrwg ei hun," oedd sylw digon cwta'r Cyrnol.

Roedd yn amlwg nad oedd y Cyrnol am drafod y mater ymhellach, ond roedd eginyn o amheuaeth yn dechrau pigo o dan groen Brian Edwards. Cofiai'r noson pan ddaethpwyd â Morgan o Summerland i Dreheli i'w gyhuddo. Teimlai bryd hynny fod rhywbeth yn llechu o dan yr wyneb yn yr achos. Roedd ei reddf a'i brofiad yn awgrymu, unwaith eto, fod rhywbeth heb ei ddatgelu.

Cafwyd awyrgylch hynod o gymdeithasol y noson honno yn yr ystafell fawr gysurus, y *sitting-room*. Ymgollai pawb mewn hen soffa neu gadeiriau breichiau mawr lledr o flaen tanllwyth o dân. Uwchben y lle tân llydan, cawsai brest y simdde ei haddurno â gwaith plastr, â'r arfbais deuluol yn y canol, wedi ei pheintio a'i goreuro. Duodd canrif o fwg gryn dipyn ar liw hufen y plastr. Serch hynny, roedd yr arfbais yn drawiadol.

"Hen deulu Cymraeg ydi Treharne, felly?" holodd Caerwyn

"Ie," meddai Gwilym Ifans, "roedden nhw'n hawlio eu bod yn ddisgynyddion i'r brenin Trahaearn ap Caradog, a gafodd ei ladd gan Gruffudd ap Cynan yn mrwydr Mynydd Carn."

"Pryd oedd hynny?" gofynnodd Luned.

"Cyfnod y Normaniaid – 1081 yn ôl Syr John Lloyd."

Yn raddol, dadmerodd yr iâ rhwng Gwilym Ifans a'r Cyrnol, a bu'r ddau yn cymharu eu profiadau rhyfel yng Ngogledd Affrica a'r Eidal, lle bu'r ddau yn gwasanaethu rhwng 1942 ac 1944. Nid oedd teledu yn y plas. Credai'r Comodor mai gwamalrwydd di-fudd oedd rhaglenni'r ddwy sianel. Er hynny, roedd lle anrhydeddus yn y lolfa i'r set radio, a hwnnw'n ddodrefnyn nobl mewn gwasgod o goedyn cnau golau. Gwrandawodd pawb ar y newyddion am naw o'r gloch, ac os oedd unrhyw un yn dyfalu pam na fu cyfeiriad at yr herwgipiad ar Benrhyn Cilgwri, ni ddywedodd neb air.

Erbyn i bawb noswylio, roedd y llun o Jeff Hickson wedi cyrraedd Llys Gwern, ond ni ddaeth unrhyw newyddion pellach am hynt y ddau ddihiryn na'u carcharor.

Wrth fynd am eu llofftydd, sibrydodd Luned wrth Caerwyn:

"Tyrd draw yn y munud."

Wedi ymolchi a newid i'w byjamas, agorodd Caerwyn ddrws ei lofft yn bwyllog a mynd o lech i lwyn at ystafell Luned. Ni feiddiodd roi cnoc ar y drws, fe'i hagorodd a sleifio i mewn.

Gwenodd Luned wrth ei weld mor llechwraidd.

"Dipyn gwahanol i Amboise," meddai.

Eistedd ar ei gwely roedd Luned, mewn coban o gotwm yn hytrach na'r pyjamas y bu'n ei wisgo yn Ffrainc. Trawodd ei llaw ar wrthban y gwely, yn arwydd i Caerwyn ddod i eistedd wrth ei hochr. Rhoes yntau ei fraich amdani ar unwaith a bu'r ddau yn cusanu'n danbaid, gan orweddian ar wyneb y gwely. Rhoes Caerwyn ei law o dan ei choban a'i hanwesu'n dyner.

"Well i chdi beidio â mynd ymhellach," meddai Luned, gyda gwên. "O dan yr amgylchiada, synnwn i ddim na fydd Mam yn taro'i phen i mewn i neud yn siŵr 'mod i'n iawn."

"O leiaf mi fasa'n gweld bod gen ti *bodyguard* reit wrth dy ymyl!"

"O, ia! A be fasa' ti'n ddeud? 'Helo, Mrs Ifans, jest morol bod Luned yn saff ydw i!'"

Wedi cofleidio am rai munudau, edrychodd Luned yn ddwys ar Caerwyn.

"Wyt ti'n meddwl y daw o yma, Cer?"

"Dwn i ddim. Ma'n bosib y llwyddith o i ffeindio'r lle. Mae o'n gwybod am Frynserth ac mae'r plas yma mor agos. Ond fedar o byth bythoedd ddod i mewn, Lun, efo'r holl blismyn â'u gynna, a'r wal rownd y lle i gyd. Mae o fel castall."

Mewn islais pryderus, gofynnodd hithau, "Beth mae o 'di neud efo Sam? Mae o wedi 'i chipio hi ers y bora – ymhell dros ddeuddeg awr bellach..."

Osgôdd Caerwyn gynnig ateb. Ofnai fod Elwyn wedi ei lladd. Yr unig obaith i Sam oedd bod y cythraul am ei chadw'n fyw nes iddo gael gafael ar Luned ac yntau. Ond, gan nad oedd gobaith mul ganddo o wneud hynny, bellach...

Wrth ddychwelyd i'w lofft ei hun, gwelodd Caerwyn blismon efo reiffl yn sefyll ym mhen draw'r coridor. Cododd hwnnw ei law ac amneidiodd arno i'w baglu hi am ddiogelwch ei ystafell ar unwaith.

28 Hydref 1964

'Cyn i'r dydd wawrio daw'r llofrudd
i ladd yr anghenus a'r tlawd,
Yn y nos y gweithia'r lleidr;
y mae'n torri i mewn i dai yn y tywyllwch...
Y mae'r bore yr un fath â'r fagddu iddynt;
eu cynefin yw dychrynfeydd y fagddu.'

Llyfr Job, y Beibl Cymraeg Newydd

Gwawriodd bore Mercher yn llwm a llwydaidd. Roedd Elwyn Morgan ar y ffordd yn gynnar, gyda Sam yn ei rhwymau yng nghefn y fan Bedford. Rhoesai ddos arall o'r cloroffform iddi, i'w chadw'n ddistaw ar y daith; ac roedd blanced drosti yn ei chuddio'n llwyr. Cawsai lond ei hafflau o drafferth efo hi, yn ystod y nos a'r bore hwnnw. Roedd wedi datod rhwymau ei dwylo a'i breichiau fel y medrai fwyta ac yfed, ond er bod dryll yn ei law, dyma'r gnawas yn ceisio cripio'i wyneb. Rhoes yntau glustan galed iddi am ei thrafferth. Bu digon o stryffagl yn yr ogof, ond doedd ganddo ddim syniad sut yr ymdopai pan fydden nhw draw yn nghefn gwlad Llŷn, heb unlle i'w chadw ond yn y fan.

"Mi geith neud yn 'i throwsus," meddai wrtho'i hun yn filain.

Bu'n astudio'i fap o ogledd Cymru cyn cychwyn. Gwelsai mai'r ffordd hwylusaf i gyrraedd Brynserth, o gyfeiriad Caernarfon, fyddai trwy bentref Caernant. Dilynodd y mynegbost i'r cyfeiriad hwnnw, ar hyd ffordd a godai'n serth dros ysgwydd bryn uchel. Ar y map edrychai Brynserth yn lle bychan iawn; felly byddai'n rhaid iddo fod yn ofalus wrth yrru trwy'r pentref, rhag iddo dynnu sylw'r plismyn a allai fod yn gwarchod Trem y Lli.

Llechwedd bryn, bron yn glogwyn, oedd y lle a welodd Morgan wrth iddo gyrraedd arwydd pentref Brynserth. Enw perffaith arno. Gyrrodd yn bwyllog heibio i'r ychydig dai ac yna, wedi gadael y pentref, tynnodd dŷ pur drawiadol ar y llechwedd ei sylw. Gallai weld car plismon wedi ei barcio ar y dreif, a safai swyddog o flaen drws y tŷ.

Doedd dim modd barnu a oedd rhywun gartref. Yn sicr, doedd dim car arall i'w weld o flaen y tŷ, ond efallai fod garej neu lain parcio yn y cefn, na fedrai eu gweld. Byddai'n rhy beryglus iddo yrru i fyny'r lôn serth a chul heibio ochr y tŷ, tua'r mynydd. Wedi'r holl ofal a gymerodd i fynd a dod yn ddiarwybod i neb, doedd Morgan ddim am i'r plismon sylwi ar y fan ddieithr a nodi ei rhif. Gyrrodd heibio heb amrywio dim ar ei gyflymdra.

Ymhen rhyw ddeng munud, cyrhaeddodd bentref glan-môr Abernyfain – lle prysur yn cynnwys sawl siop. Gallai brynu mwy o fwyd yma a llenwi'r tanc â phetrol. Gwell fyddai gwneud hynny tra oedd Sam mewn trwmgwsg. Dim ond gobeithio nad oedd lluniau ohono yn y papurau newydd erbyn hyn. Bu'n gwrando ar y newyddion ar ei radio fechan neithiwr, ond ni fu cyfeiriad o gwbl at yr herwgipio, er ei bod yn drosedd anghyffredin iawn ym Mhrydain. Tybed a oedd yr hen Gyrnol wedi llwyddo i fwrw gorchudd dros y stori?

Parciodd y fan ar y stryd, yn agos at y siopau, ac aeth i mewn i brynu torth wedi'i sleisio, caws, llaeth a phacedi o greision Smith's, yn ogystal â dwy botelaid fawr o Tango. Yn y siop bapur, y drws nesaf, prynodd y *Liverpool Daily Post* a'r *Daily Mirror*. Wedyn gyrrodd y fan i fodurdy ar gyrion y pentref i brynu petrol. Daliai Morgan ei wynt wrth i ddyn y garej lenwi'r tanc – ac yntau'n sefyll fodfeddi yn unig oddi wrth gorff swrth Sam yng nghefn y fan.

Wedi gyrru allan o Abernyfain, gwelodd lôn gul yn troi o'r neilltu, ond gyda dwy linell wen ar draws y gyffordd yn dangos ei bod yn ffordd gyhoeddus. Gyrrodd ar hyd iddi am sbel, cyn dod at encil bychan, lle roedd y cloddiau'n uchel o boptu iddo. Parciodd y fan yno, a throes i fwrw cipolwg ar Sam. Dim symudiad o gwbl, ond fe'i clywai'n anadlu o dan y flanced.

Estynnodd y ddau bapur newydd, gan gychwyn efo'r *Daily Post*, papur o lannau Merswy, ond wedi craffu ar bob tudalen, gwelodd nad oedd unrhyw sôn am yr herwgipiad. A doedd dim llun ohono yntau chwaith fel rhywun roedd yr heddlu yn chwilio amdano. Pur annhebygol felly y byddai'r un gair amdano yn y *Daily Mirror*, ond bwriodd gipolwg drwy hwnnw hefyd. Dim sôn. Gwnâi hynny bethau'n haws o lawer iddo fwrw ymlaen â'i gynlluniau.

Aeth allan o'r fan i ystwytho'i goesau. Prin y gallai weld dros ben y cloddiau uchel i'r caeau gerllaw. Felly, ni fedrai neb ei weld yntau heb yrru neu gerdded ar hyd y ffordd. Da o beth mai'r fan Bedford oedd ganddo, gan ei bod yn llai o faint a'i tho'n is na'r Commer, yn ffitio fel bys i faneg yn yr encil, yn gadael lle i dractor neu lori wartheg fynd heibio, pe bai angen. Ni fyddai stranciau Sam yn tynnu sylw chwaith.

Cymerodd sleisen o fara a thamaid o gaws wrth feddwl am ei gam nesaf. Dylai fynd yn ôl i Frynserth liw nos i weld a oedd rhywun yn Nhrem y Lli, ac a oedd yr heddlu'n gwylio'r lle rownd y rîl. Roedd Carys Owen, yn Summerland, wedi dweud mai lle anghysbell oedd Brynserth, a bod mam Luned gartref trwy'r dydd pan fyddai ei gŵr yn gweithio. Bwriad Morgan oedd ei chymryd yn wystl er mwyn denu Luned a Caerwyn o'u cuddfannau. Byddai'n anos gwneud hynny rŵan, â'r heddlu ar wyliadwriaeth, er gallai ddelio ag un plismon, un arfog, hyd yn oed.

Ond ble roedd Caerwyn a Luned erbyn hyn? Oedden nhw'n dal yn eu colegau, neu a oedd y Cyrnol wedi mynd â nhw i rywle diogel? Doedd siwrnai i Aberystwyth, gyda dau o wystlon blin, ddim yn apelio ato o gwbl, yn gwingo ac yn cicio yn y Bedford yr holl ffordd.

Trueni, ac yntau wedi gobeithio cael y tri stiwdant at ei gilydd i dalu'r pwyth. Ond dyna fo, gallai gael gwared ar Sam yn rhywle. Bwrw'r corff i'r môr, efallai. Byddai mam Luned yn fwy o werth fel gwystl na Sam.

Edrychodd ar y map eto. Sylwodd fod ffordd fechan yn torri ar draws gwlad o gyrion Brynserth i ymuno â ffordd Treheli, gan osgoi Abernyfain. Dyna a wnâi heno: mynd draw i Frynserth trwy Abernyfain, sef y ffordd y bu arni heddiw, a dod oddi yno ar hyd y ffordd gefn.

Pe deuai'n amlwg nad oedd neb yn aros yn Nhrem y Lli, byddai'n rhaid iddo ailfeddwl, a chychwyn am Fangor neu Aberystwyth. Aber fyddai'r siawns orau, gan iddo glywed Carys yn sôn am fyngalo roedd rhieni Luned wedi ei brynu yno. Efallai mai yno roedd y Cyrnol wedi casglu ei gywion ynghyd. Ceisiodd wneud ei hun yn gyfforddus a hepian am ychydig tra cysgai Sam. Byddai'n noson – a diwrnod – hirfaith.

*

Yn Llys Gwern, cafodd y gwesteion gyfle i fwrw golwg dros y plas a'i barc yng ngolau dydd. Roedd Gwilym Ifans yn adnabod y Comodor, wedi cyfarfod ag o droeon ar waith y Cyngor Sir. Disgrifiodd ef fel patrwm o'r cymeriad cartŵn adeg rhyfel, Colonel Blimp, gyda'i wyneb fflamgoch a'i bersonoliaeth frochus, yn llond ei groen ac yn tueddu i ebychu yn hytrach na siarad. Y gwahaniaeth pennaf rhyngddo a'r cartŵn dychanol oedd absenoldeb y mwstás mawr fel cyrn ychen. Yn y Llynges, roedd y mwstás yn esgymun beth, a gwisgai'r Comodor farf oedd mor gringoch â'i ruddiau. Hen Dori uchelwrol oedd Treharne, ond clywsai Gwilym iddo anfon cyfraniad hael at Gronfa Amddiffyn Capel Celyn yn y pumdegau, ac iddo sgwennu llythyr chwyrn at Henry Brooke, y Gweinidog dros Faterion Cymreig, ar ôl i Ddeddf Lerpwl hwylio'n ddidrafferth drwy Dŷ'r Cyffredin.

Cymerodd Luned a Caerwyn ddiddordeb yn y plasty. Cynnyrch oes Fictoria oedd o, heb unrhyw olion o'i ragflaenydd Tuduraidd, heb sôn am olion o neuaddau cynharach – y cyfan wedi diflannu'n llwyr. Eto roedd nodweddion trawiadol iddo. Roedd llawr y cyntedd wedi ei balmantu â theils Jackfield – teils diwydiannol, llachar eu lliwiau, â'r patrymau a'r lliwiau wedi eu suddo'n ddwfn yn y clai wrth eu crasu, ac wedi dal traul y blynyddoedd.

Fel arfer mewn plastai byddai nenfwd uchel i'r cyntedd, a byddai landin y llofft a'i ganllawiau yn agored a gweladwy. Ond nid felly yn Llys Gwern: yma roedd y grisiau urddasol yn esgyn trwy fwa, dwyreiniol ei arddull, ac roedd pen y grisiau draw o olwg y llawr. Gan nad oedd goleuni naturiol yn cyrraedd y cyntedd, ac eithrio trwy ddrws ffrynt y plas a'r ddwy ffenest o boptu iddo, roedd y gofod yn drymaidd o dywyll, a byddai goleuadau trydan ymlaen yno drwy'r dydd.

Dim ond dau ddodrefnyn oedd yn y cyntedd. Safai bwrdd mawr gyda ffrâm o haearn bwrw ac wyneb o farmor Carrara gwyn ar bwys y wal, a hefyd cadair dderw fawr, addurnedig, yn y gornel ger y drws allanol. Cadair eisteddfod leol oedd hon, a gawsai ei noddi am ddegawdau gan deulu Llys Gwern. Uwchlaw'r ddraig goch gerfiedig ar gefn y gadair ceid y geiriau 'Eisteddfod Gadeiriol Abernyfain' a 'Rhodd Teulu Treharne, Llys Gwern 1905'.

Wedi cinio o gawl a brechdanau, bu Caerwyn a Luned yn cerdded o gwmpas y parc yng nghwmni Nicola, gan sylwi bod plismyn arfog yn amlwg o gwmpas y lle. Tu draw i'r llyn bychan, roedd llwyn o goed gwern yng nghornel bellaf y parc. Gwlyptir fyddai cynefin naturiol y coed hyn, ond roedd un o hynafiaid y Comodor wedi eu plannu am fod eu henw Cymraeg yn gydnaws ag enw'r plas. Gan nad oedd safle'r plas yn dir llaith, roedd yn anodd esbonio tarddiad yr enw Llys Gwern. Un traddodiad teuluol oedd mai ar ôl pendefig o'r enw Gwern y cawsai ei enwi.

Yn ystod y bore, roedd Luned wedi gofyn i Nicola a fyddai'n hoffi rhannu'r byngalo gyda hi yn Aberystwyth pan fyddai'r helynt drosodd. O Lambed roedd Nicola'n dod, ac mewn tŷ gwely a brecwast roedd hi'n lletya yn Aberystwyth. Daethai'n amlwg i Luned bod ganddi gryn gydymdeimlad â Phlaid Cymru a Chymdeithas yr Iaith, er na allai gefnogi unrhyw blaid na mudiad gwleidyddol yn agored.

O bryd i'w gilydd, deuai realaeth enbyd eu sefyllfa'n ôl i feddyliau pawb ac wrth i'r prynhawn ddirwyn i ben, roedd y cymylau duon uwchben y parc yn adlewyrchu'r pryder ar lawr y plas. Yn stydi'r plas cafodd Brian Edwards sgwrs hir efo'r Cyrnol – sgwrs yn trafod anawsterau'r gwasanaethau cudd ym Mhrydain ar y pryd.

"Dydi'r 'Rhyfel Oer' ddim wedi bod yn gyfnod da iawn i ni," meddai'r Cyrnol, "yn arbennig wedi helynt mawr

Burgess a Maclean, dros ddeuddeng mlynedd yn ôl bellach."

Cofiai Edwards yr helynt hwnnw'n dda: dau ddiplomydd Prydeinig, a fuasai'n ysbïwyr cudd i'r KGB ers y tridegau, yn ffoi i Rwsia yn 1951. Roedd Burgess yn aelod o MI6 a Maclean yn y Swyddfa Dramor. Buasai cydweithiwr iddyn nhw, Kim Philby, o dan amheuaeth hefyd, ond methwyd â phrofi dim yn ei erbyn o. Yna, ym mis Ionawr y llynedd, dihangodd yntau i Rwsia, a daeth yn amlwg iddo fradychu llu o asiantau cudd Prydain a gwledydd eraill i'r KGB, yn ystod yr Ail Ryfel Byd ac wedi hynny.

Roedd amheuon cryf fod pobl eraill yn y potes hefyd. Lluchiodd Prifathro Coleg y Brifysgol, Aberystwyth, betrol ar y tân yn 1956. Cyhoeddodd Goronwy Rees gyfres o erthyglau dienw ym mhapur Sul *The People* yn bwrw llifolau ar Burgess a Maclean, dau hen gyfaill iddo yng Nghaergrawnt yn y tridegau. Buan y darganfu'r *Daily Telegraph* mai Rees oedd awdur yr erthyglau, ac wedi cryn helynt, ymddiswyddodd o'i Brifathrawiaeth. Gwyddai'r Cyrnol, er na allai ddweud hynny wrth Edwards, fod aelod arall o gylch 'ysbïwyr Caergrawnt', yr hanesydd celf, Syr Anthony Blunt, wedi cyffesu ychydig fisoedd yn ôl iddo yntau fod yn ysbïwr Sofietaidd, ac iddo ricriwtio pobl eraill ar gyfer y KGB.

"Rydan ni wedi dioddef eto, yn fwy diweddar, oherwydd i fradwyr ysbïo dros Rwsia – tair sgandal ddifrifol."

"Ond mi ddaliwyd y rheini, Cyrnol. Mae hynny'n glod i'ch gwasanaeth chi."

"Gan iddyn nhw fod ar waith am flynyddoedd, Mr Edwards, roedd y niwed wedi ei wneud, a bu'r Unol Daleithiau yn gyndyn iawn o rannu cyfrinachau milwrol efo ni wedi hynny. Fedran ni ddim fforddio sgandal arall am aelod o'r Gwasanaeth Cudd! Mi fyddai'n ergyd farwol i ni yn y maes seciwriti rhyngwladol!"

Edrychodd Edwards yn syn arno.

"Morgan? Meddwl am Morgan ydach chi? Dim ysbïwr i'r KGB ydi Morgan! Unigolyn wedi colli arno'i hun ydi o. Dim yr un peth o gwbl â Philby a'r lleill!"

"Ond mae'n arwydd o wendid, Mr Edwards – gwendid yn ein system ricriwtio ni, ac yn ein disgyblaeth fel gwasanaeth."

Deallai Edwards anesmwythyd personol y Cyrnol, yn ogystal â'i deyrngarwch i'w wasanaeth, ond meddai'n bendant,

"Mi ddaw'r stori allan, mae arna i ofn, pan ddaliwn ni Morgan a Hickson. Mi fydd yr achos llys yn newyddion mawr."

Bu'r Cyrnol yn dawel am ennyd cyn ychwanegu,

"Dwi'n gobeithio, Mr Edwards, y bydd yn bosibl cynnal yr achos *in camera*."

Troes Edwards drem bur bigog tuag ato.

"Mae hynny'n gwbl groes i'n harfer ni mewn cyfnod o heddwch, Cyrnol. Yn sicr, fyddwn i ddim yn cefnogi cais o'r fath. Hyd yn oed petai'n briodol yn achos Morgan, fydda fo ddim yn addas o gwbl yn achos Hickson."

Ysgydwodd y Cyrnol ei ben.

"Falla y byddai'n well petai'r ddau yn cael eu lladd ar ganol eu hanfadwaith, wrth wrthod ildio o dan rybudd… "

Rhewodd gwedd Brian Edwards.

"Gadewch i ni ddallt ein gilydd, Cyrnol. Dim *shoot to kill* ydi'r gorchymyn dwi wedi ei roi i fy swyddogion arfog i. Dim ond os bydd perygl difrifol – perygl einioes iddyn nhw, neu i'r bobol maen nhw'n eu gwarchod, y bydd ganddyn nhw'r hawl i saethu."

Cerddodd Edwards at ffenest y stydi. Roedd ysmotiau glaw yn dechrau taro'r gwydr, a gwelai Luned, Caerwyn a WPC Rees yn cychwyn am y tŷ o ben draw'r parc. Roedd y swyddogion arfog yn dal yn eu safleoedd.

"Maddeuwch i mi am ofyn hyn, Cyrnol. Nid cynllwyn i ddenu Morgan i lawnsio cyrch arfog ydi hyn i gyd? Y tri targed yn yr un lle?"

"Dydw i ddim mor sinigaidd â hynny, Mr Edwards."

Roedd y glaw y tu allan yn dwysáu erbyn hyn, ac aeth un o'r swyddogion â chlogynnau glaw i'r plismyn yn y parc. Deuai lleisiau o'r lolfa wrth i bawb ymgasglu i mochel rhag y glaw. Byddai'n nosi cyn bo hir. Beth oedd y dywediad am 'ddychrynfeydd y nos'? Rhan o hen weddi oedd o? Ble ar y ddaear fyddai Morgan a Hickson erbyn heno, tybed, a beth oedd hynt a helynt Samantha Darrow druan?

Yn lolfa'r plas roedd un o'r plismyn ifanc yn dangos y ddau fath o ddryll a rannwyd iddynt i Caerwyn a Luned. Dangosodd y dryll llaw, awtomatig, a gofynnodd Luned iddo:

"Does arnoch chi ddim ofn i hwnna danio yn eich poced chi wrth i chi 'i gario fo o gwmpas?"

Gwenodd y cwnstabl, a thynnu ystumiau ysmala:

"Wps, poenus! Na, wneith hynny ddim digwydd. Sbïwch. Mae 'na *safety-catch* yn fanna. Pan mae hwnna *on*, wneith o ddim tanio. Pan fydd 'na beryg go iawn, rydan ni'n gadael y gwn efo'r *catch* i ffwrdd, yn barod i saethu – jest rhag ofn."

Aeth cryndod croen gŵydd dros ysgwyddau Luned wrth feddwl am y peth. Ni allai byth bythoedd wneud gwaith o'r fath, er bod Nicola'n dweud ei bod hi'n awyddus i gael hyfforddiant i drin gynnau yn y dyfodol. Ar hyn o bryd, roedd heddluoedd ledled Prydain yn anfodlon hyfforddi merched i ddefnyddio drylliau.

Erbyn iddi dywyllu, â'r glaw yn ddylif cyson erbyn hyn, roedd cegin y plas yn llawn bwrlwm gwaith a sgwrs. Roedd pedwar plismon arfog ar wyliadwriaeth o gwmpas y lle, a'r lleill yn gorffwys cyn cymryd y shifft hwyr. Safai dau wrth y giât ac un wrth ddrws y plas, tra âi'r llall o gwmpas y feranda a gylchai bob rhan o lawr gwaelod y tŷ, ac eithrio'r portico. Roedd goleuadau bob dwylath ar hyd y feranda, ond roedd gan y swyddog lamp bwerus yn sownd yn ei helmed, fel y gallai fwrw golwg ymhell ar draws y lawnt. Daliai ei reiffl yn barod, rhag ofn i rywun ymddangos o'r mwrllwch.

Yn y gegin roedd Nicola Rees ac Olwen Morris yn helpu Rhiannon, Luned a Caerwyn i baratoi swper. Gwrandawai Rhiannon yn astud ar y ddwy blismones yn sôn am y rhagfarnau yn erbyn merched a welent yn aml yn eu gwaith, nid yn unig gan y cyhoedd, ond gan gydweithwyr hefyd.

"Mae'r Siwpar a'r Inspector yn dda iawn," meddai Olwen, "ond mae amball Sarjiant a PC yn meddwl mai adra yn y tŷ dylwn i fod, neu'n teipio'u riports nhw a gneud panad."

Nodiodd Nicola mewn cytundeb, a throes Rhiannon atyn nhw gan edrych o gwmpas y gegin fawr.

"Edrychwch ar y lle 'ma. Dim ond rhyw gant oed ydi'r plas 'ma, ond roedd 'na hen, hen lys yma cyn hynny, lle byddai dynion a merched yn gweithio yn y gegin hon. Dair canrif yn ôl, adeg y Rhyfel Cartref, roedd Ledi Gwladys Treharne yn rheoli clamp o ystad – tua dwy fil o aceri – a hynny ar ei phen ei hun. Roedd y sgweier wedi mynd i ymladd efo byddin y Brenin, ac mi gafodd ei ladd. Am y pymtheng mlynedd wedyn, nes y daeth y mab i oed, Ledi Gwladys oedd yn rheoli popeth a bu'n rhaid iddi frwydro i gadw'r ystad rhag i Cromwell a'i griw ei dwyn. Mi aeth i Lundain i lobïo'r Cyrnol John Jones, Maesygarnedd, oedd yn frawd yng nghyfraith i Cromwell, a chael hwnnw o'i phlaid. Mi enillodd y dydd! Dyna i chi ddynes a hanner!"

Edrychodd i fyw llygaid Nicola ac Olwen yn eu tro:

"Daliwch ati, gennod! Siawns y bydd un ohonoch chi'n Brif Gwnstabl rhyw ddiwrnod!"

Ar ôl swper, eisteddai Gwilym, Rhiannon, Luned a Caerwyn yn y lolfa yn gwrando ar y radio, yn ddiddos rhag y glaw yn curo ar y ffenestri. Roedd Nicola ac Olwen wedi mynd o gwmpas y tŷ i sicrhau bod pob ffenest, ar y tri llawr, wedi ei chau yn ddiogel. Wedi sylwi nad oedd cloeon ar y ffenestri, hyd yn oed ar y llawr isaf, aeth y ddwy i weld Brian Edwards a gofyn a ellid cael cyflenwad o gloeon i sicrhau'r ffenestri. Cytunodd Edwards ar unwaith, a ffoniodd yr Arolygydd yn Nhreheli. Trefnwyd i anfon saer allan drannoeth i ffitio cloeon ar y deugain ffenest, yn ôl cyfrif Olwen a Nicola.

Yn y lolfa gwrandawai'r pedwar yn astud ar y radio ar un o gyfres o ddarlithoedd Cymraeg ar yr *Welsh Home Service* am rai o lenorion Cymru. Yn darlledu heno roedd y bardd, Gwenallt, a ddarlithiai i ddosbarth Cymraeg Luned yn Aberystwyth. Sôn am feirdd yr uchelwyr roedd Gwenallt, ond wedi'r ddarlith, achubodd Gwilym Ifans ar y cyfle i ganmol ymroddiad y bardd.

"Mi wrthododd o ymuno â'r fyddin yn ystod y Rhyfel Mawr, ac mi gafodd garchar am ddwy flynedd ac yntau ond yn fachgen deunaw oed! Mi fu'r cradur yn Wormwood Scrubs ac yn Dartmoor. Dewis mynd i'r lluoedd wnes i yn tri deg naw, am 'mod i'n casáu Natsïaeth. Ond dwi'n dal i gredu bod safiad y llanc ifanc o Bontardawe yn 1917 cyn ddewred â dim a welais i gan yr hogia yn y Rhyfel dwytha."

Am naw o'r gloch, cafwyd prif raglen newyddion y noson. Bu cryn sôn am yr argyfwng economaidd roedd llywodraeth Harold Wilson yn ei wynebu. Yna cafwyd cyfeiriad at yr etholiad arlywyddol yn yr Unol Daleithiau:

"In the United States, opinion polls suggest that President Lyndon Johnson has gained a very substantial advantage over Senator Goldwater, with the Presidential election now only six days away."

Yn y cyfamser, roedd y Cyrnol a'r Uwch-Arolygydd Edwards yn ôl yn y stydi, wedi diosg eu cotiau glaw diferol, ar ôl bod allan yn arolygu'r sefyllfa.

"Ydi'r ddrycin yn debyg o gadw Morgan draw… " dyfalodd Edwards, "ynteu fydd o'n barnu mai dyma'r amodau gora i daro'n annisgwyl?"

"O ran ymroddiad Morgan ei hun, prin y byddai'r tywydd na dim arall yn gwanhau ei benderfyniad."

"Oes yna dipyn o'r ffanatig yn ei gymeriad o, Cyrnol?"

Tywalltodd y Cyrnol ddau wydriad bychan o frandi'r Comodor – gyda bendith yr hen forwr, pan gytunodd iddynt ddefnyddio'i gartref.

"Mae o'n ffanatig; ac mi fyddai llawer un yn dadlau bod hynny'n rhan o batrwm meddwl pob llofrudd seicopathig. Ond mae gen i bryder arall, Mr Edwards, beth os mai dyna oedd bwriad Morgan o'r cychwyn? Creu sefyllfa allan o un digwyddiad, a'i lywio nes bod ganddo'r potensial i danseilio gwasanaethau cudd Prydain?"

Ysgydwodd Edwards ei ben.

"Dydw i ddim yn adnabod y dyn o gwbl, Cyrnol. Dim ond dwywaith y gwelais i o 'rioed – y noson y cafodd o'i arestio a diwrnod yr achos llys yn Nhreheli. Ond mi gefais i swmp o dystiolaeth amdano fo gan Samantha Darrow, gan Caerwyn Rowlands a chan Peggy Jones. Mi welsoch chitha'r cyfan pan ddaethoch chi i Dreheli fis yn ôl."

Nodiodd y Cyrnol ei gytundeb.

"Yn gam neu'n gymwys, Cyrnol, mae gen i fy marn fy

hun ynglŷn â Morgan. A siarad yn blaen, a falla'n gwrs, nid ym mhen Elwyn Morgan mae gwreiddyn yr helynt yma, ond rhwng 'i goesau o. Obsesiwn rhywiol, Cyrnol – dyna sy'n ei yrru, dim ideoleg. Does yna ddim cynllwyn cudd."

Cyn i'r Cyrnol allu ymateb, canodd y ffôn ar ddesg y stydi. Cododd Brian Edwards y derbynnydd *bakelite* trwm. Y Comander Atkins oedd yno, yn ffonio o swyddfa'r heddlu yn Nhreffynnon. Gwrandawodd Edwards yn fud, â'r gwrid naturiol yn dianc o'i wedd. Gyda dim ond gair o ddiolch, rhoes y ffôn i lawr a throes at y Cyrnol, a hwnnw ar bigau'r drain.

"Difrifol iawn, iawn, Cyrnol. Richard Atkins oedd hwnna. Maen nhw wedi dod o hyd i gorff marw Geoffrey Hickson mewn ogof y tu allan i Dreffynnon – ei wddw a'i beipen wynt wedi eu hollti – wedi gwaedu neu fygu i farwolaeth. Mae'n ymddangos mai hen safle storio bomiau adeg y Rhyfel oedd y lle… "

"A Morgan a Samantha Darrow?"

"Dim hanes ohonyn nhw o gwbl. Ar ben popeth, mi gafwyd hyd i gar Hillman Minx a fan Commer 1500 las wedi eu cuddio y tu allan i'r ogof."

"Ar droed mae Morgan, felly?"

"Nage, ddim o gwbl. Ar y safle mi gafwyd olion teiars car neu fan arall oedd wedi parcio yno'n ddiweddar iawn. Mae ganddo fo gerbyd arall. Yn union fel roeddech chi ac Alun Hopkins wedi ei amau, mae'n siŵr bod Hickson wedi sylweddoli gwir fwriad Morgan a'i fod wedi ei ladd heb betruso dim."

Roedd gwar talsyth y Cyrnol wedi crymu o dan fflangell mwy o newyddion drwg.

"Ai wedi dwyn cerbyd arall mae o?" gofynnodd yn dawel.

"Y tebygrwydd ydi mai o rywle'n agos y daeth y cerbyd newydd. Does dim lladrad wedi'i riportio'n lleol, ond mae'r heddlu'n holi yn ardal Treffynnon. Er bod pob garej a modurdy yn y cylch wedi cau ers oria, mae Atkins wedi mynnu bod swyddogion yn cysylltu â'r perchnogion a dangos llun Morgan iddyn nhw."

"Yn y cyfamser, mi allai Morgan fod yn unrhyw le."

"Yn fwy perthnasol, Cyrnol, mi all fod yn y cyffiniau hyn, mewn cerbyd cwbl ddiarth, yn cynllunio'i symudiad nesa, a Samantha Darrow yn garcharor ganddo."

"Os ydi hi'n fyw o gwbl," ychwanegodd y Cyrnol.

"Ia, os ydi hi'n fyw."

Estynnodd Edwards ei gôt law drachefn.

"Dwi'n mynd i roi rhybudd i bawb o'r tîm, *imminent danger* – dim shifftiau, bydd pawb ar *alert* heno. Rydan ni wedi sicrhau bod y setiau radio'n gweithio'n iawn, fel y gall pawb gadw cysylltiad â'i gilydd a riportio'n uniongyrchol i ni."

"Beth am ein gwesteion ni?" holodd y Cyrnol.

"Mae'n well deud bod siawns cryf y gallai Morgan fod yn yr ardal. Ond dim gair am yr hyn a ddigwyddodd yn Nhreffynnon. Ar wahân i beri braw, mi fyddan nhw'n siŵr o feddwl nad oes llawer o obaith achub Samantha Darrow erbyn hyn."

"Mi fyddwn inna'n cytuno, mae arna i ofn. Ond beth bynnag oedd cynllun gwreiddiol Morgan, mae'r llwybra sy'n agored iddo fo heno'n brin ac yn gyfyng dros ben."

28 – 29 Hydref 1964

'Mae saeth y bwa rhwng ein bys a'n bawd
A'r ddawns anwareiddiedig yn ein traed.'

Gwenallt

Blydi glaw! Gwyliodd Morgan y diferion bras yn cyflymu a throi'n batrwm cyfnewidiol ar ffenest y fan Bedford. Sefyll yn encil y ffordd fechan ar gyrion Abernyfain roedd y fan o hyd, a hithau'n bedwar o'r gloch y prynhawn. Er nad oedd wedi dechrau nosi, roedd y lôn gul a'i fan yn llai eglur erbyn hyn i unrhyw blismyn. Roedd am aros iddi nosi'n llwyr cyn dychwelyd i Frynserth. Er bod Sam wedi deffro o'i chwsg, roedd hi'n gorwedd yn swrth yn y cefn. Dim cicio na strancio bellach, efallai fod ofn wedi ei gwanychu. Go brin y byddai'n marw, gan ei bod hi'n fit ac yn iach o gorff, a rhoesai ddiod o laeth a brechdan gaws iddi ganol y pnawn. Roedd wedi dal y gwn o'i blaen, i'w hatgoffa o'i sefyllfa, ond ni chafodd unrhyw brotest wrth iddo'i bwydo, gan iddo osgoi datod ei rhwymau, ond rhoes stribed o dâp masgio diwydiannol dros ei cheg wedyn. Yna daliodd ynddi a'i llusgo allan o'r cerbyd, trwy ddrws ochr y fan – drws a oedd yn sleidio'n agored i wynebu'r gwrych. Gosododd hi ar ei chwrcwd ym môn y clawdd, a gwingodd hithau a thuchan wrth iddo dynnu ei throwsus denim a'i nicer i lawr fel y gallai basio dŵr. Roedd dagrau o ddicter yn cronni yn ei llygaid.

"Can't have you pissing in my nice new van, Sam! We're

going on tour together – proper old fashioned mystery tour!"

Cododd yntau ei dillad yn ôl yn ddiseremoni a'i gwthio eilwaith i gefn y fan.

Wedi iddi nosi'n llwyr, cychwynnodd ar ei daith gan yrru'n bwyllog trwy Abernyfain ac ymlaen tuag at Frynserth. Heb amrywio dim ar ei gyflymdra, aeth trwy'r dreflan fechan, gan fwrw golwg tuag at Drem y Lli ar y llechwedd. Roedd y tŷ yn hollol dywyll, ond gwelai gar yr heddlu, gyda'i olau mewnol ymlaen, a'r swyddog yn eistedd tu ôl i'r llyw. Penderfynodd gymryd dipyn o siawns. Tua chwarter milltir ymhellach ymlaen, parciodd y fan ar ochr y ffordd a cherdded ar hyd llwybr cyhoeddus dreiniog – gwelsai'r arwydd wrth fynd heibio yn y bore. Roedd Trem y Lli i'w weld yn y pellter wrth iddo esgyn llechwedd y mynydd. Doedd wiw iddo ddefnyddio fflachlamp, a chafodd sawl codwm ar ei hynt. Ymhen deng munud, roedd yn gyfochrog â chefn y tŷ. O hirbell, gwelai nad oedd golau yn y cefnau, neb yn y gegin na'r llofftydd chwaith. Teimlai'n gwbl sicr, bellach, nad oedd yr un enaid byw yn noswylio yn Nhrem y Lli.

Baglodd ei ffordd yn ôl at y fan, ac wedi cipolwg sydyn ar Sam, gadawodd Brynserth yn ei fudandod trwm.

Ymhen llai na milltir, daeth at gyffordd a fyddai yn ôl y map yn ei arwain at y ffordd fawr i Dreheli, gan osgoi Brynserth ac Abernyfain. Llywiodd y fan rownd y troad a dilyn y ffordd gul, gan sylwi ar ambell encil lle gallai cerbydau basio'i gilydd. Byddai'n siwrnai hir a diflas, ond Aberystwyth amdani, bellach. Yno, ym myngalo'r teulu Ifans y credai fod Luned, ei theulu a Chaerwyn yn llechu. Yn wahanol i Drem y Lli, nid oedd syniad ganddo beth oedd enw na chyfeiriad y byngalo, gan nad oedd y manylyn hwnnw wedi cyrraedd clustiau parod Carys Owen yn Summerland. Eto i gyd, byddai presenoldeb ceir yr heddlu cystal ag unrhyw faner i ddangos ble roedd y tŷ.

O leiaf, gallai gymryd hoe i hepian ar y ffordd – efallai yng nghyffiniau Cader Idris, neu Dalyllyn. Gallai danio'r stof Primus a gwneud paned o goffi poeth a bod yn Aber ymhen dwyawr a hanner. Ond gwiriondeb llwyr fyddai iddo yrru o gwmpas Aberystwyth yn ystod yr oriau mân yn chwilio am y byngalo. Liw dydd, ni fyddai'n tynnu cymaint o sylw.

Wrthi'n didoli'r ffactorau hyn yn ei feddwl gwibiog roedd Morgan, pan dynnodd rhywbeth ei sylw. O'i flaen, ond heb fod ar ymyl y ffordd, gwelai adeilad mawr yn frith o oleuadau. Wrth nesáu, gwelai fod y goleuadau ymlaen ar dri llawr. Gwesty, tybed? Ni chofiai weld arwydd o hynny ar y map. O ran ei ffurf, edrychai fel plasty sylweddol, a llithrodd geiriau gan gyfoedion mwy breintiedig yn Sandhurst i'w feddwl – 'country house weekend party' – ond ar nos Fercher?

Gwelodd fynedfa'r plas yn nesáu, a sylwi ar gar plismon wedi ei barcio yng nghysgod y wal uchel. Wrth iddo basio'r fynedfa, gan wneud yn siŵr na fyddai'n troi ei ben i syllu, gwelodd ddau blismon mewn cotiau glaw, yn sefyll o boptu'r giatiau haearn. Gyrrodd heibio'r plas, gan ddal ei wynt a chadw'n ddeddfol at gyflymder o 30 milltir yr awr. Sylwodd hefyd ar un ffigwr talsyth yn un o ffenestri'r trydydd llawr yn sbecian allan. Gan fod wal hir yn rhedeg wrth ochr y ffordd, ni allai Morgan weld mwy o'r plas, ond o leiaf, ni sylwodd neb ar ei gerbyd na nodi ei rif. Ond hwn oedd y lle, yn ddi-os. Yma, y tu ôl i'r waliau uchel hyn, roedd Caerwyn a Luned yn swatio, o dan wyliadwriaeth arfog.

Penderfynodd yrru'n ôl i'r encil diarffordd lle bu'n treulio'r diwrnod gan yrru trwy Abernyfain eto. Wedi cyrraedd, estynnodd am y map a'r fflachlamp a chwilio am y ffordd fechan lle bu heno. Mewn print mân, mân gallai weld yr enw Llys Gwern, a bod fferm ynghlwm â'r plas hefyd. Lwc mul, meddai wrtho'i hun. Oni bai iddo benderfynu osgoi gyrru'r eilwaith trwy Frynserth, fyddai o byth wedi dod o hyd i'r lle.

Byddai'n rhaid iddo fynd ar sgawt o gwmpas y safle a byddai noson dywyll, lawog fel hon yn ddelfrydol i'r gwaith, ond doedd wiw iddo fynd â'r fan yn agos. Edrychodd ar y map drachefn a gweld lôn fferm fechan, tua milltir o'r plas. Yn hwyr y nos, gallai adael y fan yno a mynd i ganlyn wal y plas ar draws y caeau. Efallai y deuai o hyd i fynedfa arall. Edrychodd dros ei ysgwydd ar Sam. Roedd hithau'n effro, ond wedi suddo i gyflwr o syrthni marwaidd – cymysgedd o effeithiau sioc, ofn, straen a llesgedd corfforol. Doedd dim angen rhoi dos arall o'r clorofform iddi, beth bynnag. Edrychodd ar ei wats. Roedd hi bron yn naw o'r gloch. Gallai fentro cychwyn erbyn tua un ar ddeg.

*

Yn Llys Gwern, roedd y tyndra wedi cynyddu'n sydyn pan ddaeth cyhoeddiad Brian Edwards y gallai Elwyn Morgan fod yn y cyffiniau. Rhuthrai swyddogion yr heddlu i wahanol rannau o'r parc a'r tŷ, a'u reifflau a'u gynnau llaw bellach yn frawychus o amlwg.

"Sut gythraul y gall un dyn beri cymaint o helbul?" holodd Gwilym Ifans yn flin. Roedd wedi codi o'r soffa fawr i wylio'r prysurdeb. Wrth ddilyn y cyfan, cofiai am sŵn y seiren a'r alwad *"Scramble!"* ym maes awyr yr Awyrlu yn Kenley, bron chwarter canrif ynghynt. Cofiai'r ias o bryder, yn gyfochrog â chyffro anturus, a deimlai bob tro wrth ruthro am ei awyren.

Cofiai hefyd am yr hogiau yn rhedeg gam wrth gam ag o, yn hedfan ochr yn ochr ag o, rhai na ddaeth yn ôl o'r daith.

Bron na allai Rhiannon ddarllen yr hyn oedd yn mynd trwy feddwl ei gŵr. Gafaelodd yn ei law.

"Dau ddyn," sibrydodd yn dawel, "dau ddyn, yn ôl yr hyn ddigwyddodd yng Nghaer."

"Ia, ond gwas bach ydi'r llall, mae'n debyg. A gwas bach dwl ar y diawl, os nad ydi o wedi sylweddoli'r twll mae o wedi'i greu iddo'i hun. Os digwyddith rwbath i'r eneth ifanc 'na, crogi fydd hanes y ddau ohonyn nhw."

Aeth y pedwar i'w gwelyau yn fuan wedi un ar ddeg. Nid aeth Caerwyn i ystafell Luned y noson honno, ond rhoes gusan iddi o flaen drws ei llofft, a gadael y coridor i'r plismon arfog.

*

Dal i dywallt roedd y glaw wrth i Elwyn Morgan fustachu trwy gaeau fferm Hendre'r Wern, a amgylchynai'r plas a'r parc. Parciodd ei fan ar y lôn fferm a welsai ar y map, ac yn ffodus doedd y ffermdy ddim i'w weld o'r ffordd. Credai y câi lonydd yno gan ei bod yn hwyr y nos. Digon swrth oedd Sam o hyd, felly mentrodd ei gadael yng nghefn y fan heb ei rhoi i gysgu. Doedd dim tŷ na thwlc o fewn clyw, ond gan fod tâp masgio dros ei cheg, ni fedrai wneud llawer o sŵn, beth bynnag. Wrth baratoi i archwilio cyffiniau'r plas, cawsai syniad ynglŷn â'r cam nesaf. Byddai'n rhaid i Sam fod yn effro ar gyfer hynny.

Straffaglu fu ei hanes, heb feiddio goleuo'r fflachlamp, wrth ymbalfalu ei ffordd drwy'r caeau o gwmpas wal garreg y parc. Doedd dim bwlch na dôr o gwbl yn y mur a doedd wiw iddo fynd yn rhy agos at fuarth Hendre'r Wern, wrth gefn y plas. Er nad oedd golau i'w weld yno, byddai'n siŵr o ddeffro rhyw gi swnllyd.

Yr unig obaith oedd y nant a welsai'n llifo o dan wal y parc. Llithrodd ei gorff i mewn i oerni'r dŵr bas a gwthio ei hun ar ei fol tuag at fariau haearn y geuffos ym môn y mur. Oedd, roedd yr heyrns ar letraws yn gorffen yn union o dan lefel y dŵr. Roedd lle iddo ymwthio o dan y bariau, ac wedi llyncu llond megin o wynt, mi wnaeth hynny. Dim ond trwch y wal oedd hyd y geuffos, a chododd ei ben oddi mewn i'r parc.

Gwelai oleuadau'r feranda colofnog ar hyd llawr gwaelod y plas. Safai dau blismon o fewn ei olwg. Roedd mwy o gwmpas gweddill y tŷ, mae'n siŵr. Ni welai unrhyw un yn cerdded ar lawnt y parc, ond gallai'r plismyn ar y feranda weld ar draws rhan helaeth o'r lawnt, gan gynnwys y llyn a'r bont dros y nant. Byddai'n amhosibl iddo gyrraedd y tŷ heb iddo gael ei weld – ond cawsai syniad newydd, beiddgar a allai ei ddwyn yn ddiogel i mewn i'r plas.

Ymbalfalodd ymhellach ar hyd y nant – roedd y dŵr yn rhy fas iddo nofio a chyrhaeddodd y bont garreg fechan. Doedd dim golau arni, yn ffodus, a bwriodd olwg dros y fflodiat o dan y bont. Ni welai ymhellach na chornel y plas, ond roedd yn amlwg nad oedd lampau cryfion tu draw, dim ond goleuadau digon gwantan y feranda. Doedd y Cyrnol ddim wedi buddsoddi mewn llif oleuadau i warchod ei gywion rhag y llwynog. Gallai weld ffenestri sash tal y plasty â chwarelau gwydr tua deunaw modfedd wrth ddeuddeg. Pe gweithiai ei gynllun, medrai dorri un o'r rhain er mwyn agor ffenest a chael mynediad i'r tŷ. Wedi troi yng nghysgod y bont, yn wlyb domen ac yn oer at ei esgyrn, ymgripiodd ei ffordd yn ôl ar hyd y nant ac allan drwy'r geuffos.

O'r gorau, heno amdani. Go brin y medrai gadw Sam mewn

cyflwr digonol i'w defnyddio ymhen pedair awr ar hugain arall. Stompiodd ei ffordd ar draws y caeau, â'r cloddiau dreiniog yn ei gripio bob gafael, hyd nes y cyrhaeddodd y fan. Doedd dim golwg o neb ar lôn y fferm ac unig ymateb Sam, pan agorodd y drws, fu troi ei phen ac edrych arno â llygaid pŵl. Mi gei di symud rŵan, 'ngenath i, meddai wrtho'i hun.

Agorodd gefn y fan, ac estyn pecyn hirgul, yn bochio yn y canol, wedi ei lapio'n dynn mewn sawl haenen o liain oeliog, a'i rwymo â chortyn cryf a thâp masgio. Yna, llusgodd Sam tuag ato a datod y rhwymau am ei choesau a'i fferau. Ceisiodd hithau fwmian rhywbeth trwy'r tâp dros ei cheg, a siaradodd yntau â hi am y tro cyntaf ers oriau. Wrth iddo rwbio'i choesau i ddeffro'r cyhyrau ac adfer cylchrediad y gwaed, meddai'n eglur a phendant wrthi:

"Change of plan, Sam. No party, I'm afraid. I'm going to let you go and I'm getting the hell out of here. Do you hear me, Sam? Do you understand?"

Nodiodd Sam, ond roedd yr anghrediniaeth yn eglur yn ei llygaid. *Roedd yn rhaid iddi ddeall y neges!*

"Caerwyn and Luned are in a big house up the road from here. They're surrounded by a high wall, with armed coppers all over the bloody place."

Daeth rhyw wreichionyn o obaith i'w llygaid bellach, ac roedd yn amlwg bod Sam yn prysur fwrw llawer o'i syrthni.

"I've got sod-all chance of getting through to them, Sam, so I'm letting you go too. Fair's fair, after all. If you still don't believe me, I can tell you this: I've fixed things up with some ex-army blokes. They're bringing a motor launch down to the beach, near here, in an hour or so. We'll get clean away to Ireland, and then we're off to a nice little private war somewhere in Africa. Good money, much better than the Army!"

Erbyn hyn, roedd cymalau Sam wedi ystwytho, a chlustfeiniai ar bob gair.

"There's a bit of a walk to get to this place. You can go on your own once we're in sight of the house; and I'll bugger off before the coppers spot you. Don't much fancy a bullet in the back. Come on, now, look sharp. Your legs will loosen up as we go."

Caeodd ddrysau cefn y fan a gafael ym mraich Sam a'i thywys at y ffordd. Cludai yntau ei barsel, bygythiol yr olwg, o dan ei gesail. Wedi rhai cannoedd o lathenni, pan oedd cerddediad Sam wedi cryfhau a chyflymu, llywiodd hi at giât haearn un o'r caeau.

"A bit of cross-country for you now, Sam. You'll be used to this. Can't have the cops spotting you before I've made my getaway. I'll help you over, since you can't use your hands."

Bu'n rhaid iddo ei chodi, bron, i ben y llidiart, a'i chynnal wrth iddi lithro i lawr yr ochr bellaf. Ymlaen â nhw dros y caeau, am tua milltir, a deimlai'n llawer hirach i Sam. Er y gobaith newydd yn ei chalon, buan yr edwinodd ei hegni, ar ôl bron i ddeugain awr yn gaeth mewn rhwymau. Ymhen ychydig, bu'n rhaid i Morgan ryddhau ei breichiau a'i dwylo fel y medrai ddringo dros ambell i glawdd garw, yn dew gan wrychoedd.

O hirbell, mi welai'r ddau lewyrch gwelw goleuadau'r plas. Tynnodd Morgan Sam at y clawdd terfyn a'i helpu drosto i'r ffordd. Gadawodd ei becyn yn y cae, yn pwyso ar y clawdd. Pan oedd y ddau â'u traed ar y ffordd galed, gafaelodd ynddi a rhoes blwc sydyn i'r tâp oddi ar ei cheg, a gwaeddodd hithau mewn poen.

"Right! Off you go, Sam! That's where the house is. You can see a bit of light in the distance. Shout your name, loud and clear, in case the daft buggers open fire. Every copper in the country knows your name by now. Give my love to Luned and Caerwyn!"

Mewn amrantiad, roedd wedi diflannu, cyn i Sam allu bwrw'i llid arno. Gydag ymdrech fawr, dechreuodd hithau frasgamu tuag at y goleuadau pell. Ceisiodd weiddi, ond roedd ei llais yn floesg a chryglyd. Serch hynny, cyn bo hir roedd ei llais wedi cryfhau, a chyflymodd ei cherddediad nes ei bod yn trotian.

Wrth giatiau Llys Gwern, clywodd y plismyn sŵn llais ym mhen draw'r ffordd, a daethant allan i'r lôn, gan ddal eu gynnau'n barod. Cyn hir, deallent y geiriau:

"Samantha Darrow! Help me please!"

Rhuthrodd un plismon i'w chyfarfod, gan wylio'r cloddiau o boptu'r ffordd, rhag ofn bod Morgan yn llechu yno gyda'i reiffl. Yn y cyfamser, roedd y llall yn darlledu neges ar ei radio i'r plas. Edrychodd i bob cyfeiriad, rhag i Morgan fachu ar y cyfle i sleifio drwy'r giât. Cyn hir roedd Brian Edwards, y Cyrnol ac Olwen Morris wrth y giât, ac i freichiau Olwen y bu Sam bron â disgyn, pan gyrhaeddodd y fynedfa. Erbyn hyn roedd rhyw chwech o'r heddlu wrth y giât ac anfonodd Edwards ddau i archwilio'r ffordd y daethai Sam ar hyd iddi.

"He's escaping to Ireland!" meddai Sam, drosodd a throsodd, wrth i Olwen a Brian Edwards ei hebrwng ar hyd y lôn goed tua'r tŷ. Roedd ei nerth bron â phallu, a phrin y gallai roi un droed o flaen y llall. Yn y diwedd, cododd un o'r plismyn hi yn ei freichiau a'i chario weddill y daith.

"Don't let him get away!" meddai droeon. "He's got a boat coming to pick him up and take him to Ireland. Some ex-soldiers – they're going to fight a war in Africa, he said. They're being paid to go there... "

Erbyn i'r osgordd fechan gyrraedd y plas, roedd y lle'n

ferw o brysurdeb. Wedi derbyn y neges ar y radio o'r giât, ynghyd â chenadwri annisgwyl Sam, roedd rhai o'r heddlu wrthi'n trefnu mynd allan i chwilio am Morgan. Tra aeth Edwards i gwrdd â Sam wrth y giât, rhannodd y Cyrnol y neges a gawsai ar y ffôn gan y Sarjiant. Daeth y neges o Dreffynnon mai fan Bedford lwyd roedd Morgan yn ei gyrru bellach. Mae'n rhaid ei fod wedi ei pharcio gerllaw, er mwyn danfon Samantha, a byddai'n dychwelyd ati er mwyn gyrru i'r traeth, yn rhywle ger Abernyfain. Wedi cyrraedd yn ôl i'r tŷ, cytunodd Edwards i anfon dau gar, a chwe phlismon, i chwilio am Morgan a'i fan, ac archwilio bob llathen rhwng y plas a thraeth Abernyfain.

"Mae'n rhaid i ni ddal Morgan! Fedran ni ddim gadael i'r bastard ddianc!"

Holodd Edwards y Cyrnol ynglŷn â dilysrwydd stori Sam am y cwch i Iwerddon a'r rhyfel yn Affrica, a chytunodd yntau fod y peth yn bosibl. Cawsai asiant iddo achlust fod grŵp o filwyr cyflogedig yn trefnu mynd i ymladd yn Katanga.

"Pobol yr arian mawr y tu ôl i'r peth. Byddai Morgan yn ricríwt naturiol ar gyfer cynllun o'r fath."

Roedd yr holl sŵn a'r cyffro wedi codi Caerwyn a Luned, yn ogystal â Gwilym a Rhiannon, o'u gwelyau. Cawsant glywed gan swyddog y llofftydd fod Samantha Darrow wedi dod i'r fei, yn ôl pob golwg yn ddianaf. Rhuthrodd Caerwyn a Luned i lawr y grisiau yn eu dillad nos, a dilynwyd hwy gan Gwilym a Rhiannon. Ymunodd y plismon o'r llofft â nhw, rhag ofn y byddai perygl yno.

Cafodd Caerwyn a Luned gipolwg ar Sam yng ngofal y swyddogion yng nghyntedd y plas. Llwyddodd Caerwyn i gyrraedd ati, a lluchiodd hithau ei breichiau amdano, yn wylo'n hidl erbyn hyn. Siarsiodd Olwen Morris Caerwyn i gamu'n ôl, tra byddai Nicola Rees yn rhoi archwiliad cymorth cyntaf i Sam:

"Rydan ni wedi galw am ambiwlans i fynd â hi i'r ysbyty, er mwyn rhoi *check-up* llawn iddi. Mae'r gradures wedi bod drwy'r felin efo'r cythraul dyn 'na. Ond cheith o ddim getawê y tro yma."

"Wedi dengyd mae o?" holodd Caerwyn, "Does dim perig y bydd o'n trio dod i mewn i'r parc?"

"Mae gynnon ni ddynion wrth y giât ac o flaen y tŷ... "

Yn sydyn, clywodd pawb sŵn gwydr yn torri yn rhywle yng nghefn y tŷ. Aeth dau blismon arfog i fwrw golwg. Ymhen eiliadau, roedd sŵn gweiddi, a daeth y ddau blismon yn ôl – wysg eu cefnau a heb eu harfau. Y tu ôl iddyn nhw, yn ddrychiolaeth o laid a baw, ac yn diferu pyllau budron o ddŵr dros lawr y cyntedd, daeth Elwyn Morgan i'r amlwg.

Yn sgil cynnwrf ymddangosiad Sam wrth y giât, a rhuthr yr heddlu i chwilio am Morgan a'i fan, roedd Elwyn wedi llwyddo i ymwthio drwy'r geuffos, yn ei ddillad duon a'i falaclafa, sleifio ar draws y parc a chyrraedd cefn y plas heb i neb ei weld. Yno, datododd y pecyn lliain oel ac estyn ei reiffl, ei ddryll llaw a blwch o faint tun te. Roedd hwnnw ynghrog wrth fagl lydan, neu groglath o gortyn cryf, â llinyn main yn hongian o'r tun. Wedi cael trefn ar y rhain, torrodd chwarel ffenest y gegin, rhoes ei law drwy'r twll ac agor y bach o'r tu mewn. Er mawr ryddhad iddo, doedd dim clo ar y ffenest. Mewn eiliadau, roedd i mewn yn y tŷ. Pan ddaeth dau blismon i ymchwilio i achos y sŵn, cawsant ddau ddryll yn rhythu i'w hwynebau. Bu'n rhaid iddynt roi eu harfau ar lawr a bacio'n ôl tuag at y cyntedd.

Roedd Morgan wedi gosod gwregys o ledr, yn cysylltu deupen y reiffl, am ei wddf a'i ysgwyddau, fel y gallai ddal y reiffl yn llonydd a'i danio, yn weddol ddi-sigl, gyda'i law dde. Yn ei law chwith, daliai'r dryll awtomatig, ond roedd tennyn y groglath yn hongian wrth ei ddau fys arall, a'r blwch yn cwhwfan oddi tano.

Wrth weld y ddau blismon yn dod yn ôl i'r cyntedd wysg eu cefnau, symudodd Caerwyn yn nes, i weld beth oedd wedi digwydd. Pan ddaeth Elwyn i'r golwg, camodd yn ôl tuag at waelod y grisiau mawr. O fewn eiliadau, roedd fel petai rhyw ddawns llys erchyll ar droed yn y cyntedd. Symudodd y plismyn arfog ymlaen gam neu ddau, ond roedd Morgan yn gyflymach o'r hanner. Gwelsai Caerwyn, o gornel ei lygad, a chamodd wysg ei ochr fel petai am ei daro â'r dryll llaw. Ond yn hytrach na tharo Caerwyn, bwriodd Morgan y fagl o gortyn am ei wddf, gan ddal gafael yn y llinyn hir a grogai islaw'r blwch. Torrodd ei lais ar draws y tyndra erchyll:

"Bomb! Don't anybody move! That thing around Caerwyn's neck is a bomb. All I have to do is pull the string and it'll go off. The blast will kill everyone here – guaranteed."

Rhewodd pob copa walltog yn ei unfan pan ynganwyd y gair *bomb*. Edrychodd y Cyrnol o'i gwmpas: roedd Morgan yn iawn. Pa mor bwerus bynnag oedd y ffrwydryn, gyda nenfwd gymharol isel y cyntedd a'r diffyg ffenestri, byddai'r ffrwydrad yn sicr o ladd pawb rhwng y pedair wal.

Gorchmynnodd Morgan bawb i roi eu gynnau ar y llawr a'u llithro ar draws y teils llyfn tuag ato. Ac yntau'n dal llinyn main y bom rhwng cledr ei law a charn yr awtomatig, doedd wiw i neb anufuddhau. Wedi i'r swyddogion daro cipolwg tuag at Brian Edwards, amneidiodd yntau ei gydsyniad anfoddog. Plygodd pawb, bron fel moesymgrymiad, a llithro'u gynnau draw ar draws y teils.

Gyda baril y reiffl, amneidiodd Morgan ar i'r ddau blismon

a gyfarfu ger y gegin symud ymhellach i mewn i'r cyntedd, a safodd y ddau wrth Luned ac Olwen Morris.

Sam yn unig oedd yn eistedd, ar yr hen gadair eisteddfodol ger y drws. Ofnai Nicola y byddai'n llewygu, neu fynd i banig, wrth weld ei gormeswr wedi dod yn ôl, ond eistedd yn llonydd a wnaeth hi, prin yn gallu credu'r olygfa o'i blaen. Yn gynnil iawn, symudodd Nicola wysg ei hochr nes ei bod yn sefyll rhyngddi ac Elwyn. Os oedd hwnnw wedi sylwi, ni ddywedodd air.

Roedd 'dawns y llys', rhywsut, wedi ymffurfio'n gilgant o flaen Morgan, gyda Sam a Nicola, Brian Edwards a'r Cyrnol ar fwa'r lleuad newydd a Luned, Olwen Morris a'r ddau blismon ar gorn dde'r cilgant, Gwilym a Rhiannon Ifans a phlismon a phlismones arall ar y corn chwith. Safai Caerwyn o fewn llathen i Morgan ar ei ben ei hunan, a'r ddau ger gwaelod y grisiau, rhwng y ddau ganllaw.

Edrychodd Morgan o gwmpas ar yr wynebau pryderus. Roedd yr olygfa fel petai gêm o *statues* hunllefus ar ei chanol, â phawb yn disgwyl i'r miwsig ailddechrau. Tarodd ei lygad ar Luned, yn sefyll yn ddeniadol yn ei choban fer, yn nghanol yr heddlu yn eu lifrau. Cofiodd y cipolwg a gawsai ohoni ger Pont y Borth ar noson y ffair. Dyma hi felly, cariad Caerwyn: a dim ond rhyw fymryn o gotwm blodeuog i guddio'i noethni. Lledodd ei geg yn grechwen, o dan y gaenen o faw a'r bonion blewiach heb eu siafio.

"Chdi ydi Luned, ynte? Wedi clywad lot amdana chdi – Caerwyn yma'n deud mor dda wyt ti yn y gwely…"

Roedd Caerwyn yn berwi a phawb yn ysu i ymosod ar Morgan, ond cafwyd rhybudd cwta ac oeraidd.

"Paid â symud, mêt, neu mi fydd dy gyts di dros y to acw – chdi a phawb arall, a Luned hefyd."

Troes ei sylw'n ôl at Luned, â'i lygaid fel petai'n drilio drwyddi.

"Biti bod o'n sgriwio Sam hefyd. Twteimio chdi a finna. Rêl bastard ydi o, Luned. Doeddat ti ddim digon da gynno fo. Dangos i bawb pa mor sbeshial wyt ti, Luned. Tyrd yma, tynna dy goban i ffwrdd – rŵan!"

Aeth hisian dig wrth i bawb dynnu anadl, y tyndra'n dwysáu, a phawb yn gwthio'u cyrff ymlaen. Dau o'r plismyn yn mentro cam tuag at Morgan.

"Don't bloody move! Pulling this string is like pulling the pin out of a grenade – only quicker. It'll be *Goodnight Sweetheart* for everyone!"

Wedi tawelu'r bedol o gyrff cynddeiriog o'i flaen, troes yn ôl at Luned.

"Coban, Luned, rŵan hyn – dim malu cachu ydw i… "

Yn sydyn, torrodd llais cryf ar draws y fonolog flin.

"Wyt ti'n galw dy hun yn soldiwr, Elwyn Morgan? Does gen ti ddim hawl i'r enw o gwbwl!"

Am y tro cyntaf, gwelwyd arwydd o ansicrwydd ar wyneb y dihiryn, a thynnodd ei lygaid oddi ar Luned. Gwilym Ifans oedd biau'r llais, a rhoes gam bwriadol ymlaen a syllu i fyw llygaid Morgan.

"Cachgi wyt ti, Elwyn Morgan! Dwi wedi bod mewn rhyfel fy hun, efo'r RAF. Dwi wedi saethu amryw o hogia druan yn yr awyr. Ond roedd pob un wan jac ohonyn nhw'n well dyn na chdi, o beth gythraul!"

Roedd wyneb Morgan yn fflamgoch, a'i lygaid yn gwibio o gwmpas y criw, rhag ofn bod rhywun yn estyn am ddryll.

"Cau dy blydi geg, cyn i mi 'i chau hi! Pwy uffar wyt ti?"

"Tad Luned ydw i, y mochyn. Cheith yr un pyrfat budr drin fy merch i fel'na!"

"Stopiwch, Dad! Gadwch lonydd, plis!" galwodd Luned yn daer, ond doedd dim dal ar Gwilym.

"Rho'r gynna i lawr, y blydi ffŵl. Fel arall, does gen ti ddim gobaith mul o fynd o'ma'n fyw – ac mi wyddost ti hynny'n iawn!"

"Doedd gen i ddim siawns o'r cychwyn, 'rhen foi! Galw fo'n *suicide mission* os lici di. So what the hell!"

Cymerodd Gwilym Ifans gam pellach ymlaen, nes ei fod yn rhwystr gwirioneddol rhag i Morgan weld pawb. Sythodd hwnnw'r reiffl gyda'i fraich dde a thynhaodd ei gorff i gyd. Taniodd un ergyd, nes bod waliau a nenfwd y cyntedd yn diasbedain.

Cwympodd Gwilym i'r llawr, a rhuthrodd Rhiannon a Luned tuag ato, gan benlinio wrth ei ochr. Er y cynnwrf yn y cyntedd, roedd pawb unwaith eto o fewn cylch golwg Morgan. Gwnaeth yntau sioe o roi ysgytwad i linyn y ffrwydryn, gan ddal y ddau ddryll, heb simsanu dim.

"Stay where you are! You've seen that I'm serious!"

Yn sydyn, o ben pellaf y cyntedd, daeth llais y Cyrnol, gan ei annerch yn ei Saesneg awdurdodol.

"You *can* get out of here, Morgan. Take me as a hostage and let everyone else go. If you've got an escape route planned, then I'll come with you, as your insurance policy."

Ond cyn i Morgan gael cyfle i ymateb, cododd Luned i'w thraed, a safodd yn unionsyth ger ei fron, yn syllu i'w wyneb. Estynnodd ei llaw, yn goch gan waed ei thad, at wddf uchel, hen-ffasiwn ei choban. Dechreuodd ddatod y rhes o hanner dwsin o fotymau a oedd yn cau'r dilledyn ysgafn. Wrth iddi wneud hynny, â Morgan bron yn glafoerio o'i blaen, rhoes gipolwg tuag at Caerwyn, a oedd yn mygu gan rwystredigaeth. Tra oedd Morgan yn llygadrythu arni, a botwm arall yn ymddatod, gwibiodd llygaid Luned o wyneb Caerwyn tuag at i lawr, ddwywaith neu dair.

Dilynodd Caerwyn ei threm – tuag at law chwith Morgan. Er bod y llaw honno'n dal carn y dryll awtomatig, sylwodd nad oedd llinyn y ffrwydryn wedi ei rwymo'n sownd wrth arddwrn Morgan, nac wrth y gwn – dim ond ei wasgu rhwng y llaw a'r gwn.

Wrth i Luned agor pedwerydd botwm ei choban, penliniodd yn araf, fel pe'n ymostwng yn wylaidd i Morgan. Safai yntau fel delw, yn ymdrechu i gadw llygad ar ei elynion o'i gwmpas, ond wedi ei fesmereiddio gan hud y ferch hanner noeth o'i flaen. Ar yr union foment honno, daliodd Caerwyn ei wynt a rhoes blwc sydyn a chaled i'r llinyn. Daeth yn rhydd, a llamodd Caerwyn o'r neilltu, fel na allai Morgan gyrraedd y bom drachefn. Mewn eiliad, chwalodd y cilgant, wrth i bob un o'r swyddogion estyn am y gynnau oddi ar y llawr. Ond, cyn i'r un ohonyn nhw gael cyfle i danio, torrodd clec lem ar eu clyw. Baglodd Morgan yn ei ôl, yn erbyn canllaw'r grisiau, gyda'r un anghrediniaeth ar ei wedd ag a fu ar wedd Jeff Hickson y noson cynt. Ymdaenai staen coch, dwfn, dros frest ei siwmper leidiog.

Yn dal ar ei gliniau, rhoes Luned y dryll awtomatig yn ôl ar y llawr, lle roedd un o'r plismyn wedi ei ollwng, funudau ynghynt. Roedd wedi cyflawni ei bwriad. Ond roedd dau ddryll eto yn nwylo Morgan, er ei bod yn prysur nosi arno. Llamodd y Cyrnol heibio i bawb, a chododd y gwn a fuasai yn llaw Luned. Heb betruso dim, rhoes drwyn y dryll wrth dalcen Morgan, a thaniodd.

Bu ochenaid o fraw wrth i Morgan syrthio'n gelain, a throes y Cyrnol i wynebu pawb, gan ddweud, mewn llais clir a phendant:

"I fired both shots from this gun. Is that clear to everyone?"

Cyn i neb allu ymateb, cymerodd Brian Edwards yr awenau, er bod golwg syn ar wynebau'r gweddill. Galwodd ar y Sarjiant i anfon neges radio ar unwaith:

"Helicopter, Sarjiant! Rydan ni wedi gofyn i RAF Fali am helicopter i chwilio'r glannau. Gofynnwch iddyn nhw ddod yma i Lys Gwern, RŴAN! Mae isio mynd â Mr Ifans i'r ysbyty ar frys. Deudwch *extreme urgency* wrthyn nhw, Sarjiant – *decorated Battle of Britain hero – major gunshot injury.*"

Aeth Edwards at y grŵp bychan lle gorweddai Gwilym – roedd Rhiannon, Luned a Nicola yn ei ymgeleddu. Roedd yn dal yn ymwybodol, â'r fwled wedi treiddio trwy'i berfedd. Daeth Olwen Morris o rywle efo blanced i'w rhoi drosto, a thaenodd ei chôt laes yr heddlu dros ysgwyddau Luned.

"Dyw e ddim yn gallu teimlo'i goese, Superintendent," meddai Nicola'n dawel.

"Sarjiant!" galwodd Edwards eto, "dim i Fangor mae'r hofrenydd i fynd â Mr Ifans, ond i Stoke Mandeville. Gadewch iddyn nhw wybod hynny ar unwaith!"

Aeth Edwards draw at Caerwyn, a oedd wedi tynnu'r fagl a ddaliai'r ffrwydryn, gyda chymorth un o'r plismyn:

"Rhaid i ni gael tîm *Bomb Disposal* i ddelio efo hwn, Syr," meddai'r plismon,

"Does dim modd deud ai bom go iawn ydi o neu beidio."

"Mi welsoch chi Morgan, Cwnstabl. Dwi ddim yn meddwl am funud y byddai hwnnw'n defnyddio bom ffug."

Cerddodd draw at y Cyrnol, a oedd yn sefyll yn fud gan edrych i lawr ar gorff Morgan.

"Ydi o'n bendant wedi marw, Cyrnol?"

"Ydi, Mr Edwards. Dim amheuaeth o gwbl. Fydd dim angen achos mewn llys barn, felly…"

Edrychodd Edwards yn bur oeraidd arno.

"Beth am y cwest? Does dim un o fy swyddogion i'n mynd i ddeud celwydd ar lw, Cyrnol. Mae hi'n berffaith amlwg mai amddiffyn ei hun roedd Luned. Go damia, ddyn, roedd gan Morgan ddau wn yn pwyntio tuag ati, ac roedd o newydd saethu ei thad! *Self-defence* a dim lol!"

Dal i syllu ar gorff celain Morgan roedd y Cyrnol, ond dywedodd yn dawel:

"Ddaw y stori byth yn gyhoeddus, Mr Edwards, beth bynnag. Mae yna bwerau uwch o lawer na chi a finna a fydd yn sicrhau hynny."

Troes Edwards ar ei sawdl ac aeth i weld sut roedd Samantha erbyn hyn. Prin y gallai hithau siarad, o dan effaith lludded a sioc, ond gafaelodd ym mraich yr Uwch-Arolygydd:

"Please can I speak to Luned?"

Edrychodd Edwards yn amheus.

"Her father's very badly injured, Miss Darrow. Is it absolutely necessary?"

"Yes, it is! She'll be going with him to hospital. I may not have a chance to talk to her again. Please, Inspector!"

Ni chywirodd neb mohoni, ac aeth Edwards yn syth at Luned, a oedd yn gwisgo côt Olwen Morris erbyn hyn. Roedd Caerwyn yn sefyll gerllaw, yn ddigon tawedog.

"Miss Ifans, fasach chi cystal â chael gair byr efo Samantha, os gwelwch yn dda? Mae hi'n daer am siarad efo chi."

Gydag Olwen Morris yn ei hebrwng, aeth Luned draw at Sam, ac estynnodd hithau ati a gafael yn ei llaw.

"I hope your dad's going to be all right, Luned. I'm so sorry all this has happened because of me…"

Torrodd Edwards ar draws,

"Everything that's happened is the fault of one man, and one man only. Elwyn Morgan, and you must always remember that! But you're free of him now, both of you."

Edrychodd Sam i fyw ei lygaid, ac atebodd:

"Do you think we'll ever really be free of him? Even if we live to be a hundred, none of us can ever forget a nightmare like this."

Olwen Morris atebodd y tro hwn:

"Yes, of course, Samantha. I've been in this job long enough to know that people who've had terrible experiences can never forget them entirely. But they will recede into the background, believe me, and you can lead a normal life again."

Roedd Sam yn dal i afael yn llaw Luned, ac meddai,

"I know you want to be with your dad. I just want to say this, Luned. I don't speak Welsh, but I could make out fairly well what Elwyn was saying to you. He was lying, Luned. He was trying to hurt you and Caerwyn. That's all he was ever good at – hurting people. There was nothing between Caerwyn and me while Elwyn was around. Please believe me!"

"I know that, Sam. Caerwyn told me everything. Don't worry about that ever again."

Rhoes Luned gusan ar foch Sam, cyn brysio yn ôl at ei thad.

Roedd Nicola wedi llwyddo i atal y gwaedu o fol Gwilym, ond ofnai pawb am y gwaedu mewnol a oedd, yn anorfod, yn ei wanhau yn raddol. Bu'r chwarter awr nesaf yn ingol, ond daeth yr hofrenydd o'r diwedd, ac aeth Rhiannon a Luned gyda Gwilym ar y daith i Stoke Mandeville. Gofynnodd Luned i Nicola ddod yn yr hofrenydd efo nhw, a chafodd ganiatâd gan Brian Edwards. Gan synhwyro bod rhywbeth yn y gwynt, gofynnodd yr Uwch-Arolygydd i Caerwyn aros yn Llys Gwern i'w helpu i ddrafftio'i adroddiad manwl am yr holl achos, tra byddai'r Cyrnol a Samantha yn bresennol.

"Mi allwn ni drefnu car i fynd â chi draw i Stoke Mandeville yfory neu drennydd, falla, ar ôl i Mr Ifans gael ei lawdriniaeth frys."

Bu Caerwyn ac Olwen Morris yn cadw cwmni i Sam yn lolfa'r plas, tra rhoes hithau hanes ei herwgipiad a'r deuddydd o uffern a gawsai. Cadwodd Olwen gofnod manwl o'r cyfan. Brawychwyd Sam gan y newyddion fod Morgan wedi llofruddio Jeff Hickson, ond ni ddywedwyd wrthi fod corff Hickson, yn ôl pob tebyg, wedi gorwedd yno yn yr ogof ar yr un noson â hi.

Prin wedi ei gwblhau roedd yr adroddiad a'r cofnodi, pan ddaeth yr ambiwlans o Fangor i gyrchu Sam. Gofynnodd hithau a fyddai Caerwyn yn dod efo hi, a chytunodd yntau, wedi i Olwen Morris ei gymell.

Ymhell cyn iddi oleuo daeth Uned Bomiau'r Fyddin a diogelu bom Elwyn Morgan. Cadarnhawyd mai dyfais go iawn ydoedd, ac mai *gelignite* oedd y deunydd ffrwydrol. Yn y cyntedd caeedig, byddai'r ffrwydrad wedi lladd pawb o fewn tua phymtheg llath, yn ôl y swyddog.

Erbyn iddi ddod yn olau dydd, roedd y rhan fwyaf o waith yr heddlu wedi ei gwblhau. Bu ffotograffydd yr heddlu, a'r patholegydd swyddogol o Fangor, yno'n archwilio corff Morgan, safle'r farwolaeth ac olion eraill y noson gythryblus. Cadarnhaodd y patholegydd mai trwy gael ei saethu ddwywaith y bu Morgan farw, ond byddai'n rhaid cynnal archwiliad *post mortem* llawn yn yr ysbyty.

Gwrthododd Brian Edwards adael i'r Cyrnol wneud datganiad mai ef a daniodd y ddwy ergyd a laddodd Morgan. Nid oedd am gydsynio â thwyll, nac i dyngu anudon pan ddeuai datganiadau'r achos gerbron y cwest – hyd yn oed pe cynhelid hwnnw *in camera.*

Erbyn canol y prynhawn roedd y gwaith o glirio a glanhau'r plas wedi ei wneud, y gwelyau-gosod, gweddill y bwydydd a holl gyfarpar ac arfogaeth yr heddlu, wedi eu cludo oddi yno. Yn y llofftydd, roedd WPC wedi casglu dillad ac eiddo teulu Ifans a'u pacio yn eu cesys, a'r un modd efo eiddo Caerwyn. Roedd y plismyn wedi dod o hyd i fan Bedford Morgan, ac aeth lori garej â'r fan i Dreheli, cyn penderfynu ble fyddai'r archwiliad fforensig manwl yn digwydd.

"*Ship-shape and Bristol fashion* fyddai'r Comodor yn ei ddeud," meddai Brian Edwards wrtho'i hun. Gwyddai'n dda fod y brys i adael y plas yn gyfrwng i gadw cyfrinachedd y cwbl a ddigwyddodd, rhag i fân-sôn ddechrau denu pobl yno.

Tua phedwar o'r gloch y prynhawn, gwnaeth Edwards un alwad ffôn olaf o stydi'r plas i'r hen Gomodor, yn ei glwb yn Llundain. Cadarnhaodd fod yr argyfwng ar ben, ond heb roi llawer o fanylion:

"Mae'n debyg y bydd y cyfan yn cael ei drin fel *official secret* ac na ddaw'r stori byth yn gyhoeddus. Rydan ni'n gwybod y gallwn ni ddibynnu arnoch chi i gadw'r gyfrinach, Comodor. Mi fydd llai o holi lleol os gwnewch chi, yn hytrach na'r heddlu, drefnu trwsio'r ffenest sy wedi torri. Mi wnawn ni dalu, wrth gwrs. Plis gadwch i mi wybod os oes unrhyw ddifrod arall rydan ni wedi'i fethu. Beth bynnag, mae Llys Gwern yn ôl yn eich dwylo chi, Comodor, a diolch o galon i chi."

Wedi i'r Uwch-Arolygydd gloi drws y plas ac i'r ddau gerdded at eu ceir, bu ysgwyd llaw digon ffurfiol rhyngddo a'r Cyrnol ac i ffwrdd â'r ddau. Wrth y giât roedd un car yr heddlu yn aros iddyn nhw ymadael. Caewyd y giât gan y Sarjiant, a rhoi clo clap a chadwyn arni, tan y dychwelai'r Comodor.

Roedd y parc a'r plas yn dawel unwaith eto. Dim ond sŵn y gwynt yn ysgubo dail euraidd yr hydref ar draws y lawnt oedd yn herio'r distawrwydd. Gadawyd Llys Gwern i adleisiau'r gorffennol – yr hen uchelwr Trahaearn, y Fonesig Gwladys yn herio'r Pengryniaid, straeon y môr hen gapteiniaid gynt a bellach un adlais newydd, yn gnul tywyll, amhersain a fyddai'n atgof hir yn naear Llŷn.

Medi 2020

'Ni all fod yn rhyfedd iawn
Fy mod yn llawn ochneidion… '
Sion Gruffudd

Oriau mân y bore – oriau trymaidd, oriau trai eithaf yr enaid, yn ôl yr hen goel. Yr adeg hynny o'r dydd oedd hi ym Moelhedydd, â dau ffigwr llonydd yn eistedd yn y lolfa. Wedi ymostwng yn llipa i'r gadair freichiau roedd Caerwyn a Heulwen wedi estyn stôl droed, er mwyn iddi fedru eistedd wrth ei ochr i glywed y stori. Ar y bwrdd coffi gerllaw, roedd y botel frandi yn hanner gwag, â dau wydryn yn dystion mud i straen a dwyster oriau'r nos.

Prin y gallai Heulwen dorri gair ac roedd llais Caerwyn yn grawc floesg erbyn diweddglo'r saga. Yn y diwedd, llwyddodd Heulwen i dorri ar y mudandod.

"Dad bach, dim rhyfedd bod eich cof chi wedi cau'r cwbwl tu ôl i 'faricêd'. Dyna'r lle gora iddo fod, ddyliwn i."

Daeth gwreichionyn o fywyd yn ôl i lygaid Caerwyn.

"Does dim modd ei roi o dan glo'n llwyr, hogan. Dwi wedi byw efo'r peth am yn agos i drigain mlynedd, cyn i mi fynd yn sâl. Mi fydd yn rhaid i mi ddysgu byw efo fo eto rŵan."

"Pam na fasach chi wedi deud wrtha i, flynyddoedd yn ôl?"

"Ail-fyw ydi pob cofio, medda rhywun. 'Run fath ag atgofion rhyfel pobol fel 'Nhad. Doedd o byth yn sôn am y petha ofnadwy welsai o, dim ond am 'i fêts, a rhyw droeon trwstan digon diniwed."

"Ddeudoch chi wrth Mam 'rioed?"

"Do, neno'r Tad. Erbyn hynny rown i'n ysu i gael 'bwrw fy maich', fel roeddan nhw'n ddeud yn y capal. Dwn i ddim a ydi rhannu gofid yn 'i haneru o, mewn gwirionedd, ond mi fu'n help mawr deud wrth dy fam. Wnaeth hi ddim holi na stilio, cofia, dim ond gwrando ar bob gair. Roedd hynny'n fwy o gysur i mi na dim, ma'n debyg."

"Ydach chi isio i minna stopio holi?"

"Nag oes, Heuls. Carthu'r cwbwl lot dwi isio rŵan."

"Ond ddim heno!"

Gafaelodd Heulwen yn ei fraich a'i gymell i godi, a gwnaeth hynny'n ddirwgnach.

"Am y cae sgwâr rŵan, Dad. Ar ôl yr holl frandi 'na, mi ddyliai'r ddau ohonan ni gysgu fel tyrchod!"

Er gwaethaf straen yr oriau diwethaf, roedd Heulwen yn iawn. Llwyddodd Caerwyn i gysgu, a chysgu'n drwm am weddill y noson. Roedd yn ddeg o'r gloch y bore arno'n codi, yn hwyr iawn i ddyn na allai byth aros yn ei wely ar ôl saith, pan fyddai mewn iechyd.

Ar ôl brecwast, aeth y ddau i'r ardd. Nid yn unig roedd hi'n fore arall o haf bach Mihangel, ond roedd y goleuni a'r awel fwyn fel petai'n diheintio'r holl wenwyn a ddadlennwyd y noson cynt. Wedi stwyrian, braidd yn ddiamcan, o gwmpas y lawnt a'r gwelyau blodau, sylweddolodd Heulwen mai ei lle hi oedd codi sgwrs.

"Beth ddigwyddodd ar ôl gadael Llys Gwern, Dad? Ydi'r cyfan wedi dod yn ôl?"

"Ydi, pob dim. Be wyt ti isio'i wybod?"

"Gwilym Ifans i ddechra, ddaru o fyw ar ôl cael 'i saethu?"

"Do, ond mi gafodd o gystudd hir. Roedd y fwled wedi clipio asgwrn 'i gefn ac roedd pawb yn ofni na fydda fo byth yn medru cerdded wedyn. Bu yn Stoke Mandeville am fisoedd, ac mi dalodd y Cyrnol am logi bwthyn wrth ymyl, er mwyn i Mrs Ifans a Luned gael aros efo fo. Ymhen pythefnos bu'n rhaid i Luned ailafael mewn gwaith Coleg. Mi gymerodd hi gar 'i mam a chymowta rhwng Aber a Stoke Mandeville bob penwythnos, bron, tan yr haf."

"Allan o'i boced 'i hun y talodd y Cyrnol am hyn i gyd?"

"Nage, medda fo. Roedd gan y gwasanaethau cudd gronfa arbennig ar gyfer pobol oedd wedi dioddef wrth gynnig gwasanaeth i'r wlad."

"Ddaru Mr Ifans fedru cerdded?"

"Do, yn weddol, ond efo ffon. Dyna ble bu cefndir Gwilym yn yr Awyrlu o gymorth, falla! Mi ddeudodd y Cyrnol fod cronfa wedi 'i sefydlu i helpu peilotiaid oedd wedi dioddef anabledd. Wel, mi gafwyd swm o'r gronfa honno, ma'n debyg, i fynd i America am driniaeth newydd, arbenigol. Mi fu'r tri ohonyn nhw yn America drwy haf chwe deg pump, a dod yn ôl jest cyn i Luned ddechrau'i thrydedd flwyddyn yn y Coleg. Roedd Gwilym yn medru cerdded yn weddol erbyn hynny, ond ddaeth o byth yn hollol iawn. Ymgartrefu yn y byngalo yn Aber wnaethon nhw wedyn. Mi fyddai Trem y Lli, efo'i risia a'i lethra serth, yn ormod iddo fo."

"Aethon nhw byth yn ôl i Frynserth? Na gweld neb o'u cymdogion?"

"Naddo, hyd y gwn i. Ond, mae hwnna yn mynd â ni at y cwestiwn mawr, yn tydi? Do, mi gadwyd y cwbwl yn hollol gyfrinachol. Welais i ddim byd tebyg 'rioed, a phrin y galla i gredu'r peth hyd heddiw. Ond rwyt titha wedi gweld a chlywed dy hun, gymaint yn y niwl mae pobol y fro am hynt y teulu."

"Ond sut goblyn fuo'r peth yn bosib?"

"Roedd gan y llywodraeth drefn, ar y pryd, o'r enw *D-notice*. Pan gâi'r wasg achlust o stori nad oedd y llywodraeth isio i neb 'i chlywed, roeddan nhw'n medru rhoi label *D-notice* arni. Doedd dim hawl gan neb yn y cyfryngau wedyn i gyhoeddi'r un briwsionyn o'r stori. Anaml iawn fyddai'r peth yn digwydd, meddan nhw, ond mi gaewyd yr hatsys ar y stori hon yn llwyr – dim gair mewn unrhyw bapur na bwletin newyddion. Mi gynhaliwyd y cwest ar Elwyn a Hickson *in camera* y tu ôl i ddrysau caeedig ac mi gafwyd *D-notice* rhag cyhoeddi dyfarniad y cwest. '*Murder by person or persons unknown*' fu hi yn achos Hickson, a '*justifiable homicide, being an action committed in self-defence*' yn achos Elwyn Morgan."

"Gafodd Luned 'i henwi yn yr achos?"

"Do. Roedd Brian Edwards wedi gwrthod yn lân â deud celwydd i blesio'r Cyrnol, ond mi gytunodd â'r datganiad bod y ddwy ergyd wedi eu tanio o fewn deng eiliad i'w gilydd – oedd yn weddol agos at y gwir, ac mai ergyd y Cyrnol laddodd Elwyn, ac roedd hynny'n hollol wir. Oni bai am y Cyrnol, mi fyddai'r cythraul wedi medru tanio a saethu Luned. Mi ddywedodd Luned 'i hun, a Mrs Ifans, eu bod nhw'n sicr o hynny, gan 'i fod o'n syllu i fyw ei llygaid, ar ôl i Luned ei saethu."

"Ar gownt y cyfrinachedd yr osgôdd teulu Luned rhag mynd yn ôl i Frynserth? Torri pob cysylltiad?"

"Ia, faswn i'n tybio. Er yr holl sôn am gronfa gan yr Awyrlu, roedd y teulu'n amau'n gryf mai'r gwasanaeth cudd dalodd am driniaeth Gwilym yn America, trwy awdurdod y Cyrnol. A chofio bod yr ergyd a daniodd y Cyrnol, ma'n debyg, wedi achub bywyd Luned, roedd y teulu'n ddyledus iddo. Yn y diwedd, y Cyrnol a drefnodd i gwmni dienw wagio'r tŷ yn Nhrem y Lli, a symud y dodrefn a'r eiddo oddi yno a hynny gefn nos. Fedri di goelio'r peth?"

Ysgydwodd Heulwen ei phen mewn anghrediniaeth.

"Beth am Samantha, Dad? Mi aethoch chi efo hi i'r ysbyty ym Mangor?"

"Do, llesgedd a sioc oedd arni hi, a doedd hynny ddim yn syndod. Roedd hi'n gleisiau byw, wedi cael 'i rhwymo am ddeuddydd, a'i llusgo i mewn ac allan o gefn fan, fel sach o datws. Tridiau arhosodd hi yn y C&A – hen ysbyty Bangor – ac mi ddaeth 'i rhieni ati o Bath ar yr ail ddiwrnod. Adra efo nhw yr aeth hi wedyn, ond roedd hi'n ôl yng Ngholeg Caer cyn diwedd y tymor. Mi ges i lythyr hir ganddi."

"Beth am Nain a Taid Ael Wen? Faint roeddan nhw'n 'i wybod?"

"Fawr ddim, Heuls. Roeddan nhw'n gwybod am yr helynt yn Summerland, a bod y boi wedi 'mygwth i. Wydden nhw ddim byd am Lys Gwern, ac er bod plismyn Treheli wedi bod yn gwylio Ael Wen yn slei bach, roedd Brian Edwards wedi siarsio'i swyddogion i beidio â deud gair wrth Mam a 'Nhad, er bod y tŷ bron iawn dros y ffordd i'r stesion, a'r ddau'n adnabod amryw o'r plismyn."

Petrusgar iawn oedd Heulwen ynglŷn â'r cwestiwn nesaf a fuasai'n ddirgelwch i'w thad a hithau ers mis Awst.

"Beth am Luned, Dad? Beth am y ddau ohonoch chi?"

Aeth Caerwyn i eistedd ar fainc y patio, a bu'n pendroni am ychydig cyn ateb.

"Aeth rhywbath o'i le, Heuls. Mi ddigwyddodd yn yr eiliada pan oedd Elwyn efo'r bom am 'y ngwddw i, a'r sglyfath yn trio gneud i Luned ddinoethi'i hun o'i flaen o…

Yng nghanol y cwbwl, dyma Gwilym yn camu i'r adwy – y

peth dewra welis i erioed a sefyll rhwng Elwyn a Luned. Ar ôl i'r cradur gael 'i saethu, roedd Lun yn trio rhoi arwydd i mi ynglŷn â llinyn y bom. Rhy ara deg yn dallt fues i? Dylswn i fod wedi sylwi bod y llinyn yn llac yn llaw Elwyn? Faswn i wedi gallu rhyddhau'r bom *cyn* i Gwilym gael 'i saethu? Mewn gair, ai arna i roedd y bai?"

Ochneidiodd Caerwyn, ac ysgwyd ei ben.

"Dydw i ddim yn gwybod, Heuls. Wnaeth Luned na'i rhieni 'rioed ddeud gair i awgrymu 'mod i ar fai. Ond, mi ddatblygodd pellter – ie, dyna'r gair, pellter – rhyngon ni wedyn, a wnaeth hwnnw ddim diflannu. Fedrwn inna byth anghofio na fyddai'r helynt wedi digwydd, pe na bawn i wedi tarfu ar Elwyn yn Summerland."

"A tasach chi heb neud, mi fasa Sam druan yn 'i bedd yr ha hwnnw, cyn gweld 'i hugain oed."

"Wyt, rwyt ti'n iawn, siŵr. Peth arall a gafodd effaith ar Luned oedd y sioc 'i bod hi wedi saethu dyn, er nad hi a laddodd o, a bod hynny wedi pwyso'n drwm ar 'i meddwl hi."

"Fuoch chi'n gweld Luned yn Stoke Mandeville?"

"Do, sawl gwaith, dros rhyw ddau fis gan gynnwys adag y Dolig. Mynd draw efo'r car bach ar benwythnosa, ond croeso digon llugoer a gawn i. Wrth gwrs, roedd Gwilym yn wael iawn ar y pryd ac effeithiodd sioc y saethu'n arw iawn ar Mrs Ifans hefyd. Mewn gwirionedd, Luned oedd yn cynnal y ddau ohonyn nhw, yn feddyliol ac yn emosiynol.

Mi fydda Luned yn dod am dro efo fi o gwmpas gerddi'r ysbyty o dro i dro, ond doedd ganddi hi fawr i'w ddweud – na finna chwaith, ma'n debyg. Ond y tro dwytha, mi ddaru ni drafod ein dyfodol. Credai Luned y byddai'n rhaid iddi edrych ar ôl 'i rhieni am flynyddoedd, falla tra bydden nhw byw. Wedyn, dyma hi'n deud: 'Dydw i ddim yn meddwl bod 'na fawr o siawns i ni fod efo'n gilydd, Cer. Mi fasa'n well i ni orffen rŵan, ac aros yn ffrindia.' A dyna ddigwyddodd."

Safodd Heulwen yn ddistaw am ennyd, estynnodd ei llaw i'w thad a gwenu.

"Wel, mae gen i le i ddiolch am hynny, Dad. Petaech chi a Luned wedi aros efo'ch gilydd, fyddwn i na'r gennod ddim yma heddiw!"

Llwyddodd Caerwyn i wenu.

"Rwyt ti'n llygad dy le, Heuls. Un drws yn cau, a drws arall yn agor. Faswn inna byth bythoedd isio newid hynny."

"Dowch, mi awn ni i'r tŷ am banad. 'Ffisig pob dim' fel bydda Mam yn ddeud."

Dilynodd Caerwyn hi trwy ddrws y gegin, yn dawelach ei feddwl nag a fu ers misoedd.

Wedi paned hamddenol, aeth Caerwyn allan i'r ardd drachefn ac eistedd ar fainc y patio. Teimlai ryw lonyddwch yn lapio amdano, ac ymddangosai pethau'n wahanol, rhywsut. Roedd Llys Gwern, Summerland, Brynserth a holl fap y ddrama a ddaethai yn ôl i'w gof fel corwynt neithiwr, eisoes yn disgyn i'w lle'n dawel ar y gorwel a hwnnw'n orwel pell.

O'i sedd, sylwodd ar yr hen fedwen ym mhen draw'r lawnt, â'i dail melyn eisoes yn garped o gwmpas ei bôn. Pob diwedd haf, byddai'n bwrw'i dail yn od o gynnar.

Yn nechrau'r haf, byddai hi'n glamp o goeden, yn llydan a llawn, ac yn bwrw cysgod hir dros y lawnt yn haul y bore. Ond bellach, â'i dail wedi disgyn, gallai weld trwy ysgerbwd ei changhennau. Hyd yn oed ar fore heulog, bach iawn o gysgod roedd hi'n ei daflu.

Felly y teimlai yntau rŵan. Roedd rhyw hen gysgod tywyll, hir wedi pylu yn llygad yr haul.

Holwch am bris argraffu!
www.ylolfa.com